# 软肋

王手中短篇小说选

王手 著

中国友谊出版公司

**图书在版编目（CIP）数据**

软肋 / 王手著. -- 北京 ：中国友谊出版公司，2019.8

ISBN 978-7-5057-4770-8

Ⅰ. ①软… Ⅱ. ①王… Ⅲ. ①中篇小说－小说集－中国－当代②短篇小说－小说集－中国－当代 Ⅳ. ①I247.7

中国版本图书馆CIP数据核字(2019)第118081号

书名 软肋
作者 王手
出版 中国友谊出版公司
发行 中国友谊出版公司
经销 新华书店
印刷 北京中科印刷有限公司
规格 880×1230毫米 32开
10.75印张 249千字
版次 2020年1月第1版
印次 2020年1月第1次印刷
书号 ISBN 978-7-5057-4770-8
定价 42.00元
地址 北京市朝阳区西坝河南里17号楼
邮编 100028
电话 （010）64678009

# 关于短篇小说的自言自语

## 1

在温州写短篇，人们很容易会联想到林斤澜先生。林先生生前虽然长期生活工作在北京，但对我们的影响一直是正常的，一以贯之的。温州原先有个杂志叫《文学青年》，林先生就是它的顾问。那时候，林先生经常会来温州做做讲座，原先作为一位在外面的名人，现在具体到在家乡讲课，他的有效性是可想而知的，也是很容易发生化学反应的。他的每一次回家，总是和文学有关。直到晚年，他的回家才属于乡情，属于私人性质，我们才有机会和他真正的待在一起。我们走街串巷，喝感兴趣的酒，吃各种各样的美食，谈文学轶事，还有就是谈政治和人生。我们很少谈到具体的小说写作，尤其是短篇的写作。是因为短篇的写作更具技术性？三言两语说不清楚？还是短篇写作，具体到每一篇的短篇写作都和当时的心境有关？和套路、技巧甚至语言无关？我也常常会想这样的问题：我们喜欢短篇的写作，是和林先生专事短篇的写作有关吗？但有一点是肯定的，我们长时间的耳濡目染林先生的写作，我们润湿在林先生写作的氛围里，我们喜欢上了短篇的形式，也是必然的。

## 2

我们的写作会和林先生的写作一样吗？一些地方，很多的写作都会自觉不自觉地相近起来，有些是传承的关系，有些则是在走捷径，比如“山药蛋”“荷花淀”“吴越文化”等等。庆幸的是，我们在尊重的基础上没有标榜“林氏写法”，我们既自觉又自律，无论从形式或内容上，我们都清醒地远离“林先生那些符号”。我们的体验以及体验后的思考是完全不一样的，我们既没有那样的严谨，以及严谨后形成的习惯，也没有那样的局限，局限到只写自己熟悉的。尤其是林先生特意强调的语言，以及他远离家乡后对“温州话原味”表现出来的特有的热情，我们都没有办法达到。短篇的技术技巧是很难交流的，语言就更加难以交流。我也喜欢在短篇里呈现自己的语言，我觉得这是短篇写作成熟与否的标准之一。我追求自己的语言风格，也追求温州话表述中的民间习惯和民间句式，以及民间语言的神韵，尤其是对话的神韵。这就不能像林先生那样在很短的篇幅里要解决许多问题——思想的提炼、生活的提炼、语言的提炼、甚至在结构技巧上的近乎苛刻。所以，我要说的是，林先生的短篇写作是独一无二的，而我们的短篇写作也是出于自己的思考和经营。

## 3

关于短篇的形式和定义，许多作家都曾经说过，说法不一，都有道理，可见短篇虽然短，但也有它的广阔性。苏童有一个说法很形象——“桌子上的舞蹈”，既设定了范围，但又有自由度和可观性。我也曾经在一篇文章里谈到短篇小说，说短篇不是去解决一个小故事。它不是枝繁叶茂的大树，也不是体态丰腴的小树，更不是单薄的小树苗，它应该是另外一个品种——盆景。我还说短篇应该像是 CT，它不仅有 X 光那样的平面，也可以有很多的剖面，甚至可以是核磁共振，在横剖面的同时，再切出一些竖的纹理。我还说过短篇是折子戏，它要在很短的时间内结束演出，但反映和呈现的一定是戏曲中的精髓。有时候短篇还是百米短跑，从起跑到途中跑，到 60 米过后的持续，再到最后的冲刺撞线，每一步都要精益求精，否则就跑乱了。那么，是不是短篇的写作非得埋下许多陷阱，非得难上加难才能体现出短篇的魅力呢？也不是。通俗地说，短篇就像是一首好的歌，词要朗朗上口，曲要谱得和谐，一定要好唱，才能够、传唱下去。如果一首歌唱着别扭，涩口得唱不下去，那么，这首歌肯定是歌词上有了毛病，或旋律音阶上不够协调，反过来我们说短篇，也肯定不是一个好短篇。

## 4

因为喜欢短篇写作，也就会有读短篇的兴致，国外的太远，我们说不着，而且说得也已经很多了。国内的，其实也有写得不错的。

我羡慕余华的机智，他的不少短篇是有经典气质的，可惜他现在不写短篇了。我也喜欢苏童的从容和宽广，常常为他那不动声色的进入和戛然而止的结束而着迷。我也喜欢铁凝的着力，她像拧螺丝一样一点点拧紧拧深的效果，往往能让小说更加有力。我也喜欢叶弥的随意和轻灵，但随之而来的疼痛让我心里感到吃紧。我还喜欢金仁顺的微妙气息，她的微妙浸透在每一个片段里，使你在读它的时候不得不特别地小心专注。我喜欢他们，还因为他们在每个阶段的短篇都那么匀称，好几年下来都没有松懈和乏力。

最近读到张楚的短篇《水仙》，不像他以往的东西，亦虚亦实，又拙又灵，写得凄美好看，像《聊斋》。《作家》2016短篇小说论坛，主持人宗仁发在开场白里提到了我的一个短篇《买匹马怎样》，小说里有买车，有现实生活，有对马的各种研究，但又有“超乎寻常”的想象。他说，我们希望短篇小说带给我们更多，而不仅仅是“貌似写实”。

## 5

写短篇和写中长篇真的不一样，写短篇能清晰地呈现出作者的状态和情怀，你会觉得它的整个过程一直在自己的氛围里，你会在意自己的文本，会讲究它的技巧和结构，会对语言和文字细细琢磨。写中长篇你也许就没有那么执拗和任性。但写短篇又不完全是在自我陶醉自我享受。它有时很像打拳击，既然你选择了短篇的训练，那你一定要找好短篇的陪练，这些陪练，可以风格迥异，可以路数不一，但一定要某些招数比你强，这样你练着练着才能进步。

我写短篇不会觉得自己是一个指挥者，指挥者看到的是一个战略方向，对于局部的丢失，他也许不那么在意。而我只是一个工艺师或手工匠，我会小心地对待自己的每一次创作，细细打磨自己的作品，它的造型、合理性、市面价值都是我要考虑的。至于这件作品的品质好坏，那得由师傅的等级来决定的。写短篇不一定要求有多大的起势，但一定得找到一个好的入口，这个入口可以很小，但进去之后一定有绮丽的风光，这些风光就是一些短篇的元素。

## 6

1979 年前后，我有很长一段时间待在上海，开始是学手艺，后来觉得这个学习的过程太慢，就放弃了。但还是在上海跑，干什么呢？就是《沙家浜》里阿庆嫂说阿庆的那句话“在上海跑单帮”。具体就是捎一些紧俏物品回家，再转手倒卖，赚其中辛苦的、别人还不敢去涉及的差价。上海的紧俏物品很多，牡丹香烟、高脚痰盂、玻璃茶杯、搪瓷脸盆、五彩被面，后来还有针织尼龙布料，这些东西都是限量供应的，都要排队，排队的地方主要是一百、十百、豫园商场。印象最深的一次是帮别人捎一块公事桌上的玻璃板，那是温州人结婚的必需品，有和没有档次要差好几个，但那时候六厘的平板玻璃只有上海能生产。

上海玻璃厂在哪个区我现在已经忘记了，我记得的是，我用六斤菜油换取了供销科长的一张计划票，于是一块 60 厘米 ×120 厘米的平板玻璃就被我搞到手了。怎么运回来是一个难题，那时候没有小四轮、没有出租车、没有托运、没有快递，且这么一个大东西，我只能选择公交车。我像背书包一样背着玻璃板倒了三次车，为了避免拥挤我还专门挑了人少的时间段，先背到我住的旅馆。我歇了一天力，又攒了两天的劲，再倒了几次车，把玻璃板弄到公平码头，背上开往温州的民主轮船。那时候民主轮船一星期只回温州一趟，过程要一天一夜。这一天一夜我一刻也不能大意，时刻清醒地守护着，生怕万一被哪个冒失鬼撞碎了。要是玻璃碎了一点也没有用，就前功尽弃了。

我举这个例子是想说，写短篇小说也是如此，它既是一件耗精力的活，也是一件要细心的活；它要抵达目的地，你就不能绕，就没有捷径可走；它本来就是见功夫的，你就是要展现功夫；它本来就很小，你就要在小篇幅里把一个个问题都解决掉。

## 7

写短篇要达到两个方面的要求才能趋于完美。一是精神的，那是对这种文体的喜欢，但光从精神上的还是会急躁，会浮浅，会追求形式和效应。二是生理上的，那是需要、是解渴，是充饥，是沉浸在短篇的氛围里，那样才会安宁、满足、那才是安慰式的，甚至是诊疗式的。我过去住的那个院子，有一个小孩，平时都很乖，就是隔个一月两月他就会坏起来，无端、无理、吵这个吵那个，他妈妈知道他的秉性，知道这是一种病理现象，也不问缘由，摁住就一顿暴打，打了，那小孩就安静了、舒服了。我写短篇也是这样，写了心里就宽一宽，不一定写的都是好东西，但写着就是一个美好的过程。

# 8

林斤澜先生是写短篇的大家，去年底他女儿林布谷送了一套刚出的《林斤澜文集》（10卷）给我，除了几个剧本，小说、散文都写得很短，他的文论也写得很短，精到得让人感觉在读“经书”一样。他和汪曾祺先生被喻为“文坛双璧”，汪先生写短篇随性，是一大境界，林先生写短篇严谨，也是一个难度。林先生对短篇有几句很受用的名言，一句是“走走停停”，一句是“有话则短，无话则长”，对于短篇规律和短篇构成来讲，这无疑就是金科玉律。“走走停停”你可以理解成写作状态，也可以理解为对文本的要求，有走，有看，有思考，有行进，有疏有密，有流水有慢板。我们一定很熟悉这样的图景，高天之上，一只鹰在悠悠地盘旋，有时候一动不动地定在那里，有时候又畅快地滑翔起来，定在那里和滑翔起来加在一起才是美景，才是活的，短篇写作也是这样。“有话则短，无话则长”又是短篇的传神和辩证之处。人人都想得到的、看得见的、都能够写的东西，你就要警惕了，切莫肆意妄为和高兴得太早；而别人觉得不好写的、或无从表现的，你恰恰就在这里用心了、深挖了，这就成了你的优势。刘翔为什么只跨栏不短跑，按理说，他跨栏都这么快了，没有了栏搁着，岂不是跑得更快？不是的，不一样的，差一点点都不能做到最佳，这也是短篇的魅力。短篇小说就是这样一门因人而异的艺术，它有很多讲究，但又不能过于呆板；它的意象很重要，但趣味也不能少。说白了，是不能敷衍的，也是强求不来的。

## 9

我对短篇是有敬畏之心的，这不仅仅体现在写作的态度上，还体现在付诸的内容上，因此，我很少在短篇里瞎编故事，都是对生活的真实感悟，用真情来演绎生活，以我对生活的用心来完成对短篇的用心，用生活的纯粹来构建文本的纯粹。我觉得写短篇就是要纯粹，写短篇的人本来就已经摒弃了许多功利的因素，那么，它的动机和品质是尤为要兼顾的。当然，这只是我个人的想法，不一定对。

有生活不一定有优势，就看我们怎样去解构生活，来建立自己的文学。生活中有很多残酷的东西，晦涩的东西，这是我一直在极力回避的，我以前告诫自己，要以温暖之心写身边的善良，现在我觉得还不够，还应该支持以友爱和善待的情怀，这也是我在写作过程中需要加紧修炼的。这样说来，我写短篇的负荷是不是太沉重了？其实不是，写作的人都知道，写短篇最要紧的就是松弛，松弛了，短篇反而就生花了，短篇的出彩有时还真有点“无心插柳柳成荫”的意味。

王　手

# 目录

# 平板玻璃

## 1

去年底的时候，具体说是 11 月上旬，我应邀去上海参加一个会议。我去上海的心情有点复杂，我是既想去又不想去，我怕去上海，但又非常渴望去上海，我已经有将近四十年没有去上海了。当年我非常熟悉的那些地方，比如大柏树、五角场，现在肯定是面目全非了，我要是再置身在那里，肯定是两眼一抹黑，像傻瓜一样。还有一个我不想去的原因，是因为我生命中一件揪心的往事，就是从那里缘起的，我不知道会不会又碰触到了它。所以，尽管，我这些年跑了很多地方，但上海我一直就拒绝踏入。这不怪上海，完全是我个人的原因。

我要去开的会叫“玻璃，一种新材料的重新命名”。会议由 ZD 大学建筑与设计学院召集，邀请的都是全国玻璃方面的专家，有研发和生产的专家，也有设计和使用的专家。这样说来大家也就知道了，我也是一个和玻璃打交道的人。其实，我和上海的关系最初也就是和玻璃的关系，说得更具体一点，那个揪心的往事就是和玻璃有关。这说法有点歧义，这里先按下不表。

我以前和上海的关系是比较特殊的，如果用一些符号去表示，就更特殊：南京路第一百货、浙江路第十百货、大光明电影院边上的友谊商店、亦游亦购的豫园商场、提篮桥监狱附近的浦东码头、购买温州船票的十六铺、登船下船的公平路码头，如果再选一个，那就是上海的大世界。这些地方，我走过，甚至还经常在那里活动，留下了抹不去的印象。现在如果向人介绍上海，我不知道他们会说些什么。东方明珠塔？野生动物园？迪士尼乐园？世博会主题公园？倾向性一下子就看出了时代印记。但我的那个年代跟生计有关。

我是坐 G1357 次高铁去的上海。我从广州出发，估计六个小时能到。途中我带了许多吃的东西，我的钱包里也有足够的钱。我说这些的意思是，我曾经有过非常拮据的尴尬，所以一直以来，只要我出差，我都有穷家富路的习惯。1979 年的上海已经是非常的繁华了，是全国人民心目中的花花世界，但从温州到上海，交通极为不便。只能坐海船，而且要一天一夜，船要三四天才开一趟，船票是八块钱一张，三等的，也有统舱和散席，也要五块钱。有一次我曾经被困在上海走不了了，只能等我母亲将钱汇到我住的旅馆。那些天，我身边只有几块钱，我把这些钱都分配在伙食上，一天就吃一碗面。其余的时间，我都躺在旅馆的床上保存体力。我睡觉，我不能让任何饿的念头冒出来。十多天以后，我听到旅馆的门卫喊“某某某，汇款”。我激动得瑟瑟发抖，连裤子都穿不起来了。

ZD 大学在五角场附近。印象里的五角场是个很冷清的地方，大柏树，怎么听都像是个农村，邯郸路又宽又长，却连一辆车都没有，有一个部队医院，我没有走近过，但感觉它就是壁垒森严的。现在肯定不是这样了。我从地铁里出来，进入出口的通道，一路上被人撞来撞去，被弥漫的香气熏得头昏脑涨，都是各种各样的食物，咖啡、快餐、茶叶蛋、火腿肠。我匆忙走着，看到不同的出口标志，通往 A 路的、B 路的、C 路的、D 路的，像一个蜘蛛网。我马上被弄混了，我不知道 ZD 大学应该往哪里走。现在，我走在昔日熟悉的邯郸路上，满眼的人流，满眼的车流，满眼的商铺和广告，远远望去，路上有坡度的趋势，我知道，那不是真的坡度，而是无限延伸的错觉。听路人讲，去 ZD 大学还要这样这样那样那样，听口气，没有三十分钟走不下来。上海更大了。

宾馆是 ZD 大学自己开的，就在大学的对面。上海人很会动脑筋，知道大学里会多，鉴定会、研讨会、评审会，一年到头，自己接待自己的会议，也可以吃一个大饱。我到宾馆的时候在门口碰到几个熟人，都是搞玻璃的，有山东青岛的，也有四川自贡的，他们都在门口等人，说有朋友过来带他们出去吃饭。这会儿正值晚高峰，想必接客的人也都堵在路上。其实我也约了人，是我以前认识的一个老上海。上海熟人不少，但真正在记忆里存下的仅此一人。我们偶有联系，以前是写信，后来是电话，现在是短信，都是在非常的日子里，比如大的节日，或人生的转折点，虽然相隔的时间很长，但我们总能够联系得上。我来上海之前给她发了一个短信，说我对上海一点也没有概念了。她说那你会住在哪里呢，我去找你，我们一起吃个饭。我说吃饭不重要，就在附近坐一坐，认一认。她说真是，我们也有几十年没有见面了，古人说“见字如面”，我们听听声音看，能不能分辨出来。是啊，沧海桑田，她这样说我就很期待。

房间还不错，虽然是个标间，但设计得还算合理，或者说人性化，有一个宽敞的客厅，客厅里有一个很大的沙发，有一内一外两个卫生间，这样，即便房间里住进了两个人，也不会为一些陋习和内急而苦恼。我转了转房间，阳台上还有个吸烟室，还放了咖啡和零食，时间还早，我就洗了个脸，泡了杯绿茶喝起来。

手机也是在这个时候响起来的，是约我的朋友，说已经在楼下大厅了。我说那我马上下来。她又说，你确信能一眼认出我来?我迟疑了一下，说，应该可以吧。她说，我穿小西装，里面翻白领，我干脆站小卖部门口吧。我一边应着一边在心里面浮现出她的样子了。

我这朋友叫陈优犁，如果说年龄，应该和我差不多。我在电梯口老远就看见了她，我们相互笑了笑，走近了没有拥抱，也没有握手，虽然都觉得熟，但还是有一种距离感。这种距离感不仅仅因为我们是一对男女，不仅仅因为我们有几十年没有碰到，而是因为彼此心中都有那么点不可言说的微妙。她说，还是可以认出来的啊。我说，是啊，好像变化都不大。她说，那我们就走吧。就自顾自地在前面走起来，我也配合着跟在后面。我在后面悄悄地看着她，她还和从前一样，有相对正式的化妆，她以前是喜欢化浓妆的，眉毛画得弯弯的，鼻侧刷了浅影，脸颊扑有腮红，嘴巴本来就小，但却嘟得很，她大概也觉得这就是所谓的樱桃嘴吧，属于好看的，所以也精致地描了口红。加上她一头的卷发，整洁的衣服，我老是会想起旧上海那些月份牌上的女人。我们就在宾馆对面一个叫“遥握”的咖啡馆里落座，这也是她事先订下的。这里显然是大学生们光顾的地方，简单的装潢，昏暗的光线，旁边有零星的几对男女，是那种散淡的、无所谓的、旁若无人的样子。我们都感觉到了自己的异样，暗想，我们一定是来过这个店里最老的一对男女。

1979年，我父亲死于非命。这话说起来有点耸人听闻，其实就是他自己把自己摔死了，只不过是死得比较离奇罢了。他是个所谓的供销员，在当年，这个职业还是比较吃香的，很多人不知道它的具体内容和性质，只知道他们的样子很风光，骑一辆自行车，车前挂一个黑公文包，一路打铃，于是人们就觉得他们很精明，很能干。也是，他们无事不干，无所不能，总会有各种各样的钱财流进来。我父亲也有一辆自行车，他喜欢在回家的时候炫耀一下，我们家正好在院子的门口，进院子的地方有几级台阶，他进来的时候总是不好好拿车，都任由车在台阶上咣当咣当，于是，散在院子里的那些人，摘菜的、洗衣的、或是干其他杂务的，都会抬起头来看他，他就很得意。我父亲在外面的时候很少骑车，稍微远一点他就坐三轮车，再远一点他就坐手扶拖拉机。那个时候，我们温州的公交还不完善，那些手扶拖拉机就载着我父亲出入于近郊乡下，那些乡下人就把他当作大佬，都叫他什么老，其实他那年才四十六岁。他那时候一定是很自我感觉良好的，有钱，有事情做，又身强力壮，所以他才会从飞驰的拖拉机上飞身跳下。那个司机后来说，我知道他要去的地方到了，我说到前面靠边停了再给他下。他不肯，根本不听话，脾气还暴得很，就直接跳下去了。他以为以他的身手一定也像铁道游击队一样，会像鸟儿那样落在地上。他根本不知道那个“惯性”的厉害，他的脚一着地，那个惯性就带飞了他，把他重重地摔在地上，摔了个嘴啃泥。据后来去收尸的我母亲说，他的头磕出了一个大洞，血蜿蜒地流在地上，比他身体的长度还要长，他的鞋也摔掉了，也许是被谁拿走了，不知去向，他的黑公文包还在，足足摔出了一丈远，也许是这个包需要和身份匹配，没人要。这样，我们才在这包里发现了他的秘密，他原来是在外面接合同的，凭他的口才和能力，再卖给一些作坊，他在这里面再抽取一点回扣。

我母亲对我父亲的死开始还是有些难过的，毕竟是太突然了，也太难看了。后来，有一个女人吵上门来，说有一辆自行车平时都放在她家，说我父亲答应送给她的；说我父亲就是小气，她陪了他四年，他就给过她一个戒指，她要求起码还要给一对“丁镶”。这件事立刻就把我母亲打倒了。父亲的抠，母亲是知道的，他本来就是个铁蛀虫、石板刨、浙江省，浙江就是他最省、吃蛇的人还会将鳗忘在锅里的，以为赚钱不易，但他在外面金屋藏娇，母亲没想到，她马上去信基督了。人们都说，人生有了重大的变故，只有在基督那里才会得到安宁。也许吧。不过，有心的人发现，我们家原来搁在屋外的东西都不见了，一个蓄水的小水缸、一只放垃圾的破畚箕、一镈长年没变化的仙人掌。还有更细心的人说，我们家原来生炉子都是在外面的，点了柴，放了煤，等烟散尽，等火头烧充分了，再拎到屋里来。现在一切都挪在屋里头了。我母亲是胆小了，生怕别人找事。

我母亲信基督很认真，三祈五祷，礼拜天一定去福音堂。最最神奇的是，她原来不怎么识字的，现在居然能看懂繁体的《圣经》。每天下午四点，她必定是站在自己的桌前，桌上是摊开的《圣经》，她撑着手，语速平稳，一点点地朗读，有时候读不下来，她会反复几次，就这样一页页地读下去，从“旧约”读向“新约”。西窗边是越来越弱的光线，我每次看到她这个样子，都会觉得母亲很虔诚，她身形的轮廓非常漂亮，尤其是头发上，像镶了银边。后来我才知道，那不是银边，是她有一缕头发突然的白了。对于她的朗读，主内的兄弟姐妹们说，是受了神的指引，她有生命了，就像玛利亚的未婚先孕是神的意思一样。对于她的白发，有人说，是她某一条神经被伤着了，在这缕白发上逆袭了，就像有人受了刺激睡不着了、聋了耳了、生了癌了，母亲是白了发了。

母亲有基督，那我怎么办？我肯定在家里待不住了。我害怕和任何人接触，最难过的是看到别人在公判布告前议论，如果这一批中有强奸的、鸡奸的、流氓的或乱搞男女关系的，我都会觉得他们一定是在议论我的父亲。于是，我也只好离家，远走高飞。对于我的离家，我母亲并没有反对，她只是问我，你觉得在家里很难吗？我点点头。她说，其实我也觉得很难，我要是有个地洞可以钻，我早就钻进去了。我那年二十岁，没有书读，也没有像样的工作，有一份工作是在街道的合作社里削筷子，所以也没有什么好留恋的，就跑去上海了。我们温州人有个传统，喜欢做一点小生意，其实我父亲也属于这种情况，心想，跑着总比待在家里好，有事做着总比没有事做好，总会碰到几个钱的。

很多人都以为我跑上海有那么点子承父业的味道，其实不是，我父亲做的事和我在上海所做的有天壤之别，他那个属于空手套白狼，我这个属于投机倒把。从难度上讲，他那个只需厚颜无耻，我这个则需要千辛万苦。在这之前，我父亲也没有给我半点启蒙，就连去上海要带介绍信都没有告诉我。倒是我母亲，也许是听我父亲在牙缝里漏过，说上海人喜欢菜油，说你不嫌麻烦就带上两斤，也许还有用。事实证明我母亲说的千真万确。

我是坐“工农兵 18 号”的轮船去的，这艘船在我的成长记忆里就是豪华和奢侈的象征。那时候能坐一趟船到外面去，无异于后来的出国和现在的登南极北极。这艘船原来叫“民主 18 号”，后来改叫工农兵，再后来改叫瑞新和繁华，但我们一直都叫它民主轮船，这是一块牌子，也是一种情结。我坐的是五块钱一张的统铺，其实也叫散席，我不敢坐八块钱的三等舱，后来我知道了还有一等二等，那是我无法想象的，因为八块钱已经相当于我每月削筷子三分之一的工资了，我这样去一趟上海，等于把我一星期的生活费都用掉了。统铺在船底的大舱，身边是许多运载的货物，也有牲口，有难闻的气味萦绕在周围，让人难以入睡。我的身上带了母亲给我的三十块钱和两斤菜油，这也许是我母亲所能给我的。说真的，那时候的母亲不会担心，我也不知道危险，我们都不会去想这样出去有什么不妥，都觉得这就是当时的唯一选择，并且是正确的选择。我就是这样待在这个闷舱里，守着身上的钱和那两斤菜油。我都不去想象外面是什么样的，其实，那个时候，我们的船正处在汪洋大海之中，我犹如一粒灰尘，如果我想到了沉没，那我一定会觉得奄奄一息了。我只能醒着，看身边他人的一举一动。我身边正好是一位苍南人，他挑了一担瓜子到上海去卖，同样，我也想象不出，这一担瓜子挑到上海能卖多少钱，在上海怎么卖，是摆路摊还是沿街吆喝，卖了以后他又会做啥。抑或他来上海本来就是有其他事的，这一担瓜子等于是他的盘缠，就像我要带上菜油。我们在一起瞎聊，我们都为铺挨着而感到高兴。他老是叫我吃瓜子吃瓜子，我当时听他的口音很有趣，我第一次听到温州口音以外的"外语"，他是说"西瓜子"，而不是"吃瓜子"，我觉得非常好听，它像音乐一样让我没有睡意。我在这船舱里待了一天一夜。

可以想象，第一次走出公平路码头，我就像一只家禽被逐放到了荒野上，心里慌乱无比。我不知道自己要到哪里去，要干什么，我唯一的就是本能地随着那个卖瓜子的苍南人，他快我也快，他慢我也慢，有一次，我还下意识地拉住他的箩筐，生怕自己走丢了。后来，那个苍南人对我说，你不要老跟着我，你既然到了上海，就要撒开来跑。先找个地方住下来，去福州路那里登记，他们会排给你一个旅馆，要不你就会站路上了。我将信将疑，这是我第一次听说有这么回事，住宿、登记、派单、分配。苍南人显然是有经验的。

福州路那个住宿介绍所像一个大集市，每天，上海旅馆的床铺都会汇总到这里来，再由这里派单出去，把那些来上海出差的、像无头苍蝇一样的人们派送到下面去。那个像厅一样的房里挤满了各式各样的人，但仔细看看还是有队伍的，再看，才知道那些窗口是有要求的，写着"军人证""记者证""省介绍信""市介绍信""机关介绍信""企业介绍信"，看着这些"信"，我感觉到自己尿紧了，肚子也一下子饿了，心也慌得不行。怎么办？我没有介绍信，我也不知道介绍信为何物，我身上只有一本居委会的票证簿，我本来是要带户口簿的，是母亲怕我丢了，说丢了就没命了，才给我这本票证簿的，里面有油票、肉票、豆腐票、肥皂票的存根，至少可以证明我是个有"身份"的人，不是"黑人"，但票证簿显然在这里是行不通的。我大脑空白，茫然四顾。后来，一个热心人告诉我，在上海，露宿街头是不会的，你可以去睡澡堂，不过不是现在，现在人家还在营业，你要等到晚上，等他们澡堂打烊，你再进去睡。这无异于在我兜兜里塞了一块钱。于是，我从福州路走出来，走入了一条宽阔而又冷清的大马路，后来我知道了它叫北京路。我无所事事地往前走，心里是空落落的，我无心观摩路旁的一切，也不知道要走往哪里去，我似乎有一个心愿，就是巴望着夜幕赶快落下来。后来，我无意中发现路边有一个平安澡堂，我的腿像突然失去了力气，像失散的士兵终于找到了部队，我停下来就再也不想走了。那个时候大概是下午五点钟。

那天晚上，我就住宿在平安澡堂，这是个人味、尿味、肥皂味混杂的地方，但我觉得它很温暖。我还在那里美美地洗了一个澡，我从来没有洗过这么奢侈和肆意的澡，泡在油腻的汤里，立刻就昏昏欲睡了。我在家的时候，洗澡是很简陋的，夏天在院子里冲一冲，冬天在屋里像磨墨一样，一盆水从头洗到脚。现在，一池的汤水让我的身心都放松开来，我把上辈子的油污都泡出来了，把元气和血液都泡出来了，我差点泡虚脱了，最后还是一位澡堂老司把我捞了上来，把我放在洗澡人休息的躺椅上，我就在躺椅上睡到了天亮。

醒来的时候，我身边坐着一位笑眯眯的老司，他说，你昨晚差点晕倒了。我说，啊，是吗，我一点也不记得了，只记得泡得很惬意，泡得灵魂出窍。老司说，这朋友，你要记住，以后在外面一定要警觉，不可忘乎所以，更不可肆意妄为，泡澡也一样，尤其是累了虚了，不宜泡烫，不宜泡久，那样容易被疲惫撂倒。这话可以举一反三，在我后来浪迹天涯的经历中起了很大的作用。老司后来又说，我们做个交易怎么样？我警觉起来，什么交易？老司说，我昨天就闻到你身上的菜油味，真香啊，你带了菜油了？我说，那又怎么样？他说，你要是经常来上海，你带菜油给我，我帮你介绍旅馆，我一个侄女就在遵义旅社，你可以住她那里。这的确是个好消息，老司说的也不像在蒙我，我就分了一斤菜油给他，剩下的一斤，我说带给他侄女做见面礼，我想马上搬到遵义旅社去。

老司的侄女，就是我前面说到的陈优犁，她那时是遵义旅社的一个服务员。我带了老司的口信给她，再把剩下的菜油给她，她就很高兴，就马上让我住下了。上海人对于菜油的感情，就像温州人对于海鲜，不知是上海人特别喜欢吃菜油呢，还是温州的菜油特别香。当然后来，上海人不仅只喜欢温州的菜油，还爱上了温州的瓯柑、温州的虾干、温州的走私表。陈优犁是那种会精致打扮的女孩子，贴身的小西装，笔挺的四条柱裤子，方口皮鞋，走起碎步来，的笃的笃的，小胸脯也一抖一抖，笑声仿佛从腰肢间发出来，铿锵有力。我从来没见过这样的女孩子，挺拔、蓬勃，和温州羸弱的女孩子不一样，立刻就把我吸引了。我还喜欢听旅社的工友在过道里喊她，陈优犁，陈优犁，上海话把这三个字叫起来很好听，特别的悠扬，特别有音乐感，我如果在房间里，都会忍不住探出头张望一下。我因此也迷恋上了上海话，很快就学会了“赤那”“杠头”“小赤佬”“侬哪能”，还成了口头禅。后来，我到上海的时候都是直接去找陈优犁，每一次都会带上上海人喜欢的东西，而她，无论我去得早还是晚，无论她在不在班上，她都会把我安排下来，使我从码头出来就不再那么慌乱，可以径直奔向栖身的地方，这个感觉非常好。

陈优犁最早是在遵义旅社，后来调到了九江路，后来又调到了浙江路，最后落实在江西中路，也就是黄浦旅馆，那是我待得最久的地方，像家一样。那个时候，我和陈优犁已经非常熟了，没事的时候，我就会靠在服务台前和她聊天，从外面回来，我也会记着给她带一点零食，上海的女孩子都喜欢零食，上海女孩子吃零食也是一道风景。而她也利用她的资源给我提供便利，比如我入住的时候要是没有床铺，她就会在洗衣房里给我搭个铺，第二天再把我转出来。后来，待得久了，对房间的要求也高了，觉得那些统间杂乱，不便，不仅睡觉不便，放东西换衣服都不便，她过来说话也不便，她就把我换到了屋顶阳台的一个小阁楼。那个阁楼很小，勉强住一个人，门和窗都开在阳台上，实际上也并不隐蔽。旅馆里喜欢把洗好的床单被套晾在屋顶上，风吹得它们啦啦作响，也经常会有人在那里走来走去，但对于我来说，那无疑就是豪华的单间了。我在的时候，陈优犁也会过来看一看，我不在的时候，她也会避开领导躲到这里来午休，我的枕头上总会留下她好闻的雪花膏香味。她也会借我这里来换衣服。我怎么知道的呢？有一次，她那条白色的“的确良”假领就落在了我的床铺上，不知是她故意的还是疏忽的，但我觉得那特别地不一样，老想破译出这假领上承载了怎样的“密码”。我很快乐，在枯燥的外地，在疲惫之余，能有这样一份温暖的内容，实属难得。当然，我也知道，我们不是在谈恋爱，两地的差异和两人的角色，都使得我们没办法往这上面想。

后来有一天，陈优犁来阁楼里找我，叫我以后不要住在黄浦了。我不解，问为什么。她说没有为什么，说你在上海时间也不短了，其他旅馆也熟，你可以去求别人去。我觉得这个理由站不住脚，找别人找你不是一样吗？陈优犁就换了一个话题，说，你认识小李吧？我说知道啊，怎么啦？小李是黄浦旅馆的班长，他喜欢管人，有时候我入住迟了，还要经他批准才行。陈优犁说，他让你下次到福州路排队去。我无奈，我呜呜。

再次来上海，我就不住在黄浦了。但我一直在想着陈优犁的意思，什么意思嘛，没头没脑的！突然有一天就想明白了，是陈优犁和小李在谈恋爱！上海人是很讲究清爽的，不希望事情纠结和缠绕。小李一定在猜揣陈优犁，一定对陈优犁提要求了。这样想着，这件事也就解释得通了。

但是后来，陈优犁又让我去住黄浦了，也就是说，陈优犁和小李不处朋友了，或者说，陈优犁不理会小李的意见了。

现在，三四十年过去，我和陈优犁又坐在一个叫作“遥握”的咖啡馆里，我们有一下没一下地回忆着过去。陈优犁说着说着漏出一句话：我现在还没有结婚呢，呵呵。我诧异，问为什么。她说，原因很简单，感觉不好，感觉不好就觉得很没劲，后来又说了几个，都这样，就不再说了。我说，这么脆弱啊。陈优犁说，我这是脆弱吗，我这是坚持呐。我说，是啊，生活里不测的东西太多了，坚持也是一种考验。

## 2

昨晚睡得很好。我睡眠本来就好，长期在外面跑，基本上没有那些娇生惯养的毛病，吃住行，只要是心理上有所准备的，再苦再差的环境，我都能轻松自如地对付。曾经有一次和同事出差，同事悄悄跟我说，我发现一个秘密，你的睡姿一夜都不会变，睡下时什么样子，醒来还是这个样子。我告诉他，这都是苦难留下的毛病。他说，怎么是毛病呢，这话怎么讲？我说我小时候和母亲一起睡，一条薄被，像帐篷一样，我们就像是缩在帐篷下躲雨，轻易不敢乱动，这就养成了睡觉一动不动的毛病。所以，昨晚会务组又安排了一个人进来，我睡着了，一点也不知道。好在来人也特别地善解人意，好在房间的设计还特别的人性化，见我睡了，那客人就抱了被子宿客厅了。

上午是见面会兼论坛，下午还有。会议就安排在ZD大学的主楼二十层，我们走出宾馆，穿过马路，对面就是。会议室其实就是建筑与设计学院的，所以只能开一些小规模的会议，位子摆了两圈，席签重重叠叠，因此也就显得拥挤紧张，这样的效果反而很好，给人一种务实、纯粹的感觉。因为是学院邀请，来人倒都是一些大牌，但我不是，我只是一个做玻璃物件的，要不是在上海，我来都不会来。主持人是学院的教授，没有客套，语速非常快，搞学术的人都这样。他先是报了一个名单，要大家按照顺序发言，倒也干脆，不用推三阻四的。先是轻工部的一个副部长，再是行业协会的秘书长，再接下都是国内做玻璃的龙头企业，台玻、福耀、耀皮、南玻、信义、金晶、洛阳浮法、沙玻、威海蓝星、株洲旗滨，还有德国和英国公司的代表。我的企业不算大，所以，轮到我发言是下午了。大家的话题主要围绕着玻璃产品的研制和开发，涉及飞机玻璃、汽车玻璃、低辐射镀膜玻璃、太阳能电池面板、平板玻璃、颜色玻璃、超白玻璃、玻璃家具、幕墙、灯具、仿水晶、精密电子、光学仪器、特种镜板，如果不是相关行业，肯定要听得一头雾水。在这个过程里，大家都提到了一个关键词——“浮法玻璃”。顺便也普及一下，其实玻璃的一切关键都取决于这个浮法工艺。玻璃工艺的形成应该也有近两百年的历史了，但玻璃如何真正的运用，在过去的一百多年间是非常有限的，仅仅是一般的器皿和一般的装饰，而且利用的价值就像它的质地一样非常脆弱。确实也是，当玻璃像岩浆一样流出来的时候，它的随意性和不稳定性是可想而知的。上世纪早期，英国人首先想到了要在玻璃的“改性”上做文章，这个工业革命的意义，无异于我们现在的火箭和卫星的利用，皮尔金顿公司就是通过保护气体在锡槽里的作用，解决了玻璃的成型问题和稳定问题。我们现在谈到的玻璃，确实，它的作用已经和其他新型材料、复合材料差不多了，比如没有波筋、厚度均匀、上下平整、更加光滑、更加牢固、更加透明，且能耗低、成品率高，那它不是比其他材料更漂亮，更有优势吗？这话说得远了。

下午还是这个会议室。门口摆着茶点和水果，我泡了一杯咖啡进来，而且是加浓的，目的也是为了自己不出现突兀的哈欠。经过一个上午的紧张，下午的发言相对松弛下来，没有排名，我就主动和主持人申请，让我第一个讲，说自己还有个要紧的商谈，说得冠冕堂皇的，主持人就同意了。

我这人说话向来没谱，没有轻重，也不分场合，这和我的出身、教养有关。我说我说点题外话吧，我是感慨于两点才来这里开这个会的，一是在将近四十年之前，我差不多就在上海浪迹，我从来也没有想过自己哪一天会和知识沾点边儿，所以现在，在这个著名的 ZD 学府里开会，我是很惶恐的，同时也是很欣慰的。二是那个时候我在上海买过玻璃，那个时候的玻璃不像现在的玻璃那么贱，那个时候的玻璃是奢侈品，在我们那个地方，玻璃茶盆、玻璃杯子、玻璃鱼缸，那都是可以直接俘获姑娘芳心的，而平板玻璃，则可以决定一个婚姻的品质。我的生命与平板玻璃有过一些交集，而这些交集又改变了我的命运，鉴于此，我才乐意过来开这个会。从感恩的角度讲，我是感谢玻璃的；从抱怨的角度说，它又陷我于要命的困境。我不知道我到底讲清楚了没有，或你们听懂了没有。不懂也没有关系，这不能怪你们。我一个死去的朋友说过这样一句话，如果你在两分钟之内还讲不清楚你的意思，那你就永远不要讲了，再讲也肯定都是废话。

我说完这段话就走了。主持人在解释我的离席原因。我相信其他那些老师也一定是诧异的，甚至是鄙夷的。他们面面相觑，心里一定会觉得怎么会让这样一个人过来开会，一点也不靠谱。都无所谓。倒是一个年轻的老师主动出来送我，边走边说，说你讲的还是挺有意思的，有许多别样的信号，你说的是什么年代的事情呢？我相信这里面一定有故事。我谢谢他的热情，我告诉他，那都是上世纪 70 年代的事情。老师说，噢，怪不得我们听起来会有些距离，那你今年有这么大了吗？我说我六十多了。老师兴奋地说，你说的那时候我才刚出生呢！我看看他的样子，说有可能。

我下午其实没什么商谈，是又约了陈优犁。这时候她已经在宾馆里面等了。我们说好一起去看看一些老地方，没有她这个老上海，我可能都无从找起。现在，我坐在陈优犁的车里。她是个有享受倾向的人，很早以前就是这样，所以，她尽管现在独身，但还是开了一辆宝马Z4，很精致，配置也不错，我坐在里面有点恍惚和幻觉。这种感觉非常微妙，我想，也许是因为身处上海的缘故，也许还有在陈优犁身边的缘故。陈优犁的车载着我朝浦东的方向驶去，这是我们下午的目的地。按照她的说法，我们不走延安路隧道的捷径，我们先重温一下多年前我在上海的岁月。我们从北京路上过来，一路走一路说，说九江路、浙江路、福建中路、黄浦旅馆；有一些在南城，像遵义旅社、十六铺码头；我那时候也看新闻，南京路江西路的拐角处就有一面报墙，那个时候，中国正在打对越反击战，我关心着它的每个进程；还有福州路的旅馆介绍所，每个人到上海的第一个落脚点，再由这里被一点点地分派下去，现在想起来还是有点不可思议，这是多大的一个工程啊。我们沿着外滩往左走，上了外白渡桥，这座著名的铁桥以及边上的石头房实际上就是上海当年的地标。陈优犁问我，去浦东那时候有两条路，你一般会走哪一条？我说，我只知道一条，就是提篮桥监狱边上的那条。在都市里面能看到一座国际监狱，那是很罕见的，高房子、小窗户、铁丝网、什么人关在这里，这些都是我当时的兴奋点。陈优犁说，走陆家嘴也行，近一点。我说，这个我不知道，外地人在上海不敢乱窜。

上海那时候的生活已经是很方便了，公交很发达，那些老电影里看到的电车都还有，无轨的有，有轨的也有，走在路上，身旁有咣当咣当的声音，让人恍如隔世。我买了月票，可以从这个车里下，也可以从那个车里上，像自己的车一样方便。上海的吃饭以前是一大奇观，到处排队，你坐在那里吃，后面是等着的人，虎视眈眈的，像拿着枪顶着你一样，再好的胃口也索然无味了。旅馆里也没有食堂，但社区里有，我们这些长期驻扎在上海的人，一般都会在社区办一张饭卡，社区食堂的狮子头很好吃，是正宗的无锡一带的烧法，但蚕豆和豌豆叫不清楚，这两种豆的叫法，上海和温州的正相反。

我前面说过，我是在温州待不住了，在家里背若芒刺，如坐针毡，我母亲都去信基督了，把门口的家什都搬进屋了，我这样“稻草都捡了走”的生活还有什么意思呢？就跑到上海去了。我一直以为过去说的跑码头就是这样，这不是我发明的，过去生活艰难的人都这样。

经过几天的熟悉和摸索，我基本知道自己可以干什么了，投机倒把，那时候没有这么一说，后来割资本主义尾巴了，才把这个词也带了出来。那时候的黄浦区，就像是我的根据地，南京西路下来的静安区偶尔我也会去一下，徐家汇也是，主要看有什么东西。南京路这边的东西很多，一百、十百、友谊商店，都是我经常要去的地方，去排队买搪瓷脸盆、买高脚痰盂、买绣花被面、买铁壳热水瓶、买大白兔奶糖和印花玻璃杯，上海是全中国物资最充足的地方，只要去排队，只要摸准了行情，什么都可以买得到。这些紧俏的东西被我源源不断地带回到温州，加上市场的紧俏度，加上我的心理价位，很快就出手了。等东西走得差不多了，我又准备起来到上海来了。

我后来才知道这不叫跑码头，跑码头还是有点江湖意味的，还是有点危险的，要有侠肝义胆，要有势力和地位，要受人尊重，被人看得起。我这算什么呢？后来在样板戏《沙家浜》里体会出一句话，胡传魁问阿庆嫂，阿庆呢？阿庆嫂鄙夷地说，他呀，还是在上海跑单帮呐。言下之意是没有什么名堂，都不在阿庆嫂眼里。跑单帮就是我这样的营生，靠辛苦赚一点不怎么干净的钱。

那时候到上海带香烟最多。温州香烟凭票，而温州人又喜欢上海烟，尤其是婚宴上，那是一定要“大前门”和“牡丹”的。牡丹分蓝牡丹和红牡丹，一个四毛六，一个四毛九，都属于罕见的奢侈品。碰到有人结婚急用，红牡丹都可以翻上一倍。每天早上，我饭也不吃就去一百排队，一人限购两包，如果队不长，我可以回头再排一次。我们现在有一句话说，在北京四天办一件事情，在温州一天办四件。说的是北京地大，程序多，不好走。上海稍稍的好一点，我又有公交卡，我可以一天办两件事情。

有一年，温州流行针织尼龙，而且就兴那种蟑螂色的，有人找到我说，有多少吃多少。这样的诱惑就像鼓风机一样推搡着我。后来我在豫园商场里找到一匹。剪布师傅说，八块钱一尺，两尺八一条裤子。我说，这一匹还可以剪几条？剪布师傅说，大概有十条。我说，那都给我吧。剪布师傅愣了愣，说，哪里有这样买东西的。

还有一次，凌晨三点，我到上海钟表厂排石英表，那是那个时期的新货，二十块钱一只。那一趟回温州，我兜里只剩下四毛钱，但我心里高兴，破例在轮船上喝了一瓶天鹅牌啤酒，吃了一份盖浇饭。后来在调剂市场，石英表换了一辆凤凰28吋的锰钢自行车。

回忆间，陈优犁的车已经进入了浦东，这已经是一个完全陌生的地方了。我们盲目地开着，都是通衢大道，但我们不知道往哪里开，不知道我要找的地方在哪里。那个时候的浦东，是一个冷清的代名词，只有一些高耗能高污染的企业在这里，卷烟厂、玻璃厂、水处理厂，不是哗哗响，就是滚滚冒烟，还有一个传染病医院，据说，上海人口密度大，肝炎的发病率高，转氨酶指标控制在38，所以，那些人都关在这里。现在，这些厂，这些医院，连个影子也没有了，抬头望去，只有世贸大厦、东方明珠塔、金融中心大厦，和一个类似于啤酒起瓶器一样的大厦。

噢，我不是来浦东看热闹的，不是来测量它的变迁的，我是来寻找一个我心底的符号，一个难以弥合的错节，它改变了我的生活以及生命的走向，上海玻璃厂，我曾经在这里进进出出，在这里买过平板玻璃。

平板玻璃是我在上海跑单帮的“重器”。温州人结婚，你可以有搪瓷脸盆、可以有高脚痰盂、可以有印花玻璃杯、可以有铁壳热水瓶，但平板玻璃就不一定有。平板玻璃是铺在洞房里面的书桌上的，有和没有，档次就差很多。没有，它就是一张普通的书桌，有了，它就平添了许多色彩，许多话题，它可以压一些照片，可以压全国粮票，可以压崭新的人民币，既增加了情趣，又体现了富有。所以，搞一块60厘米 ×120厘米的平板玻璃，成了新婚家庭迫切的追求。

温州那时候也有玻璃厂，还是国营的，看起来规模也不小，但只能做那种装止咳糖浆用的黄瓶。他们也曾想克服困难做那种透明的盐水瓶，我记得当年的《温州日报》还登过他们会战一百天的消息，但最终还是以失败而告终。我说这话的意思是，玻璃虽然是以石英材质为主，但它的活性能量很大，高温熔化后，谁也不确定它的最终走向，以及冷却后发生的质的变化。

平板玻璃那时候只有上海才有，因为难得，因为难运，相比于其他东西，我更愿意带平板玻璃。因为婚礼必需，因为意义重大，我开价也相对更高一点。每一次，我会用几斤菜油换供销科长的一张计划票。那时候没有快递，没有出租车，没有小四轮，没有高速公路，我接受了平板玻璃的业务，也就接受了辛苦，但是我不怕，我血气方刚，我有的是力气，我把这个过程的复杂和难度都想到了，一步步去完成。我把玻璃用厚纸板包扎好，用带子把它捆结实，做成双肩包形式的模样。我就这样将平板玻璃背上了浦东渡轮，渡轮突突突地横过黄浦江，这是一段黄浦江最宽的江面，好多的船都要从这里出去，走到汪洋大海里去，所以从这里把平板玻璃背出来，也是有象征意义的。我背着平板玻璃缓缓地从渡轮上下来，因为我背的是重器，所以我把自己落在了最后，我怕人推搡，怕人碰撞，这个时候，我就是一个搬运工，我要负责货物的安全。

我背着平板玻璃踏上了76路公交，那是在市区边上开的公交车，还开不到市区里面去，进市区还得换一个6路有轨，那也不能到达我住的旅馆，要到达我的目的地，还需要倒一个无轨。那时候，公交是普通人唯一的交通工具，挤得很，每一辆车都是满满当当的。为了把平板玻璃安全地运到，我一般都要捱到中午，就算时间上没那么凑巧，我也要在公园里捱到我要的那个时间。在车上，我一般都会挪到最后面，把平板玻璃搁置好，用身体护卫住。因此，我在车厢的最后就可以居高临下地看到许多“风景”。我看见礼貌的上海姑娘给老人让座，看到文质彬彬的上海后生为姑娘争座，看到紧张又脸色煞白的行窃者，看到站在姑娘身后装模作样而实则想猥亵的病态者。我就这样把平板玻璃弄到了我住的旅馆。

在旅馆，因为有了平板玻璃，我几乎是寸步难行了，一刻也不敢松懈，像狗狗守着肉骨头，顽强而专注。上海回温州的轮船要三四天才开一趟，这样，我就要提心吊胆地守护好几天。到了那天，我怎样把玻璃从厂里弄到旅馆的，就怎样把玻璃从旅馆弄到船上，船还是那艘工农兵18号，为了安全起见，也为了犒劳自己，我给自己买了张三等舱，毕竟船舱里人会少一点。船外的风景，我无心去欣赏，我知道，船头和船尾的浪花是很好看的，没有坐过大船的人，没有亲历过海洋的人，是很难想象乘风破浪的壮观的，那么的勇往直前，那么的激情澎湃，那么的顽强，那么的有生命力。但我只能忍着，安分地坐在船舱里，守着平板玻璃，听汽笛一声声巨响，就权当它在为我的成功而欢呼而庆祝。

回到温州，我直接把平板玻璃背到新郎家，这是一块结婚用的玻璃，是要压在洞房的书桌上的，相信主人在盼望婚期到来的同时也在盼望这块玻璃的到来。也许他们准备了欢呼雀跃的心情，也许他们还准备了钱，因为是喜事，他们也许还会多加几块钱，以讨个头彩，我当然也乐意多说几句好话，漂亮的话。我记得新郎家是一座两层楼房，楼下是厨房和饭堂，楼上是前后两间，一间给长辈居住，一间做新婚的洞房。为了安全起见，我坚持要一个人把玻璃背到楼上去，我有的是力气，我都从上海背到这里了，还怕这几步吗？我背着玻璃，一步步的往楼上走，楼梯的拐弯抹角我要当心，上下高矮我要注意，千万不要磕碰，要像演杂技一样稳住脚跟，把身体和玻璃都侧进去，这些都难不倒我。新郎新娘，一屋的人都在等这块玻璃，他们的眼睛闪闪发亮，他们寄予这块玻璃很多的期望，婚姻的档次、洞房的热闹、众人的羡慕，等等等等。他们见我进来都不由自主地让开地方，都退了一步，生怕碰到我。也有人想伸手帮我一把，要扶一扶，但马上就被人阻止了，说当心当心，由他自己的意思是最舒服的。我真的是如释重负地把玻璃放了下来。现在，书桌上已摆好了许多照片，是新郎新娘杭州游玩时拍的，有六和塔、钱塘桥、三潭印月、白堤苏堤，还都是那些照相点拍的，也就是说，他们家的条件还是比较殷实的，是配得上这块平板玻璃的。

玻璃的包扎被一点点打开了。这个物件太重要了，所以我包扎得也特别好。我一点点地解开绳子，一点点地剥开纸板，那段时间，他们家帮忙的人也都在现场，除了新郎新娘、阿爸阿妈、舅舅舅妈、几个姐妹，有些本来在楼下帮忙的，这时候也都跑到楼上来了，楼下还有一些人，帮忙洗菜的邻居，搭台做菜的厨师，做菜的过程要三天，这个气氛也把平板玻璃的呈现推向了高潮。

但是，但是，我解开玻璃后自己也傻掉了。这块好好的玻璃、感觉又厚又重的玻璃、包扎得结结实实的玻璃，什么时候在里面不声不响地裂掉了，看起来不觉得，其实里面已经像蜘蛛网一样了，就差喇的一声碎开来。是新郎第一个叫出声来，说怎么是块裂的！这无疑像一声炸雷，大家拼命地钻了头看，这个说，就是玻璃裂了没有用。那个说，这个时候，玻璃裂了，彩头就不好了。是啊，婚姻是最讲究彩头的，裂，即是破碎，即是分离，这些话放在婚姻里，无论如何是通不过的。新娘马上就瘫坐在地上，呜呜地哭起来。本来喜气洋洋的气氛，一下子变得凝重起来，像黑了天一样。要是人少，这件事兴许还能够隐瞒一下，这么多人，人群马上也像炸开了锅，等于这个不幸立刻就藏不住了。大家都知道了，就会推着这些情绪往反方向走，七嘴八舌的。我一看情况不妙，就脚底抹油，还没等他们家人反应过来，我已经溜到楼梯下了，屁滚尿流地跑回家里。

我气喘吁吁地对母亲说，闯祸了闯祸了。我母亲信基督以后人完全变傻了，还说，他们要是信基督就好了，就没有那么多讲究了，信基督，人在世间就是一个过客，这又有什么要紧的？我也不和她废话，拼命地整理衣物，我现在还不知道他们会拿这事做什么文章，但我得先躲出去。母亲莫名其妙地看着我，她一定觉得我在小题大做，还真不是，我知道的。我当天就没敢在家露过面，过了三天，我托人买到了去上海的票，又匆忙跑到上海去了。

我和陈优犁说着这些的时候，我们还在浦东的路上转悠，我们找不到一丁点上海玻璃厂的影子，连个裁玻璃的店铺都没有。有些地方搞得好的，会在原来的遗址上弄个什么碑，记录一下当年的历史。但浦东改造得太彻底了，规划上根本就没有这么想，这就没有办法了。这时候，天上下起了中大雨，且还没有想停的意思，一下子，路面就积水了，看上去像铺了玻璃一样。路上撑雨伞的人多了起来，一会儿穿花绿雨衣的骑车人也多了起来，在十字路口、在商店门口、在人多的地方，这种颜色的交错非常有美感，看上去层层叠叠的，加上雨中的仓促，加上地上的倒影，远远望去，像一块厚厚的油画板。这种景象也告诉我们，这里已不是过去的浦东，也不是上海的浦东，这里聚集着众多的外来务工者，已经成了他们的宜居之地，今非昔比，旧貌变新颜了。高峰说到就到，车子也难走起来，我们被堵在路上了。

## 3

陈优犁告诉我，这个故事，一听就觉得还没完。我说，是的，没有完，现在还没有完。

第二天没会，但有一个座谈，说大家议一议，搞一个论文集。主办方的理由非常牵强，说本来是要给各位发放出场费的，可“八项规定”以后，财务的手续几近苛刻，支出更难了。想借论文集这一招，给大家发点稿费，弥补一下。当然也未尝不可，但这样简单的会，能出什么成果，我是持怀疑态度的。反正我是谈不出什么观点的，也不愿意再耗，一大早就买了票回广州了。我现在有经验了，从 ZD 大学到虹桥车站，地铁就要一小时。昨晚和同屋的说好，我睡客厅，目的就是为了今天的早走，于是，悄悄地收拾好，蹑手蹑脚地出门，连关门的声音我自己都没有听到。

上面陈优犁的话，是我上动车之后她发给我的短信，看来，我们的交谈还得在动车里继续。动车在上海平原开得还算畅快，到了浙江境内，尤其是过了宁波绍兴，山洞隧道就渐渐的多了起来，于是，我们的短信也变得断断续续起来。

那天之后的事，我都是听别人说的。我其实至今都没有回到温州去，自从那天从新郎的洞房里逃出来，我就躲出去了，我怕回家会带来更大的麻烦，我不在，也许这件事就没有结果了，至少我觉得会很快结束的。但听说，这件事还远远没有结束。玻璃被拆开后，发现了裂痕，新郎家就拿这个说事了，说倒了彩头，冲了喜气，甚至带来了晦气，一拨人围着我家闹了三天，要我赔偿损失。我不在家，吵也罢，赔也罢，终究会过去的。我母亲倒是不怕这些的，自从她信奉了基督，她的心变得格外的坚硬，任凭对方如何谩骂，她都不争不回，按照《圣经》的说法，“你打了她的右脸她连左脸也一起让你打了”，她顾自沉浸在自己的世界里，在那里寻找自己的安宁。只是那新娘让她难过。那其实是我的邻居，我们家的楼下和她家挨着，她家的楼上有一半也嵌镶在我们家。据说平板玻璃裂后，这个婚就没有结成，她回到了自己家里。1979 年，这样的事是可以毁人一辈子的，她要再嫁，可以说比登天还难，任何舆论都不会去支持她。更糟糕的是，她那时已怀有身孕，这个后果更加不堪。越是这样，我就越没有办法回去了。

那时候，我在外面每月都寄钱给我母亲，我寄十三块钱，是我母亲工资的一半，我用这样的方式保持着与家里的联系，与我母亲的关系。现在想来，过去的一些事真叫好，事简单，时间慢，就像那首歌里唱的，车马都走得慢，一生只够爱一个人。汇款要半个月才到，写信也要一星期，电话没办法打，因为大家都没有，每一件事操作起来都很花功夫，也就愈发觉得这些事情的巨大，回家也就成了非常奢侈和隆重的行为，正因为这样，才有惦记，才有纠结，才有了一种叫作“乡愁”的东西。如果没有这些，没有这么难，我们的一切关系也许都不会发生，一切都变得容易和微不足道，这些“愁”也就都没有了。

我和我朋友说好，我每个月 1 号汇钱，半个月后你到我家去看看，看看我母亲怎么样，问问她钱收到没有。我朋友告诉我，我母亲总不在家，早中晚都候不着。这使得我联想很多，她是不是也像我这样在躲避麻烦？我问朋友，有没有发现我们家门口什么异常。朋友问，什么异常？我说，比如门口摆了花圈，屋角被人扒了？朋友说，那倒没有。温州有很多下三烂的报复伎俩，比如大粪泼门、玻璃涂漆、胶水冻锁眼、下水道堵塞等等。这些都没有，那我母亲去哪里了，不会也被我的平板玻璃给气疯了，背井离乡了？

后来知道，我母亲是去信基督了，她比起原先更上瘾了。她原来的功课只是三祈五祷和通读《圣经》，现在，她的业绩大有进步，已经能在一些弄堂的聚会点里布道了。母亲因挫败而信基督或寄托于基督，我是理解的，但她的进步那么快，我是没有想到的。那时候，社会动荡，心无安宁，没有目标的人很多，愿意麻醉自己的人也很多，这些人都是那些聚会点的常客。晚饭后，他们在路上闲逛，走着走着，被那些隐约传出的歌声吸引了，他们或自觉、或被动、或好奇、或疑惑，都想探个究竟，这就来到了这些聚会点。那时候，我母亲会和他们讲《新约·约翰福音》第十二章的故事——“那时，上来过礼拜的人中有几个希利尼人，他们来见加利利伯赛大的腓力，求他说，先生，我们愿意见耶稣。”母亲把主题落在了“愿意”上，就像她那样真心真意的愿意，这个愿意没有条件，是人心底自觉的生发，是今后虔诚的开始，而不是经过劝导后被动产生的、有条件甚至有功利的。

当人们心存疑惑左右摇摆时，母亲又会和他们讲讲另外的故事。《圣经》的好处就是通俗易懂，深入浅出，寓意丰富，老少皆宜。“耶稣和门徒渡海，遇风浪。那时，主已经睡了。门徒惊惧，催主醒。主斥责了风浪，海便静了。加利利海自主斥责了那番风浪后，至今都没有起过风浪吗？不是的。当主斥风浪时，海面正待要平复下来。以后海面照样是常有风浪，正所谓一波未平一波又起。信徒的心啊，也犹如这海面一般，当其不宁时，一经主的管教，就觉得有了安宁。然而，时过境迁，在另一光景下，或正好在病痛中，他的心里却又要起风浪了。故，被主斥责而得来的安宁是短暂的，心里没有主，风浪照样要出没无常。而这些已有的安宁又从哪里来呢，自然是从耶稣的生命中来的，而生命中有了耶稣，也就有了能量，自然再大的风浪也不惧怕了。”我真不知道母亲有这样的水平，这样的口才，看来艰难困苦的确是磨炼了她。

那个新娘，我们都叫她阿芬的，她也真是命苦。年少的时候，母亲就莫名其妙地爬到河里去了，什么病也没有，也没有什么想不开的，大家都说她是被鬼跟住了，鬼叫她到河里来，她就乖乖地去了。她父亲受了刺激就开始酗酒，晚上喝，早上也喝，有一天喝了两斤白酒，身体烫得躺在水泥地上降温，我们还帮她用水浇她父亲，那些水浇在他身上，他都没有一点反应，就像死猪一样。还没完，那天晚上，趁我们不注意，她父亲自己把自己颈上抓了个洞，大家都以为他睡着了，早上才发现，他流血过多，已经死了。阿芬的媒还是我母亲做的，母亲可怜她，还和我私下里说，那块平板玻璃就算白白给她带吧，不要收她的钱，就当送给她，让她高兴。没想到，是这块平板玻璃把她的婚姻搅了，我真是该死。这种事，又没有其他办法弥补，我只得躲出去，不让他们看见。

阿芬后来生了一个小孩，这个小孩没有留住她的婚姻，新郎家宁愿看重彩头也不要这个小孩，这就不是决绝的问题了。这小孩也怪，是个“鱼人”。鱼人是我们温州的说法，别的地方不知道怎么叫。这种人有个很大的优势，就是长得都不像父母，就是像自己，甚至全世界鱼人都长得一样，无论中国的或是外国的。按理说，小孩不管出身怎样，有没有病，应该都会像父母的，但鱼人就不是这样。他们都长着圆圆的脑袋，眼睛都靠在两边，一股很憨厚的样子，生气的时候也是笑眯眯的。开始的时候大家都说阿芬的小孩漂亮，白白净净的，还丹凤眼。后来才搞明白，这是“唐氏综合症”，也不知道是染色体里面什么多了什么少了。这就更苦了阿芬，这又让我产生了联想，我就更回不去了，我要是回去了，大家一定会怪罪于我，就是大家不这么想，我自己也会这么想，我看见那个鱼人也会愧疚。还据说，那段时间，都是我母亲帮她一起带小孩，这也多少减轻了一些我的罪过。

我也是自那以后就不再跑单帮了，基本上就断了温州的路子，以及回家的路子。心里有愧，赚钱也没有什么意思。我后来就不光是待在上海了，我全国各地到处跑。当然，从上述事情上可以得出结论，我也是一个一根筋的人。我还做玻璃，从玻璃上跌倒，也从玻璃上爬起来。我开始就是开玻璃店，代理上海玻璃厂的平板玻璃，或替人裁玻璃配玻璃，我有玻璃的资源，也有玻璃的情结，更有做生意的头脑和经验。我们的玻璃店开遍了上海郊区，市区一时还进不去，吴淞、崇明、闵行、嘉定，都有。我从单纯的卖玻璃到定制玻璃、从客户有需求到我自己推出玻璃产品，这是1992年，玻璃的使用已经相当的普遍了，而最早一轮的房地产热也带动了玻璃的大发展大繁荣。但是，也有一些玻璃企业，因为机制的局限，因为设备的落后，因为产品的滞后，开始面临困境，我就是在这时候接管并买下了广州玻璃器具厂的。这个厂原来是吹玻璃花瓶的，另外还做玻璃工艺品，如果和当年的温州玻璃厂相比，那他们的技术还是可以的，外行人一看就觉得他们的技术了不起。但这种花瓶之类的东西又有什么用呢？又不高端，又不赚钱，淘汰是自然而然的。

我说过我是一根筋，我就想在家居玻璃上有所建树，有所突破，那块平板玻璃的裂，是我的心头之痛，甚至是永恒的痛。我开始解决玻璃的钢化问题，这个时候，钢化不是什么难题，只是看你运用在什么地方。就像一百年前人类就发明了烧不坏的灯泡，但为了不致工厂倒闭，不致工人失业，这项发明还是被人为地搁置了起来。我的产品涉及到家居的一切可能，这个里面的技术一般人想不到，甚至容易“误入歧途”。有一次在机场，在等飞机起飞的时候，边上一人听说我是搞玻璃的，就拿出一个日本的保温杯问我，杯体是双层的，但吹拉出来后怎么会没有看见封口？我说，你的思路还停留在过去的热水瓶时代，为什么过去的热水瓶都有一只脚？但是我告诉你，这个问题上世纪七八十年代就解决了。现在的难度不是封口，像我们厂，难度不在于防止变形而在于造型够大，比如200毫米长100毫米高50毫米宽的鱼缸，你怎么样把它拉出来，就是换了铁的，都是一个难度，更何况玻璃？再比如玻璃圆桌、玻璃椅子，它要成型得规整，成型得平衡，在活性程度很大的玻璃上，掌控是非常非常难的。这也是我们企业现在的名声，是独一无二做玻璃家居的。一切都源于过去那块裂掉的平板玻璃。

我对母亲是放心的，信基督的人，“星辰”是很大的，不怕病，不畏难，什么地方都进得去，什么地方都出得来。把隔壁的鱼人带大之后，她后来都在外面做善事，她觉得做善事不仅在建设自己，更重要的是在造福后人，具体到造福于我。她去医院给人做祷告，去殡仪馆给人做祷告，后来索性去伺候病人了。一个患肠癌的老太太，说起来也是教会派遣的，说有个姐妹被“撒旦”跟住了，要去帮她。这也是教会的微妙之处，把同道说成是兄弟姐妹，这还能不去吗？这肯定都是义无反顾的。母亲就带了神圣的使命去了，吃住在姐妹家，陪说话、端屎端尿，负责照顾她的饮食起居。到最后姐妹的弥留之际，她还陪着她睡。毋庸置疑，母亲自己一定是充实的，美好的，自然也是忘记了我了，或者说我反正也像地上的草，卑贱得很，不看他，他自己也会茁壮成长的。

这些都是我和陈优犁在动车上短信互动的内容。在短信上，我只谈及了母亲和阿芬，谈及了我的玻璃事业。却没有谈及我的个人生活。其实，我是没有成家的，至今独身一人。陈优犁说，你不是挺能干的吗，你干吗？我笑笑，我的比你的复杂，你看我父母的婚姻，你看阿芬的婚姻，我对这个东西不相信了，我是复杂和矛盾的结合体。

在和陈优犁的短信中，我们也谈到了回家。我前面也说过，物质条件的局限，使我们的乡愁变得很浓郁，变得心安理得，同时又使我们的不回家变得合情合理。我后来在央视那档“找人”的节目里看那些不回家的人，有些就是一个很小的原因，一个疏忽、一句重话、一点小小的怨恨、一次信息的丢失，就再也回不去了，也找不到了。我也是这样。

我后来回家也是一件很突然的事情。我以为我和家里的关系就这样了，和母亲的关系就这样了。母亲是主的人，她心系大众，她早已习惯了没有我的生活和日子，信基督的人好像都有这样的情怀。有一天，我们温州的电视台找到我，说想邀请我参加一档认亲节目，节目名叫《咫尺天涯》，顾名思义就是近起来很近远起来很远。我说我没有这个意愿啊。节目导演说，你没有家？我说我的家只停留在我二十岁之前，我今年都已经六十多了，我一直就客居外地。导演说，那你没有家人？我说家人本来是有的，我母亲，但我也已经三四十年没见过她了，要说起来她今年也有八十岁了，以她生活的坎坷，我觉得她活不到现在。导演说，那你也没有姐姐妹妹？我说没有，有的话我还会这么轻松地待在外面？导演说，那你更应该参加我们的节目了，有一个女人，通过各种渠道各种手段，一直在找你。我说不可能，还渠道手段。导演说，你看，我们不是这样找到你了吗？这个渠道和手段就很特别。于是，导演就讲了这样一段类似于侦破一样的故事。说一个叫阿芬的女人，要找四十年前曾帮她捎过一块平板玻璃的后生。她是受邻居大妈的委托，大妈生前不知道儿子在哪里，手头也没有儿子的半点线索，大妈的DNA倒是好弄，但儿子不上数据库也白搭，现在唯一有希望作为凭证的就是大妈的一缕白头发，因为在许多年以前，白头发是大妈一瞬间留下的一个标志，还有就是一个平板玻璃的故事，因为就是这块玻璃，导致了后生的离家出走，直到现在。节目组还真有心，分析来分析去，根据人的创伤心理以及偏执个性的行为走向，在玻璃行业寻求帮助，找许多年以前背井离乡的、专注于一个行业的、有有关玻璃特殊经历的、以及性格有奇异缺陷的、又对白头发有意外敏感的人，还真的找到了我。当然，这个途径也是非常典型的，稍稍的有一点点偏差，也许就找不到了。

这个节目我当然不会上，我不喜欢这类秀场，我会不自然的。

再说了，不回家，无论什么理由，都是说不响的，很容易现场被人吐槽。况且，面对阿芬，我一辈子都是有愧疚的，可以想象，那个场合，阿芬一想起身世，一定会情绪失控，而我也一定会无地自容。但节目组的努力，我还是要感谢的，我给了他们一年的广告植入。阿芬我也见到了，她应该和我差不多的年龄，但明显的老多了，这是命运落下的，也是辛苦落下的。我随她一起回了一趟温州，按照她的话讲，你自己去，东南西北也不知道了。我们老家那片地方，2000 年就拆迁了，拉了马路，建了商场，政府有规定，原房四十平米以上的，可在附近安置，但房子也是很差的，其他的小面积住户，都动迁到很远的地方去了。我心想，我就算早几年过来，也一定是路也找不着了。我和阿芬家本来就很小，还像个凹凸一样嵌着，合起来才五十多平米，就只能搬到很远的地方去了。阿芬说，早年鱼人还小，都是我母亲帮忙一起带的，那时候真是太难了。后来，我的母亲，大概是在外面跑辛苦了，脑梗中风了，都是阿芬来照顾她，直至她死。为了感谢阿芬，同时也洗刷自己内心的歉疚，那些天，我陪着她跑指挥部、房地产开发公司、公证处，我把我母亲名下的房子写给了阿芬，也了了一件大事。

阿芬后来也一直没嫁，她带着个鱼人怎么嫁，就没有这个念头了，这是其一；我觉得，更多的原因还是她不相信婚姻了，更不相信感情了，说变就变，别人说什么也没用。鱼人倒是活得无忧无虑的，他肯定无忧无虑。据说，年少时对乐谱有感觉，还在少年宫乐团里当过指挥，鱼人开发得好，好像是有特异功能的。后来画画，现在热爱广场舞，广场里有他，他就是焦点，据说还跳得不错，尤其是转身微微翘首 45 度，比那些大妈做得好，大家看了都会笑。这也是一个有福的人，把他母亲的福也都享掉了。不再赘述。

## 4

我后来又去了一趟上海，不是去参加什么会议，而纯粹是为了去会陈优犁。我要对她说，生活就是生活，强调那么多意气干什么。很多的时候，都是因为意气，我们把生活给耽搁了，把自己的年龄给耽搁了。

我们还是坐在ZD大学附近那个“遥握”的咖啡馆里，她感觉到了我的心思，人真有趣，心思不对了，语言和动作也就僵硬起来，不像前面那样松弛了。她斜眼看着我，板着面孔说，我们其实也是可以的，不要说过去那点感觉，就是现在说起来，也是挺轻松的，也有情趣和愉悦。但我不能，我要是答应了你，好像我对婚姻就没有原则了，好像是为了婚姻而婚姻，我向来厌恶凑合。我要是现在答应你，那我以前的坚持就白费了，我的坚持就变成了作秀，还会被以前那谁谁笑话，说你看，我的感觉是很准确的，我以前就感觉他们有名堂，是不是掉到我嘴里了。我讨厌被流言击中，那样多俗套啊。我看还是算了。

我看着陈优犁，突然觉得没话说了，心想，这个可怜的人，我以前还以为她挺勇敢的，其实是被那个自我害掉了，变得可悲起来。我忍着时间，把眼前的咖啡喝完。我们往外走的时候都客气地说，常联系啊，现在电话方便，交通也方便，如果有空，抬抬脚就可以过来。其实，那之后，我们就再也没有联系了，觉得被一种莫名其妙的东西困顿着，有时候在微信里看到了，也懒得吱一声。

［原载《花城》杂志2018年第1期］

# 阿玛尼

## 1

我初中毕业的时候是十八岁。这个年龄，细心的人一看就明白，这厮，一定有什么说道的，要么是长不大的“螺蛳钉”，书读得迟；要么是“蒸不熟的黄馒头”，在哪个年级里“回炉”了。也确实，一年级的时候，五颗钮扣分三份，我分不出来；五年级的时候，“读书是学习，使用也是学习，而且是更重要的学习”，这“而且”是个什么东西？为什么这么重要？我就搞不明白。 等我读了初中，母亲就吓唬我，叫你爸早点做辆板车起来，言下之意是，我学校里一出来，就可以去做苦力了。

借我母亲吉言，我确实也做过许多苦力，打桩、做泥水、拉板车，或者，被人呼来喊去地打架。这些信息也告诉别人，这厮有蛮力，或者说，头脑简单。同时，别人也由此知道，我有很长一段时间找不到事做了。一个人有力，没事做，都会想着去学一门本事，什么本事？打拳！就算你自己没想到，别人也会惦记着你，我父母就说，没事去学门功夫起来，不打人也可以防防身嘛。那些打拳老司[①]也会找你，到我这里来吧，到我这里来吧。有点像现在的“星探”和“引进人才”，嘎嘎。

我们家对面山上就有个拳坛，老司叫龙海生，也有人叫他南拳王的。是拳王，一般都有些传说。传说一，说有一天有人找他单挑，他说可以，也不问要比试什么，不动声色地顾自扎下马步，运足气，然后发力身体一坐，脚下的地砖就像开了片的瓷板，嘎嘣嘎嘣地裂开来；还有个传说更有趣味，说他弟弟要“上山下乡”，明天就要走了，他表示对政策的不满，早一天夜里把解放路上的垃圾屋全部踢倒。垃圾屋都是水泥的，一路上有几百个，先不说垃圾屋牢不牢、重不重，但一路踢来不歇，这脚力也是可观的。

就这样，我拜了龙海生为师，学两样东西，一是齐眉棒，二是板凳花。齐眉棒讲究左右开弓，板凳花的特点是进退自如，两者都是攻守兼备、实战型的功夫，我喜欢。我不看好死板的、程式化的套路，我觉得，没有器械，光是拳，力是打不出来的。

## 2

有力，就会有人请。请我的是附近的金龙阿妈。金龙妈我不认识，但我母亲认识她。母亲说，金龙妈很苦的，她有什么事叫你，你只管应来。我就应了。金龙妈找我不是一般“推拉抬担”的小

---

① 指年长有技术的人，多指民间技师。

事，而是委我以“重任”。什么重任？这个说来话长。现在，我撑着肩，自我感觉良好地往金龙妈家去。我以前读小学时，每天一早从家里跑出来，像一条关了一夜出来撒欢的狗，跑得很快，还会张开双臂作飞翔状，嘴里还配以“呜啦呜啦”的叫声。叫声像犬吠一样引出了其他同学，他们一个个钻出家门，一会儿就会集起七八个，像一群互相追逐的狗，兴奋地向小学跑去。金龙妈家就在小学的附近，一个裁缝店边上，一条小弄堂进去，里面有很多人家，像某些景区，外面一点也不起眼，里面都是风光。我们这里有很多这样的弄堂，像一个篆书的“竖心”，由几条枝杈组成，金龙妈就住在最里面的那间。到了这里我想起来了，金龙，还有银龙，我们应该还是校友呢，这个也等一下再说。

这条弄堂，我以前来过，是初中时随“红卫兵”进来夜巡。巡什么？巡有没有“犯罪”的隐患。小路弯弯，路边有许多物件，是边上的住户随意摆出来的，水缸、鸡鸭笼子、花草罐罐、水泥洗衣台、晾衣的竹架子。我喜欢掉在队伍的最后，最后，等于没有了督促，我可以随机而肆意。用耳朵贴近屋门，听屋里的窃窃私语；在窗前的黑暗里凝神屏气，想象着屋里的大致轮廓。马上，私密一点点的被我嗅出来了。有一次，我还偷窥到露在床外的四只脚，我当时很费解它们的样子，后来被同伴“走啦”的叫声拉了出来……现在想来，当时那来不及稳妥的四只脚，可能是在偷情。

金龙妈家是两间平房，一间金龙妈住，一间两个儿子住，还有个半间在弄堂尽头搭出来，做厨房和柴仓。光线很暗，从瓦缝里漏进来的光都是灰尘。儿子的屋里很简单，一张床，一个五斗柜。金龙妈的屋里稍稍的复杂一点，一张八仙桌，一爿三门橱，一座老式的踏床，可见金龙妈过去也是有“规格”的。还有个角落用布帘拉起来，不用说我也知道，是屎盆间。我还可以想象，屎盆是带架子盖的，不然，它弥漫出来的气味要浓郁得多。

金龙妈想叫我合伙做一件事。什么事？摆赌庄！抽头薪！为什么摆赌庄？没什么更好的事可做。她一个女人家，大儿子金龙，傻的；二儿子银龙，劳改回来的。她要养着傻儿子，又要安顿好刚回家、找不到事做的二儿子，只有摆赌庄最容易启动。那么，找我合伙就更加简单了，她需要一个愣头青、有点“杠”的人来维持秩序。我前面说过，我长得五大三粗，显得比实际年龄要老；我又在拳坛混过，打齐眉棒和板凳花，那都是在逼仄空间里擅长的功夫，属特殊武艺，再小的余地也可以施展。至于抽头薪，则是对金龙妈提供场地的回报，和对我服务的认可。反正这阵子我也没什么事做。

## 3

赌博是一门学问，也是技术活。说学问，是这个门类里面样式多、框框多、要求多，掌握起来不容易；说技术，是要求当事人脑子快，能判断，记性好，会计算，不仅运筹帷幄，还要战略战术兼顾。还要有身体天赋，比如眼明手快，像我的手指，石头里凿出来似的，肯定不行。

赌博赌博，赌后面为什么要加个博？说明它深奥。想想也是，任何和博字沾边的词，都和广大、深远、丰富有关，比如博览、博物、博大、博学、博爱等等。那段时间，我们听到最多的就是基辛格博士，他的称谓里就带个博字，就是那个中美关系的破冰者，他的职位实际上就是个安全事务助理，来中国却是周恩来陪着，毛泽东会面，可见，后面多了个博字，就不一样了。

金龙妈的赌庄就这样摆下了。

赌桌摆在金龙银龙的屋里，桌是金龙妈那张八仙桌，凳是散凑的，有条凳、圆凳、也有花鼓桶替代的，有一张竹椅搁在桌子边上，是供撤下的人休息的。说是休息，其实心思仍吊在牌上，都还在桌子上激战呢！

开始的时候，赌博的形式是“十三张”，这种玩法的过程比较慢。摸牌靠运气，但决胜靠智慧。我不懂拼牌，但也站在边上煞有介事地观看，边看边学，几天之后，总算把大小搞清楚了。十三张的编排有主有次，上面三张是次，中间五张是辅，下面五张是主，相互比每个层面的大小，大小以组牌的难度衡量。比如，最大的是“同花顺”，依次是“四条”（四搭一）、“伙儿”（三带二）、“没有顺序的同花”、“不讲花色的顺子”、“三条”（三不带二）、“两对”、“单对”、“全散”。大小主要看下面，比如下面很大，那上面哪怕很小，也可以自保。这真是一段非常自由、非常惬意的好时光，我就这样看着，也算是一份工作，说是维护秩序，其实很多时候都还是相安无事的。

后来形式又有了提升，主要是嫌十三张太慢，麻烦、费神，打赌人喜欢速战速决，于是就选择了“两张牌”。两张牌比大小，简单，不用动脑筋。但两张牌有难度，扑克五十四张，要拿掉二十二张，剩下的三十二张作为作战的武器。拿掉的是：除黑桃外的其余三张A、除黑桃外的其余三张3、两张花魁、四张K、两张黑的Q、两张黑的J、两张黑的9、两张黑的5、两张黑的2。红多黑少，好看。两张牌有口诀：“天地人和梅长板”，老听打赌人挂在嘴上，不知道什么意思。若说是什么比喻，好像解释不通；若说是大小的顺序，好像也不是那么回事。最大的是“双天”（两张红Q）、第二是“双地”（两张红2）、第三是双皇帝（黑桃A与黑桃3），下面依次是：两张红8、两张红4、两张红10、两张红6、两张黑4，对应“口诀”上的“人和梅长板”。红Q和红9叫“天九王”，红Q和红8叫“天降”，听起来就很有气魄，在单张组合中算大的。牌里也有粗话，比如摸住了“红10和黑10”，叫“通奸”，就像我们现在说的“AV”，其实，单张凑成10的都有这个意思，算倒霉的臭牌。其他各种各样的组合就更多了，这里说不尽……

## 4

赌庄可不是一般人能够摆的，要有好的场地，还要有隐蔽的环境。金龙妈有场地，她的家原来还算殷实，只是后来败了，但空余的屋子还有，在居住条件都很逼仄的当时，她的家算很好了。那个“竖心”弄堂的环境也不错，像《地道战》里的地形，适合躲藏和疏散。当然还有服务。金龙妈自己就会服务，她无业，又能干。打赌是个拉锯战，像跑马拉松。赢的人觉得手气好，不肯歇下；输的人着急想翻本，不肯退出，就像牛皮糖一样；这就要求金龙妈管饭。饭还不能是粗茶淡饭，要吃得可口爽心，肉类不买骨头，水产不买鱼蟹，都是不脏手不烦嘴的东西。在赌博的间隙，金龙妈还会端上一盆爽口美味的榨菜条，那时候吃水果奢侈，吃榨菜条差不多，切得大小适中，适合直接下手，正所谓：睡不如瞌，吃不如撮。所以说，金龙妈的服务是恰到好处。还有技术保障。坐地参与者，是要有名气指数的，聚人气也好，招赌手也好，蛇洞蟹洞，路路想通，银龙是最好的人选。他的脚有点瘸，据说是抓赌时跳楼摔的；他被劳教，据说是因为“出老千”；所以，由他来坐镇赌庄，正好是学以致用。还有就是我。赌庄是个有争端的地方，有为脾气争的，有为言语争的，有为一个交流的眼神争的，也有为一个不必要的手势争的，这需要有个人调停处理，这个人就是我。我不光是有力气、有功夫，主要还是有背景。我师傅是龙海生，拳坛摆在后面山上，那里人多势众，个个身怀绝技，说句难听的话，就算我在这里吼不住，到后面山上去打一个唿哨，我的师兄弟们就会拍马杀到。从这一点上看，金龙妈还算是个明白人，知道“寸有所长，尺有所短”的道理，知道这件事独食吃不了，知道只有我们联手了，才能够真正的相得益彰。

金龙妈那天叫我来熟悉屋子，有意在强调一些细节。比如，厨房的柴仓很大，柴火很蓬松，她是不是在暗示，这里可以藏身？比如，两间屋子都有独门出入，但床后面还有互通的便道，她是不是在说，需要的话，这里也可以回避？比如屎盆间，和我之前的想象一样，撩开厚厚的布帘，里面就是那个屎盆盖子，堂而皇之地摆着。屎盆盖子的功能很科学，一是遮丑，二是捂气味。背后是一张老年画，画的是“桃园三结义”，这个作用也很妙，美观，掩饰，其实后面是一扇气窗。气窗外是一条野路，往左往右最终都通往山上。这一带的民居都有点依山而建的味道，之间有蜿蜒的小路，感觉上狭小拥挤，实际上都四通八达。事后想想，金龙妈说这些的意思，是要告诉我，在关键时刻，这里还可以“曲径通幽”，不至于走投无路。

她倒没有说打赌不允许，或说这事有危险，她是怕我打退堂鼓吗？这个我才不以为然呢，没什么大不了的，我既然同意了加盟赌庄，心里早准备好了。我倒是考虑了自己的能力，比如，能不能胜任这些场面？人家会不会买账什么的……

## 5

金龙妈摆赌庄完全是出于无奈。听我母亲说，金龙爸原来是菜场打肉的，当年张秉贵在北京称糖“一把抓”的时候，他在我们这里打肉也是“一刀准”，相比之下，我觉得，打肉比抓糖的技术含量更高，因为那时候打肉都是几角几两的。金龙爸后来是吐血死的。我母亲说，他得的是肺痨，每天大口大口地吐血，人身上的血是人体重量的十分之一，他最后吐了一脸盆，生生把命给吐没了。金龙妈很早就是一个人带着金龙和银龙，辛苦从她的腰上就可以看出来。她的身体看起来很结实，是那种长年累月干活的结实，但她的腰已经完全的坠了。一般人的腰都是在肚子上面的，但她的腰已经坠到骨盆了，再也上不去了，看起来好像也孔武有力，但已经不是那种挺拔的有力。金龙妈的辛苦还体现在精神上。我现在想起来了，金龙在我们学校也算是半个“名人”的，他说起来比我大那么几岁，但大家都知道，他在我们这个年级也留了好多年。他不是不聪明，不是读不了书，就是傻。读书是学校照顾他勉强跟跟的，给他一个去处，不然他只能待在家里了。他不是那种一眼就能看出来、全世界都长得一模一样的“唐氏”，他的样子看不出来，该像爸像爸，该像妈还是像妈，他只有笑起来的时候，才看出了他的傻。他为什么傻，我们不知道，他这个叫什么傻，我们也不会说。但医生知道，所以医生给他吃一种特制的米、特制的面、特制的奶，吃得很单调。他不能吃其他食品，吃了会越来越傻，甚至有生命危险。因此，我们常常拿好吃的去诱惑他，一块饼干一块糖，都可以让他去扫一个教室。

他弟弟银龙倒是聪明，尤其手巧。银龙说起来也比我大一二岁，但和我同届，在隔壁一个班，也多少有点面熟。说他聪明是有例子的，说下乡拉练时，同学们都被铺干粮的大包小包，但银龙从来不带，没心没肺地跟着，肚饿了蹭饭，想睡了蹭铺。手巧开始是传他会装电灯，会搭半导体收音机，后来长时间没看见他了，问起，才知道他参与赌博，手又快又巧，会出老千，被派出所抓进去了。这又记起了银龙被判的那天，人民广场开公判大会，他虽然还够不上量刑，但公告上有他的名字，排在最后。公告贴在学校门口的那条路上，引得放学的我们挤在一起围看。开始的时候，我们不知道有银龙，我们感兴趣的是一桩流氓案，据说是“鸡奸”！鸡奸是什么？我们不懂，还以为是有人着急了拿鸡做事，新鲜，好奇，所以我们要看看。但另一桩聚众赌博案中有银龙，我们看时，金龙就过来推搡，说不看了不看了，有什么好看的。情急之下，还追打我们。金龙傻就傻在这里，他这样莫名其妙地推搡追打，说明“此地有银”，等于泄露了他的秘密，我们就更要看了，结果就看到了公告上的银龙。

【多年后我才了解到，金龙的病叫“苯丙酮尿症”（PKU），是一种常见的氨基酸代谢病。人体在苯丙氨酸代谢过程中发生了酶缺陷，使得苯丙氨酸不能转变为酪氨酸，导致苯丙氨酸及其酮酸在体内堆积，并从尿里排出。所以，要控制饮食或限制苯丙氨酸的摄入，只能吃一些特制的“食物”，实际上相当于药物。在遗传方式中，金龙的病属于染色体隐性遗传，临床表

现主要有，智力低下、精神神经症状、色素脱失、皮肤长期湿疹，甚至身体鼠臭。】

现在我们知道了，金龙妈是多么的辛苦。她不仅要积攒金龙的药费，还要每时每刻留心着他的嘴巴，不能让他乱吃东西。还要千方百计地替银龙操心。

现在，银龙劳教回来了。他这样的人，出去没人要，做别的也很难做，帮妈妈摆赌庄倒是轻车熟路，是最便捷的选择。

而我，除“自己动手，丰衣足食”外，也算是助金龙妈一把“绵薄之力”吧。

## 6

抽头薪是打赌人都知道并乐意接受的事情。这个头薪可以有多种解释，也可以有多种理解。可以当享受这个环境，可以当租张凳子坐坐，可以当吃饭或点心，也可以当洗脸喝茶及金龙妈的服务，也可以当维护秩序的保障，也可以当调解争端的辛苦费。总之，这个设置是合理的，需要的。至于每次抽多少头薪，这要看我们心凶还是心平。金龙妈说，我们意思意思，我们细水长流。头薪的抽取具体由我来执行，我知道，这事不能强行，强行了打赌人就不舒服。最好是挑在数额较大的时候、气氛较好的时候、端上美味榨菜条的时候，这样的时候，打赌人心思都不在钱上，我就瞅准了时机恰到好处地抽吧。我抽头薪也是很有讲究的，要抽得少抽得勤，专抽零星碎钱，不做“一锤子”买卖。至于我和金龙妈的分成，我是这么想的，首先我体谅她的难处，其次她是看得起我，她虽然必须用得上我，但也是照顾我一条赚钱的生路嘛，所以，留出金龙妈买菜烧饭的费用，我们对半分。

当然，抽头薪的可行性，主要是建立在解决纠纷的基础上。平安无事，和谐健康，我的存在就毫无意义，所以，我也是很巴望他们出事的，有事了我的价值也凸显了。

打赌的人都是五花八门的，有的是慕名来的，有的是朋友带来的。若都是附近面熟的人，一般也就没什么大事了。如果这天的赌庄夹杂了生人，如果这天的赌牌摸得别扭，这就要格外留神了。任何引爆，都要有一个导火的过程。如果这一天生人多了、手气又背了、无端地挑剔关系了、开骂爆粗口了、或摸了牌故意唱牌了，那这条导火索就要燃着了。比如，一般人摸了牌都是很隐晦的，不管好坏都装得讳莫如深，但这天他们不矜持了，有意唱牌了，装着大大咧咧要放弃的样子，其实是故意在怄脾气。摸到了4和6，就说“通奸”；摸到了6和9，就说“婊子”；摸到了10和A，就说“嫖客”，这就有点想闹场的兆头了……

争端的发生往往是在庄家改旗易帜的时候，要打扫战场和清点战果的时候，各人把记账的“火柴梗”数出来，居然有人甩出了几根半折的火柴梗！疑问立即像砖头一样抛了出来，怎么有半根的？有声音讪讪地说，就是有半根的嘛！那半根算什么呢？算半脚[1]嘛！我们什么时候玩过半脚的？前面就玩过嘛！小儿科啊？过家家是吧？风背手烂的时候有啊！废话，想搅屎就明说，别瞎来这一套！这就点着了火药桶。这就起了争执。话题开始还围绕着输赢，渐渐地游离了赌博，

① 这里指半份的意思。

跑到“手脚”和“做人”上面，这又牵涉到了“诬蔑”。就像消防队碰到了火灾，值班员赶上了小偷，我既然来了，也需要这样的契机，我得对得起金龙妈的邀请，别让人觉得我徒有虚名！

我介入了他们的现场。我双手摁住了桌上的火柴梗，我说，都看在我的面子上，听我一句话，算了。众人仰起头盯着我，一个说，凭什么呀？一个说，你谁呀？算老几呀？我也耐下性子，我说，这是我的场子，我的场子我做主，你们真的要听我的……我其实平时是比较口拙的，更没有什么理论素养，这时候要说服赢家或输家都是相当困难的。当然，我也知道，这样的场合不能摆道理，跟打赌人摆道理没用，我得来狠的，以我的方式，来他们没见过的。我回头招呼金龙妈，你家里有尖刀吗？尖刀没有的话，螺丝刀也行！金龙妈一头雾水，但还是很快找来了螺丝刀。现在，雾水来到了众人的脸上，他们疑惑了。我说，大家都还想玩的话，那场子就请继续；如果谁一定说是少了钱的，那算我欠你的怎样？有人冷冷的说，不欠。我说，那好。我把左手臂搁在桌子上，右手的螺丝刀戳住了左臂的皮肤，我有戳下去的意思，但众人似乎不信，觉得不会，这样干吗，吓唬人的。我就噗的一声戳了下去。螺丝刀立刻嵌入了我的手臂，皮肤变了色深深地往下陷。人的皮肤其实是很厚的，不说比猪皮厚，但起码也会比羊皮厚。我们平时稍稍割破就渗血的那是表皮，表皮下面才是真正的人皮，有一定的硬度和厚度，所以它才会砰的一声。现在，螺丝刀戳在我的手臂上，因为压迫得紧皮肤上并没有出血，看起来并不可怕，倒像是变魔术。这不行，这不是我要的效果。这样想着我就顺势拔出了螺丝刀，血像一颗红豆一样从皮肤内升了上来，晶莹闪亮，接着马上又从手臂挂到了桌上，这才使众人啊了一声，身体也不约而同地仰了一下，并且杂乱地说，这样干吗？这样干吗？我说，还要玩别的吗？有面子的话，这庄就这样吧！我又对那个赢钱的家伙说，对你来说，一百一块和一百块有区别吗？没有。都是信手拈来、不费吹灰之力的事，何乐而不为呢？说着，我一边用嘴舔去手臂上的鲜血，一边没忘了抽取这一庄的头薪。总之一句话，我喜欢蛮干，蛮干有蛮干的效果，有人好言好语不听，但这一手一般人都会吃的。

## 7

金龙也被安排起来帮忙，他的任务是“望风”。他傻，行为怪诞点没人在意，金龙妈就让他在这个“竖心”的岔路口待着，至于做什么，都可以。玩玩水可以，逗逗鸡也可以，就是别忘了正事，有“敌情”时发个信号。

“平安无事噢”的信号，用金龙的话回馈给里面就是：“妈，肚饿了！”这句话体现在金龙身上显得尤为经典。一般来说，傻人爱吃，傻人贪吃，傻人是吃不饱的。而金龙喊肚子饿恰巧又是“名正言顺”的。他那个什么苯丙酮尿症，一辈子就这么吃了，吃的什么呀，乱七八糟，一塌糊涂，那些特制的东西，说是食品，实际上就是药，就像掺了水的果汁，分了油的奶，索然无味，越吃肚越荒。所以，金龙时不时地这声“肚饿了”，没有人会觉得突兀，而里面赌庄听起来，就像辰夜里的梆声，让金龙妈觉得踏实又可靠。

可是有一天，金龙被人家“摸了哨”，赌庄被联防队端了窝。

那天晚上，联防队悄无声息地摸进了“竖心”弄堂。他们也许是接到了举报，也许是早有耳闻。一个联防队探子首先发现了煞有介事的金龙，他也装作神神叨叨地问，金龙，你在这里做什么呀？

金龙愉快地回答，我妈叫我在这里放哨。探子说，放的什么哨呀？你又不是儿童团。金龙兴奋地说，里面地下党有活动，我在给他们望风。探子说，现在天都黑了，还望什么风呀，你肚子不饿吗？金龙说，我刚吃过，肚子还不饿。探子说，你那叫什么吃呀，你吃吃我的看。说着探子拿出了两个饼，三分钱一个的葱酥饼和五分钱一个的芝麻饼。黑暗里，金龙的眼睛倏地一亮，嘴里也明显地嗞的一声。探子把两个饼塞给金龙，顺便也搭着他的肩走出了弄堂。等在外面的联防队蜂拥而入，像游击队员一样潜进了里面。金龙妈本想用金龙的傻做个障眼法，但她忽略了金龙的软肋是贪吃，两个饼就把他收拾了。我觉得联防队有点不厚道，和金龙的较量也不公平，更不能拿拙劣的手段欺负人，就像和结巴的人吵架，吵赢了又有什么意思呢！当然，这是我后来听说的。

我当时正在赌庄上，正沉浸在“八鸡三扣天二”的氛围中，突然断喝声响起，神兵犹如天降——都把钱放在桌上，把手倒背到脑后，乖乖地一个个走出来！就像战争片里解放军攻占了敌人老巢。大概也就是停顿了几秒钟，三秒或者四秒，突然间，电灯暗了，一暗就是我们的地盘、我们的机会。电灯是谁拉暗的不说你也知道。银龙还坐在赌桌前，他举着双手，像个束手就擒的俘虏。他是主人家，他反正逃不掉。其他人，那就听天由命了。外面有多少联防队我们不知道，但听声音弄堂里已经堵死了。堵死不可怕，只要地里黑，地黑就有希望。我的脑子里飞快地闪烁着逃跑的念头，现在躲柴仓已经不可能了，眠床下也来不及藏了，我悄悄地矮下身，往床后的便道挪去，那里通向金龙妈的屋子，也许还能在什么地里藏一藏。就在这时，黑暗里有一只手捉住我，推了我一把，把我推进了屎盆间，这肯定是一只熟悉的手，但在那一刻我已经无暇顾及了。

眼前是金龙妈说的那个屎盆盖，它犹如一张凳子，接着我就嗖地跃了上去，那张“桃园三结义”的年画，此刻正像是一盏闪闪的明灯，照亮了我的前程。我撩开年画，实际上是一把扯下，后面是一扇气窗，气窗不算大也不算小，但已经足够了，我抓住窗架拼命地把头伸了出去，脚下一蹬，身体就像蛇一样游出了外面。这不是我有多大的功夫，这是我训练板凳花的结果。板凳花有一个最典型的动作，双腿一撇，身体从板凳下矮了过去，形成变防守为进攻的正面握凳姿势，这需要柔软的腿功和坚韧的腰功，有这两手，我从屎盆间的气窗上逃脱，就一点问题也没有了。

气窗外是卵石铺成的绵延小路，有一点点坡度，这告诉我它正是往山上的方向。我还记得前方有一个叫作碗瓦槽的地方，那是个长年不竭的暗井，从它的右边拐出去，就像遁了地一样，就进入后山了。我飞身疾步，一下子消失在黑暗中。

## 8

第二天，我伏在家里不敢轻举妄动。第三天，母亲问我，你今天怎么没打拳啊？她不知道我在金龙妈那里摆赌庄、抽头薪，她要是知道了这件事，也不会让我做的，她以为我只是帮金龙妈干个重活，以为我一直就待在龙海生的拳坛上。她还知道，前日子里有上海的跤手过来切磋过。我就说，这几天龙老司到上海回访去了。母亲说，那你怎么不跟去学呀？我说，去上海坐轮船要八块钱，你舍得给我八块钱吗？母亲不响了。

这天晚上，我还是去看金龙妈了，前两天风声鹤唳，我蛰伏不动，相信金龙妈也会谅解我的。

我走进那条“竖心”弄堂，不知怎么的，我突然有一种“方勇”去见“阿玛尼”的感觉。对，我仔细想了想，是这个感觉。这是电影《奇袭》里的一个片段：方勇带领小分队要去炸掉康平桥。这一带有曾经救过他的阿玛尼，他要去看看她。镜头回放是这样的：阿玛尼在为受伤的方勇喂食，外面传来了李匪军搜查的声音，阿玛尼赶紧藏起了方勇，阿玛尼嘱咐儿子引开李匪军，儿子往后山跑去，李匪军向后山追去，阿玛尼焦急的表情、画外，后山响起了清脆的枪声，意味着儿子被打死了，阿玛尼痛苦地揪着心，身体摇晃了一下……阿玛尼是著名演员曲云演的，她不愧为中国第一苦难大妈，她演的是那种隐忍的苦、坚韧的苦、百折不挠的苦，让人刻骨铭心。现在，回想起前天晚上的赌庄被端，我觉得金龙妈也是这样的。弄堂里布满了联防队员，门也被堵得严严实实，屋子里一片混乱，打赌人慌乱无序。就在这时，金龙妈不动声色地拉黑了电灯，打赌人训练有素的特质瞬间显现了出来，就几秒钟，毁证的毁证，藏钱的藏钱。我虽然不沾手钱物，但也在那一刻窜到了床后，想借助便道溜到隔壁，后被一只手推进了屎盆间。这只手肯定是金龙妈，也只有她，会在这时候及时、熟悉地出手相助。也只是在几秒钟后，在一片嘈杂响亮的叫唤声中，手电照过来了，火把烧起来了，那些打赌人也乖乖地举起手，像老鼠一样被串在一起，银龙也被捉走了……我想，那一刻，金龙妈一定也像《奇袭》里的阿玛尼一样，揪着心里的痛，身体摇晃了一下。

现在，我敲开金龙妈的门。金龙非常老实地坐靠在自己的床上，前天晚上的端窝，和他的“失职”有关，所以他也非常沮丧，看上去像一个真正的病人。金龙妈倒是已经在桌上糊纸盒了，我知道，是光明火柴厂的火柴盒，一百个一块钱，那时候很多人在家里都做这个。我们坐着，相对无言。金龙妈只管自己做手中的生活，我也机械地看着她在劳作。想起其他打赌人的“凛然”，我越发觉得自己窝囊和猥琐。我对金龙妈说，那天真不好意思……金龙妈打断我的话，说，你就是要跑的，你不能让他们抓住。我说，幸亏你推了一把，我才……金龙妈说，不说这个，应该的，我把你叫进来，是让你来帮我，帮我还让你受罪，这怎么行？她这样说了，我就更加惭愧，赶紧转移了话题，我问起银龙，金龙妈说，他没事的，反正他也就这样了，就是在外面，他有什么事好做呢？进去了我还省点心。你不一样，你是一张白纸，进去了，白纸就留下污点了。我说，那还有那些人呢？他们怎么样？金龙妈说，他们没什么，他们油得很，才不怕这些呢！我停了很久，心里五味杂陈，甚至有些疼痛。看着金龙妈利索地在糊火柴盒，脑子里不断闪现出“阿玛尼”“阿玛尼”，从《奇袭》里的阿玛尼，闪回到《苦菜花》里的母亲，又闪回到《药》里的母亲，都是些苦难的母亲。我说，你接下有什么事，只管说，只管叫我。金龙妈说，嗯，现在没事，我糊火柴盒也挺好，就是慢一些，图个轻松，下礼拜我又接了些尼龙袋……我深深地叹了一口大气，烫尼龙袋，我知道的，那也是个细碎的活，一分钱烫十个，烫一百个一角二。我母亲在家里也烫过。

## 9

我这人长相老，尽管只有十八岁，但做的都是与年龄不大相仿的事，我母亲也觉得我应该就是这样的。其实，过去的人都这样，出场早，做事大，样板戏《红灯记》里有一句话，叫“穷人的孩子早当家”，说的就是这个意思。

我一生做事无数，这和我母亲有关。应该说，我母亲还是很英明的，她知道我读不了书，就早早地叫我爸准备了板车；知道我力气大，就叫我学了点武功。现在看来，这些多少还算得上是些财富。比如，我步入社会后，这些财富就发挥了很大的作用。那段时间，我时常被人家请来请去，请去做什么？调解各种纠纷。为什么请我？就因为我力气大。那时候在社会上立足不靠文凭、不靠素养，就是靠力气。什么在路上被人无端地看了一眼，什么隔壁的屋檐水滴进了我家的院子，什么上坟的时间被人家抢了点，坏了彩头；这些事，都是为了一口气，都是要斤斤计较的，都是不能妥协的，于是就争吵，就打斗。但打斗又是多么的麻烦和消耗啊，这就有了请人调解摆平这一说。这是何等风光和惬意的一档事，我们被人请着，奉为上宾，说吃吃，说赔赔，如果赔出的金额可以摆一桌酒或听一场戏，那我们肯定就是坐酒席上方和坐前排中央的贵人。

可是，好景不长。1980 年前后，地方上刮起了“严厉打击”的台风，“飞马牌供销员”毙了，“专刺女人大腿”的毙了，“盗撬保险箱”的也毙了，有一个还是和我做一样的营生，也是调解摆平的，不过是名声大一点，事件响一点，给他挂的牌子是“地下公安局”，这意思是说，公安都解决不了的事情，他能。这不是给政府拆台吗？这还得了，一粒“花生米”就把他给打发了。我母亲说，你看你看，还好你接的都是小事，你要是和他一样，肯定也要吃“花生米”了！俗话说，吃坏了只用一口。而枪毙一事，一下子把我吓傻了。

尽管这样，我还是会碰到一些朋友找我做事。有人找我做托运，我犹豫，那可是要和人拼线路的；有人找我做歌厅，我担心，公安要是查来了怎么办；有人找我做拆迁，我不敢，弄不好会拆出人命的；后来，有人要找我做混凝土，这事利益更大，房产、道路、水库、机场都用得着，虽然都是些好赚的生活，但都得要通天的本事与人纠缠，与人争斗，一想起来我就心慌，就气短。我母亲说，你还是少吃轻走吧。其实不用她说，我也会马上就想起金龙妈来，想起她当年在混乱中的暗助，想起黑暗中、屎盆间里及时一推的那只手。我会想，我是被金龙妈救下来的，我等于赢来了一条生路，我可不能乱来，不能随随便便地把生路挥霍掉。设想，那天晚上，在那个赌博的现场，我做“保镖”抽“头薪”，这样的角色，要是被联防队抓进去，不知道会是什么样的后果，我的人生也许就被颠覆了。我也许是在劳改农场里做砖，也许在做订牌鞋；也许和狱友打架了，也许还把狱友打死了；就算我有幸从里面出来，我也无脸见人，人们也看不起我；我既找不到要做的事情，在社会上也没有立足之地；我在人们眼里就是个人渣，我的母亲也早被我气死了……不管怎样，我现在还是好好的，毫发无损。本分的人，都是一生平安的，但也一定是没有出息的。说句不厚道的话，金龙妈保住了我的“名声”，但也抽走了我的骨头，我再也不会好高骛远了。我母亲说，已经很好啦，很好啦。

倒是银龙，我一直也是看不明白的。那次“进去”之后，他被判了五年。给他的判词叫“聚众赌博”“屡教不改”，其实，我们附近的邻居都知道，他家有特殊情况。后来银龙出来了，我们都为他担心，他现在会有人要吗？他往后还有饭吃吗？但银龙似乎一点也不害怕，整天把自己打理得光可鉴人，游来荡去，一副不缺钱花的样子。后来我们知道，他机灵、聪明，在“里面”把老大伺候得舒服，老大就放出话来，要外面的朋友把银龙罩着。

这时候的社会，形态发生了很大的变化，是热闹的，也是混乱的，是前进的，也是跌跌撞撞的，风雨交加，泥沙俱下，价值观也在剧烈地摇晃。就像那句话说的：世界之大，无奇不有。偏偏就有那么些事，就是留起来给银龙这号人做的，一般人还都做不了，像前面提到的那些事，银龙都做得游刃有余，如鱼得水。从里面出来的人都这样，虽说有这样那样的“缺陷”，贴了标签，有了符号，但似乎也优势明显，天不怕地不怕，胆大做将军。

现在，顺应时势，银龙又做起了“担保”，就是过去的“高利贷”。这些以前被人诟病和嗤之以鼻的行当，现在都有了新的政策和堂而皇之的途径。但这些生意又不是政策和正规途径能够保障的——压在他那里的资产“满当”了怎么办？联保的关系户破产了怎么办？到期了不还钱，死猪不怕开水烫怎么办？还得靠胆量、手段、势力！前段时间，就有人借了钱玩失踪的。这种事，办法当然是很多的：软禁那人的家属、占领那人的房子、冻结那人的户头、再把他打入“黑名单”。银龙说，我们是做生意的，哪还有时间陪他玩这个啊。

他先是放出线人找那人的“玛莎拉蒂”，人逃，车是没法逃的，尤其是豪车，开到哪里都是个惹眼的东西。当初那人就是拿了这车的八百万发票来抵押的。三天后，线人在军分区车库里找到了那辆车。银龙就约了交警过去，带着八百万的发票把车拖了。银龙说，我有办法把他的车挖出来，也就有能力把他的人找到。我之所以没有急吼吼地找他人，还让他留在外面，就是想他还能够活络起来，活络了，他才能把钱转起来。我要是把他逼急了，逼进了死胡同，那他还不得去跳楼啊，我希望他能够领会我的良苦用心，相信他缓过劲来会来找我的。语气和意思都是斩钉截铁的。真是经历锻炼人、造就人呐。

噢，顺便说一下。前段时间，地方上号召治水，银龙甩手就捐了五百万。再顺便说一下，银龙有时候也给我照顾点生意，诸如“拖车”“搬运”类似的业务，我们算是有来往的。

金龙今年有六十了，还活着，也还傻，这都是金龙妈照顾得好，现在更有了银龙在经济上做后盾。医生说，这种病，没别的办法，但按时“吃药”，器质上、生理上是不会有什么影响的。

金龙妈应该也有八十六七了吧，脑子身手都好，平日里喜欢窝着搓麻将，伙计是年龄相仿的隔壁邻居。她一般搓 123，也就是说，如果设定每张是一块钱的话，第一庄一张，第二庄两张，第三庄就是三张。她一世辛苦操劳，还有这样的岁数，我只能说，仁者寿。

［原载《收获》杂志 2016 年第 1 期］

# 狮身人面

## 1 爱情

你要是准备好了，我就开始说。

当时，我二十四岁。这个年龄在九州是应该结婚的年龄，但我还没有结婚，不过，未婚妻已经有了，是个非常本分和贤惠的人。我说这话什么意思呢？就是说，她不会干涉我许多事，我也不会怎么出格；还有个意思是，这个年龄，是知道怎样欣赏姑娘的年龄，是思想活跃的年龄，是有着强烈性意识的年龄。所以，我后来会有这么一段故事，一点也不奇怪。

我工作的地方是一个新厂，厂房是新的，产品是新的，工人也是新的。和我一起的是一群干部子弟，干部子弟本来都在社会上游手好闲，但干部们不想让他们随波逐流，于是就想出一个办法，办一个新厂，把子弟们招募进去。干部子弟有一个很大的特点，就是在厂里很少叫名字，领导一个叫法，我们又是另一个叫法。比如我，领导叫“王宪林的后代”，我们之间就叫“老王子”；姓陈的就叫“陈小厮”；姓孙的就叫“孙猴儿”。很快，我们也知道了各自父亲的职位，我们当时浅薄，没什么谱好摆，我们就摆父亲职位的“谱”，父亲是局长的，走路的步子都有了花样，父亲是科长的，即使没有尿紧，屁股也夹着不敢放松。

我们这帮人肯定不是厂里的中坚力量，当然，我们也不会捣蛋。我们要是有一点点捣蛋，领导的状就会以最快的速度告到我们父亲那里。后来，厂里出台了一项深得人心的举措，从社会上招募了十几个高中毕业的女生过来，我们被激灵起来，就成为中坚力量了。这样十几个姑娘弄进来，等于在鱼池里扔了一把鱼食，鱼儿们立刻就活蹦乱跳了；等于在眼睛旁擦了点清凉油，我们一个个都火眼金睛起来。相貌好一点的姑娘，说话的人就多一些；相貌平平但胸脯不错的也不冷清；相貌胸脯都不行，但屁股翘翘的，行情也还可以。不过，这些姑娘毕竟都是刚从学校里出来的，属于青涩果子，黄毛丫头，怎么好也好不到趾高气扬的地步，好在我们也是一群如狼似虎的愣头青，我们要求不高，我们愿意捧她们的场，你说有什么办法？

有一个女孩是鹤立鸡群的，她叫柯依娜。柯依娜属于发展比较均衡的姑娘，她的相貌不太漂亮，但算得上舒服；她的胸和屁股虽然还是羞答答的，但已经看出点眉目来，有良好的空间倾向；她的身材就比较明确了，我们私下里议论，“她以前可能是跳舞的”。跳舞的身材，好像内涵就不一般了，具体就不用说了。其他的姑娘，有些相貌是没什么话好说的，有些胸脯和屁股是怎么也看不出前途的。而柯依娜不一样，她的胸脯和屁股，一看就知道是暂时的按兵不动，好像早已施足了肥料，预示着今后的丰收和发展。

可惜柯依娜跟的是“孙猴儿”。这话什么意思呢？就是说她和孙猴儿一个工种。我们厂里的工种都是这样搭配的，一个干部子弟搭一个学生姑娘，这样干事情又自觉又勤快，这是我们领导出的主意，不仅出主意，还创造条件为他们打造感情的平台。我前面说过，我们厂是一个新厂，我们做的是新产品，我们这些干部子弟和姑娘们都被派送到外地培训过。这是千载难逢刻意都制造不出的好机会，我们就是这样一对对出去培训的，可想而知，工作上的互帮互学，生活上的谦让照顾，几个月下来，一对对早已像模像样了。传说一个姑娘低血糖在厕所里晕倒，就是我们中间的一个人把她背出来的。这可不是一般的背啊，不是见义勇为和偶尔为之，说明他在意，下功夫，等得早不如等得巧啊；再说了，他进去之后是怎样的情形就更值得玩味了。都到了这种程度。孙猴儿是我们这一拨里的一个，长得匀称、白净，走起路来头发一抖一抖的，属于奶油一类，在不知道他肚子里的货之前，没有人觉得柯依娜是鲜花插在牛粪上，大家都说他们是一双筷子一般长，没有输赢。但我对孙猴儿没有好印象，这点以后再说。

在所有的干部子弟中，我的待遇是最吃亏的，由于我长得粗大，我被派去做最需要体力的工种，换句话说，我的身边就没有姑娘搭配。干体力活本来就累，再没有姑娘，就更加容易累。自己没有姑娘，眼睛就不会老实，就会东张西望，望到别人的锅子里。我前面说过，我是个已经有对象的人，因此，我的眼睛就比较刁，比较聪明，比较有内容，一眼就看上了柯依娜。我千方百计地和她接触，找各种借口和她说话。在我们这帮人当中，我的文化算是可以的，我父母比较英明，让我读完了高中，其他的那些弟兄，都是错过了火候蒸不大的“黄馒头”。当时的高中就和现在的本科差不多，起码也是和大专差不多，这样我就可以和这帮姑娘平起平坐了。所以，我尽管长得不如孙猴儿奶油，但也没有令柯依娜反感。相反，有些大胆和友善的举动，还赢得了她的欢心。

有一天，柯依娜的“老朋友”来了。老朋友就是例假。柯依娜来上班时老朋友肯定还没有消息，她的老朋友比较狡猾，像特务一样，潜伏得比较好。所以，柯依娜这天的行头有点清爽，她穿了条白裤子。柯依娜走路的样子本来就很好，屁股一上一下很诱人，如果没有老朋友，她的屁股、她的白裤子简直就是太完美了。但她的老朋友不知好歹，什么时候不声不响地匍匐了出来，好像还很想招摇，这样，柯依娜的屁股后就比较触目惊心了，说得好听点像鲜血梅花，说得不好听就是一团污渍。没有人告诉柯依娜。姑娘们不提，也许是嫉妒她的美丽，现在就让她出出洋相吧。我们不敢提，是畏惧一种性别距离，这个老朋友，就连姑娘们自己都讳莫如深，我们去提，就有点居心不良之嫌了。我是心疼柯依娜的形象的，柯依娜应该是完美无瑕的，但现在的柯依娜有点微瑕，就很别扭，让人难受，我就忍不住想告诉她。我装作在她的工种旁看热闹，冷不丁地掉出一句，你老朋友今天来得不是时候。她愣了一下，看看我，不明白我说的什么意思。这不怪她，这只能怪她们这个群体，她们一贯把这件事上纲上线，说得耸人听闻，什么“有敌情”，什么“出大事了”。老朋友多么有人情味啊，又贴切，又有悄然而至的不速之客的特征，可惜柯依娜听不懂。我又说，你今天这条白裤子不好看。她说，怎么不好看？我说，难谨慎，容易脏啊。这一下柯依娜就停顿了几秒钟，马上明白了过来。她的坐姿一下子僵硬了，慢慢地环顾左右，见没什么动静，就迅速起身去了更衣室。没有人知道柯依娜的突然离去是为了什么，只有我知道，我还发现，柯依娜在离去时是夹着屁股的，她走得并不快。

在更衣室里摸索了一阵之后，柯依娜又像蝴蝶一样翩翩了出来，她换了一条藏青的弹力裤，藏青就可以容纳很多了，我为柯依娜在更衣室里还有储备而感到高兴。

柯依娜一路走来，她的情绪明显地灿烂起来，她看见我不动声色地笑了一下，我知道那笑里不光是友好，还有一点点感激的成分。不仅如此，她走到我身边还偷偷地塞给我一个橘子，我说她“偷偷”是她没有给旁边的孙猴儿，她用身体挡住了孙猴儿的视线，从身后递给了我，我也心领神会地快接了过来。我不是稀罕橘子，这年九州橘子是大年，我们都当饭吃，后来路上都摊地卖，果农见了人就问，你有兜吗？有兜拎一袋去。根本就不提钱。但这是柯依娜的橘子，不一样的，而且还没有孙猴儿的份，这我就特别珍惜了。我把它藏在工具箱里，每天看看它，看它一点点风干了，变得很精致的样子，像一个工艺品。

她那天后来一声不响，对身旁的孙猴儿爱理不理的。她一定认为孙猴儿是故意不提醒她，想看她的笑话，她往这个方向想了，就觉得孙猴儿不如我关心和体恤了。不过，他们也只是不理了一阵子，不是彻底的不理，他们毕竟是有渊源的，他们也一起出去培训过，谁知道他们到了什么程度啊。

柯依娜喜欢孙猴儿，这个是可以看得出来的，如果她没有更高的要求，那么，从相貌上说，干部子弟中的其他人都是相形见绌的。我不喜欢孙猴儿，按照现在的说法，他只是个花瓶，肚子里没货。我始终认为，能赢得姑娘青睐的，开始可能是相貌，接着就会是诚意，最终起作用的还是品质。我父母让我读完高中，说明我家里的环境就不错，我的品质有先天做保障。而孙猴儿家里有什么呢？什么也没有。他父亲只不过是一个跑供销起来的副厂长，本来就不是干部队伍里的人，更谈不上嫡系。跑供销给人的印象就是圆滑，不圆滑能跑到业务吗？肯定不能。这样的出身，孙猴儿能好到哪里去？他父亲还有个致命的弱点是离过婚，讨了第二个老婆，还带来了一个弟弟，是凑起来的家庭，一看就觉得不完整。这样的家庭，平时吃碗饭穿件衣还无所谓，等到了关键时候，碰上结婚、分家私、赡养老人和其他家族问题，微妙和复杂就凸显出来了，麻烦可想而知。关于离婚，我们现在是听得多了，觉得还可以接受，我们可以说他父亲和他母亲的结合原本就是一个错误，没有感情基础，他们的分手是必然的。但当时谁也不会这样说的，当时我们就认为他父亲抛弃了结发妻子，抛弃后独身还马马虎虎，抛弃了马上就有了别的女人，这还得了？这就涉及了供销员的性质，风餐露宿，四海为家，有男女问题，作风不正派。孙猴儿生长在这样的家庭里，他的内心肯定是乱七八糟的。我觉得柯依娜是暂时被孙猴儿的外表蒙蔽了眼睛，她慢慢会觉悟的。这个我有信心。

我不是想俘虏柯依娜，以她来取代我的未婚妻，我不敢做这样的事情，我未婚妻曾经对我说，你要是不要我，我就去死。这是当时社会对婚姻的态度，我肯定不敢乱来的。我只是希望自己在有个未婚妻的同时，最好还有个女朋友，这样，在处理感情的问题上，就可以咸淡调节，可以在话不投机的时候逃避出来，又有个安全的去处可以躲藏。这样比较主动。

柯依娜对我的好感，还建立在我一个小小的手段上，这个手段有点老，但非常有效。和所有这个年龄段的姑娘一样，柯依娜也喜欢文学，我还发现，一般姑娘都不是真正涉猎文学，都只是对文学怀有崇敬，我就不断地借书给她看，并和她讲我书上看来的故事。我们的关系因书而接近，因文学而热闹。看看投入得差不多了，我就把我的炮弹搬了出来，我告诉她我的散文曾经在《九州日报》上发表过，还是在高一的时候，这下她不仅仅是吃惊，简直要眩晕了。但是她说，我不相信，有本事你拿来看看。可见她也觉得这事非同小可，她有这样的想法就好。

后来，找了个好的机会，我就把这篇散文带过来给她看，是当时的剪报，有两只手掌那么大，我把剪报包在一只透明的尼龙袋里，装得像首饰一样贵重。柯依娜也被这种样式吓住了，她小心翼翼地拿着尼龙袋，不敢打开来，她就这样隔着一层尼龙纸看我的散文。有一次，一个姑娘路过她身边，见她那认真的样子问，柯依娜，你在看什么呀？她连头都没有抬，说，在看一份证明。后来，她就从那篇散文里苏醒过来，定定地看着我，她没有说好，也没有说坏，我发现她的眼睛迷蒙了，这种迷蒙的眼神我从没在未婚妻那里见到过，我知道她是什么意思了。

我们的关系就这样确定了下来，但我们是地下关系，有很多因素使我们没办法走到地面上来，我得为她着想，她正在谈恋爱，接下来还要嫁人，她不可能同时与两个男人有暧昧关系，九州的传统势力非常强大，婚姻观念也非常落后，大家视这种情况为道德败坏。因此，我们像一对在很小的区域里活动的地下党，只能凭借暗语和符号来传递自己的意思。比如数字“31”，就被我们发明创造地利用起来，作为“想你”的代号，这些，又有谁会想得到呢？

柯依娜有时候也到我家来坐一坐，来了就坐在我房里的藤桌旁，藤桌上有一些简单的花纹，她的手指就在花纹上重复着划来划去。她一般很少说话，基本上都是在听我说话。我得承认，我和柯依娜的接触不光是精神上的，和物质也有点关系。柯依娜的家里比较穷，父母好像都没有工作，就是有，也不是什么正儿八经的工作，家里有两个哥哥，还有一个妹妹，鉴于此，柯依娜的衣着就不会那么讲究，或者说没有办法去讲究。这个，她们这帮刚刚涉足社会的小姑娘也许并不觉得，而我们这些有社会经验的人一眼就看出来了，柯依娜穿的还是“学校服装”。学校服装是什么意思呢？就是样子和材质都很一般，没有社会气息，和社会的流行没有关系，什么毛料啊哔叽呢啊什么的，就更谈不上了。好在柯依娜的身材不错，我前面说过，她是跳舞的身材，对跳舞身材，大家的眼光总是贪婪而紧张的。这现象是不是很有趣，大家会看一眼她，在惊叹的同时赶紧把眼睛移开，又觉得不过瘾，再偷偷地瞟过去一眼，她的身材让大家忽略了她的衣着。但到了社会上就不一样了，大家会觉得一副姣好的身材没有较好的装备，浪费可惜了。我是最早意识到这一点的。

这年冬天，九州的市面上流行起了一种庄蓝的毛料，当然是最好的毛料，手感像猪油一样，做衣裤都非常合适，厚实也不失挺括，谁穿了都是一表的人材。在这之前，我刚刚订了婚。订婚的目的意在讨好，所以，我送给未婚妻一辆自行车一只手表，而未婚妻也挑了眼下最时髦的东西给我，六个毛料，其中就有庄蓝的像猪油一样的毛料。说起来其实也很可怜，我当时的工资是很低的，吃饭有时候都不够，而我又这么想和柯依娜好，这么想送点东西给她，怎么办，我就只能把未婚妻回我的毛料送掉。这个毛料对我没什么用处，而对柯依娜，意义就非同一般了，她不会再停留在学生阶段，她会一下子散发出社会气息来，她会因为这块毛料，把身材更加突出起来。还有就是我和她的关系，如果她接受了，说明她愿意自己的情感里多存在一个人，她愿意这个人热闹自己，这在当时来说是很难很难的。这天晚上，我就把这块毛料拿出来，放在藤桌上推给了她。她还是没有说话，没有说不要，也没有说谢谢，她也没有看我，只是伸出手指在毛料上慢慢地划了一下。我说，你喜欢吗？她说，我们出去走走吧。虽然答非所问，却是一个非常好的信号。

以往她从我家回去的时候，她都会阻止我送她，她会说，你家外面的人真多啊。我说，是啊是啊。我家外面是个大院子，夏天有许多人铺了竹床乘凉，冬天也有人在摸摸索索地做事，也许是我也怕着什么，我就会自觉地止住脚，在自己的窗后，目送她不自然地穿过院子，消失出去。但这天晚上，她却邀请我出去走走。当时的走路是有相当的内涵的，和谁走、怎么走、为什么走、往哪里走，好像都是话题，承载着非常严肃的意义，甚至和摸屁股睡觉都相提并论。说某某和某某在什么地方走过，好像就证明他们有了一腿一样。尽管有着风险，尽管心情是复杂的，但我还是非常高兴。

我们并肩走着，我们都感觉到自己的胆大，其实我们对后果是一点也没有底的。我们像一对情侣，走在树荫很大的建国路上，这条路本来就路灯很少，因此树荫就很好地掩护了我们；我们又不知不觉地走入了钟楼下，这其实是一条弯来弯去的弄堂，都说这里经常有打劫的，也有说有劫色的，也有说有露阴癖者光着身子躲在黑暗里唬人的，但我们根本不理这些。我们的头脑热着呢，我们的身上烫着呢，我们也不知道怎么就走到这里来了，我们将走向哪里去呢？我是送柯依娜回家吗？柯依娜的家在康平路，按照方位，早走过头了，也走错方向了，显然，我们并没有打算这样走，时间还这么早，把她送回家有什么意思。噢，我知道了，我们的指向其实是非常明确的，我们走的是西山湖，一个年轻人夜晚都要去的圣地，钟楼下拐出去就是了。“西山湖边白玉瓯儿开，一对对一双双在这里谈恋爱”，这是九州民间歌唱西山湖景象的曲子，湖边盛开的白玉瓯儿，香得年轻人心血汹涌，就像上海的外滩。我们去外地培训回来时就曾路过上海，我们一帮人还专程跑到外滩去观光过。上海人是文明的，他们靠在外滩的栏杆上只说不练。西山湖可不是叙述的场所，西山湖是演练的阵地。白玉瓯儿的幽香像魔咒一样引领着我们，西山湖的大戏在黑暗中向我们展演，我们看到有人在吧唧吧唧地接吻，看到有人像掏宝一样在吃奶，看到有人呼啸着在做爱，这些都像炮弹一样轰击着我们，我当即就有了反应，自己觉得走路都别扭了。我看了看柯依娜，虽然黑暗掩饰了她，但我知道，她肯定也是面红耳赤的，她低着头，把我给她的毛料抱在胸前，她的心一定在怦怦乱跳，她说，快走快走。我们都没有经历过这样的事情，我虽然订了婚，但也是第一次眼见这样的事情，我们被眼前的情形吓住了，也许是被什么后果吓住了，我们不但没有停下来，而且还走得飞快，差点还小跑起来，像躲避追杀一样逃离了西山湖。

一星期后，柯依娜把一身庄蓝的衣裤穿到了厂里。可以想象，她拿了毛料就去找老司做了，紧催慢催，只几天时间就把衣裤催了出来。穿了新装的柯依娜走路越发的有型了，真的像走台步一样，看得大家眼睛都差点掉了出来，无论男女都啧啧啧啧，大家惊叹柯依娜的社会化进程，惊叹她身材和新装的相得益彰。但大家都不知道柯依娜的这身新装和我有什么关系，不知道柯依娜的穿着和走路的另一层意思，那是穿给我看的！走路也是走给我看的！她如果不是走给我看，她就不用这么卖力，她完全可以无所谓地走，没有内容地走。现在她的走是值得推敲的，有些细节的地方，她会刻意一下，就像台步中的停顿和亮相。我知道大家都在看热闹，看毛料的质地，看衣裤的样式，只有我在看奥妙，或者说是透过现象看本质。就说她那条裤子，是细喇叭式样，这有什么讲究呢？讲究大了，这就体现了她的臀高、腿长。还有她那件衣服，袖子是过手背的，衣摆却高在腰上，这当然也有说法，她的腰就显得长了，看上去更细了。我们平常都说柯依娜是跳舞的身材，但跳舞身材的“点”在哪里，谁都很盲目。我觉得这个老司的眼刁，一眼就看到了关键，他把衣裤的做功都放在了腰上，一下子把柯依娜的景象突出了出来。孙猴儿后来对我说，她这叫水蛇腰。我说，你怎么知道的？他说，我不知道难道你知道？他又说，水蛇腰扭起来是很好看的。我说，你看过？孙猴儿诡秘地笑笑说，我没看过，你看过吗？我想起九州民间的一句话，“风流女子水蛇腰”，柯依娜的腰确实也是水蛇腰。那么，孙猴儿说这话是什么意思呢？是说柯依娜风流成性？还是说柯依娜某些事很随便？反正我听了很不舒服。

## 2 婚姻

一身衣裤都能让柯依娜这么高兴，因为这些衣裤改变了她，使她的许多潜在的魅力随着衣裤展现了出来。当然最高兴的还是我，因为我找到了一种好的讨她喜欢的方式。我说这话的意思是从那个毛料之后，在每一个换衣季节的开始，我都会很自觉地想到了这件事。我这个工种经常要用到一种刀具，这种刀具就是上海有，每隔一段时间，我都要把旧刀具送到上海磨一磨，他们那个磨等于是新加工，所以我还要顺便带一套新刀具来。当时的上海是全国物资最丰饶的地方，简直什么都有，你能想象得到的东西，在那里都可以买得到。有一次我还帮未婚妻的哥哥带过结婚用的平板玻璃，所以，到了上海，心里装着柯依娜，我都会想着去商店转转。南京路，是我每一次必去的地方，走得多了，也就知道了一些商店的规律，比如南京路浙江路口的“十百”，就经常有一些打折的商品。我就去那里挤队伍，反正在外地我也不怕倒霉，有时候挤一件女式茄克，有时候挤一件竖领子衬衫，带回来偷偷送给柯依娜。这些东西在上海也许是过时了，但在九州就是别样和时髦的，甚至根本就没见过，这样，穿在柯依娜身上的这些衣服就绝无仅有了。

你一定会问我，你为什么这么做？你图什么？你得到了什么？你又不是傻瓜。

说实话，我确实没得到什么，要说有得到的，就是得到了一种关系。我喜欢这个姑娘，喜欢替她做些事，喜欢看着她高兴，这不行吗？换句话说，我喜欢自己心里热闹，心里有这些事，我就觉得很踏实。当然，我也有我的目的，但目的在当时还说不清，或者说一下子实现不了，实现目的要顺其自然，水到渠成，不能勉强，勉强了，也许关系就嘎嘣断了，也就没有以后的故事了。

那天我把那件竖领子衬衫带给她，她高兴得不得了。这种衬衫，我们一般都习惯认为是男生穿的，其实女生穿起来也非常别致，别致就是独特，就是好看。柯依娜身材好，样子好，穿了一定好看，我心里想，她要是当着我的面穿一下就好了，那就说明我们的关系非同一般。她好像看见了我的心思，说，我穿起来给你看看哦？我含蓄着说，好看不好看我又看不懂，你回家穿吧。她也来劲了，说，这是你给我的衣服，我就是要穿给你看，我就是要马上穿。我喉咙里咕噜了一下，这不是心里梦寐以求的吗？我就是想看看她的身体啊。孙猴儿都知道她的水蛇腰，我也总得知道些什么。其实我早就在注意她的衣着了，她这天穿了件素白细花的连衣裙，连衣裙好，连衣裙复杂，衬衫换连衣裙就比较麻烦，我倒要看看她怎么换。房间里只有我们两个人，没有人打掩护，房间的陈设也比较简单，一张床一张藤桌两爿凳子，根本没什么好遮挡的，这现状非常好。但是，柯依娜并没有像我期待的那样，她避开我的眼睛，背过身去，接下来的一系列动作，我也不知道是怎样一气呵成的。她披上了那件衬衫，那件衬衫像屏风一样遮住了她，一阵摸索，连衣裙的上身耷拉了下来，再一阵摸索，衬衫像变戏法一般穿在了她的身上，然后她转过身，连竖领子的纽扣都壁垒森严了。她说，怎么样？好看吗？我拼命点头，说，好看，很好看，好看极了。其实我根本没看她的衬衫，我还在为她的连衣裙惊讶，她的连衣裙怎么就这样溜下来了？她的衬衫怎么就这么粘上去了？这个过程哪怕有一点点磕磕碰碰也好，有一点就足够了。

可是没有，就是这样。

柯依娜能经常地穿上新衣服，也引起了她家人的注意，她母亲就问过这样的话，你最近在外面做什么了？柯依娜说，做什么了？没做什么呀。她母亲说，我看你就是做什么了，你的那些衣服，是从天上掉下来的？柯依娜噢了一声，说，我拜了一个哥哥，是他给我买的。她母亲说，我跟你说清楚啊，现在外面的坏人很多。柯依娜不三不四地说，我又不跟坏人做坏事，我就是穿穿他买的衣服。她母亲说，钻进你肚子里还要死一双，到时候你哭都来不及了。我不知道她们母女的对话是不是这样，但我可以肯定，在适当的时候，柯依娜会把我做一番介绍的，介绍我的家庭，介绍我的条件，介绍我的未婚妻，以及我的为人和长处。她母亲听了后沉默了许久，然后轻轻地叹气一声。她的叹气里有许多复杂的成分，这些，柯依娜自然是体会不到的，她没大没小地说，你叹什么气呀？真是莫名其妙。

柯依娜的母亲已经在为她筹划对象了。开始的时候，她养了柯依娜肯定也是泪水涟涟的，养着养着，心里就慢慢的美滋起来，觉着自己好像在做“储蓄”，收益是渐渐地有了。储蓄为什么？做生意啊。柯依娜出落得这样妩媚可人，是家里人谁也想不到的，这样的资源，肯定要好好地利用起来，一个当两个用。总之，家里今后的风水好坏，就靠她这棵树了。柯依娜母亲看上的是他们家附近的一个华侨，家族在荷兰有些实力和规模，做黄豆和大头菜生意。

柯依娜被母亲逼着去相过一次亲。柯依娜对母亲说，我先在暗处看看，若舒服，再说不迟。柯依娜无所谓媒妁之言，她相信感觉和缘分。她母亲不爽地说，就是你名堂多。她们就这样一前一后地走着，正好碰上那后生从家里出来，她母亲就迎住了与之说话。柯依娜就适时地站住，远远地瞄了几眼。柯依娜后来对我说，整个就是一个娄阿鼠嘛。娄阿鼠是我们这里戏里的一个人物，这个名字很形象，反正是尖嘴猴腮猥琐那意思，要是这样，柯依娜真的是鲜花插在牛粪里了。柯依娜感觉不好的是母亲和他站着说话时的情形。他站在门口的台阶上，母亲站在下面，他东张西望若无其事地应着，其间还掏出香烟捧在嘴边点起来，还肆无忌惮地吐了一口。而母亲的神情是小心的，好像很在意他的每一个表情，她说得很多，看得出她内心的急切。有一下，母亲大概是发现了他衣上的什么东西，一根头发？或是一粒残饭？母亲讨好地伸手捉了下来，他好像一点也没有反应，一动不动。柯依娜说，她看到这些心里就忍不住地疼了一下。

柯依娜说，对于这个婚姻，她一开始就是不舒服的。她说，你看我母亲那个奴相。还有我哥哥，他们觉得有了这段婚姻，他们就可以顺理成章地出国了。你猜他们怎么说？他们说，只要能出去，就是讨饭也好。那个娄阿鼠就别提了，要多恶心就有多恶心，好像有钱就可以把我们消灭掉一样。这哪里是什么谈婚论嫁，是贩卖和交易嘛。对于这些，我也不知道说什么好，我不好分析，也不好安慰，我只会说一些没用的空话：要慎重，要慎重。

有一天，柯依娜突然地失踪了，她没有来上班。上班都没有来，一定是有很大的事情。她会有什么事情呢？和婚姻有关的事情？她的婚姻，我不是没有想过，她不会像别人的婚姻那样，分几粒糖，或请吃一碗汤圆；她一旦有了婚姻，也许就飞到国外去了，见不着了。她是到国外去了吗？还是和孙猴儿私奔了？她喜欢表面上的完美，她和孙猴儿站着看，是非常般配的，在一起做事，也非常和谐，尽管我觉得孙猴儿乱七八糟的，但会不会私奔就很难说了。我这样想着，就走出了自己工种的地方，探头看看柯依娜的位置。还好，孙猴儿还在，乖乖的。他在，就说明柯依娜的问题不大，不会是什么私奔啊殉情啊，无非是耍点小伎俩，和家人谈判啊，或和那什么娄阿鼠对峙着。如果都不是，那她一定是跑到海边去了，她不会去自杀，她是个喜爱生活并觉得生活有趣的人，她只是想一个人待一待，想想以后该怎么办，理一理接下的头绪。她坐在黑黑的礁石上，陷入了沉思或迷茫地遥望远方，风吹乱了她的头发，她不屑去捋一捋，海浪时不时卷起来炸烂在她身边，她也没有动一动，那样子，就像电影里放的一样。

孙猴儿真的都不知道吗？柯依娜都没有和他说什么吗？孙猴儿是不是有着间谍一样的素质？看他若无其事的样子，说不定就是他把柯依娜藏起来的，柯依娜如果要藏，他肯定求之不得，他美了去了。但是，仔细想一想，孙猴儿也没有那样的本事，这从他做事的样子上就可以看出来。他们做的是第五道工序，他们做好了自己的半成品，要及时地转移到下个工序去，没有了柯依娜，孙猴儿明显地手忙脚乱了。他站在那里，就好像裤裆里尿紧一样，转运东西，也是一副慌里慌张的样子。有一次，他还把东西弄倒了，他俯身去捡，拿不住又重新掉了，一点也没有在困难面前镇静自若的气度。其间，车间的统计员来找过他，大概是了解一下昨天生产的情况，远远地望去，孙猴儿抓耳挠腮的，完全的懵懵懂懂。后来，车间主任也来找过他，这回估计是在询问柯依娜的去向，他傻在那里一问三不知，就不是那种沉着冷静机灵睿智的人。这样的人，他会把柯依娜金屋藏娇吗？叫他吃，他也不敢夹！如果不是这样，那么，心就可以完全地放回到肚子里面去了。

但是，那天晚上，柯依娜也没有回家。晚上不回家，这还得了？柯依娜是黄花闺女，她在什么地方留宿？谁的家？女的家还是男的家？就是在女的家也会让人家笑话的，说这个姑娘没教养，一定也不自爱；若是在男的家那就是天崩地裂的龙卷风了。这些，我都是听柯依娜母亲分析的。柯依娜母亲是费了九牛二虎之力才找到我家的，当时没有电话，她先问了工友，再问了车间主任，再问了厂长，这才问到了我父亲，才知道了我家的地址。她母亲说，我知道柯依娜最听你的。我警惕地说，听我什么？她母亲说，听你讲道理啊，她在家里经常地讲起你，她就是佩服你。我说，佩服我有什么用，我又帮不上什么忙。她母亲说，现在就是要请你帮忙了，做做她的思想工作。她母亲的意思是要我和她一起去找柯依娜，她已经找了一天了，她估计，最大的可能，柯依娜就躲在孙猴儿家。我说，说什么梦话，这不可能，孙猴儿一天都在上班，看他的样子，心里也是没什么阴谋的，心里要是藏着阴谋，笑会看出来，说话会看出来，做事吃饭走路都会看出来。她母亲继续着自己的思路，说，躲在孙猴儿家里会有两种危害，一是会躲掉华侨的那份婚姻，二是怕孙猴儿把生米煮成了饭，前一种危害先不去说，后一种危害会把我们全家的前途都断送了。她母亲这么一说，我就听进去了，后一种危害我也不答应，我要去救柯依娜，而且还是去救柯依娜的全家。

我就带着柯依娜母亲直奔孙猴儿家。孙猴儿家我以前去过，他父亲和我父亲同属一个系统，我们又在一起外出培训过，很随便的。以前去他家时，我曾经有两个疑惑，一是他母亲怎么这么年轻？二是他弟弟怎么和他一点也不像？一直以来，我们都以为一个家庭都应是一贯到底的，我们不知道两个家庭也可以凑起来，我们没有这种概念，我们也不接纳这种家庭关系，所以，我们对他们没什么好感，觉得他们不像我们那样单纯，觉得他们的家庭乱七八糟。

孙猴儿肯定在家，甚至肯定是已经睡了。我们明天还要上班，一到晚上，我们的父母就会督促着我们睡啊睡啊，我要是不被柯依娜母亲叫出，不是肩负着重任，我也早早地睡了。孙猴儿今天都在独当一面，他辛苦了，他现在肯定睡得梦遗跑马了。果然，当我在楼下“孙猴孙猴”地把他叫下来时，他就是一副睡眼惺忪的样子，蓬头散发的，身上弥漫着被窝的芬芳。柯依娜母亲站在远处的黑暗里，她说她等着我的消息。她本来要我出其不意地冲进去，看看柯依娜在不在，打她个措手不及。我理解她的心情，我觉得这样不妥，柯依娜若是不在还无所谓，若是在呢？等于是让她当众出丑，等于把站在悬崖边上的柯依娜推了一把。我对柯依娜母亲说，我有我自己测试的办法。我盯着孙猴儿看，看看他眼里有没有内容，我看他一脸莫名其妙的样子，就知道柯依娜不在这里。我还有个独特的办法，我伸手捉了一下他那个东西。我们一帮干部子弟在外地学习时经常开这样的玩笑，洗澡的时候睡觉的时候，我们经常出其不意地要捉谁一下，他的东西如反应迟钝，那肯定是自慰了跑马了，我们就说他肾亏，反之就肾不亏。我这时候去测试孙猴儿，就是要推断一下柯依娜在不在，若在，若他们有事了，那他的东西就不敏感，反之就敏感。谢天谢地，我的手轻轻的那么一捉，孙猴儿的东西就腾地耸了起来，硬得像六楞钢一样。他惊诧地退了一步，说，你要干什么？我嬉皮笑脸地说，我看看你有没有肾亏。他推了我一把，说，你他妈的现在还开这种玩笑，你才肾亏呢。不管他这时是怎样理解我的行为，他这种态度，就明白无误地告诉我——柯依娜不在。我肾亏就肾亏吧，肾亏有什么，只要柯依娜不在他家就好。

柯依娜不在孙猴儿家，她母亲的心也安了下来。她母亲说，可能是去什么亲戚家了。但是，她母亲还是坚持要我去她家，去等柯依娜回来，她觉得柯依娜既然不在孙猴儿家，那总会回来的，她要我等着做柯依娜的思想工作。我没有办法，她母亲这么信任我，我也不好再找什么借口回绝，就吧嗒吧嗒地跟到她家里去了。

柯依娜家的环境一看就觉得一般，一个小阁楼，地板吱吱响，感觉又黑又矮，认真看，床铺和橱子很多，却连坐的地方都没有，就只好坐在一张床上。她的两个哥哥没看见，是妹妹泡了一杯茶给我，好像是事先安排了一样，她父母一下子都不见了，我就只好和她妹妹傻坐着，不知说什么话才好。

待到下半夜，柯依娜还没来，我的心就慌了起来。这样的时间，我觉得太迟了，我们家从来没经历过这么迟，但柯依娜家倒好像很正常，从她妹妹的神情里，我一点也看不出“迟”的意思，我就觉得她们家生活没规律，没秩序。一个生活没规律没秩序的家庭，肯定也是乱七八糟的。我唏嘘着说，啊，太迟了太迟了，我不等了。她妹妹说，不等了？你不是要和她谈谈吗？我说，没关系，我写封信给她吧。她妹妹对写信很奇怪，说，写信做什么？要写信吗？写什么呢？我见她奇怪成这样，就说，我写几个字吧。其实，我们家是经常写字的，有写字的习惯。有什么需要交流的，但又碰不着人，就写一下；有时候碰得着人，但当面不便说，也写字留下来。我觉得挺好挺文明的，甚至更有效果。我就写了两句话：一、父母的意思有一定道理，不妨一试；二、你是家庭的一员，要担负起家庭的责任。我没有多写，也不知道有没有用。她妹妹愕然地看着这些字，又看看我，看得出，她是好奇和怀疑这种形式、这个作用。

第二天上班时，柯依娜在车间里找到我，说，你不用再劝了，我听你的。我说，昨晚上你去哪里啦？你们一家人都在找你。她说，我在孙猴儿家。我看了她一眼。一个姑娘，居然可以在一个后生家待一个晚上，一个晚上，时间太长了，有多少话好说啊，有多少事可以做啊，想起来就觉得可怕。

柯依娜后来说，其实不像你想象的那样的，我只是想和他告别一下。我对孙猴儿说，我也许不会来上班了。他当时正在削一个苹果，他说自己会将苹果皮完整地削下来，削好了看不出是已经削了，他正削得起劲，我这样一说，他的苹果就掉到了地上，他没有把苹果捡起来，任由它咕噜噜地滚到一边。他看着我，手里的刀还拿着，他说，你陪我坐一会儿吧，就一会儿。我说，我还要回家，我已经一天没有回家了。他突然就高声起来，我就是要你陪我坐一会儿，不行吗？我对你这么好，你这样也不答应吗？我说，我从来没有在外面待过夜，我不回家，家里人会担心的。他说，担心什么？担心我会动了你？我不动你，我说话算数，你要不信我就发血誓给你看。说着他就用刀戳住了自己的手臂，他的手就那样平搁在桌子上，刀慢慢地往下戳，手臂的肉也明显陷了下去。他还说，你知道人的皮有多厚吗？人的皮其实是很厚的，比猪皮薄一点，比羊皮肯定厚。他这样说起来就像疯了一样，我吓死了，但我不敢叫，我从来没见过他这个样子。刀还在继续往下戳，大概戳了有半公分深，就听见噗的一声。他说，这就是戳进皮里面了，皮破了，皮下面才是肉。接着，我就听到有吱吱的响声，好像是水管漏了，再看，血已经满出刀尖，爬到了桌子上。你说，他这种神态，这种口气，我有胆不留下来吗？我只能留下来。

我没有再说什么，我只是惊叹孙猴儿的演技，他在我面前演得太好了。

柯依娜后来就没有来了，据班组长和车间主任说，她连招呼也没有打。柯依娜结婚了？柯依娜出国了？柯依娜的老公把她像宝贝一样养起来了？我准备去看看她，我想念她，我觉得我们还是有关系的。

我去她家的那天她正好在，她见了我很热情，像一下子老练和大方了，她一向在我面前是很矜持的。我喜欢她羞羞答答的样子，羞羞答答的才像少女情怀，老练了大方了就不是。我是突然发现她的装束变化的，她的领口洞开着，这是个小小的变化，但足以说明了问题。她以前的装束是慎密的，连一个纽扣都不让它随意，身体的姿势更是时刻警惕着；现在，她的一举一动都有可乘之机的漏洞，我的眼睛稍稍地有心一点，就轻而易举地溜进了她的衣服，在里面肆意地走动。她不知道这些吗？不，她太知道了，姑娘们对于这些不怀好意的伎俩，都会本能地小心和提防的，但她现在无所谓了，不再森严壁垒了，好像完全地放开了。她这种样子，我就知道她经历了，和那个娄阿鼠睡觉了。

这时候，有人在楼下叫她，柯依娜柯依娜，说那边开始了，你快点过去吧。她哎了一声，说马上去马上去。那人又催，说那边等着哪，要等人到齐了才能做起来。她就和我笑一笑，说不好意思，那边有点事，去去就来。

那边，就是巷子那头的娄阿鼠家。

柯依娜走后，她母亲过来陪我说话。她好像很高兴，一副如释重负的样子。她拿了一张照片给我看，照片上有些肃穆，但洋溢着一种全家福的气氛，一大帮人站在一处灵堂前，漫不经心地一照，不知是对死者的安慰，还是在草草地检阅家庭成员。照片背后的故事我完全可以想象，简单说就是"以新人的加入来送别老人的离去"——娄阿鼠的爷爷快要死了，死不瞑目，他要见一眼小孙子的对象，柯依娜就在这关键的时候走入了娄家，娄家也以一种闪电式的速度接纳了她。在这样一个特殊的场合，柯依娜表现得异常地听话，在她心里，承载着很多很多的希望和重托，有家庭的，有母亲的，也有哥哥妹妹的。她在娄家人的引领下来到了老人面前，在他们的授意下别扭地叫了一声爷爷。老人一口气松掉，合眼阿门了。现在，那边在做"头七"，请了念经班做佛事，柯依娜要和其他家人一起，要虔诚地跪完一本经的过程。柯依娜的这张照片拍得不错，依依贴贴的，好像真是那么回事一样。旁边那个瘦瘦弱弱的后生，大概就是娄阿鼠了。

## 3 出国

你问我柯依娜真的心甘情愿吗？娄阿鼠对柯依娜真的满意吗？我怎么知道，我只知道柯依娜家确实因为这段婚姻摆脱了困境。她妹妹后来出国了，她哥哥也相继出国了，先是一个哥哥出去，接着另一个哥哥也出去了。他们在国外是讨饭，是做黑工，是洗盘碗，是开小超市，是地铁摆地摊，还是教外国人学菜雕，是虫还是龙，就看他们自己的造化了。

这期间，柯依娜只和我联系过一次，是她一个哥哥在九州与人打架，被火药枪喷了，脸庞成了名副其实的“蜂窝”。她把电话打到车间办公室，是车间主任叫我听的电话，我听到了来自荷兰的遥远的声音。车间主任怪异地看着我，我在电话里只能唔唔地应着。车间主任说，你怎么像接了一个索命的电话？我在心里说，其实也差不多，不是索命也像是劫持。自从那张照片之后，我再也没有见过柯依娜，也没有听过她的声音，现在突然听到了她的声音，我也不知是紧张还是激动，手不住地发抖，弄得电话都砰砰乱响。这么远的电话让我觉得，我应该答应她的全部内容才是。她让我出面和打架的对方交涉，我答应了。我找了一些社会关系，把事情摆平了，让对方赔了一些钱。她又让我陪她哥哥去上海看病，说上海的医生是美容师，九州的医生只会把她的哥哥弄成麻脸，她还说她父母是老实人，最远连乡下也没有去过，要叫他们去上海，会当场把他们吓死。我也答应了。我经常出差，这件事对我来说不难，我就托上海的朋友找到了瑞金医院，从她哥哥的脸上夹出了三十六粒铁砂。

我和柯依娜的关系就是这样微妙，看似没有实质性的内容，却又好像深不可测。这时候，我也已经结婚了，我把这种关系坦白地说给我老婆听，她根本就不相信。她说，你就吹吧。后来，我老婆大概有堵我后路的意思，又说，你是被你的形象害了，你本来心里有歹念，但你一直装着做好人，你现在就是想坏，也坏不了了。要么，你就是想放长线钓大鱼，但你的线也放得太长了，她现在在阿姆斯特丹，她就是愿意上钩，你也钓不回来了。我有这么坏吗？也许有，也许没有，再说吧。

对于柯依娜的婚姻，我一直认为是不幸福的。这也是我内疚的地方，她听了我的话，为她的家庭作祭奠，其实是有很大的赌气成分的。如果把她的婚姻比喻成卖身，那么，这个手印也是我帮她摁上去的。她应该有自己自由的追求，虽然不一定是孙猴儿，但也绝不会是娄阿鼠。婚姻夹带着目的，一般都是不牢固的。要是把我换成了娄阿鼠，我也会看不起柯依娜。柯依娜是奔着娄家的“华侨”去的，而且挑的还是娄家“特殊的日子”，这就有了交易的味道，而且还是送货上门的。送货上门，娄阿鼠就觉得柯依娜贱，就看不起她。但柯依娜的身材他又是不得不重视的，她是跳舞的身材，皮肤是皮肤，乳房是乳房，山峦丘陵河流沼泽，虽然还没到蓬勃的程度，但没有一处不是精心设计的，特别是她的水蛇腰，扭啊扭啊，风情万种的，娄阿鼠肯定忙得方寸全无满头大汗了。

九个月后，柯依娜产下了第一个儿子。开始娄阿鼠并不快活，他掐指一算，时间上有点蹊跷，他把自己的疑虑告诉了母亲。那个日子是有旁证的，演绎起来并不算困难，就是拍全家福照片的那天，是夜里的时候，大家都在为爷爷守灵，一拨人分了两桌在打扑克，有人提议今天来了新人，在爷爷面前照个相吧，大家就歪歪扭扭地照了几下。那天的照相形式上比订婚还确凿，因为那是给死人做个交代，显得极其神圣。后来，一些人困了，两桌扑克拼成了一桌，娄阿鼠和柯依娜就被别人安排起来睡觉去了。母亲说，你们睡了吗？娄阿鼠说，睡了。动了吗？也动了。母亲笑了起来，这不就对了，这叫“上门有”，一碰就有。娄阿鼠噢了一声，就冲出家门报信去了。

娄家在阿姆斯特丹是华侨里的大户，他们家在那里已经有两辈人了，那个死去的爷爷就是第一个创业者，有说是刻青田石猴子发的家，也有说是捏糖人儿打下的基础，也有的说得更玄，说他爷爷被黑道背到荷兰后，脑子好，直接选择了讨饭，还不是一般的讨饭，是扮成了残疾讨饭，不是现在把脚吊在肩膀上的那种，当年的想法要稍稍的简单一些，技术也没有现在这样的难度，他不知从哪里弄了副猪肠子，从短裤里拖了出来，没人的时候就静卧休息，有人的时候就匍匐前进。当年的阿姆斯特丹还是个杂乱和落后的码头，有一个乞丐也没有什么不和谐的，何况那里的人们心地善良，谁也没有见过会残成这样的，同时，他们也为这种生命不息顽强不止的精神而感动，都不加思索地慷慨解囊。

这就是他爷爷的第一桶金。后来，他爷爷做起了黄豆和大头菜的生意。荷兰多奶牛，荷兰的奶牛一直以来都是吃草的。吃草当然也不错，但吃草只能解决温饱问题，不能解决营养问题。他爷爷就看中了九州的黄豆，黄豆多有营养啊；接着又发现了大头菜，就是有点像萝卜的那种菜，但比萝卜长得结实，也极具营养。偏偏这两样东西九州人不喜欢吃，黄豆吃了润肠，大便是好拉了，但劲也吃不住了；大头菜吃了胃荒，咬肚子，越吃越饿。九州人喜欢憋着气做事，而润肠和胃荒都是要命的事情。那就出口吧，出给荷兰的牛吃，营养就不去说了，吃得肯定比草料殷实。荷兰人心里美滋滋的，既维护了自己的生态环境，也促进了中荷人民的友谊发展。

他爷爷就这样成了阿姆斯特丹的荣誉市民，阿姆斯特丹就像他自己的家一样，国内的人就蜂拥而出，方便到什么程度？连柯依娜的哥哥妹妹出去，都像鼻涕流从嘴里过，顺路。

现在的娄家后代已经不做黄豆和大头菜生意了，他们搞生活商业，保健商业。他们的脑子不算好也不算奇，但就是比别人转得快，因为他们是那个“拖肚肠”爷爷的后代。

阿姆斯特丹不像世界其他一些地方，这里没有唐人街，但有一条被他们私下里戏称的“跛脚街”，在那片著名的红灯区旁边，他们的店都开在那里，在这里开店是他们的思路。他们知道各国的游人最喜欢到红灯区看看，早早地把红灯区记在心里，车子还没有拐进阿姆斯特丹，就忍不住地打听起来，红灯区在哪里？什么时候能到红灯区？国内的游人尤其这样。这些人都很清楚红灯区的橱窗，说那些妓女就亮相在橱窗里，各人把自己的优势亮出来展现。有让人看乳房的，看乳房的大，看乳房的挺；也有让人看屁股的，看翘不翘，看圆润程度；还有让人看体毛修剪样式的。无奇不有。我有个朋友罗先生也去过那里，他在国内时就作兴这个，搞过国妞无数，他最大的愿望就是要打败外妞，他去荷兰的时候，撇开旅游团就撞了过去，按他的话说，外语懂不懂有什么关系，家伙总认得吧。要都像这位罗先生，接下来就得去休息了。但国内的人像罗先生的不多，大部分都是叶公好龙的，看是喜欢看，一边又嘟嘟囔囔地说，没意思，没意思透了，有什么意思啊？然后，装出无所谓的样子，掩饰着赳赳英武的裆部，绞着脚踱入了他们的“跛脚街”。洗头，按摩，摸脚穴，还有的去了音乐茶吧。再出来，一个个又都是修养十足的人了……

娄阿鼠一大早跑进了这条街，这里有他的亲戚，阿哥阿姐叔伯姑婶，还有柯依娜的哥哥妹妹也都在这条街上，他紧张的欢呼声像摔玻璃一样呼啸在路上，他一个个门房敲过去，敲不应门房的就敲墙上的下水管子，咣铛咣铛咣铛，我生小孩啦！我生小孩啦！这时候，“跛脚街”还在半睡不醒之间，昨夜的静谧还延续着，氤氲着，也有起得早的在准备生意的人，冷不丁地被娄阿鼠的欢呼吓了一跳，探出头看了一下，自语着说，啊，老鼠也生小孩啦？老鼠都生小孩啦？也有还躺在床上被惊醒的，推了推身旁惺忪的人，哎，你说，他会生吗？是他生的吗？附和的那个想了想，一本正经地说，这个，难说，不知道。

那段时间，我其实没有一点柯依娜的消息，她也没有回来，我所知道的上述这些，有些是老工友那里道听途说的，有没有添油加醋我不知道，有些则是我在心里演绎的再加上想象的翅膀的。总之，我没有把握是不是这样的，如果有一个人顶真，和我抬杠，刨根问底地追问我一句，我也许就哑口无言了。柯依娜没有回来其实是很正常的，九州到外国的人千千万，回头的有几个？不回来总是有原因的，要么忙于生计，要么赚不来钱，要么就是没有家庭地位，做不了什么主，这几个原因柯依娜都有可能存在。仔细想想，柯依娜和我有多少关系呢？我非要知道她的情况干什么？不回来就不回来吧。

我们那个厂后来就倒闭了。九州这个地方就是怪，国营的工厂大多生存不下去，面黄肌瘦的，有机制的原因，也有市场的原因。而民营企业，倒是一个个都白白胖胖的。不过，我们厂的倒闭是决策失误，出发点就不纯，是干部们自己为子女谋的福利，产品也没有做过可行性调查，一觉醒来就想当然地，做什么电器配件。这种东西你做得过外国人吗？外国的这类东西又好又便宜，我们的国门一开，外国的东西就泥沙俱下地冲进来，我们原来去学习的南京厂家，这方面实力比较强的上海厂家，都噼哩啪啦地关门啦，我们厂不倒闭才怪呢，树倒猢狲散。

从工厂里出来我做了化工生意，生意马马虎虎。九州的生意看似热闹，其实还是比较玄的，十个生意人，有两个是赚的，有两个只赚个吃的，有两个是空忙的，剩下的就是亏本的。我属于空忙的那种，赚个吆喝，每天也有东西进进出出的，就是见不到钞票。孙猴儿也在做生意，有一天，我在毛布市场里见到他，看他光光鲜鲜的样子，我就觉得他赚不来。他的定位一开始就错了，漂亮的男人，怎么能做布生意呢？和女人说布的颜色，说布的质地，说布的优点和缺点，想起来都觉得别扭，这生意还会好吗？孙猴儿的生意和我不搭界，但有几次我偷偷去过毛布市场，远远地看他立在摊位里，身上就没有那份劲，一种忙碌和激动的劲；架上的那些布料，垒得整整齐齐的，一看就没动过，我就暗暗的高兴。我承认自己心里面有阴暗。不知为什么，孙猴儿搞不出来，我就高兴，好像是为了证明我对他的判断，他没有出息了，我的判断就准确了。那么，柯依娜最后没有跟了他，就是对的。柯依娜最终嫁给了谁，是另一回事。她幸亏远在国外，要不，在九州，看她跟孙猴儿颠沛流离的，我肯定会很着急，很难过。这样，我劝说她顺从了娄阿鼠，就是正确的。

其实，柯依娜在荷兰怎么样？我真不知道，我只能遥祝她平安吧。

说话到了“9·11”的那一年。也就是“9·11”的第二天，我从《九州日报》上看到一则报道，开头是这样写的：“我从浓烟和火光笼罩的21层往下跑，跑到大楼外面忍不住回头一望，正好另一架飞机又撞了进来。”昨天晚上，九州籍华侨柯女士在美国打来越洋电话，向记者描述了她从世贸中心大楼死里逃生的经过。

看到这里，我心里突然咯噔了一下，这柯女士会不会就是柯依娜呢？她姓柯，她是九州的华侨，没有这么巧的事。报道还说：柯女士是去美国观光旅游的，这天上午8点50分，她随团登上了世贸中心大楼，他们一拨人正兴致勃勃地参观大楼机构，突然一声巨响，身旁的一些东西都飞了起来，他们下意识地抱头蹲身，背上像雨点一样落满了各种杂物，等他们有胆量想睁开眼睛时，发现周围的光线已非常暗了，身边浓烟滚滚。柯女士说，当时楼梯里挤满了人，但大家都自觉地遵守秩序，有条不紊地往下撤。有时候，楼梯里也会乱那么一下，噢，是盲人下来了，大家赶紧侧了身主动让道；有时候，突然会有人惊叫一声，定神看去，是血肉模糊的伤员被抬了下来，大家会立刻伸出手去扶上一把。在整个撤离的过程中，意外接连不断……

这肯定是柯依娜，在我的印象里，她这人心地纯净，心怀美好，只有这样的人，才会在混乱和危急中发现这些人性亮点。我把这篇报道剪了下来，夹在经常翻看的书里，我没有剪报的习惯，这是唯一的。我没有柯依娜的消息，就用它来填补思念吧。

之后的一段日子，我不知怎么的惶惶不安，睡着了会无端地惊醒过来，吃饭好好的会反胃恶心，我的思想指向只有我自己知道，那就是——“柯依娜已回到九州了”。为了证实自己的判断，我决定去找找她。我对“心有灵犀”之类的话有一种莫名其妙的推崇。但时间已过去了十几年，我都搬了好几次家了，如果柯依娜在国外还算滋润的话，她的家也应该早搬迁了。我先打电话试试。

我找来九州的电话簿，这应该也是老电话簿了。我找到柯姓一栏。柯姓在九州算个小姓，只有非常可怜的几个人，我就根据她家的格局找比较土的名字，这是常理，我找到柯永寿、柯打铁、柯阿龙，这三个里面会不会有柯依娜的父亲呢？我就把电话打过去。喂，你是康平路的柯永寿吗？对方很干脆地说，我是鲤鱼桥。一个东，一个西，两个完全的不搭界。我又打了柯打铁，接电话的是一个幽默的女性，说，柯打铁不在柯织布在。我估计柯依娜的母亲也没这个水平，就赶紧把电话搁了。第三个电话我屏了一口气，直截了当地问，是柯依娜家吗？对方说是啊，但她父母搬啦，我是她家亲戚。我有点激动问，那你知道她父母现在的电话吗？对方说，知道知道，08070605。噢，鸟枪换炮啦，老房子都送给亲戚了，这是新城那边的电话，那里的房子可都是现代化的。

我马上把电话打过去，接电话的就是柯依娜，我们各自只喂了一声，都傻在那里了，我们听到的都是长长的沉重的呼吸声。她后来说，我去过你的老家了，那里已拆得一塌糊涂，连个面目也看不见了，我就找不到你了。我说，我是从报上看到“9·11”报道的，我猜想它说的就是你。她说，我回家是想休整一下，噢，在外面真是惊魂未定。我说，我这些天坐立不安的，总觉得会有什么事似的，猜测着是不是你回来了。还有什么能解释“心灵感应”这个词呢？这就是。

在九州的日子，柯依娜暂时都住在她父母家，她现在是客人，远道而来的客人。我本来想去看看她，被她阻止了，她说别别别，说家里这几天人多，不方便。她又说，我不想让父母知道我们还有关系，我会不好意思的。这倒也是，这么长时间没联系了，说捡也就捡了起来，一点也不陌生，一点也没有隔阂，连我自己都感到惊讶，跟别人就更说不清了。

我们约好在大戏院茶楼见面。在大戏院喝茶人称“在菜场边喝茶”，是指这里的环境乱哄哄的。这里的喝茶有个特点，不是在叙谈，而是在娱乐，有搬了扑克围起来打的，有以茶代酒划哑拳的，也有拉开架势推拿敲背的。但我们很静，我们坐在远远的角落里，看面前生动鲜活的芸芸众生。大戏院茶楼是柯依娜订的，她对它的印象还停留在十几年以前，当时它还是个时髦和清闲的去处，她不知道它的内容和氛围早已经变了。

柯依娜现在已完全是一个丰腴的妇女了，她不再单薄。我前面说过，她以前的身体是含蓄的，日后肯定会生机勃勃。她还是保持着跳舞的身材，从门口进来的那刻起，每一步都走得淋漓尽致，像旋风一样扑到我面前。不过，不是我熟悉的中国民族舞，而是性感十足的印度舞、桑巴舞、弗拉门戈舞。现在，她坐在我面前，我的眼前是她咄咄逼人的胸脯，它让我的眼睛不能正视，其他的什么，我就不敢多想象了。

在外面十几年，柯依娜养成了喝咖啡的习惯，她要了一杯，她说自己要是不喝咖啡，心里就很难受，就浑身的不自在。我就把她当外国人吧，这样想着，心里头突然地撞了一下，想起自己曾经有过的一些念头，一些想和她好的念头，她现在是外国人了，行为和观念应该都很开放。她轻轻地搅拌着杯里的咖啡，很有滋味地呷了一口，她的神态和样子其实已经是外国人了。她问起孙猴儿，他现在怎么样了？按你们的话说是搞出搞不出？我说，搞不出。我说，我也不是很清楚，反正我们那拨人没有谁搞得出的，做的都是些小生意，他做布的生意，我看也好不到哪里去。她说，他其实算老实的，和他父亲不一样，他如果能遗传一点他父亲的基因，也许就好了。我说，很难想象，你要是跟了他，会是什么样。要是没有娄阿鼠，你会跟他吗？她说，本来也许会，后来就不会了。他动不动拿刀割自己，我受不了，你说生活有多坎坷呀，都拿刀割这割那的，几下就割完了。说到这里，不知为什么，她突然拿出皮包翻开给我看，皮包的夹层里有一张她的小照片，当然是美轮美奂的，旁边还有张小孩的照片，样子也是灵光闪闪的。她说，是我小孩，五岁时照的，像我吗？我说，像像像。但我又觉得孩子有点像孙猴儿，白白净净的，这种想法只是一闪念，马上自己就说瞎想瞎想瞎想。瞎想的根源是小孩不像娄阿鼠，娄阿鼠又丑又黑，当然，完全像柯依娜也不是不可能的。

我问她在外面好不好，怎么都没有回来。她没有回答后一个问题，只说，什么叫好？什么叫不好？有饭吃就是好啦？老公不打你就是好啦？她这样说了，我就觉得她肯定过得不怎么好。我又问，你会待多久呢？我们还能见面吗？她还是回答半句话，说，怎么不能见面，我这次在美国大难不死，你还没请我的客呢。我说，请客那还用说吗？

请柯依娜的客，是几天后她自己挑选的，她说要在新宫廷。新宫廷是九州唯一的一家五星饭店，他们主攻客房，对菜肴却有点马虎，生意也不是说不好，但多半是冲着它的排场来的。我曾经想劝柯依娜去“渔家姑娘”，我不是怕新宫廷的菜贵，我是想让她尝尝真正的海鲜。我说，你也许见过活的江蟹，但你见过活的乌贼活的海参活的深海黄鱼吗？那里就有。但柯依娜坚持要在新宫廷，她说，吃不是最主要的。也许，新宫廷更适合她的外国身份，随她去吧。

新宫廷当然也有海鲜，但就是吃得不爽，即便是加了辣酱和芥末，汗也没有出来。好在我们的任务是叙旧。柯依娜当时酒喝得不少，我也喝了不少酒，我平时一般不喝，但柯依娜一搬出她的“9·11”，再大的理由也都得自觉地收起，我就喝了，为她压惊，为她洗尘，为我们的重逢。

柯依娜面如桃花地站起来的时候，我问她，是去你父母家？还是去哪里坐坐，喝杯茶？她说，我住在这里，我回房间休息，你也过来坐坐吧。我愣了愣。她又说，在我们那边，像你这样喝了酒的，你就是上了汽车，汽车也不会起动。她这样一说，我就像中了咒一样跟着她走了。我非常清楚自己的行为指向。我在想她的事情，她怎么会住在新宫廷呢？是故意的，还是有什么企图？还是为了有一个自由的住所，做点自己想做的事情？这样想着，我的醉意一下子就上来了。我跟在她身后，步子开始有点晃动，说话也大舌头了。我在心里赞美酒，酒这个东西真好，酒把心底的东西都呼唤了起来。酒可以怂恿人的意向，酒也可以掩饰人的动机。这件事如果成了，那就是借了酒的胆量，就是酒的功劳；如果这件事不妥，弄巧成拙了，那一切的责任都可以推到酒的身上，是酒让人失去了理智，酒是它的罪魁祸首。我们就这样进了柯依娜的房间，房间里拉黑了窗幔，很显然，她不想让房间亮起来，她连光线都不要了，那她还要什么？这不是明摆着的吗？我就上前一把抱住了她，她的呼吸也跌宕了起来。虽然她穿着衣服，但一点也不妨碍我的抚摸，这是我意念里感受过的身体，在梦里也多次梦到过，我就如数家珍一样。摸着摸着，柯依娜的腰也情不自禁地扭了起来，就像孙猴儿说的，这真是一段水蛇腰啊，轻轻的一扭，就有了风情，重重的一扭，就像是引诱，她要是穿了草花裙，还不知会扭成什么样呢，可惜，她这天穿的是牛仔裤。摸着摸着，我发现自己的兴致淡了下来，我发现自己没有了欲望。人那个东西是非常聪明的，知道不属于自己的东西，它就非常的客气。柯依娜是我的吗？不是，过去不是，现在不是，将来也不一定是。那么，我的摸肯定是没有结果的，最终也会是障碍重重，弄得大家都不舒服，还不如早点放弃……

情绪氤氲，本来想陪她喝杯茶的，又觉得不好意思，身体滞了滞，踢了几下脚，还是走了。到了新宫廷门口，手机突然地震了，一看，是柯依娜发来的短信，但她用的是荷兰的手机，显示的是外文，我一个字也看不懂。

## 4　儿子

你说我就是傻，我不是傻，我是觉得没有一个合适的理由，这么长时间都过去了，现在想发生点事情，尤其需要理由。我还是陪柯依娜买买东西的好。陪她买东西，我好像又回到了过去的日子，没有其他的想法，心里很踏实。

从国外回来的人都这样，都好像带了很重的任务，尽管她说自己是回家休整的，其实，她的主要任务还是来采购。她在阿姆斯特丹开了一家小超市，国外的超市和这里的不一样，一般都兼着批发。她的超市门面小，仓库却很大，仓库里什么都有，从食品到工艺品，到装饰品，到日用百货，甚至到冥品，阿姆斯特丹的一些弄堂小店就是到她这里来批发的。柯依娜既做老板，又做仓库员，又做业务员，拍单、送货、接电话，都是她，舍不得雇人呐。柯依娜说，她一个哥哥在开电影院，放到国内说，就叫承包；另一个哥哥干两份事情，有团队的时候，他就做导游，没团队的时候，就在一家饭店里炒菜，他有菜雕的手艺，在国内时学过；她妹妹最爽了，嫁了个荷兰人，在家生小孩，她已经生了四个小孩了，等于经营着一个饲养场。她虽然没说得很具体，但我能感觉到，在国外的人，都是忙碌而艰辛的。

柯依娜要进的东西是假发和药品。过去的一些东西，都是娄阿鼠到义乌的小商品市场进的，但这两样东西就一定要到九州。为什么？九州的假发生产是最有名的，真发还有颜色不亮、开叉、不匀、异味等缺点，假发要是做得真了，这些毛病都不存在了。据柯依娜说，她那里假发的生意还不错，主要是华侨多，他们的文化和意识是没办法融入当地社会的，他们只能在一些外观上做做样子，他们喜欢戴一些金黄的假发。而药品，那是国家控制的东西，是要打交道和拉关系的。华侨最喜欢用国内的药品，尤其是九州的华侨，他们吃惯了九州的药，像左金丸、板兰根、双黄连，还一定是江鹤牌的，他们吃起来就特别的灵。柯依娜说，我们国家以前没援助过荷兰，要是援助过，生意会更好，像阿尔巴尼亚，过去打仗的时候吃我们的药，到现在还依赖我们的安乃近和青霉素。

柯依娜毕竟离开九州有很多年了，这么多年，九州的变化实在是太大了，旧城改造，城市东扩，格局完全地不一样了，柯依娜尽管是九州人，其实也无异于睁眼瞎。原来的饮食街时装街，迁的迁移的移，另外还新添了一些特色街。我知道买假发在什么街上，在一条新推出的女人街上，这里的店或多或少都带有女性的气息，什么美容、美发、鲜花、婚纱、假发、文胸、纹眉和修甲。在假发店，柯依娜饶有兴致地一个个试戴，我也装模作样地在一旁试看。我说一般，这顶假发就先放一放；我说好，这顶假发就定了下来。柯依娜本来漂亮，本来就有点老外的倾向，特别是脸型，再假发一戴，我就觉得她很像“保尔”的“冬妮娅”。大概，这种店里，平时一男一女一起来光顾的不多吧，在整个过程里，店里的伙计不时地看看我们，还意味深长地笑笑。

买药我也是和柯依娜一起去的。我是托医药站的朋友帮的忙，这里的药是没有经过剥削的，数量和价格上都还有余地，但一般不开后门。朋友问我，你替谁搞啊？我说，我老婆。朋友说，得了吧，你老婆我还不认识吗？再说，你老婆也不是做这个的。我只好坦白，我女朋友。朋友说，这不就是了，现在还有什么比这个面子更大的！

接下来还有海关和托运，有了我的运作，事情都办得很顺利。后来，柯依娜也在家里休整得差不多了，我又把她送上了飞机。我对她说，别再没有音讯了，让人家挺想的，现在通讯都很方便，多来电话吧。

事实上，在之后的日子里，我们的关系也只有靠电话维系。就像我老婆说的，她就是一条大鱼，你还能把她从外国钓回来？不能，确实不能。我只是在乎意义，不要说没有就没有了，十几年光阴过去，回来了人还能认得出，关系还能续得上，还有那么层意思，多好。

柯依娜经常打电话来，有时候打我的手机，有时候打我公司的座机，看看时候，听听铃声，我就知道是她的电话。她的电话，多半是在超市用电话卡打的，这样的电话主要是问候，往往言简意赅。阿姆斯特丹和九州的时差是八小时，如果是下午三点响起了电话，用的是她的手机，打的又是我的座机，这说明那边的她还朦胧地躺在床上，这样的时候，通话的内容就预示着重要和漫长。

有一天，她又打来电话，说自己又生了一个小孩。我说，小孩好啊，在国内还不让生呢，你这个年纪生小孩，一定跟宝贝一样。她说，这小孩很白。我说，白才好看呢，小孩就是要白，小孩要是像糖糕一样，就显得脏了。我记得柯依娜是不白的，但柯依娜是健康色，那么，是不是娄阿鼠长得白？她又说，小孩像个外国人。我说，漂亮的小孩都有点像外国人的，像外国人才有趣，其实，你要是再过一点点，也像外国人了。我想起她在那假发店，戴起棕黄色假发的样子。我还说，看来，你小孩把你的优点都发挥了。本来，像她这个年纪，再添个小孩应该是一件很幸运的事情，但我没有感觉到她的高兴，相反，我接下去听到的，是她忧心忡忡的语气和抑制不住的哭声。她哭了一会儿说，我说得还不明白吗？我说小孩是个外国人，你听不懂我的话吗？我心里一阵难受，嘴里也泛上了苦味，小孩怎么能是外国人呢？柯依娜就是再像外国人，她也是中国人啊，她不可能生出一个外国小孩来，唯一的解释就是柯依娜和外国人上床了。电话里，我没有再说什么，我轻轻地把电话放下，吧嗒一声，就把她隔在电话那头了。我想，她一定也感受到了我的情绪，我真的很难过很难过，我不知说什么好。

我一点也不想知道这件事的原由，我怕它是一个非常简单的过程，比如对某个老外一见钟情，并且轻率地就有了结果，这样我真的受不了，这样，我过去的行为就显得非常弱智，而且是对我们这种关系的莫大的嘲弄。我情愿让她碰到了非常无奈的事情，事关她的生命财产，她必须做出这样的选择。或者，她一直在百般煎熬中生活，她在家庭中受着歧视，她面临着冷暴力，夫妻生活从来就没有和谐过，她为了家庭、兄妹、面子，为了掩人耳目，她一直就这样苟活着，苟全着，这是她唯一的一次释放。如果是这样，又何尝不可？何尝不许呢？

这种故事是很难演绎的，我就是问，她肯定也不会告诉我。我还是照着自己的逻辑去想象，去编织。柯依娜不是在卖药品吗？她的药品卖得非常好，深受广大华侨的青睐。但卖药品毕竟是违法的，这是在阿姆斯特丹，不是在中国，他们对中药的理解本来就很偏见，特别是那些左金丸、板兰根、双黄连，他们觉得这简直就是垃圾，拿来吃更是不可理喻。他们一直在严厉打击这些。于是，柯依娜早已纳入了警方的视线，终于有一天，柯依娜在卖药时被撞了个正着，她的超市被查封了。柯依娜面临着两项司法处置：高额的罚款并且半年的监禁。这时候，她委托的律师救了她，律师不仅为她疏通了关节，还收集了足够的证明，帮她为中药建立了合理的解释。柯依娜被释放了。我们设想一下，当律师从阴暗的监狱里把柯依娜接了出来，柯依娜闭着眼睛享受着久违了的阳光，空气是甜的，自由可以触摸，柯依娜觉得自己是多么的幸福啊。

律师又把柯依娜带回家，让她喝了一杯浓浓的热咖啡，让她就着香汤沐了一个浴，柯依娜早已忘了自己是在什么地方，她裹着浴衣站在镜子前，美美地梳理着自己湿漉漉的头发。如果这时候，律师悄悄地站在她身后，深情地注视着她，你说柯依娜会是什么反应？她肯定会转过身来张开双臂迎上去，他们拥抱了。刚刚沐浴后的体香让人微醺。律师说，我能想你吗？柯依娜唔了一声。律师说，我能要你吗？柯依娜还是唔唔。律师说，我一直非常仰慕你，你很美。柯依娜嘴里唔唔唔。一切都是顺理成章水到渠成的。怪都怪柯依娜的里面太肥沃了，她又一次碰上“上门有”了。

要是这样，我不能见死不救，这是她最最困难的时候，我得把关爱带给她，给她出出主意。现在，我们的每一次通话都围绕着这个话题。以前，我们谈论的话题很多，阿姆斯特丹的地理、风光、人情、经济，她的生意、她的家族、她的身体。有时候也会谈论我这边的，她过去的同伴、干部子弟、孙猴儿，以及九州的各种形势。我们很少提到娄阿鼠和前面那个小孩，好像这两个内容不仅无聊而且尴尬，好像触及了就会引发某些不愉快，甚至恩怨。所以，有关娄阿鼠的情况，我其实也是知之甚少的，所谓知道，也都是我臆想出来的。我们只谈现在这个小孩。柯依娜说，我在家都不敢提这个小孩。我说，他对小孩的态度怎么样？他说小孩太白，抱不出来，要我把他弄到海边去晒晒。他没有发作？应该说是还没有发作，发是肯定要发的。我说，是啊，也许他还碍于什么不便发作，碍于你，你让他前面的日子很体面；碍于你的贡献，这个家这个超市哪一个不是靠你的；还有你们的第一个小孩，那可是人见人爱的，而且已渐渐出息了。他要是发作，有可能会失去其中一项，说不定还会是两项三项，他现在还不想失去这些，他只能忍着。但他终究是要发作的，这不是一般的事情，当小孩日益长大，越来越像外国人时，他的压力也会越来越大，到那时就不止是发作了，很可能就是火山爆发，所以，你要早做打算。

我替她排阵说，一、把家庭经营得好好的，让他割舍不下；二、把超市弄红火了，让生意离不开你；三、也是最最要紧的，从现在起，开始敛财，以防万一，别到时候两手空空，连个退路都没有。除了这些，还有个举措就是把小孩送回来，心一定要大，别放不下，别怕辛苦了父母。小孩不在你们身边，眼不见为净，他爆发的可能性就会小一点，等你慢慢地根基扎实了，以后再说吧。我一条一条地说着，好像看见了电话那头的柯依娜，她一边抹着眼泪，一边在频频点头。

两年后，柯依娜将小孩送回到九州，拖了这么久才送回来，想必也是经历了千难万险，度日如年呐。柯依娜带着小孩住在父母家，这次她可能要多待一些日子，要等小孩熟悉了这里的人，适应了这里的环境，她才能真正地放心回去。看来，她是采纳了我的意见，做好了长期把小孩放在九州的打算。

我去过她父母家看过那个小孩，我也是出于好奇，好奇柯依娜会生出怎样的一个小孩，看看他有没有混淆的余地。其实，怎么可能呢，这完全就是两码事。鸡和鸭是一码事吗？老虎和狮子是一码事吗？肯定不是。这就是洋娃娃，头发是黄的，眼睛是蓝的，皮肤是白的，鼻子是尖翘的，我们只能感叹外国基因的优势，这种几十代几百代改良下来的优势，凭她柯依娜的本事，怎么能够战胜它？这样的一个小孩，不要说放在娄阿鼠身边，就是放在柯依娜自己身边，她睡着了也会心惊肉跳，醒来也觉得是个梦魇。现在只能这样。

柯依娜父母已经认不出我了，不知是他们老糊涂了，还是为了避免尴尬，故意漠然着，反正我们都没提过去的事。她母亲看上去忧心忡忡的，我想她以前应该不是这样的，她在得知柯依娜又添了一个小孩时肯定是很高兴的，她看到了自己充实的今后，想象着领小孩时的满足，她原来的偏头痛、肩周炎、神经官能症这些老年病，一下子都好了。但现在，这些病又都回来了，而且都加重了。她父亲眼睛和脑筋好像要简单一点，他笑嘻嘻地对我说，这小孩生得好看哦，生得像外国人一样哦。她母亲在一旁立刻打断他，说，别吵别吵，你去睡睡睡。她父亲莫名其妙，犟着头说，这人有趣噢，现在才下午噢，要我去睡睡睡噢。我觉得她母亲压力很大，她父亲如果明白过来，也会压力很大。这不是需要费用的压力，也不是今后辛劳的压力，有些压力，缓一缓就会挺过去，而这个压力，随着小孩的长大，将会越来越重。

她父母坐在旁边，我们就不好说话。我们说的都是些表面的话：小孩生活习惯吗？怕不怕生啊？讲什么话啊？九州话听不听得懂啊？我其实很想听听这个小孩的来历，当然这很不地道，为什么要强人所难呢？但这件事又直接关系到我对她的感受。我的脑子里老是会盘旋着这样一些念头：那个外国人长得什么样？他们在一起会说些什么？他们是怎样交媾的？做到什么程度？是一次还是无数次？想着这些，我连认真地看一看柯依娜都觉得不自然了。

柯依娜也觉得父母在旁边有些别扭，她要他们带小孩到楼下玩一下。她母亲说，楼下有什么好玩的？柯依娜说，楼下不是有公园吗？去看看花。她母亲说，现在没有花。柯依娜又说，去认识认识别的小孩也好，不能这样老关在屋里。她母亲无奈地站起身，脸上流露出明显的不快。她父亲抱着小孩在门边等，她母亲到房间里捏了一个口罩出来，动作遮遮掩掩的。柯依娜说，你拿口罩做什么？

她母亲说，楼下有风。柯依娜说，太阳都晒着呐，哪里有风啊？她母亲勉强着说，现在外面不卫生，小心点好。

她父母一走，我们就说到了小孩的今后。在父母身边肯定是不行的，一是教育问题，二是环境问题，拖累了父母先不去说，小孩的身心发展是件大事。要给小孩找一个好的幼儿园，要有小小班的，新城附近就有很多，有市府机关一幼，有中心区幼儿园，有师院学前学院的幼儿园，有的强福利，有的强设施，有的强师资，但进这些幼儿园都要涉及种种关系，要走后门，还要集资。这些，只有我能帮她的忙。我们又说到小孩的户口，小孩要长期地在九州，就得有一个户口，不能老是个“黑人”是不是？柯依娜早早就入了荷兰国籍，那么在九州，小孩就没有根，就像是一个天外来客，这种情况不知能不能登记，要是能，肯定是需要很多证明的，才能把小孩的身份圆起来。柯依娜深深地叹了一口气。我知道她在叹什么气，她到国外已经这么多年了，她在九州的关系早已丧失殆尽，而我，这些年经营着生意，多少也是有些社会关系的，这样巨大的任务肯定要落到我头上的，她就是不说，按照惯例，我也要把它担当起来。柯依娜说，在九州，你其实比我的亲人还要亲。我知道，这样的话，包含着她全部的感情成分。我说，放心，有我呢，你的事就是我的事，我看不得你有一点点难处。

我们的谈话曾经停顿了一下，就是说到户口的时候，这分明是个外国小孩嘛，但他的父母又都是九州人，这跟派出所怎么解释呢？就是这个时候，我的意识悄悄地溜了出来，溜到了楼下，落在了柯依娜父母和小孩的身上。楼下，是这个小区的花园，新城的住宅环境都非常漂亮，有水榭，有假山，曲径通幽，丛草万绿，但是，柯依娜的父母在楼下一点也放不开，一点也不快活，那个小孩总让人觉得别扭和惹眼，所以，他们要给他戴上口罩，像一个蒙面盗贼。他们怕别人认出小孩是外国人，认出了大家一定会围过来看，大家会好奇地问这问那，无论问什么，两位老人都会觉得非常的尴尬。

后来，柯依娜要我陪她去买一张床，是买给这小孩睡的。我前面说过，柯依娜现在像个外国人，她已经完全脱离了原有的生活习性。她说，小孩在外面都是一个人睡的，外面很讲究睡眠卫生的，我真不习惯他睡在我身边，我已经好多天睡不好了。她强调说，床，一定要买，放不下也要买。我就带她去南城的家具市场，我们订了床，又回到她父母家里，我们要等商家把床送过来，装搭好，还有些东西要搬来搬去的，她叫我等一等，留一下。

这天晚上，我竟然留得很迟，当然也是有事，但我自己也很想留下来，我觉得心里有一条虫子在活动，绕来绕去的痒。这时候，柯依娜的父母也陆续去睡了，小孩也已经迷迷糊糊起来，房间里一下子静谧下来，床头灯也变得暖和了。我们坐着说话。回到九州，柯依娜的身心已慢慢放松了，由小孩带来的哀怨，现在也基本淡化了，她的神情非常的好。有一下，她起身去看小孩，她弯腰在小床边，她穿了条浅色的裤子，是那种睡觉时穿的简易的裤子，在灯光的阴影里，与她的皮肤融为一体，我觉得她好像裸体着一样。我还看见了她的腰，很有弹性的腰，弯在那里显得特别光滑，那真是一段水蛇腰啊，我还想起了她蠕动的风姿，立刻就有了一种侵犯的冲动。我就站起来走到她身边，也装模作样地看着小孩。我说，你怎么这么不小心啊？她摇摇头，我也不知道会是这样的。我说，你看你这事弄得，多么被动。她喃喃说，我也难受死了，我都被弄得筋疲力尽了。我突然觉得自己有一句话在心里左突右冲，是啊，真是的，你哪怕跟我好，哪怕我们也生了一个，也无非就是像不像的问题，也不会这么糟糕。她没有接话，没有反应。没有反应我就当她也有了后悔，就当她被我击中了要害。我就把她一把搂过来，没有渲染，没有过程，直接就把她推倒在床上。我的动作很简单，我觉得没必要再铺垫了，我不想把她的真实情况搞清楚，就凭我对她生活的假设，她和孙猴儿是不是也有关系？她和娄阿鼠也能这样苟合着？她又这么轻率地迎合了律师。她和他们都可以这样，我付出了这么多，我就太有资格这样了。柯依娜悄没声息地接受着我的索取，这个过程，她始终侧着头看着她熟睡的小孩，她是怕我们吵醒他。还是她不好意思面对我？她就是这样一个姿势，直到结束。

回到家里，我仔细品味着这个过程，像演算一道数学题，一步一步重温下来，重温到有一步时，我心里咯噔了一下。我顿了顿，又回顾了一次，还是在这个地方出了毛病——她的水蛇腰没有扭起来！

我老婆在那天晚上也吓了我一下，她说，你鼻子怎么雪白雪白的？我说，怎么会雪白呢？我摸了摸。她又说，摸怎么摸得掉啊，和别人做不好的事情鼻子就是会雪白的。她说得像真的一样，我就想站起来去照照镜子。她哈哈大笑起来，说，做贼心虚了吧。我硬撑着说，你这是哪儿跟哪儿啊？

柯依娜是什么时候走的我不知道，是她父母告诉我的。我以为她有事走得急，来不及通知我了。我就想，她到了阿姆斯特丹总会来电话吧？没有。后来又想，她忙完手头的事会来电话的吧？也没有。我想她应该会来电话的，她还有很多事要我帮忙办呢，小孩户口的事，小孩幼儿园的事……但是，她就是没来电话。你说，她这是怎么回事？

［原载《钟山》杂志 2006 年第 3 期］

# 在春天

## 1

有一段时间，王胜碰到人就说，你知道精神病有几种类型吗?听的人莫名其妙地摇摇头。王胜说，开始我也不知道，以为精神病就是一种的，比如脑子坏了，萎缩了或是积水了，要么缩成了“核桃干”，摇着啦啦响；要么像泡在药水里的标本，养得肥嘟嘟的。那人狐疑地看看王胜，像是在说，你是不是也得了这个病了？王胜说，其实，精神病也是很难具体来鉴定的。比如说我们的一些行为，在精神病医生看来，就是有病，像抑郁啊，猜忌啊，幻想啊。抑郁就是整夜整夜的睡不着觉；猜忌就是把别人都当成了敌人；幻想就更玄乎了，全世界都是低水平，唯有他思维清晰，推断合理，行为规范，他是人类的设计师。王胜说的他，是指工友张生生。王胜又说，而在张生生眼里，我们又是十分的可怜，他就一直说我是个倒霉蛋，他说我倒霉的依据有二,一是我过早地出来打工，是受了我父母的“经历即是财富”谬论的毒害，文化一点也没有学成，手茧倒是长得又老又厚；二是说我受蒙蔽上了车间主任的当，入什么争什么，他认为这种鼓动本身就是极其恶毒的，既怂恿了一个人的虚荣和贪婪，又滋长了其他人的慵懒和嫉妒。听的人想了想说，还真是有点道理啊。

张生生是杭州人，农大本科生。按理说他是分不到温州的，这里有个故事：他在大学时喜欢写信，每天写啊写的，信是写给一个叫“黄珊珊”的女人的，用的是农大的信封，寄往地是温州。开始的时候，身边的同学都以为他在谈恋爱，后来信被一一地退了回去，才知道他的“对象”是虚无的，臆想的。他的信很特别，信封没有地址，就写了“温州黄珊珊收”。可以想象，他的信弄得邮局的人也一筹莫展，还没有踏上温州的路途，就已经被打道回府了。后来，他大学毕业，填志愿时坚决要求到温州去，正好，温州乳品厂牧场要一个畜牧技术员，他就来了。

实际上，他到温州的动机就是“黄珊珊”在作怪，这个他臆想出来的女人，在他几年的酝酿里已渐渐地具体化、形象化了，甚至和他的精神发生了联系。他断定她就在温州，他觉得只要他来到温州，就一定会遇上她的。他甚至设想了他们见面时的情形：在某个黄昏，夕阳斜照进她工作的工艺品商店，她站的是细纹刻纸的柜台，打扮得像个大家闺秀，他在外面一眼就看到了她。他抑制着激动走进了她的店堂，又装模作样地在柜台上挑东西，她一件件地给他讲解，声音像珠子撒落银盘一样悦耳动听。就在这时候，他拿出那些发出又退回的信给她看，轻声地呼唤她“黄珊珊黄珊珊”……这是后来张生生告诉王胜的。

因为接触了张生生，王胜也对精神病稍稍地有了一些了解。精神病中有一种叫作“自我设计症”，张生生就有点这种倾向，自己给自己设计了一个前提，自己又被这个假设忽悠着，越陷越深，不能自拔。他前面的写信是这样，之后追随到温州也是这样，其实都是他病征的反映，是“意象现场感”的反映，明明没有的东西，却弄得像真的一样。而这种病又非常地隐蔽，限于认识，大家也大多不知道，他就是这样在病中被接纳到了乳品厂。

到了乳品厂的张生生又不愿意待在牧场，他提出要干厂里最有技术含量的活——真空浓缩，就是把牛奶浓缩成炼乳，这里面涉及水分、糖分、固化物、无害菌、奶油含量、抗坏血酸等等。1982 年的乳品厂，大学生也像熊猫一样非常地稀罕，厂里的基础力量除了一批老工人，还有就是些技校毕业的中专生和一些不学无术的干部子弟，所以，张生生要到炼乳车间去，厂领导马上就同意了。

他被安排和王胜搭档，一个从没有见过大学生，一个初次碰到这么年轻的工人，两个人很快就成了朋友。每天，他们坐在真空锅前，透过上面的玻璃小孔看锅里的牛奶，看水分一点点地蒸发，看粘度渐渐地适中，看颜色从白色变成了微黄，他们的一锅炼乳也就煎好了。把锅里的炼乳放了，他们接下的工作就是洗锅，炼乳煎好后锅壁上会残留许多乳渍，有时候温度打高了，粘度稍厚了，残留的乳渍就会变得又焦又硬，要用钢丝刷把它刷干净。这个时候，他们就要钻到锅里去，穿一条裤头，在盛满热水的锅里刷啊刷啊。刷好锅，钻出来，身上都是乳渍怎么办？要百米冲刺一样跑过车间，再跑到车间外面的澡堂里去。为什么要百米冲刺呢？一是天冷，从锅里出来就更冷，而跑能减轻冷的程度；二是要穿过车间的检验室，检验室里都是女工，他们要在女工还来不及反应过来时，像通过封锁线一样跑过去；要是他们跑慢了，被女工发现了，女工们就会惊呼，起哄，看呐，那两个洗牛奶浴的男人来啦。

一般情况下，大家都看不出张生生有什么异常。王胜整天在他的左右，也就是觉得他动作慢，过分地仔细。开始的时候，王胜还以为这就是大学生的特征，不像工人那样雷厉风行。后来到了春天，王胜就发现有些不妙了。春天里，万物苏醒，张生生体内的“发物”也悄无声息地冒了出来，这些发物看不见摸不着，但每年的这个时候都会不知好歹地钻出来，骚扰一下。据说，精神病人自己都是知道的，张生生就曾经跟王胜说，自己的脑子里就像过了电一样火星四溅，甚至能听到噼里啪啦的响声。说自己难受啊，一方面知道自己要发病了，一方面又极力想阻止病钻上来，就像在打一场阻击战，清醒的想打退糊涂的，糊涂的又想围剿清醒的，最终，石头压不住地下的春笋，张生生抵挡不住春天的攻势，他缴枪投降了。有一天，王胜从真空锅里出来时，发现张生生赤条条地在锅边等他，神情还很自若。王胜说，你怎么不穿裤头啊？张生生摊摊手说，我还没洗澡呐。王胜说，没洗澡和穿裤头有什么关系？你先穿老裤头嘛。张生生说，老裤头湿了嘛。王胜知道他一定是脑子过电了，就说，那你就快去洗澡啊。张生生说，我想不起来洗澡的地方了。王胜说，那你抱着下面跟我跑吧。他们有时候也这样开玩笑，打赌，敢不敢裸体冲过“封锁线”，今天就算是打赌吧。说着，王胜自己先跑起来，等跑过了“封锁线”回头一看，吓了一跳，后面的张生生根本就没有跟上来，他还在若无其事地慢吞吞地“散步”。与此同时，那些眼尖的女工也在第一时间发现了他，她们哇的一声尖叫，年少的赶紧避身，年长的哈哈大笑看着热闹。

这件事告诉王胜，精神病就像是一个潜藏的卧底，而春天，才是唤醒他的后台老板。

## 2

如果不是春天，张生生一点也看不出是个病人。他白天上班，晚上写剧本。他说他在大学时就是这么写的，有一次在宿舍，他拿了剧本给王胜看，把王胜看得目瞪口呆：[ 近景 ] 海边，沙滩，一行脚印在向前延伸，接着渐渐淡出。[ 画外 ] 海浪的声音，间或也有几声海鸥的鸣叫。[ 画面 ] 叠印出犬牙交错的岩石，有海浪前赴后继地拍上，退下，再拍上，再退下。[ 镜头拉开 ] 大海，一望无际，一轮红日似升未升，但染红了天边。[ 镜头拉回 ] 岩石上矗立着两个手拿红缨枪的少年身影，一人手指前方，一人手搭在眼前做瞭望状。[ 画面 ] 由远而近推出片名“南海小哨兵”，海螺声响起……王胜问自己，他写得有问题吗？没有。他写得不清晰吗？很清晰。一句话，这哪里像是有病呢？王胜还发现张生生一个令人咋舌的爱好——他在进行天体研究！

这个大家就不懂了，大家就是合起来做梦，也梦不到天体上面去。

张生生大学里学的是种植、畜养、农林渔牧业维护，顶多是选修了气象和兽医，所谓的“天体”则完全是他的创造。那段时间，厂里的锅炉房正在翻修，他会经常地去讨点火泥和石膏。他跟师傅说家里要盖个炉灶，当时的炉灶都像庙宇一样，非常庞大。师傅也很理解，就“睁只眼闭只眼”让他揩油了。他拿了这些材料做了很多“天体”，做好后就晾在车间的换衣间里，有些精致的还锁进了工具箱。大家的工具箱都是放雨鞋、换洗衣物、生产用具、吃饭的家伙，他这些东西都丢在外面，工具箱里却装满了“天体”。

张生生不仅有实践，也有“理论”。有些理论大家听起来非常费解，比如“黑坑理论”，说宇宙里不只是现在知道的几个行星，其实还有很多未被发现的黑坑，那里面深不可测，未知的东西还很多。比如“时间消失论”，说时间是以行星运转作依据的，是人类为了计算自己的劳作而命名的，将来劳作和生活没有关系了，时间的概念也就消失了；又比如“液态宇宙说”，说既然地球里的海洋、江河、水库里的水不会倒出来，那液态宇宙的存在就是有可能的，那里面的生物都是两栖的，既可以在陆地上生存，也可以像鱼一样游来游去；再比如“坏蛋射线”，说随着社会的进步，天体会产生一种专门针对坏人的射线，好人自然可以免疫，而坏人则会自动现形，久而久之人类就简单了，纯净了。这些“理论”，有的已被人侧面地证实，有的也有人在边缘接触，还有的虽然不着边际，但像《圣经》的《启示录》那样，也昭示着人们今后的追求。

对于他的“特长”，王胜是非常理解的，觉得这就是他的精神支撑，精神病的特征，就在于它的丰富性，他如果没有了这些，那就和大家一样平庸了。人生本来就是真实和幻觉难分真伪的，而张生生选择了相信幻觉。只是如何让大家去接纳这些，使之成为大家共享的乐趣，现在还没有经验。多数人对张生生的表现是不以为然的，车间主任就说，工人以工为主，工人去研究这些，那还要科学家干什么？反之，工人想入非非了，一定是身体的某条管道堵塞了，或某个闸刀短路了。

张生生搞天体研究，本来也是无可厚非的，玩就玩吧，但精神病人玩这个，问题就出现了。他搞了天体，还真把自己当“太阳”了，觉得自己身上熠熠发亮，而别人都是暗淡无光的。王胜发现，精神病的类型大致有那么三种：偏执型、青春型、伟大型。偏执型很好理解，猜疑、拒绝、进而暴力，常见的精神病就是这样。青春型也比较形象，从字面上解释就是花痴，由失恋引起，逐步发展到看见姑娘就追，严重的直至露阴癖。张生生的情况属于伟大型，理论在先，行为超前，觉得自己是中流砥柱，甚至有领袖素质，一切皆渺小，唯他是主宰，还因此打过车间主任。

大家一般是很怕车间主任的，他是大家最直接的领导，大家的工作、收入、评先、入党都是他说了算。如果得罪了他，晚上就别想睡觉了，前途也基本到此为止了。那天车间主任在鼓动大家参加劳动竞赛，他要大家有家也要当作没家，没家的更要爱厂如家，要克服困难，发扬连续作战的作风，争取在一线入党。他说得慷慨激昂，唾沫像细雨一样飘洒在王胜脸上。王胜坚持着没有抹脸，他怕抹脸会让主任难堪。但他发现身边的张生生已经坐立不安了，他的脸上也滋润着主任的唾沫，而且一阵红一阵白。王胜知道，张生生的内心像煎油一样，胸口的血在突突地往上涌。王胜拼命地掐他，拧他，希望他冷静，克制，但他还是像弹簧一样弹了起来。他愤怒地斥责车间主任，说你以为你是谁啊？你以为自己了不起啊？你只是个月亮你知道吗？主任莫名其妙，一头雾水。张生生继续说，你本身是没有光的，非常非常的可怜，你是靠了我们太阳的反射，才有了一点点微弱的光，还只能在夜里头出来。主任愣在那里，还是没听懂，还是没回过神来。张生生却更加得意了，以为自己点中了主任的穴道，与此同时，他手里的茶杯也朝主任飞去。好在主任身手还算敏捷，及时猫腰躲闪，才没有被飞来的茶杯击中，但也被吓得有点狼狈。几个工友见张生生没大没小，要扑起来揍他，被身边的王胜拼命拦住。王胜说，现在是春天，春天，他一定是发病了。工友说，他也太无法无天了，敢打主任。王胜说，他脑子坏了，难道我们的脑子也坏了吗？工友说，他脑子坏了总知道痛吧，揍一顿，让他痛一痛，他就知道什么是错了。王胜说，他是大学生，我们是工人，我们打他，一拳他受不了，半拳我们不好控制，万一失手伤了他，倒霉的还是我们自己。大概王胜的话多少还有点道理，几个工友最后都收住了拳头。

对于这个情节，张生生一点也记不起来了，他脑子里只有自己演绎的场景。他说他一看到主任乌黑的嘴巴在拼命地张合，花白的唾沫粘满了嘴角，听到主任那种自以为是的腔调，就非常的讨厌，心里就有个声音在叫喊“抵制他抵制他”。他被自己的情绪激荡着，似有千钧之力在助推他，手里的茶杯就像箭在弦上，不知怎么的就飞了出去。他说他的情绪像梁山好汉一样所向披靡，他感觉自己就是鲁提辖，拳打的就是镇关西，醋钵儿大小的拳头砸下去，似打开了一个油酱铺，彩帛铺，咸的酸的辣的，红的黑的绛的，哗啦啦都滚了出来。

王胜说，你哪天连我也认不出了，我就惨了。张生生有点不好意思地腼腆地笑了。

## 3

张生生的眼睛真的出问题了，他突然的不会正视了，也害怕别人正视他。这是什么原因呢？王胜查了查资料，发现，所谓的精神病征兆还真是有这样表现的。精神病从大的方面讲是两种可能引起的：一是器质性障碍，也就是脑子坏了，导致指挥失灵，其他什么的也跟着失灵了；二是功能性障碍，本来就很依赖某个功能，而这个功能偏偏有故障了，精神随之就失去了依托，也不行了。轻度的精神病都是些意识问题，如错觉、幻象、焦虑、淡漠、妄想。重度的都表现在行为上：如躁狂症，情绪激昂，过度兴奋；强迫心理症，老纠缠在一个毫无意义的想法上，比如人为什么会是两只脚而不是三只脚呢；自知力丧失症，不认为自己有病，反认为别人在冤枉他；还有就是余光恐惧症，张生生就和这个对上号了，突然觉得自己看人的眼光变了，老喜欢拿余光瞟人，越是意识到这样不对，越抑制不住偏偏要这样。不仅自己这样，还清楚地意识到别人也这样，明里拿余光斜他，暗地里也在偷窥他，觉着终日处在不怀好意的眼睛下，像四面受敌一样。张生生难受啊，如坐针毡，如芒刺扎背。终于有一天，他在无奈和无助中出走了。

张生生在出走之前有一个奇怪的现象，他会把自己穿来上班的衣服处置好。他把衣裤叠好，给皮鞋上了油，用报纸包好，藏在自以为很隐蔽的地方，厂里水塔的顶上，这个地方一般情况下没有人上去，然后，他就像接到了什么指令或拿到了什么通行证，义无反顾地出去了。离开了工厂的张生生，样子马上就一塌糊涂了。他穿了一身白色的工作服，这种衣服，在厂里穿穿不觉得怎么不妥，一旦上了街，完全的就是个精神病人了。王胜被主任叫了去，说，怎么说也是我们车间的工人，我们得帮帮他，你这几天辛苦点，偷偷地跟着他。王胜说，精神病也是有自尊的，跟得太近了不好，跟远了我怕跟丢了。主任说，远点，没事，别让他出意外就行，也别让他把你认出来，要不然把你打了我不负责啊。王胜开玩笑说，打我是不会的，要打他只会打你，呵呵。

张生生开始在路上乱走，他走在他的世界里，旁若无人，毫无顾忌。那些天，王胜一直就跟在他身后，还不能打扰他，跟着跟着，王胜发现了精神病人和正常人的区别所在：一个是眼神——眼神不是正视前方的，而是停留在两米的距离内，无神，而且一动不动；还有就是傻笑——没有外因的作用，完全是自发的、由衷的、没有内容的；再就是念念有词——嘴里不断地重复发音，像在说什么密码，旁人无法破译。张生生还多了一个姿势，双手插腰，像在舞台上走台步，这样的姿势走在大街上，一看就知道是个另类。他就这样毫无表情地走着，走过了今昔桥，走过了信用路，走过了红旗街，走过了三牌坊，走到了汽车西站。从白天走到晚上，从晚上走回家，第二天又不知怎么的走了回来。他的鞋走塌了，他也不拉起来，走着走着鞋又回到了他的脚上。他的脚走瘸了，他也没停下来，瘸着瘸着，居然又正常了回来。他的气力走没了，在车站的地上坐一坐，气力好像又回到了他的脚上，他又吧嗒吧嗒地走起来。走过体育场，走过游泳池，走过少年宫，走过工读学校，王胜发现，他看似漫无目的地乱走，其实都是在围绕着车站打转。王胜吃了一惊，莫非他清醒自己的行为？他想杭州了？他要上车站乘车？他要回家？

他就这样走着，有时候，也会莫名其妙地打一下路人，其实也不是打，是挑逗性质地虚晃“一枪”，故意招惹路人的恼怒。路人才不管你是有病还是没病，是真打还是虚晃，路人群起而攻之，围着张生生一顿猛揍。他被揍倒在地，他的头破了，血流了出来；他的脸肿了，把眼睛也盖住了；他身上也许受了伤，也许很痛，这从他蜷缩的样子和呵气的程度能够看出来……

张生生这样走了几天，还是回来了，像个好人一样。他会意识清晰地爬上那个水塔，取下自己的衣服，下班时候又穿戴回去，好像回归到正常的程序里。后来，张生生在回忆这段出走过程时这样说，他那时正好在胶着的状态上，在病与不病之间，大脑里劈里啪啦作响，开始是两种意识在对峙，后来发展到肉搏。“敌人”千方百计要拉他到杭州去，他又清楚地知道离开温州是错误的，所以他在车站附近犹豫啊，斗争啊，在进行拉锯战。他要是搭上了杭州的汽车，那就是敌人胜利了，而自己被打败了，就是真的病了。所以，他用走路的劳累来折磨自己，用讨打的疼痛来刺激自己，而实际上就是以这种方式来救助自己，清醒自己，用意识来战胜病魔，最终把自己拉了回来。他说，我是多么地不想发病啊。

但是，大家都高兴得太早了。因为亦真亦假也是精神病的特性，思维清晰、逻辑严密也是精神病的特性。精神病的发病例子各有不同，当年张生生来温州，就是设想了黄珊珊，用黄珊珊召唤了自己，那是在发病；现在在迷乱中回忆起车间，自觉地回来了，会不会也是这种病征在反应？因为王胜知道，张生生虽然回到了厂里，却并没有出现在他们的真空锅前。

第一个报告张生生消息的是传达室的门卫。他对王胜说，你们车间最近很忙吗？王胜说，没有啊，现在是淡季，有时候一天做半班，有时候做做停停。门卫说，不忙？不忙怎么还加夜班啊？王胜说，谁加夜班啊？你看走眼了吧？门卫说，张生生啊，他都是夜里一点到厂里来的，所以我纳闷啊。王胜愕然。第二个告诉张生生去向的是收奶站的站长。他问王胜，张生生不在炼乳车间啦？王胜说，在啊，怎么啦？站长说，那怎么跑到我们收奶站啊？王胜说，他跑到收奶站干什么呀？他又不是干这个的。站长说，那我怎么知道，我们收收奶的，也用不着大学生啊。

收奶站是厂里的第一道工序，每天凌晨两点开始消毒，三点开始收奶。这个时候，挤奶员把农民家里的奶一点点地收上来，一桶桶集中在奶点，厂里跑奶的车再把这些奶从县里各个奶点拉回来。收奶站的工作等同于搬运，工友在车上卸奶桶，张生生在车下拼命接；工友给牛奶过磅，张生生插进去争着抬；工友把牛奶打进储藏罐，张生生爬上爬下搭管子，消毒，比收奶站的工友还积极。工友们吃吃地笑，张生生不知道他们在笑什么。但收奶站确实不需要张生生，他们要王胜把他领回去。

王胜把情况向主任汇报了，主任啊了一声，说，原来这家伙在那里啊，真有点病"武"起来了。王胜说，还好他不是青春型的，要是到处去追花姑娘，或露阴癖，就麻烦了。主任说，他也不是纯伟大型的，虽然写写剧本，研究天体，但和其他精神病也没什么两样。王胜开玩笑说，他的境界也确实不怎么高，不但和主任顶嘴，还扰乱生产秩序。呵呵。

无奈，车间只好把情况汇报到厂部，厂部经过讨论，说在温州没有人照顾他怎么办？说把他的病耽搁了谁负责得起啊？说我们现在迁就他，放任他，等于是今后害了他，还是把他送去精神病院吧。

乳品厂是温州著名的国营单位，劳保福利不错，张生生是正经分配的大学生，看病不是问题。但温州没有精神病院，要到外地去找，于是，调了供销科的周师傅去打交道。周师傅是厂里的老供销，厂里紧缺的白糖、包装的尼龙袋、做罐头用的马口铁都是他跑来的，这么重要的任务都是小菜一碟，找一个精神病院应该不在话下。剩下的就是陪护问题了，张生生不是一般的病人，是意识错乱的精神病人，而精神病的特点就是不可预知性太多，要时刻提高警惕，这就需要一个关系特殊的、而且是强有力的人去陪护他，王胜被大家异口同声地推举了出来。车间主任说，要是其他人陪，我们还不放心呢，弄不好还会打起来，把张生生打了，我们于心不忍；张生生把谁打了，这不是又多了一个病人？他对王胜说，你是他身边最最好的朋友，你和他又有共同语言，这任务唯有你能够胜任，就拜托你了。王胜听了啼笑皆非，但也没有办法，这是厂部的决定。于是，王胜被暂时调离了工作，专职去陪护张生生了。

## 4

周师傅联系的是九州精神病院，据说，是国内环境最好的类型医院，就是路途远点，坐车要二十个小时。这个时候，温州还没有火车，也没有飞机，就是高速公路也没有，通往外面的就是一条蚊香一样的盘山公路，先要到省城杭州，再辗转北上九州。这二十个小时，王胜不仅要克服自身的晕车、劳累，还要伺候好张生生。在伺候这件事上，周师傅基本帮不上什么忙，因为他和张生生不熟，他只能给王胜打打下手，听王胜的口令，递个水啊，买个吃的啊。而张生生呢，到了要送医院的程度，就已经不是那个写剧本、研究天体的张生生了，说不定还会耍狠、打人、摔东西，所以，做好张生生的服务工作，让他在车里服服帖帖的，是王胜这次护送任务的重中之重。

出来前，王胜和张生生私下里也谈过一次话。王胜说，你知道吗，我们为什么要这样远行？张生生说，我病了，我们去看病。王胜说，你错了，是我病了，我现在非常无助，所以我要你来照顾我。张生生马上精神起来，说，这个你放心，我会帮你的，你已经受害很深了，我不能再落井下石。王胜笑了笑。张生生所说的“受害”，是指王胜近来被组织发展了，成了一名预备党员，张生生说他是被主任忽悠的，很危险。张生生说，他们都是坏东西，一直在糊弄你，现在又派人渗透到我们身边，那个人就很值得怀疑。那个人是指周师傅。张生生还说，他会在中途通风报信，然后把我们出卖掉，我们走的是一条荆棘之路，这一趟凶多吉少。王胜也附和着说，那我们更要精诚团结，大敌当前，我们一定要一致对外。张生生重重地拍了一下王胜，赞同他说得对。

除了护送张生生，王胜还要带许多东西，两人的换洗衣物，以及张生生写的那些剧本。张生生总共写了几十个剧本，他要都带到医院去，拎起来一大摞。张生生说，现在电影厂在拼命地催我改稿，他们导演和演员都定了，马上就要开拍了。因此，我们要像保护自己的生命一样保护好它，谨防敌人伺机破坏。他又说，你知道他们会怎么破坏吗？他们会趁我们松懈的时候，偷偷地抽掉其中的一些章节，这一招最歹毒。王胜也严肃地说，就是，这等于捏住了我们的睾丸，离要命只差一步了。张生生说，所以，我们要在车上轮流站岗，不能让敌人轻易得手。王胜现在和张生生说话都这样，这是他和张生生相处的方式，有时候正话反说，有时候假话真说，有时候把自己的“频道”调得和他一样，不然张生生对他不信任，关系就很难融洽好，相处起来就麻烦了。其实，换一个角度去看精神病人，那也是非常可爱的。

就这样，他们踏上了去九州的路途。汽车先是从西站出发，经过人见人怕的太平岭，再经过恼人的梅岙渡口，再经过临江而坐的青田和风景秀丽的丽水，汽车就钻入了浓密的大山。王胜知道，艰难的蜗牛一样的爬行开始了。

在大山里，张生生一下子就兴奋了，他好像回到了以前就读过的“农大”，一直不停地拉着王胜说树。窗外，树木馥郁，大片大片地晃过，都是张生生认识的，一会儿说那棵是枫香，一会儿说这株是合欢，一会儿说是喜树，一会儿又说是女贞，他还说了苦槠、菩提、金钱松。王胜佩服啊，读过书就是不一样，就连怪树都认得，王胜就只会认松树和杉树，还有就是除了烧柴什么都不能用的“三年背”。有时候，王胜也来了兴致，故意和他抬杠，说，你认识的都是高的树，我弄个矮树让你猜猜。王胜指了指一丛丑陋的灌木，说，猜准了算你有本事，奖励你喝水。张生生不屑地瞥了一眼，说，这叫小叶咖啡，应该是云南、缅甸的树种，怎么会长到这里来的，我也很奇怪，还有待考证和研究。王胜说，你会不会是认错了呢？你认得太多了，认糊涂了？张生生斩钉截铁地说，不可能！

张生生猜准了就吵着要喝水。其实，王胜也特别愿意给他喝水，因为出来前，他已经在水里做了手脚——加了安眠药。这主意是主任出的，他的出发点是好的。他说，你们虽然护送的是精神病人，其实就跟护送一只老虎狮子差不多。是啊，王胜也是不得已，他也不想害张生生，他只是希望张生生上车就想喝水，坐下就昏昏欲睡，这样，王胜在途中就好管理一些，一车人的安全也就有了保障。不过，医务室在给药的时候也提醒说，让张生生明明白白地吃药，他肯定是不吃的，但溶在水里断断续续地喝，药力肯定会打些折扣；还说，多少剂量能打倒张生生没有试过，毕竟是安眠药，不是蜂皇浆，万一把他弄得长眠不醒，就不好交代了；还说，安眠药对平庸的人来说是镇静药，而对特殊材料制成的张生生来说，能不能起作用，或起了反作用，就不得而知了。

王胜看着张生生哗啦哗啦地喝下“药水”，心里也不免有些内疚，都怪路途遥远，都怪张生生是个精神病人。精神病人的不可预知性，使得这辆长途跋涉的汽车充满了凶险。但王胜心里还是希望药水能发生一点点奇迹，他一边察言观色，一边在心里数秒，试着学习《水浒》里的做法，默喊“倒了倒了”，但张生生始终没倒，连服用安眠药后的嗜睡、脸红、语无伦次等反应都没有。

处于亢奋状态的张生生肚子也饿得很快，这个王胜也早有准备。他在和张生生的接触中知道，精神病人的胃口是很大的，他们不知道饱的感觉，也感觉不出撑得难受，只享受吃的过程。张生生就说过一句很著名的话，你知道世界上什么最可怕吗？人的嘴巴。什么东西在里面一放，搅拌一下，就不见了。这话说得耸人听闻，但仔细一想，确实。为了填补张生生这个可怕的“不见了”，王胜准备了很多食物，当然都是吃饱的东西，不是吃爽的东西。张生生要是嚷嚷起来，饿死了饿死了，王胜就马上掏出东西来，馒头、油蛋、马蹄松。张生生说，我不吃自带的东西，我要新鲜的，要现买的。王胜知道这不可能，但他假戏真做，让周师傅“下车”去买。周师傅也心领神会，装模作样地在车里兜了一圈，从车尾兜到车头，然后折回来，说，东西买回来了，张生生就咂吧咂吧地吃起来。有时候，张生生会突然地清醒过来，说周师傅买来的东西有毒，要害他，他不吃。王胜就顺了他的意思，换了自己去“买”，汽车晃晃悠悠地朝山里开去，王胜扶着椅子一点点地往前移，然后在前面停一会儿，回来说，刚才车下排队，好不容易才抢回一点，又新鲜又好吃。张生生接过看了看，这才津津有味地吃了。王胜的“演戏”也赢得了车上其他乘客的理解。他们说，张生生还算好的，基本听话，他若是要亲自下去走一趟，你拿他也没有办法。有时候，他们也会善意地配合一下，说买吃的啊，帮我也带一些回来。他们为演戏加油添醋，张生生看看他们，更信以为真了。

就是张生生说要尿尿，王胜就非常害怕。他不知道张生生的尿是真还是假，他只能自以为是地以时间来衡量张生生的尿，以自己的膀胱来推测他的膀胱。但这件事没有绝对的把握，万一判断失误了怎么办？后果将不堪设想。因此，张生生一旦说自己有尿，王胜就非常重视，不得不谨慎。他会和颜悦色地问张生生，你现在是很长很长的尿呢，还是只有滴答滴答的尿呢？这话听起来像是玩笑，其实是很严肃的。这个时候的张生生，他的话到底有多少纯度？他的感觉准不准？他能够承受到什么分儿上？他的“阀门”会不会突然失灵？他哪怕说自己只有一滴，王胜也要再三斟酌，要小心行事。王胜就到前面跟司机商量，说司机啊，能不能麻烦你停一下车啊？司机反感地说，干什么？现在怎么停啊？现在正好在坡度上，你不怕我还怕呢。王胜说，那有人要尿尿怎么办啊？司机说，叫他先忍着，等会儿大家一起尿。王胜说，我可不是要挟你，那是个精神病人，他不像我们这样有自制力，他可没有个准，说尿就尿。司机啊了一声，赶紧停车。他们的行为也引来了一些乘客的不满，说怎么说停就停啊，还赶不赶路啊，这要走到什么时候啊。也有人赞同他们的做法，说还是尿了好，尿一点少一点，虽然是他在尿尿，但我们心里头踏实，理解万岁。王胜就和周师傅把张生生带下车，一前一后押着，好像张生生是个什么重犯，好像生怕他撒腿跑了。他们把张生生带到路边，像伺候小孩一样示意他站好，先是王胜轻轻的嘘了一声，后面周师傅也加入了一起嘘，但张生生的尿就是客气着不出来，还疑惑地看了看身边的他们，好像在说，“这两人一唱一和的在干什么？”没办法，毫无收获，他们只得把张生生带回到车上，王胜自嘲地说，他要是一尿一个准，就不用我们来了。周师傅也呵呵的附和说，是啊，我们就是要“防范于未然”嘛。

一路上，王胜和周师傅就忙着做这四件事，说话、喝水、吃东西、尿尿，重复好多次，有成功，也有失败，都不敢掉以轻心，不要说打个盹，连眼睛都没有眨一下。

# 5

九州是个好地方，由于有个精神病院，他们对“精神病”也有着特殊的感情，每条路上都有“精神病院”的路标，都写着确切的方向，好像它是九州一个最好玩的地方。就像那些大都市，到处都写着“机场”，让王胜他们不费吹灰之力就找到了。

张生生显然是早有准备的，他刻意地打扮了一下，戴上手套和围巾，这在春天暖和的太阳下显得有点别扭，但他觉得，这样才配得上这个看病的仪式。这里的医生对他也很客气，以欣赏的眼光打量着他，夸他是精神病人里的精英，称他只是某些功能丢失的“正常人”。医生指着他的一大摞剧本说，我还以为来了一位科学家呢，原来是一位剧作家。医生又问，这都是你自己写的吗？张生生说，那当然。医生说，你平时上班已经很辛苦了，怎么还有时间写东西呢？张生生说，我白天打腹稿，晚上一闭上眼睛，剧本就像水一样哗啦啦地流了出来。医生说，那什么时候把我们也写进剧本，让我们也出出风头。张生生说，快啦，导演很快就要来啦，到时候我推荐你们这里做外景地，你还可以演个男三号。医生咯咯地笑起来，说，那你就是我们医院的功臣了，我也可以赚点外快了。医生又说，你是个重要人物，需不需要我们派专人来保护你？张生生说，没必要。

安顿好张生生，王胜和周师傅就来到街上找东西吃。护送的过程，就像打仗一样非常吃力，但他们两个都提着神，没觉得饿，现在突然地释了重，像马拉松终于跑到了终点，肚子一下子就荒了起来。他们在九州的街头走着，发现这里有一种特殊的“文化”，也许是这个地方更懂得某种“精髓”——人一旦得了精神病，就更加精神了，所以，这里不把精神病当病，也不惧怕精神病，这里的精神病人多了，就像自己家有了病人一样，习以为常了。他们看见，路上经常有精神病人晃荡着走过，路人熟视无睹，视而不见。有外地的精神病人，他们可能是从医院跑出来的；也有本地的精神病人，也许他们从来就没有进过医院。他们在九州很自由，有自己的空间，他们走在九州的路上，和王胜周师傅没什么两样。在王胜周师傅短短的找吃的过程里，他们就碰到了好几位精神病人。有一位拿了一个脸盆在路上叫卖，卖脸盆噢卖脸盆。他们感到好奇，也凑上去看热闹。脸盆是从医院里拿出来的，边上还印了“九州精神病院”几个字，他们正疑惑着想看看结果，马上有人过来塞给他几块钱，把脸盆买走了。他们看见精神病人抱着钱在笑，脸上闪烁着幸福的亮光。他们还看见那个买脸盆的人进了路边的一家小店，这家店是搞喷漆设计的，他拿着脸盆和店里的师傅在讨论什么，然后，师傅用喷漆把“精神病院”覆盖了，又拿了花板把脸盆喷上新的图案。王胜对周师傅说，这就是和谐啊。

他们碰到的第二个病人是个花痴，他一路笑，一路唱歌，用麻绳作彩带，手舞足蹈。看见姑娘，他垂下手就追。被追的姑娘也没有惊慌失措，有些咯咯地跑开了，有些好像早有准备，看看花痴追近，从身上掏出一张图片，是那种印了美女的挂历，塞在花痴怀里。花痴立刻就满足了，抱着挂历看，和挂历说话。王胜惊讶，周师傅也惊讶，他们面面相觑。他们就这样走着，慢慢地心里有了信心，他们私下里议论，张生生在这样的环境里待着，身心放松和温暖，很快就会好起来的。

他们后来找到了一家面馆，大概是一家老字号面馆，吃的人很多，面的品种也有很多，从最廉价的咸菜面到子排面、大排面、猪肝面、猪肚面、乌贼面、鳝鱼面、三鲜面、什锦面。他们一进到店里就发现一个人站在凳子上，显然是个精神病人。他在演讲，在振臂挥舞，像电影里那些五四青年，在那里抨击朝鲜的体制。这可能也是个“伟大型”的，不过和张生生不一样，张生生是知识类的，而他是政治类的。很多人一边吃面，一边呵呵在笑。后来，大概是老板觉得这样影响了他的生意，就拿了张凳子，让他站在外面去讲。这个病人也没有被这个“插曲”所打断，他跟着老板走到外面，又重新站到凳子上，慷慨激昂的声音又传回到面馆里，像播放着音乐一样非常协调。这一天，王胜和周师傅都吃了一碗最贵的小黄鱼面，他们做了一个大胆的决定，提前回家，把九州的情况告诉乳品厂，让大家为张生生高兴高兴。

第二天，他们去买了许多圆珠笔，有红的也有蓝的，蓝的给张生生写剧本，红的给他修改。他们想，张生生把这些圆珠笔用完的时候，他的病也应该痊愈了，也许，他的电影也真的开拍了。他们就这样又来到了九州精神病院，他们要最后见一见张生生。在医生的引导下，他们来到了张生生的病房，张生生已经换上了医院蓝白相间的院服，尽管焕然一新，但他却像乡下的小孩进了城，突然地老实了。王胜高兴地叫着张生生，说，张生生张生生，我们要回家了，你在这里安心啊，过几天我们再来看你啊。张生生理都没理，自顾自地坐在桌前看书。王胜又说，张生生啊，你还有什么要求吗？你只管说，别不好意思，我们一定把它带回到厂里去。他还是连头也没有抬。王胜故作生气地说，真是的张生生，来医院不到一天就不认我们了。周师傅也附和说，我们这么辛苦把你弄到这里来，你自己住得舒服了就忘恩负义了。王胜说，我们在厂里都打成一片的，你现在到了自己的地盘，马上就眼高了。说是这样说，他们当然也没怪张生生，他们呵呵一笑，就掏出买来的圆珠笔，红的蓝的十几二十支都摆在他的桌上。王胜说，张生生，这些笔给你写剧本，你就慢慢地写吧，把剧本写到银幕上，我们为你庆功。张生生看也不看，一挥手将圆珠笔统统打落到地上。他鄙夷地说，你们也太落后了，我怎么还会用笔呢？我要是还在用笔，不是和你们一样了吗？我早就不用笔了，我现在指头在纸上点了点，剧本就哗啦啦地出来了。这是什么话？王胜怎么一点也听不懂。王胜听人说过，精神病人送到医院一般都会出现两种情况：要么根本就没有病征反映，完全的就是好人一个；要么病情突然地加重，像天塌地陷一样。王胜不知道张生生这样是轻了还是重了。为了给自己下下台，王胜和周师傅开玩笑说，你看这个人，就是思想太活跃，又在说“启示录”了，写东西怎么能不用笔呢？这不是痴人说梦话吗？周师傅也喃喃地说，这些话我连梦都梦不出来呢。

回到温州的王胜把情况马上向厂部汇报了，说了九州的许多好，说了对九州的印象，说走在九州的路上，垂柳婆娑，边上就是小河，走几步就有拱桥连接到对岸，站在这边看对岸，是委婉的风景，站在对岸看这边，则更加的恬静。张生生在这样的环境里会好得很快的。噢对了，王胜还说了张生生卓越的表现，他一下子变得斯文了，似乎很喜欢那里，似乎找到了他宜居的栖息地。厂部的头头们听了非常高兴，觉得总算是“虱烫了一样”。后来，车间主任把王胜叫到一边，说，我听说不是这样的，张生生是不是被药的啊？还说，他们不用安眠药，据说是一种特殊的药，一药就把他药老实了。王胜听了像吞了虫子一样难受，他想起张生生最后的样子，很长时间心里还忐忑不安的。

## 6

现在，王胜和张生生共同劳作过的乳品厂已经不在了，企业改制，工人们都被买断了工龄，回家了。但张生生在九州说的“启示录”早已现实了，人们享受着电脑打字、处理文件带来的便捷和乐趣，只是没有人会去想——最伟大的发明，往往起始于那些异常脑袋的灵光一现。后来，一条大道又划拉了这个厂，乳品厂就连名字也没有了。厂里的东西，拆的拆，卖的卖，但图书馆很大，藏书也很多，毁了可惜，就整个移交给了对面的街道，成了街道居民读书学习的地方。

张生生年纪轻轻的就办了病退，不知他平日是怎么过的，春天里有没有再出现反复，反正他没有再去过九州。他总是控制得很好，在病与不病之间，也许他真的被那里的“药”给药怕了。精神病不是糊涂病，他的精神里面是有自我的，我们看见的一面，也许是他故意放任的一面，是他用来吓唬别人，拒绝别人，以特殊的方式保护自己的一面。但这么多年，张生生的另一面一点也没有丢，却是真的，而且是越发地加强了。每天上午，他会准时地从家里出来，穿戴得一尘不染，步行几公里到街道的图书馆去。他家附近没有其他图书馆吗？有，文化宫图书馆就在他家后面，但张生生没有对它作出认证。精神病也被称作为“单个脑”，在他的信息库里，温州仅有的一个图书馆就是这街道的。他一坐就是一天，比科学家还要专心，大家都说他像传说中的马克思。

王胜后来被借调到了文明办，工作和街道有些关系，有时候碰到街道的人，他都会对他们说，张生生要过来看书，你们不要赶他，若需要什么费用的，我替他给就是。王胜始终认为，精神病的危害往往是被夸大的，如果能理解，他们也是很特殊的一个群体，特别是现在，当精神病的定义被相对的宽泛之后，大家的一些表现也是很值得探讨的，谁有病都很难说呢。街道的人说，我们这里看书的人多了，谁是张生生啊？王胜说，张生生好认，你问一下，那个看“天体”和“剧本”的人就是他。街道的人哦了一声，说，这个啊，知道知道，不会的呢，我们对他都很照顾的，他是我们这里最勤快的读者，几乎风雨无阻。还说，我们还专门为他订了一些杂志，这些杂志，我们街道是没人去翻的，就是他看。王胜问，什么杂志？街道的人说，《天体物理》《电影剧本》，还有《宇航奥秘》和《导演现场》等等。王胜道了谢。心想，前面的两个杂志是他意料中的，那是张生生的基本功；而后面的那两个，他是没有想到的，看来，给他宽松的条件，张生生还是会进步的，原来仅限于天体的，现在却研究起了航天飞机，原来只写写剧本的，现在已开始自演自导了。又想，精神病要是有一个“纪念日”就好了，我们不是有许多这样那样的“日”吗？什么袖珍人日，孤独症日，目的都是为了引起人们对这些群体的重视，精神病要是还没有“日”，建议在每年的春天里设一个。

[原载《花城》杂志 2012 年第 6 期]

# 汽车上

## 1

我今年四十五岁，到了突然明白想赚点外快的时候，但我又没有什么赚钱的本事，我的一技之长只是能画点小画。当然也不能过于谦逊，许多人觉得我还是很有能耐的，有许多资源，特别是在画画方面，有点石成金的窍门。这么说吧，我是 E 市少美校的校长，我们是一所以美术教育为主的全日制小学。在我们学校念书的小孩，也许文化课不怎么样，但画画这一点上都会有几手。我的能耐就是，让这些文化课不好的学生上个美院附中，再鲤鱼跳龙门一样跳上美院，也算是另辟蹊径地上大学了。

现在回到正题，我的外快就是在一些美术培训班里兼个课，说白了，他们请我去不是意味着我的画有多么的好，而是我身后这些附中和美院的资源。我辅导的这些班，不管小孩的技能怎么样，实际上，无形中，都已经和美院挂上钩了。就看这一篓的田鸡里，哪只田鸡的眼睛最亮。所以，我的外快的生意还很不错。

每个双休日，我都会坐车到 B 县去。E 市到 B 县要走两个小时的高速，路虽然有点远，但那里人待你，就像待恩人一样。我一般是星期五下午去，星期天晚上回来，在那里两天，稿费四千块，还变着法儿请你吃好的。B 县的车是那种叫作“城乡快线”的，比中巴大一点点，比大客又小一点点，每三十分钟一趟，坐满坐不满都走。因为去 B 县的人不多，座位一般都没有按照规定的坐，大家很随意，按上车的顺序和各人的喜好。我每次都喜欢坐最后一排，最后一排自由，有时候一人占两个位，还可以看各色人等的风景。有一次，我就看到了一道“风景”。我看见了一个也是画画的老师，他以前是文化局下面的创作员，成绩不一定怎么样，但属于老资格了。这类人在我们这行里很多，他们的存在，不是靠展览的入选和获奖，而就是因了时间和人脉。老师我们很熟，印象里他是个与世无争的人，明显的特点是窝囊和邋遢，也就是说，时尚和风光和他没有关系。但今天的老师完全是一副焕然一新的模样，西装、领带、革履，看上去是套装，但感觉就是平时不怎么穿的，也不是十分合身，像初次出国的蹩脚的艺术家。关键是他手里还捧了一捧鲜花，还有一袋散装水果，无论他是去 B 县做什么，从 E 城就开始带上这些，也足以证明了他的背时。他上了车，一边找位子，一边张望车里的状况，很快就看到了坐在后排的我。他和我点了点头，犹豫着坐下来。我想，这时候的他还只是觉得我有些面熟，还不明确我具体是姓甚名谁。

这样的情况他肯定会继续想我的，想我是什么人？想我怎么也在这辆车上？想我去 B 县干什么？想要不要和我搭讪接话？要不要说说他的 B 县之行？同样，我也一直在想，想他一定是有故事的，你看他这样隆重的出行，而且是远赴B县，他平时肯定不常出来，那么，他这样难得的出来是不是和情爱有关？不但是想，我还一直在观察他，他正襟危坐，那样子好像生怕把西装坐皱了；他拘谨地捧着鲜花，小心地护着水果，这也喻示着这些东西于这趟远行的重要性。有几次，我觉得他很想回头来招呼我，但还没等完全地回过头，他又犹豫着忍住了。

窗外是接近黄昏的暖色，是欢闹的油菜花，是一晃而过的广告，是静止不动的牛羊，是嗡嗡呜呜的隧道。快要到的时候，老师突然问我，你知道雅阳这个地方吗？我说，知道啊。他又问，那你知道，鲤鱼浃中学吗？我说，知道啊，小时候我还在那里待过。

## 2

老师说，我是去雅阳看个人，是个女的，我们约好在鲤鱼浃中学见。这就把这趟B县之行的口味吊了起来。其实，老师后来还是忍不住找我说话了。毕竟有两个小时的路程，也许是这件事让他为之激动，老师忍不住要找人倾诉，想与人分享。抑或是，他担心我走漏了口风，曲解了他的心事，毕竟他已经过了对绯闻无所谓的年龄。他回头朝我笑了笑，他的脸上是那种红扑扑又有点羞涩的笑容。我招呼他，他就慢慢地移到后面来了。后面的一排等于是四个座位，他让水果袋占着一个位子，自己也坐了一个位子，但鲜花是依然捧着。我们就这样坐着，小声地说着话。恍惚间，我们好像身处在久远的以前。

老师说的雅阳我是熟悉的，这个地名也让人感受到某种神秘莫测的底蕴。这个地方靠海，产盐，我父亲早年在这里做过盐工，我们等于是眷带的家属，在那里生活读书。雅阳的底蕴体现在布袋戏上，还有就是药发木偶。我虽然在那里年头不多，但这些符合儿童兴趣的形式，还是给我留下了很深的印象。布袋戏是只许一人独立完成的艺术，一个不大不小的台阁，人就坐在里面，双手掌控着布袋木偶，嘴和脚趾头便是伴奏的“乐器”，唱的是《南游大传》和《薛仁贵征西》。我记得当年，鲤鱼浃中学对面的人家里，就有一台。没头没尾地看一出，三分钱；完整地看到底，五分钱。药发木偶则又是另外一番景象，那都是晚上的项目。白天，一切早早地准备停当，把木偶扎在转轮上，把火药一节节的安装好，只等天色暗下来。华灯初上，装有木偶和火药的幡竿升了起来，火药点着了，焰火四溅，火药又推动着转轮，让矗立在上面的木偶翩跹起来，在焰火的映照下，《西厢》和《红楼》都有了别样的风情。

鲤鱼浃中学原来是郝师长的旧宅。郝师长是雅阳的大户，据说，在国民党上海税警部队当过师长。乡人都这么叫，就是后来郝师长被“文革”了，乡人还这么叫，是习惯，也是恭敬。旧宅是一个三退的大屋，不是江南传统的那种样式，而是青砖密砌的公馆样式，因此，尽管后来被改作了中学，给人的感觉还是像民国时期的党部。老师说，我年轻的时候在那里支过教，那时我二十四岁，真正地叫作风华正茂。老师在那里教美术，教素描也教色彩关系，教静物也带学生外出写生，这是课程的安排，他自己则擅长水彩人物。那个时候，老师身穿白衬衫蓝裤子，身背画箱，走在公馆式的校园里，是极其“触目惊心”的。他在鲤鱼浃中学组织了一个兴趣班，带同学画高峡水库，画燕山古刹，画深涧廊桥，画深宅大屋，画逐渐消亡的村落。同学们走在芬芳的田埂上，笑声回荡在明媚的乡间，稚嫩的习作也许算不得什么，但他们放飞了梦想才是最重要的。同学们对老师非常崇拜。乡下中学叫老师还是老叫法，他告诉同学们E市已经叫“先生”了，先生，先生，同学们兴致勃勃。老师姓林，但同学们不叫林先生，而是非常顺溜地叫“林生”，顺溜得把中间那个“先”字省略了，听起来非常舒服。老师最大的创意是把兴趣班的同学每人都画了一张头像，这不得了。这些头像他都抓准了特征，采用了减法，不画满，不画全，注重层次，注重光影。头像是在教室临窗的位置上画的，窗外有阳光，也有树影，阳光和树影交织着，叠映出许多奇妙的图案，画到了同学们喜悦的脸上，同学们很喜欢。更有对老师的羡慕和钦佩。

有一个女孩在晚上来找过老师。那时候，老师就睡在美术组的办公室里，一张行军床，要到晚上才在桌子间铺开。女孩在老师的窗外轻轻地敲窗。外面的天色是厚重的，公馆式的校园此时已经完全的静了，没有迹象和习惯表明，晚上的校园还会有同学出入，所以，当办公室里的老师抬头看着窗外时，那情境完全是童话的。女孩眼里的老师也是美妙绝伦的。昏黄的白灯从屋顶悬挂下来，灯罩划拉出一个近似三角的光区，老师坐在桌前，他的背景是层叠的作业本、石膏模型、一些静物鲜果，一幅杂乱又唯美的生动景象。老师在作画，他的左手扣着色盘，右手直握画笔，支在面前的画板上，是画了一半的山区雪景。灯光在老师身上照出忽明忽暗的层次，逆光的轮廓上像镶了一条发亮的金边，深暗的地方自然与背景融为一体，像一幅18世纪的苏俄风格的油画。

女孩敲窗的声音惊动了老师，他看到了窗外的女孩，他站起身，缓慢又轻盈地把门拉开，这是他心里期待的，于是，一丝含蓄的笑意在他的嘴角泄露出来。女孩也是兴趣班的成员，她的灵性不一定是最好的，但这并不妨碍她成为兴趣班的焦点，因为她对自己的漂亮是自信的。今晚的自信还来自于她的穿着，她穿了一条蓝白花纹的百褶裙，一件在雅阳乃至B县都很少看到的的确良衬衫。的确良不得了，老师吃了一惊，他想，女孩一定有着一个殷实的家庭，或一个讲究又强调整洁的家境。女孩也看到了老师落在衬衫上的目光，甚至还停留在里面若隐若现的背心上，她知道，这种眼光是欢迎的，喜悦的。她缓缓地往里面走，一边走一边说，老师，你给我画张肖像吧，我要全身的，要坐姿，手里拿本书那样子。老师怂恿着说，你画肖像，背景都不用，摆件也不要。女孩走到老师的画架前，看了看，惊讶着说，怎么画的是野白菊呢？我刚才在窗外看到的是幅雪景嘛。老师说，我喜欢这种安静却不乏暗香的野白菊，咱们学校山后的北坡上就有，你没发现吗，你其实很像野白菊的……

幽雅的暗香在狭小的办公室里含蓄地涌动。这天晚上，老师让女孩坐在窗边的花架旁，她的的确良衬衫像玻璃一样透明，她的百褶裙像花一样匍匐在脚边，她的双手安静地放在膝盖上，手上是一本绿皮小书。老师用淡蓝的水彩将女孩的轮廓勾勒出来，他告诉女孩，如果要按照这样的速度，这张画要持续一个月。女孩马上接口说，我每天晚上来，行吗？

老师说得很激动，像是在说一个圣洁的故事，在断断续续的过程中，他的嘴一直在微微地颤抖。在我听来，这故事就像是一个电影场面，有情节，有画面，有色彩，有光感。

# 3

老师毕竟不是雅阳人，他对雅阳是没有什么概念的，尽管他在那里支教了一段时间，但留在他脑子里的印象也是虚幻的，像一个人匆匆地走进黄昏时分的县城。老师问，鲤鱼浃中学现在还在吗？我说，你后来都没有来过吗？老师说，没有，我后来也没有再见过她。我说，怎么会呢？B县也不算远啊，雅阳也不算偏啊，你出差都没有经过这里吗？老师说，当时断了联系后，等于后来就没有音讯了。老师说的当时是1972年，那个时候连E市都没有电话，E市到B县还没有通车，老师当时去雅阳，也是倒车去的，先坐车到昆江，宿一夜，第二天再坐车去雅阳，车在盘山公路上蜗行，从上面看下来，狭小的公路像蚊香一样一圈圈往下盘。那个时候闭塞是有可能的。

那张肖像，老师画得很慢。每天晚上六点，女孩都会像天仙一样飘然而至。乡下的天色特别暗得早，那是因为乡下的晚上没有内容的缘故。像恋人都喜欢电影院里的昏暗，老师也希望他头顶的夜幕越暗越好，他一个人待在校舍里，觉得这整座学校都是他的，甚至连学校外面的街道也是他的。他会把传达室那扇小门故意打开，这无疑是给女孩一个信号——里面有一个人在等她，颜料和画笔准备好了，椅子和背景也布置好了，只等她落座，只等她摆好姿势。他会焦急地一趟趟地往门口跑，他希望能在半道上碰上她，装出无意间碰上的惊讶，噢，这么早就来啦。但他又希望自己的每一趟都是跑空，因为最好的感觉是在心里等待和无意发现之间——他在忙着，心却在女孩那边，他希望她这个时候进来，轻轻地，有一点捉迷藏的心理，悄无声息地潜行到他的身边，看着他旁若无人地做事。而她，也在等着他的反应，他无意间抬头，他觉得有点异常，他的眼睛在搜索，他吓了一跳，咦，你什么时候进来的？真的，一点也没有察觉到……女孩就是在这个时候，敲响了嵌着玻璃花格的小门，然后她推门进来，然后像蝴蝶一样旋转到他的身边。

他们就这样画了几张肖像，他们故意画得很慢，拖延时间是他们一次次碰面的冠冕堂皇的理由。他们当然不是在谈恋爱，他们都没有这么想，但仰慕和欢喜肯定是有的。他们都是第一次经历这样的仰慕和欢喜，他们觉得新鲜和趣味无穷。他们就是在这样的氛围里画自己的肖像，他们觉得这是他们两个人的纪念。为了延续时间，那张“的确良衬衫”画好后，老师还特地把百褶裙画得格外细致，水彩画出了工笔的功夫。后来那张“背带裤”，那都是很具年代的装束，里面也是时代的“铜盘领”，但老师更着重画了女孩的赤脚，两只脚交叉地搁着，漂亮的指甲、细微的脚底纹路、有一点点张开又萌态十足的小趾头……当然，他们都没有想到要画一张裸体的，他们想，如果当时有谁提议，不用任何理由，他们都会欣然接受。在他们看来，这件事没有性质，只有艺术和仪式。

我们可以想象，女孩把这些画带回家的情形，她把它藏在自以为非常隐蔽的地方，但很快，还是被嗅觉灵敏的父母察觉了。女孩的父母都是 B 县的组工干部，他们的敏锐不是无中生有的，而是合理合逻辑的。他们分析画，发现了它的程度和意义，他们觉得有一些细节是完全可以省略的，比如样子、神态、光线、色彩可以认真，但的确良衬衫里面隐约的背心就应该省略，为什么画得那么细？有这个必要吗？刻意地强调了，就说明有心思在里面。还有，那双赤脚也有点过于细致了，连指甲、纹路以及脚趾的俏劲都画出来，这地方完全可以做边缘处理嘛，边缘就是含糊，点到为止就更加艺术化。而且，他们觉得这绝对有性意识，为什么要画这些难以看到的地方？身上的隐私其实是包括很多部位的，比如脚，为什么要提议脚？怎么脱的鞋？怎么摆的脚？有没有帮着？或顺便揩揩油？像照相馆里的老司，把你的头摆一下，肩膀掰一下，衣服捉一下，都是有名堂的。女孩的父母看到了事情的严重性，有不祥的苗头，他们决定要禁锢女孩了。

## 4

老师说，那个时候，我们的物质条件都非常匮乏，我们的思想意识也非常保守，没有自我，也没有冲动，家里把她禁锢了，也就禁锢了，我们也没有办法。老师说，开始我也不知道，有一天，她晚上没有来，我也只是以为她偶尔有事，或身体不适，或功课繁忙，或家里不便出来，毕竟我们的接触是异乎寻常的。那时候，我们准备画第三张画，她说要大胆点，要躺的，要摆个姿势。办公室没有躺椅，要说床，也只有我的行军床，不能舒服地摆姿势，我怕她躺着不自在。但这个提议让我们都莫名其妙地激动了一下，我发现自己拿行军床时肩膀的肌肉都在拼命地抖动，她也是，就是在布置床上道具时，呼出的气息都很大。我在调光线，把头顶的灯用绳子拉起来，拉出自己需要的明暗。她把我的东西都搬到床上，旅行袋让她靠，书摆在身侧。我们摆了一个半卧半侧的姿势，她一手靠头，一手搁腹，腿脚是松弛的一屈一伸，眼睛嘛，含蓄地停留在一米远的地方。我用淡蓝的水彩勾了个轮廓，脸庞上也只定了个眼鼻。说好了这张画用心一点，但她后来就没有来了。

我曾经悄悄地问过兴趣班的同学，他们说，她连文化课也没来上了。我暗暗吃惊，我没去问她的班主任，我懦弱得有点想回避这个问题，我不想让人觉得她的不来和我有关。我更没有盲目地去找她，我是想过的，说白了，我们算什么呢？什么也不是，我要是冒昧地去找她，倒真是把她给“亮相”了，那她该如何收场？当然，那时候的辍学也是挺正常的，经济条件不好的，家里子女多的，家里忙不开的，有人生了病的，读书没前途的，或逃避上山下乡的，我想，还是让她的辍学合乎情理吧。

我很快到了支教期满的日子。我们的支教日期是半年。我们是受E市教委的指派，到B县雅阳来的。那时候，由于时代的局限，很多学校的师资也都是参差不齐的。我本来也是个代课的，原来在E市的第六中学代美术课，但第六中学没有教水彩，而是教线描，参照的都是样板戏。六中的校长是个有水平的造反派，也就是说，他不是光靠造反起家的，本来就是个教学专家，尤其擅长政治课。据说，当年E市的政治试卷，都是他出的，所以，他是“又红又专”。他当时问我，样板戏里哪一部最好画？我想了想说，从表现形式来说，《智取威虎山》最丰富。人物有解放军、群众、土匪，尤其是土匪，表现幅度大，面貌出彩；背景有林海、雪原、高山、屯屋、火车、匪窝，画面新颖，内容繁复。校长说，那就《智取威虎山》。校长的意思是，把美术班的同学组织起来，画一本样板戏的连环画。校长是搞政治的，他有这样的情结和敏感性。当时《智取威虎山》已拍过电影，也出过电影版的连环画，是一百多页的量，我稍稍把篇幅压缩了，改成了六十四页的线描版，分给三十二个同学画，每人画两幅，叫集体创作。这套连环画后来还作为教学成果，在全省汇报展览上出过风头。这算是我的功劳，我也是因为这个被派到雅阳来的。鲤鱼浃中学对我没有要求，我就教起了自己喜欢的水彩，内容也是就地取材的山区生活。

回城在即，我心里也越发地纠结起来。那些天，我拖拖拉拉地不想走，理由是东西没整理好啦，教学还没告一段落啊，只有我自己知道，我还在等那个女孩的出现。我想，我们是应该再见一面的，不管我们有没有发生什么事，就是为了画，她也应该来送送我。但是最后，我还是没有等到她的出现，只好灰溜溜地走了。

## 5

老师在车上说的就是这些，两个小时的车程，加上前面的矜持，加上回忆和吱唔，老师把这段故事说得断断续续。可以看出，这段非同寻常的接触，对老师来说是印象深刻的，不然他不会说得那么细致入微，那么美丽。青年时期的点点滴滴，都会让当事者添加进许多想象和神韵，更何况老师是画画的，他有创作和发挥的能力。但老师的叙述也留下了一些细微的悬念，是他来不及说呢，还是他的故事本身就留有些许空白？对于老年人，经历了岁月和生活，他们心里的热闹早已回归于平静，他们只会做减法。对于我，对于刚四十出头的人来说，我更愿意他们的故事是曲折的，凄美的。但我又不能多问，一是我们不是很熟，二是多问了没有礼貌，也有猥琐的猎奇之嫌，但事实又呈现了看得见的故事存在，它的伏笔又是那样的明显诱人，加之老师神情激动的、嘴唇颤抖的、喉咙砰砰作响的叙述，我在心里也开始为他们演绎了。比如，老师和女孩真的再没有见面？真的天各一方？他们平时有联系吗？怎样联系上的？这次相约是从何说起的？

在我们下车分手的那一刻，我问老师，你还能找到鲤鱼浃中学吗？老师说，我们约了地址，说了显眼的地标，会找到的。我抱歉地说，我还要到 B 县的下面去，本来应该陪你走一走的。老师说，噢，不用不用，我有的是时间，我慢慢找。其实，为了不至于让老师失望，我没有跟老师说实话，那个鲤鱼浃中学早没有了，已经拆了，我知道他是找不到的。

这事在我这里也告一段落，但实际并不是，就像尝到了一口时令美味的鲜果，老师的故事已经吊起了我的胃口。在雅阳的两天，我虽然装模作样地在给孩子上课，但心不在焉已在所难免，学生给我看习作，我的耐性也明显地差了，都是敷衍着说，很好，不错，就这样，没有问题，其实心里已有了岔路，在偷偷地发酵老师的故事。按照逻辑和规律来说，他的故事远不是这样就结束的，而且我自己也给它下了很多设想，比如，他们是在什么时候联系上的？如果早早就联系上了，那就是平常了，就是不精彩了。如果是刚刚联系上的，那前面的空白就太多太多了。

我不是一个会编故事的人，尤其不会编离奇的故事。我想，好的故事一定是合乎逻辑的，有可能性的，让人觉得可信的。

女孩把画拿回家贴在自己的闺房里。她的家境可以，有自己的空间，但这个空间不能封闭。样板戏《红灯记》里有这样一句台词，“一个共产党人藏起来的秘密，就是一万个人也找不到的”，但女孩要藏起自己的秘密还是困难的。于是，她把那张画贴在闺房的墙壁上，外面再遮了一层报纸，再在外面挂书包衣服。这种“装置”一般家庭里都有，但女孩的秘密很快被父母发现了。这要怪女孩常常沉思一样的神情和晚上外出的行迹，也取决于父母组工职业的精明。这个时候的父母，嗅觉比猎犬还要灵。本来，两张画也没什么，但女孩这么一藏一贴，父母就窥见她潜藏的心思了。那时候，还没有所谓的早恋概念，也没有视师生恋为洪水猛兽。乡下人对这个问题本来也没有上纲上线，父母只是觉得，女孩接触的是个画画的老师，还是个临时代课的，不大靠谱。父母想，若是个正经老师还差不多。

父母的规劝当然不会直截了当地贬低画画，他们的高明就在这里，他们冠冕堂皇地强调了家事，哥哥本来是要上山下乡的，后来利用关系去了浙江兵团，兵团算半个上山下乡，难道你还想去大兴安岭？几年前的上山下乡，满载的汽车从人民广场出发，长辈们哭得死去活来，好像子女们被发配到边塞充军，好像这辈子再也无法团聚，你想让父母也这样吗？哥哥在外面，父母隔一个月都要邮寄吃的用的，女孩很容易就想起了哥哥的难处。女孩不说话了。父母说，你要是也远去他乡，你娇生惯养的，父母看不到你，心里怎么能舍得下？女孩低下了头。父母说，辍学，不要等学业结束，你不在学校，就没人能管得着你。辍学女孩不肯。女孩想起欢闹的校园，想起生机勃勃的美术班，想起春光里的写生，想起办公室里老师画她的肖像，还有这么多同学，那些未完的课程，都让女孩留恋。女孩歇斯底里地说，你们为我的前途想过吗？你们考虑过我的感受吗？女孩任性地摔门跑出。才跑了几步，父母的斥责就在她身后炸响，看你有胆往哪里跑！冰冷、不响，但威严。父母的话如泰山压顶，女孩被震住了。她收住脚，钉在那里。那些天，女孩被父母禁锢起来，加上苦口婆心地工作，慢慢的，女孩的慵懒占据了上风，意志被矫情打得一败涂地，她无奈地忘却之前的故事，她愿意听从父母爱她的安排了。

老师回到E市以后就不在第六中学了，学校没再留他，老师还以为是自己工作不力，实际是B县回到E市的“鉴定”在作怪。鉴定说，在支教期间老师和女生有暧昧关系。在那个讲究政治表现的年代，老师的留校和转正也就拜拜了。老师当然是蒙在鼓里，好在那时候大家都临时惯了，退就退了呗，退了再找呗。后来的一段时间，老师又做了几个临时，在电影公司里画海报，在新华书店里画橱窗，在文化宫里教美术字，在文化局里为征文插图。这个工作他是喜欢的，似乎契合了他的兴趣点，他既可以阅读，又可以画画，说起来也好听体面。人家问，在哪里工作啊？他说，在文化局。人家说，在文化局一定很有文化噢。他说，我只是给小说插插图噢。人家说，那也是很不错很时髦噢。的确，这工作给人一种优雅潇洒的感觉，比起画海报、画橱窗、教美术字，斯文多了。他也是在那个时候讨了老婆的。

老师后来就留在了文化局，那已经是1982年了，文学的兴起，千军万马过独木桥，E市这个小地方也不甘寂寞，也办起了文学期刊，取名叫《春草》，出处是当地古人的两句诗——池塘生春草，园柳变鸣禽。期刊稿源很多，老师有插不完的图。文化局的人想利用这个时机再赚些钱，又办起了写作函授，一时间，汇款单像雪片一样从四面八方飞来，在闷声发财的同时，老师也慢慢地被转正了。

我想，这样的演绎还算是合乎情理的。

## 6

星期天晚上，我从雅阳坐车回E市，我有一个很奇怪的想法，希望能在车上再次碰到这位老师，我想看看他的表情，是那种满足的甜美的，还是那种失落的灰心的？这关系到我这个想象的结局，是皆大欢喜的，还是冰脊冷心的？我也是有趣，老师怎么会再和我同车呢，他的结局不管是喜是悲，昨天都已经画上句号了，不会再熬到今天了。回家的车在慢慢地滑动，窗外是毛毛细雨，一会儿，车窗被雾起来，让人感觉像在笼子里一样，唯有对向过来的强光灯，才会将人从沉闷中激灵起来。

让我们继续来想象女孩的故事吧。女孩的父母把女孩嫁给了一个军人，女孩才十六岁，小了点，但许给军人似乎没什么关系。军人是当年来 E 市“支左”的，官至团长，部队的番号是 7654。7654 部队进入 E 市的时候仪式感是很强的，不是像电影《战上海》那样悄没声息地进来，或露宿街头，而是借助了一个隆重热烈的形式——护送毛主席赐予的“芒果”。据说，芒果是菲律宾那个眼睛忽闪忽闪的阿基诺夫人送的，直接从云南那边过来，一路游行到 E 市。部队在 E 市抓革命促生产，平息了武斗，斡旋了两派，团长也因此立了功。这个当年三十二岁的团长正好还没有结婚，这会儿，他就有条件考虑自己的终身大事了，也不知是什么机缘的巧合，让女孩与这段姻缘提前牵了手。于是，女孩的前景像拨开了云雾的天日，亮丽了起来。

后来，女孩随军人迁往了省城，这时候，女孩已长成为一个成熟的女人。她和军人也有了一个健康的孩子，我们暂且把这个孩子设计为女儿。军人到省城是因为形势的需要要结合到地方去，他结合的单位是省农科院，虽然他是个门外汉，但级别上能套个半级，他还是觉得划算的。

就像所有的好事不能都集中在一个人身上，军人在风和日丽的时候出了一个意外。农科院有一片自己的实验田，每个周末，军人都会在那里体验生活。他不是搞科研的，不懂植物的改善和发展，但他是农民出身啊，喜欢在田里摸摸索索，在部队的那几年，他差不多把旧时的特长荒疏了，到了农科院，他喜欢摆弄农作物的心虫，又从心底爬了出来。他在实验田里辟出了一块自留地，种些杂七杂八的庄稼，这当然是利用职务之便，不过也不是什么坏事。遗憾的是，他的事就坏在这片没有任何征兆的田里。有一天，他不知怎么的被什么东西戳了一下，也许是玻璃，也许是碗砾，也许是竹签，也许是动物的腐骨，他的脚立刻就肿了。他原来以为只是一般的感染，他相信自己的出身和身体，他觉得自己不会那么“弱不禁风”，觉得只要碘酒涂一涂，吃点消其龙，明后天就会好的。没想到，过了几天，他的嘴巴就不会咬了，面部表情也没有了，接着，身体也弓了起来，四肢也弯曲或僵直了，声音光线都会冷不丁地引起他的痉挛。送到医院，就心力衰竭、胸肺并发症死了，叫什么“破伤风引起的肌痉挛”，说起来有点像“白求恩大夫”那样子。

省城的生活确实比 B 县富裕、丰厚，尽管雅阳也算是一个物产不错的小镇，又靠近海边，依山而建的石头房和湿漉漉的石板路都独具情调，但省城的文化氛围却是下面那些地方无可比拟的。这时候，女人的女儿也已经长大成人，大学毕业后考在宣传部门的文艺处工作。女人陪在女儿身边也是安逸和满足的。如果丈夫没死，女人也许再也不会想起鲤鱼浃中学的那个美术老师，不会回忆起那些夜晚的约会，不会去重温昏黄的灯光下、充满温暖情调的、肆意而为的肖像了。这样一想不得了，无数的猜测和设计就铺天盖地地抖落下来，洒满了她的全身。噢，那个老师后来怎么样啦？他是什么时候结束支教的？没有告别他会怎么想呢？他会不会记恨她呢？至少他会责怪她言而无信。还有，他们最后的那张画他会继续画下去吗？没有了参照他会画成什么样了呢？如果画了，他会怎样对待它？是和其他的练习一样，还是刻意地珍藏？如果他有了家室，他会怎样诉说这张画的故事？抑或，像什么也没有发生，像平常细微的琐事，平淡无奇地就过去了？

不是谁都有一段值得记忆的往事的，总有一天女人会把它捡起来，抿一下的，尽管当时的条件十分有限，几乎音信全无，但要是有心，找出点蛛丝马迹还是有载体的。老师不是画画的吗？他的画就是找出他的载体。她当然不知道他在画海报，画橱窗，写美术字，他应该参加画展，甚至搞个展，或在一些顶级的画展中巡回出现。所以，那段时间，女人突然对画展有了兴趣。省城的各式各样的画展还是很多的，他只要有作品，就肯定会在某个画展中出现。在女人眼里，老师的画是那么的好，他的准确性，对色彩的运用，对情调的把握，对光影和布局的处理，以及色彩关系，都是独具匠心的。女人甚至想，他的画是怎么署名的，一定是别具意味的，她觉得他不会署真名，如果他有心，他应该署“林生”，这就像一个暗号，会引起人注意，会留下很多余味。但是，但是，在很长一段时间，女人几乎看过在省城布置的所有画展，她都没有发现什么叫林生的画家。有时候，她讨来画册细看，也都没有发现她熟悉的类似风格的画作，水彩的，不画满的，擅长光影的，都没有。静下心来的女人最后想，老师的品位，哪看得上这些呀？他是个有个性有追求的画家，那些世俗的、随大流的，甚至媚上的画展，他才不屑呢！难怪自己都找不到他。

我设想的老师倒是中规中矩的，甚至是平庸的。以他现在的样子，可以类推出他的“前身”，一定是好不到哪里去的。他所谓的

“辉煌”，也只是年轻时的冲劲和灵光一现，很快他就“昙花”一样了。随着年岁增大，生活无奈，委琐缠身，激情和灵气早掉得一塌糊涂。他后来插图搞得乐此不疲，就是一个很好的例证。画画的人都知道，插图搞不得，插图一搞，想象力全无，插图一搞，创造力打折扣。再后来，杂志在“清污”和“自由化”中绊了几个趔趄，虽然没出什么问题，但也在整顿中被停掉了。再再后来，文化局转向群文，原来当编辑的出国的出国，下海的下海，老师还热衷于辅导，放不下，就留下来办培训班了。培训班一办，不是临摹就是写生，这个画画的就算完了。再说了，搞画的也不是那么容易，要画出点什么名堂，那也是需要超好的脑子的。其实任何艺术门类都是这样，都是金字塔模式，真正冒出来的都是凤毛麟角，大部分都是准备给岁月大浪淘沙的。有些人就是这样，说起来大家都知道，基本功也好，时间也混得老，也经久恒心，但就是非创作型的，也没有什么想法，自然，好的东西也画不出来，好的展览也上不去。老师就属于这类，所以，女人在很长时间里没有“找”到他。

光阴就这样无奈无聊地流逝了。

## 7

想象的翅膀，自由飞翔，老师的故事，把我自己也弄得痒痒的。我决定去一下老师的单位，去看看他。我没有等到与他一个车回来，不知道他的 B 县之行结局如何，如果能在他单位碰到他，哪怕不见面，哪怕就远远地看他一眼，看他的精神面貌，大致上也就知道他的一二了。老师的单位我是熟悉的，我们虽属于两个系统，但还是有点交流的。他单位的布置我也是烂熟于心，传达室在哪儿，展厅在哪儿，创作室在哪儿，培训部在哪儿，我都一清二楚，就像那句废话，闭着眼睛也能摸得进来。

噢噢，不对不对，逻辑上有点问题。按照故事的发展，应该是女人先找到了老师。女人是怎么找到老师的呢？前面说过，女人的女儿在宣传部门工作，女儿虽然不知道母亲心底的故事，但母亲对画展的热衷，女儿还是有感觉的，就像世界上没有无缘无故的爱，对画展的迷恋也不是无缘无故的，画展里面有玄机，画展里面有隐情，女儿心里留意了。有一天，女儿在单位整理东西，在一堆废纸里发现了一本花名册——省美术家协会会员。这些废弃的东西，在机关里是很多的，请柬、贺卡、通讯录、作品集、宣传资料，不留意，这些就是垃圾，留意了，也许都是资源。女儿想，也许，这里面就有母亲的“秘密”呢。

我们可以想象女人在拿到这本名册时的一些表现，她也许会不动声色，好像一点也没有关系；也许会不好意思地解释，说自己以前有个画画的熟人，很多年没有音信，不知现在怎么样了。但回到房间就不好说了，独自面对这样一本名册，她还是会抑制不住地激动，手也会不听使唤地乱抖。她迫不及待地翻找那个“林生”，又生怕自己隔了眼看丢了什么，当然，她还是在 E 市会员的范围里找到了这个人。

女人深深地吸了一口气，想了一下，决定打这个电话。名册里有手机也有座机，她考虑再三，选择了座机。座机可以清晰地听到内容，可以不受“信号不好”的打岔，如果不是他接，她也可以打听一些事情，她可以有余地地做出一些判断，毕竟是几十年之后的一个电话，她得慎重，并且一个当一百个用。女人开始拨电话，她的手情不自禁地有点发飘，怎么按出去的数字有点虚幻。她定了定神，又看了一下名册，然后配合嘴巴数数把这个号码按了出来。E市的电话响了半天才有人接了起来。她问，林老师在不在？回答说，林老师不在。说我们这里上班是很有弹性的，有时候人一晃又不见了。她问，这个林老师是不是以前在什么学校教书的？回答说，噢，这个不是很清楚，好像他是这里的老人了。她说，林老师是不是画水彩的？回答说，这个难说了，林老师可是什么都画，他现在在老年大学教画画，画竹子，画雄鹰，画鲶鱼，画牡丹。正说着，女人这边听见那边说，哎，林老师，看这个电话是不是你的？林老师接过电话喂喂了几声，说怎么没声音呢？其实，女人这边一下就听出来了，潜藏着的意识，能分辨和过滤一切，女人知道这就是林老师，她没有马上接应，只是想再证实一下。她说，老师，我是鲤鱼浃中学的。老师噢噢了几下，好像有点莫名其妙，这信息实在来得太遥远了，他在勉强地捕捉它。女人又说，鲤鱼浃中学的美术班，你当年带过吧？老师这才有点明朗起来，说，嗯，是带过，那都是好多年以前了。女人准确地说，四十年。又说，你还给我画过肖像呢，在你的办公室。老师说，是吗，有吗，那时肯定画不好。女人还想说什么，但心底有一种难受已弥漫了出来，她难受的是老师怎么这么懵懂啊，怎么对过去一点也没有感觉啊，或者至少没有像她那样在意。她接着说，老师，我们也好多年没见面了，我想去看看你，你明天在单位吗，我现在还在省城，等会儿收拾一下，下午迟一点出发，你看行吗？老师似乎还停留在对这个女人的判断中，他觉得这只是几句客套话，不当真。他说，噢，这样啊，方便吗，我单位地点你知道吗，知道是吧，好的好的。他就把电话挂断了。

女人打完电话先是坐了一下，她似乎在想自己的下一步，但她很快就起身整理自己的东西，她的方向和目的是明确的，她想证实老师的懵懂，证实老师的感觉，抑或是，证实自己这段故事的由来和道理？她打电话告诉女儿，她要回一趟老家，去处理一些事情。

省城和 E 市相距四百公里，高速上也有三百多，要是坐长途快客，顺利也要四个多小时。女人是几点上的车、在车里想些什么、情绪好坏、晚饭是不是在服务区吃、到了 E 市是不是夜里了、住的是什么旅店、睡得好不好等等，我们暂且不去管，我们有太多的东西可以想象，这里忽略一下，不要紧。

老师早已退休，按照时间的推算，他今年应该有六十多了，他还到单位里来，就是因为还在培训班兼事的缘故。他来的时间有早有晚，忙时多待一下，闲时就偷个懒。昨天的电话，并没有给他的心里投下多大的石子，也许，他压根儿还在恍惚中，还没有找到头绪。他就是这样慢吞吞地来到单位，都已经快十点了，这是他往常的习惯，晃晃悠悠的，根本没有心事的那种样子。但是，传达室的保安叫住了他，他定了一下，马上发现传达室里坐着一个女人。女人是一大早踩着上班的点来的，她等了有好长一会儿了。

寒暄之后，老师把女人引到了培训部，坐定。女人并没有在乎老师的样子，是老，是窝囊，是邋遢，这些，也许女人从省城出发时就想过了，所以，女人也没有惊讶。女人只是觉得委屈，她的委屈从昨天那个电话开始就压抑着，这会儿再也藏不住了。她一边哭，一边说，她的哭是强忍着的，因为强忍也因此显得很难看；她的说也是强忍的，因为强忍和内容多，她的说也显得语无伦次。老师被这个样子吓住了，不知如何是好。女人的委屈从老公的死开始，从画展的寻找中延续，从美协的名册中加深，从电话的没有感觉里逐渐严重，加上舟车劳顿，加上传达室的等，她的委屈就爆发了。她哭得非常伤心，说的也都是怨怼，但她又似乎没有忘了证实，她心里仅存的一丝想法就是——对自己的辛苦做个了结，对“一息尚存”的茫然做个了结。她说起老师的那幅《野白菊》，她隔远以为是雪景的那幅画，那是她第一次近距离欣赏老师的画，而老师把野白菊比喻成她的解读，令她心里的那点“春芽”冒了出来。但老师忘了，连她提醒的“校园后山北坡”，他也捉摸不定。女人又说起那幅未完成的肖像，她记得老师已经勾勒了一个轮廓，甚至连胳膊和下肢都定好了位置，那是他们第一幅卧姿的肖像，是他们准备尝试的。这画后来有画下去吗？老师如果有心，凭印象他也是可以把她“复述”下来的。老师陷入了沉思，他不是在回忆，而是为女人如此“确凿”的叙述在怀疑自己。他知道不会无中生有，但他着实没有那么的强调这些，没有强调，就没有意义，没有强调，他就茫然了。那幅画，他觉得也仅仅是一张草图，他画了个轮廓，后来就没有画下去，生活中，练习时，他这样的草图实在是太多了，他没有意识要留下来，支教一结束，他要整理的东西很多，他觉得一些东西带不走，就丢下了。他当时也是归心似箭啊，或者，他要轻装上阵，去迎接崭新的工作。

我只能说，女人是个理想化的、严格按照书本去读的女人。

女人的全身冷下来冷下来，像有一盆冷水从头到脚浇下。慢慢的，她也平静了，也没有叙述的欲望了。她后来跟老师说，我想回雅阳看看，你去吗？我已经好久没有去了，也不知忙些啥。这次来E市，就顺便去看一下。这时候，女人都不知道自己要说什么了，也许是自言自语，也许只是随便一说。但老师似乎有了一些反应，他像一条冬眠的蛇一样渐渐地苏醒过来，有一点点回到正常思维上的样子，他似乎被一些事物牵引着，也想去求证什么，他说，嗯，去去去，我后来也一直没有去过，是要去看看呵。他们约好了时间，暂定明天下午动身，也就是我和老师在车上碰到的那个时候。

## 8

老师在车上和我说的，是他经过一夜的回忆梳理出来的。因为时间的关系，他只说了前半部分。后半部分，包括女人的那部分是我演绎的，也许根本就不是这样。每个人的记忆功能是不一样的，侧重点也不一样。有的人就像是照相机，经历了就像是机器摄下的；有的人则好像是淋浴器，有水进来，才会有水出来，如果掺合了太多的冷水，那出来的连一点温度也没有了。老师也许是属于后者，女人的出现，就好像开关慢慢扳到了热点，温度渐渐注入了，他也能勉强记起一些碎片了。而我，现在在一点点地拼凑他的那些碎片。

为了完整性，我们再去想象一下老师的去向。老师和女人约的是黄昏下的鲤鱼浃中学，就像俗话里说的，人约黄昏后，往往有一些别致的情境。黄昏的天色是有色彩的，黄昏下的景致也是有厚度的。老师左手捧着鲜花，右手拎着水果，他走在黄昏的雅阳古城里，急促激动的脚步敲打在湿漉漉的石板路上，发出了金属般有节奏的响声。但四十年过去了，雅阳已没有了布袋戏的唱腔和锣鼓，现在谁还会做这个呢？也没有人期待夜幕下升腾起药发木偶的焰火，甚至连手艺都鲜有人知道了，更何况去做？它们都躺在了非遗的典藏里，只躲在岁月的皱褶里，在尘封的泥灰下，回忆着它们曾经的荣耀。鲤鱼浃中学也不在了，这个我前面已经说过。但老师不知道，他在走近那个地点时，出现在眼前的是一片废墟，是半遮半拦的围墙，一条红线划过了这片地块，也许明年，这里就会是一条八车道的马路，据说，一小时就能开到外省的Z州去。女人已经在那里等了，作为当地人，她一定知道鲤鱼泆中学的身世的，哪怕听，她也应该早早地听说过。这么说，她是有意要带老师到这里来的？也许在她来说，她是想清了自己的这段过去，她想送还到这里来，顺便将它埋葬掉？也许，她也想借此来告诉老师，不管你有没有再记起过去，她都要给你一个回复——这事再也没有了！我只能说，女人要是心大起来，那是很大的。老师看到了黄昏废墟旁的女人，这样的情形让老师有点不知所措，有点恍惚，这样的情形也让边上的女人模糊了，近乎虚幻。这是四十年前的鲤鱼泆中学吗？怎么一点痕迹也没有了？他探头看了看废墟，企图想找出一丁点旧时中学的元素，但除了空气和天色还是旧的，这里真的是面目全非了……

至此，我不知道自己还要不要想象下去。

［原载《作家》杂志 2014 年第 7 期］

# 软　肋

大概是 1982 年秋天，我母亲再也忍受不了我在她面前晃来晃去的样子，她决定退休让我顶替。我当时已经有二十五六岁了，这样的年纪才有了一份工作，应该算很迟很迟的了，但我顶的是国营单位，名称和内容都不错，我还是很高兴的。

我清楚地记得，我母亲退休时头发已经全白，她五十岁都还差许多，怎么会有那么多的白发呢？有人说，她是为我愁的，可怜天下父母心，儿子不肖，母亲她怎能安生？也有人说，她是被厂里的某个人打的，打中了什么穴道，头发就早早地白掉了。我母亲在厂里当厂长兼管人事，人事多是非，我相信她会被人打的，过去的年代，打人的事是经常发生的，但有没有把头发打白了的穴道？我到现在也没有听说过。

我们那个厂是做牛奶的，就是把新鲜的牛奶浓缩了，做成一定稠度的炼乳。我母亲一贯思想比较好，她对新厂长说，不能给我有什么特权，要把我放到最差的工种上。比如锅炉房，又脏又累；比如收奶站，专门做下夜班。母亲毕竟当过领导，她的话下面的人都会认真领会，我就被安排进了“听间”，就是把铁皮做成装炼乳的容器的车间。听间重，听间脏，听间容易受伤，但听间有营养费。我后来知道，那个重、脏、受伤是下面人敷衍我母亲的，而营养费则是特地为了照顾我的。

作为学徒，听间所有的工种我都要锻炼锻炼。运铁皮，老司就关照我要注意腰，腰是男人的半条命，一辈子的事情；剪铁皮，老司就提醒我别把工作服割了，说半年才能发一套；冲铁皮，老司就教我如何保护手指，别弄成了九个半，我们没法向你母亲交代。这些老司都是好人，他们买我母亲的账，同时也把积累的经验教给我。

有一个老司也一直想“指点”我，他叫李龙大，比我大那么十多岁，人长得粗黑，像他的名字一样有一股凶相。他不知是哪个工种的，印象里他什么都做，要做什么全凭他自己的兴致，踢一下别人的凳，别人就拼命站起来，不敢不让他。车间主任和工友都拿白眼看他。我母亲离厂时也嘱咐过我，这个人你别惹他。母亲还说，他在厂里有盟兄弟。意思是说他有势力。母亲的教导我铭记在心，我是来上班的，不是来招惹是非的。有一天，李龙大把我叫出了车间，对我说，你回家告诉你母亲，有些事叫她别放在心上，说我对不起她。我觉得奇怪，说，你为什么对不起她？他没有回答我的话，自顾自说，我父亲也对不起她。我说，你父亲又是怎么回事呢？他说，我父亲在她游街的时候踢掉了她的鞋。噢，这个我有印象。我小时候经常在路上游荡，一天看见我母亲被人揪着头发游街，她的鞋掉了一只，走路一瘸一瘸的。游街时最怕掉鞋，穿一双最好，都不穿也马马虎虎，穿一只就像受刑一样痛苦。原来这件事是他父亲干的！也真坏！我咬着牙齿说，那么你呢？他说，我打了她一拳。狗生的，我母亲怎么经得起他来打！说不定真的打准了什么穴道，把头发给打白了。但这些事毕竟过去了许多年，再究也没有什么太大的意思，我顿了顿，想起许多江湖的话，什么冤家宜解不宜结，什么得饶人处且饶人，等等，我就重重地拍了他一下肩，说，这事就到此为止吧。

我前面说过，我曾经不肖，我母亲整日里为我提心吊胆。我以前在西山的一个建筑队打工，是那一带有名的刀不怕，我身上有十三处刀伤，有大刀砍的，也有军刺扎的，也有为平息一场斗殴，要人家给个面子，自己拿匕首拉的。我在西山的货运埠头还有自己的地盘，靠上缴的保护费买酒喝买烟抽。我只要在西山，就不用走路，那些过往的拖拉机见了我，都会自觉地停下来，捎我一程。后来有人说，要是有外地的信件寄给我，漏写了地址也没关系，只要姓名还在，邮差就会把它送到西山来。不过，这都是说得好听，我从来也没有收到过外地的来信。我现在不这样了，我看见母亲的头发越白越多，越白越浓，我就决定金盆洗手了。按我母亲的说法，我是在外面疯够了，浪子回头了。所以，尽管李龙大“血债累累”，我也不想把他怎么样了。

我答应过我母亲，不再做那些劝架受降的事了。都说人在江湖身不由己，其实在厂里我也是身不由己的，许多知道我底细的人还是会找上门来，我就像一个无奈的司机，再谨慎驾驶，人家一定要撞我，我也没有办法。当然，找我的都是李龙大的事。

李龙大这段时间在闹着调车间，这件事弄得车间主任非常难过。谁都知道，调动是一件“水往低处流”的事，就好比上海调崇明好调，农村调城市就是“吃倒水”，难。听间本来就是厂里最差的工种，他往哪里调？李龙大又是个“劣迹斑斑”的人，在听间，他做成型，废品的箭头就飕飕地往上蹿，他做落料，这个月的节约奖就泡汤了，这样一个拖后腿的人，谁会捉个虱子放自己身上痒呢？偏偏李龙大还不按套路出招，他坚决要求调牧场，这等于“自己明明有洋房还一定要住在别人的食堂里”。主任怕引起麻烦，想打消他的念头，说，牧场是家属厂，你调去不合算的。李龙大说，我关系不迁。主任又说，他们是自收自支的，没有福利待遇。李龙大说，我工资和营养费还在听间拿。这些话叫主任瞪大了眼睛，张了张嘴，从肺里想出一句话，你这是拿教授的薪水，干门卫的事情，这事我做不了主，你找厂长吧。李龙大什么时候怕过什么，说，找就找！

我知道牧场，有一天我在厂后边的河里洗澡，看见远处的对岸有一爿半岛，半岛上有丛生的杂草，有简易的棚屋，有几头牛在拙拙地走动。一起洗澡的工友说，这就是牧场，是厂里养牛的地方，厂里用的牛奶，有一些就来自那里。牧场是厂里的一个附属部门，职工都是厂里的家属，家属工没有指标，连工资也很难保障，有时候挤不起奶，工资就少了，有时候刚买了饲料，工资就停一停，欠一欠。这时候，如果牧场里生了牛犊，牛犊又是雄的，雄的养起来还费饲料，又挤不了奶，就把它杀了分了，各人拿几斤肉算领了工资了。就是这么个地方，李龙大要去干什么呢？

李龙大风风火火地去找厂长，身后还跟了几个盟兄弟，在厂里，他算是一个小头目，他声音一高，就有人呐喊接应。事后主任跟我说，他知道自己失言闯祸，就拼命给厂长打电话报信，说李龙大可能找你。厂长原来是搞技术的，我母亲退了后他才上来，他没有经历过这些事情，听主任说得这么凶猛，也慌了手脚，在原地转了几个圈，最后拿了几张草纸跑厕所去了。

李龙大一拨人冲到厂部的时候，正好在楼梯口碰上了厂长，厂长故作惊讶地问，这么多人来找谁？有事吗？李龙大说，找你，有事。厂长把手里的草纸晃了晃，说，对不起，你们先坐一坐，我去去就来。就是上厕所不能阻拦，李龙大暂且让开，塌下屁股在厂长室里等。等了两支烟的工夫，感觉情况不对，他说，大便怎么拉出吃饭的时间了呢？就一边骂一边朝厕所走去。在厕所，情绪推动着李龙大，他依次捣着坑门，有的是空的，有的慌张地一应，但不是厂长的声音。李龙大觉得自己被厂长耍了，情绪立刻变成了火，烧了起来。他站在厕所里停顿了一会儿，臭气也鼓动了他，他在寻找发泄的目标。他最先看到的是洗手的龙头，他上去把它扳了；接着他看到了一个垃圾屋，虽然是水泥浇的，他推了几下，也把它推倒了；食堂的工友刚刚泡来一瓶水，立在厂长室门口，李龙大顺势就把它踢飞起来，铁壳咕噜噜翻滚，瓶胆碎了一地。

回到厂长室的李龙大第一件事就是把窗门砸了，玻璃哗啦啦从楼上响到楼下，把楼里其他办公室都惊醒了，工会的门开了，技术科的门开了，劳动工资的门开了，一个个都探出头来看。有人看，盟兄弟也开始“人来疯”起来，他们在气氛中表现积极，作阻拦和拉扯状。李龙大显然也是配合有素，好像非常的怒不可遏，好像要从阻拦和拉扯中挣脱出来，再找个东西砸砸。后来那些看热闹的人说，盟兄弟实际上是在使暗劲，在推波助澜，其实有一下，李龙大因为厂长不在已经觉得无趣了，想放弃这种没有对应的表演，一个盟兄弟说，厂长这样做就是看不起我们，不能就这么算。犹如浇了一勺油，李龙大心里的火又猛了起来。混乱中，他们没忘记趁火打劫，厂长室墙上的地图就是他们故意撕的，厂长下车间穿的高统雨靴也是他们偷偷拎走的。

最先听到玻璃响的肯定是我的主任，当李龙大犟着头摇着身要去找厂长，他的耳朵就竖着没有放下过，现在他知道了，他那句不负责任的推却有结果了，他白了脸，像尿紧一样跑来叫我，说，会死会死，你帮帮忙去把他叫回来吧。叫李龙大？要我去叫？我其实不想出头露面的。自从我顶替进了厂，我就一直是一副非常老实的低调，我不想重提江湖旧事，我也不想掺和厂里的新事。我故作懵懂地说，这关我什么事啊，我有什么能耐把他叫回来啊？主任苦着脸说，现在是关键时刻，你别开玩笑好不好，我家就住在西山，过去别人传谁谁翻手为云覆手是雨，我原来不知道是你，现在我知道了，你就算帮我个忙。主任这样说了，我就不好意思再找什么借口了，也不能装傻充愣了，我不能驳一个长辈的面子是不是？再说，这种事和我过去的血雨腥风比起来，简直就是小菜一碟。

谁也不会想到我会突然出现在厂长室里的，没有想到，就有效果。当时他们正在吵闹的兴头上，我的突然出现让他们大吃一惊。我是个新人，那个场合认识我的人不多，也只有李龙大知道我，我就撇开众人径直走到他面前，我搭住了他的肩，他看看我，扭了扭身，疑惑地问，你这手怎么这么重？我嬉皮笑脸地说，手重有什么关系，你到外面我和你说句话。就这么简单，我就这样把李龙大搭了出来。我想，如果把这件事做成电影，那么，剪成慢镜头的就是在这个瞬间。

围观的人起先连一句话也不敢说，这时候，他们欢呼雀跃似的、以最快的速度传递着他们的惊叹。我知道，当我把李龙大搭出厂部的时候，煤场里、厂区道上、外面的车间、露天洗衣池边，隐蔽的或公开的，多少双眼睛在看着我们。他们在想什么？他们奇怪死了，他们在心里疑问，这个人是谁？这么大胆？可以搭着李龙大从容地走路？而身边的那个李龙大，他平日在厂里作威作福，今天怎么像猫一样老实成这样？后来，有关我在厂里的美丽传说，有人见了我低头哈腰，就是从这时候开始的。

我虽然把李龙大搭离了厂长室，但根本的问题还没有解决，我只是暂时缓解了厂长的燃眉之急，而李龙大，还是擅自跑到牧场那边上班去了。什么叫无赖？无赖就是把没有道理的事情说成有道理的。他说，都是厂里的活，我在哪里干不是干啊？

李龙大去了牧场，听间的人无不欢欣鼓舞，班组也好像解放了一般，按主任的话说，就像虱子烫了一样，好过！听间也不失时机地掀起了比学赶帮超的新热潮，最关键的几个指标，天天在往上翻，成型的合格率上去了，落料的也拿到了节约奖，车间也因此受到了厂部的表扬。

有人欢喜有人愁。这时候的牧场正在叫苦连天。牧场场长当然也久闻李龙大大名，他原来想，我不安排他具体工作，他要待就待吧，待腻了总会回去的。事情哪里有这么简单！牧场养的都是奶牛，奶牛就不是一般的牛，奶牛就相当于我们家里的孕妇，是宝贝，是正宫娘娘。它的吃，是有时间规定，有严格要求的；它的营养，也都是参照了食谱，特地搭配好了的；几点吃干草，几点吃黄豆，几点吃大头菜，一切都是从牛的胃口出发，胃口好，奶才会好，吃得多，奶才会多。李龙大哪里懂得这些，他要是懂得这些，就是技术员了，就受人欢迎爱戴了。他是当做不做，不当做偏偏做，根本不考虑牛的饮食习惯和思想情绪，本来应该吃草的，他给了黄豆，应该吃黄豆的，他送去了大头菜，他把牛的饲料弄乱了，混乱了，牛就没有了口味，不吃，生物钟还失灵，生活就乱了规律，牛就生病了。还有罄竹难书的，他好像对牛的乳袋特别感兴趣。起先大家想，难道他家里没有老婆？尤其是大乳袋，饱满的乳袋，他特别喜欢摸。这头牛摸摸，那头牛摸摸。牛的乳袋怎么能乱摸呢？人的乳房也不能乱摸啊，这是一样的道理。乳袋谁来摸怎么摸牛心里都一清二楚，李龙大的手一伸，牛就知道了这是一只陌生人的手，一只不熟悉的手，这只手皮厚，不柔软，没有安抚过程，是一只居心不良的手，牛心里马上就紧张起来。一紧张，奶就少了，原来三十斤的，减至二十，原来二十的，就变得像水龙头漏水，滴滴嗒嗒的。有的牛还因此胀了奶，胀了奶也会痛，跟人一样，硬挤就挤出一朵朵奶渣，把奶渣都挤出来了，那牛肯定痛。而这样的奶，怎么能做炼乳呢？就是废奶。

牧场把这些状告到了厂长那里，厂长也一筹莫展，你叫他再研制一个麦乳精，不在话下，但叫他拿人，他没有办法，他只能在办公室里一次次地转圈。还是足智多谋的工会主席替他出了主意。工会主席一般都不是文弱之人，他原来在厂里拉板车，手把有力，曾经得过厂里的扳手力冠军。他对厂长说，我以前也听说过他的故事，有一天想邀他扳手力，我们就两个人，关起门。他起先怎么也不肯，说自己没力气，甘拜下风。我说，我们不作比试，叫切磋，无论结果怎样，都到此为止，不要传出去。他好像很不好意思地让我捉住了手，你猜怎么样？我捉了他的手后大吃一惊，我当时就失态地叫了一声，马上把他的手放了。我说，你这是化骨为绵嘛！他的手就像棉花一样柔软，一个这么粗大的人，能把手练到这个程度，不是一般的内功。怪不得他那天搭着李龙大就像点了他的穴道一样。厂长被说得一愣一愣的，说，你说的这个人我知道啦，你就说你有什么阵吧？工会主席说，派他到牧场当小组长。说，当小组长是假，镇李龙大是真。他去，等于叫猫儿守住了鼠洞。还说，这是个秘密武器，就是在关键的时候用的。厂长说，小组长这件事不成立，他是听间的学徒嘛。工会主席说，特殊人才特殊使用嘛，过去经常有“突击入党突击提干”的，这时候不提更待何时？厂长说，既然是秘密武器，是特殊人才，何必脱裤子放屁呢？就三粒板两条缝，也不镇李龙大了，就直接让他把他叫回来！和工会主席不一样，厂长布置任务的理由是搬出了我母亲，厂长对我说，你就当你母亲还在厂里，现在你母亲要你去牧场叫他回来，你去不去？这倒也是，如果我母亲还在厂里，如果她的安全、她的工作受到了威胁，我肯定会挺身而出的，不会坐视不管的。我原来想淡出西山的，“小隐隐于厂”，现在看来是不以我的意志为转移了，我又渐渐地成了厂里的“保正”了。

李龙大能叫回来吗，而且是无条件的？这当然是没有问题的。为什么？以我在江湖的经验，还是那句话，真有本事的人，是不事张扬的；蹦得厉害的，都是些三脚猫。在我看来，李龙大的做派就是三脚猫，他都是做些小动作，不是真正的胆大妄为。我到牧场找到李龙大，我正要搭他的肩，他拼命避了过去。他说，你别搭我的肩好不好？你的手搭着难过。我说你知道难过就好。我也不和他说什么影响生产影响别人之类的废话，我只说三句话：第一，我来叫你，是看得起你，你别不识相；第二，人都是靠人抬着的，我给你个人样，你别不自爱；第三，我现在站在台上，还没下来，你得给我个面子，要拿张梯子让我下来，别不识好歹。社会有社会的规矩，不管他懂不懂，都得敬畏几分。这三句话其实是三层意思，有示好，有交易，有威胁，我不知道李龙大身上有多少社会习气，如果他聪明，他应该能够听话听音。他问，现在就走吗？我能不能等一下我女儿？看来他不是个“愣头青”，他听懂了我的话。我说，你回去和你女儿有什么关系？他也不回避，说，我要我女儿每天下课后来牧场喝杯奶。我噢了一下，好啊李龙大，你到牧场就是为了假公济私啊。他说，我们家不是困难吗。我说，别人家女儿都还面黄肌瘦呢，你女儿好歹也喝了一个月了，差不多了吧？李龙大嬉皮笑脸地嘿嘿了两下。

有句话叫作“一个人的好是天生的，一个人的坏都是被诱发的”，我起先不理解，抿了半天，现在有一点点懂了。比如我的好就是天生的，因为我母亲好，我的本质也就是好。那么，话搁到李龙大身上，他的坏就是被诱发的。

这年的气候有点异常，冬天来得特别的早，刚过了国庆节，一个冷空气就下来了，来了又不走，冬天就这么巩固住了。本地人说，来得早的冬天会格外的冷，这话一点不假，天沉了几日，本来不怎么下的雪，也认认真真地下了起来。这些冷，和生产炼乳直接有关的车间，还有铺了消毒管道的车间是感受不到的，因为工人们会借助消毒的名义把蒸汽打开来，热气马上就笼罩了车间，他们的门上还封了厚厚的棉被帘子，因此，他们的车间就像春天里还晒着太阳，暖洋洋的。听间本来就没有保暖措施，听间又是和铁器打交道，机器是冷的，铁也是冰的，整个听间都是冰冷冰冷的，就像是一个冰窟窿。

听间的冷冷冷传到了厂长的耳朵里，厂长就亲自来听间走了走，待了待，觉得确实冷得厉害，就及时调整了原来的劳保供给，允许听间的职工每月增加两双绵手套，绵手套戴在布手套里面，摸起铁来就会不那么冷了。对于这项改进，大家都说好好好，觉得厂长也挺体恤的，但就是李龙大有意见……

李龙大知道和主任说了也没用，就直接去找厂长了。他的意见是：他不要布手套，也不要绵手套，他要全部换成纱手套。李龙大和厂长具体怎么交涉我不知道，我估计厂长也想和他拉拉关系，一个厂长，老是躲着这么个人也不是办法。再说了，李龙大不就是要几双纱手套吗？他又不是要金手套。厂长无非是做做样子，听听他的理由，不管是什么理由，厂长都会顺水推舟地答应他。

李龙大拿了厂长的指示到车间来领纱手套，而且要一次性领走半年，仓库员听都没听说过这样的事。仓库员是个刚从工校里分配过来的小青年，涉世不深，只会照书读。他说，别人都是以旧换新，从来也没有你这样的先例。李龙大本来还站在仓库的窗外，一听这话，飞身跃入到仓库里面，第一把，像老鹰抓小鸡一样抓过小青年的衣领，第二把，像武松打虎一样把他掐在角落里，说，你这厮，是不是饭不要吃了？！小青年哪里见过这样的阵势，脸一下就白了，屎也差一点松在裤裆里。后来还是主任来打了圆场，对小青年说，你怎么都不会看形势呢？

有人悄悄找到我，还请我喝了酒，要我把李龙大叫出来揍一顿。这时候，我的社会身份已渐渐公开，说话也开始稍稍放肆了。我说，打还不容易吗？按在角落里打一顿，他肯定老实了。但打不是办法，他毕竟不是社会无赖，无赖打了也就打了，打了也碰不着。但他是工友啊，打了怎么办？抬头就相见，走路都踢脚，不难为情吗？再说了，我要是真的打了他，你们以后反过来像怕他一样怕我了，是不是？那不是又多了一个李龙大？我又说，我答应我母亲要好好工作的，你们没看见我母亲的白头发吗？那都是被我气的。他们说，那是被李龙大打中了什么穴道。厂子不大，我母亲的白发不是秘密，他们都知道它的来龙去脉。我说，那我就更不能打他了，否则别人会说我公报私仇，子报母仇，我如何做人？教训李龙大的事，最后还是没说下来。

李龙大为什么要纱手套？为什么一下子要这么多？这是个谜。有人偷偷长了心眼，惦记着他的“手套使用情况”。他们发现一个惊人的秘密：李龙大根本就没有戴过纱手套，他戴的是布手套，而且还都是老的、旧的、破的。也有人发现，他有些手套是别人忘在机台上，他趁人不备顺手牵羊搂的。还有人更有心，像特务一样潜入到他家里打探情况，发现他老婆在织纱线衫，就是把纱手套找了线头拆开，再一针针编织起来，给他女儿穿。原来如此！那个“侦察员”还和他老婆交流过。他老婆说，女儿已经初三了，每天要补习，添一条纱衫晚上出去要暖和些。他老婆边说手上的竹针编织得飞快，她织的是鲤鱼嘴花样。侦察员说，纱衫有多暖呢？他老婆说，总要暖和一些，就是有股气味，手套纱都是再生的，一股灰尘味，但灰尘味有什么关系呢，多一件纱衫总比没有纱衫要好。

侦察员把这些情报反馈到车间，大家都唏嘘不已，感叹李龙大真会动脑筋啊。后来一说起手套，眼一闭，大家的脑子里都会叠映出这样的情形：李龙大女儿走在晚间去补习的路上，她因为身上多了件纱衫，走路的样子都要比别人从容和骄傲。

李龙大的女儿先前我见过，就是上次她来牧场的时候，很清秀很文静。她来牧场是为了喝奶。她对我说，我也觉得这样不好，但我拗不过我父亲。她很机警，一眼就看出我和她父亲之间的微妙。这时候，李龙大拿了个口杯挤牛奶去了。她就问我，你是厂里保卫科的吧？你是不是来处理他这件事？我说，不是，我是他工友，一个车间的，车间有困难，主任让我来请他回去救急。她又说，他在厂里是不是特别“横”？我也老说他，不要这样。我说，没有啊，我刚来不久，不是很清楚，我觉得他挺好的。善意的谎言，随口而出。人和人之间都是这样抬举的，尤其在子女面前，不能说坏了形象。我们说这些话的时候就那么远远地看着李龙大。他叉着脚大摇大摆地朝棚屋走去，然后一头头地挑牛。他挑的都是精神爽朗体格健壮的牛，那些牛的乳袋都特别大。我们看见他根本就不会挤奶，挤奶好的人动作都是很优美很柔和的，像抚琴一样。他的动作就很生硬，像在拉扯，像在拔草，他的手肯定像锉刀一样，又糙又冷，因为他摸住牛的乳袋的时候牛就浑身哆嗦了一下，像被冷不丁地戳了一刀，恨不得把自己的屁股都缩起来。有一下，他肯定还弄疼了牛，牛突兀地哞了一声，尾巴短促地乱甩，还用力踢了他一脚。当然是没踢着。

一会儿，李龙大兴高采烈地端了牛奶回来，他先是客气地叫我喝。他说，这是正宗的鲜牛奶，一点也没有掺假的。我当然不会喝。他就把牛奶端给了女儿，女儿不好意思地看看我。我笑笑，示意她尽管喝。他女儿就抿了嘴慢慢地喝起来，一边喝一边说，爸，鲜奶中的油脂本来是要分离的。李龙大说，是啊，这要看你肚子里有没有油，你现在肚子里很干燥，吸收都不够，就在你肚子里分离吧。女儿又说，书上说了，生牛奶里会有些寄生虫，容易造成人的肠胃疾病。李龙大耐心地说，寄生虫到处都有，不是都会致病的，有些就是无害的，就看你适应能力怎么样。

那天下午，我是和李龙大及女儿一起回来的，一路上我知道了一些他们家的情况。他老婆没有工作，李龙大说，正托了人在找，过几天可能要去一个工地看夜门，估计没几个钱，拿几个多几个吧。李龙大的女儿在七中读书，七中是一所很一般的中学，在城乡结合部，校风很差，学校只培养合格的中学生，从来不指望学生能考上高中的，但李龙大好像对女儿寄予了厚望，他希望女儿能考上重点一中，现在只剩下半个学期了。

李龙大每天晚上要去补习的地方接女儿回家，夜路难走，李龙大风雨无阻，雷打不动。这年的冬天也许真是冷，往年的冷只是冷得皮肤僵硬，这年的冷是冷得骨头发痛。对于有些人来说，冷有时候也是一种灾难，李龙大就经历了这样一次灾难。那天中午，我和李龙大一起吃饭，我们面对面而坐。我其实看不起这个人，尤其不喜欢他分裂和反差很大的样子，他看似强横，实际上胆量很小。我只是奉了主任之命和他接触，不是讨好他，而是为了更好地控制他，达到修理他的目的。我发现他那天吃饭很困难，像牛反刍一样翻来覆去，仔细一看，他的嘴根本就不听话。我又等了一会儿，想看看他喝汤的样子，其实他的嘴已经是一个“破畚斗”了，嘴一动汤就漏了出来。我就问李龙大你的嘴怎么啦。他说，我也不知道怎么了，早上起来刷牙，水都搅不动了。我说，你一定是被晚上的冷风吹了。他说，我昨晚就觉得腮帮子冷，硬硬的。我肯定地说，你这叫面瘫。他疑惑地问，面瘫会怎么样呢？我说，面瘫就是脸神经坏了，神经控制不了嘴巴了，就歪嘴了。我们说话的时候，他的嘴其实还是勉强坚持着，听我这么一说，他想调整一下嘴，不想，整个嘴就无可奈何地歪过去了，像橡皮筋失去了弹性，差点没歪到了耳朵后。

李龙大的嘴歪了，大家都很高兴，他歪了嘴，面目狰狞的，意味着他不会来上班了，意味着车间里又“虱烫了一样”。他不来，大家精神舒畅，他不来，大家情愿多干点活。厂里工资给不给他，大家不管，工资是厂里的，心情可是自己的。有人说，他歪嘴是他人做得不好。有人说，他是便宜吃多了才把嘴吃歪了。有人说，这等于替我们扇了他一个大嘴巴，最好直接把他给扇残废了，他就不用来上班了。当然也有人一分为二，客观地说，这个人还是有优点的，恋家，对女儿宝贝一样。说起他女儿，大家的羡慕就由衷出来，说，这女儿还真生得着，喜美人相，也懂事，学习又好，都不用大人操心的。

车间里没有了李龙大，突然就空落落了，这种体会我们主任最深。听间和别的车间不一样，别人的主任主要抓生产，我们的主任主要抓防范。李龙大在哪里，主任就像影子一样盯到哪里，最低限度地减少李龙大带来的损失。现在，李龙大没有来，其他工友又都长期养成了自觉的习惯，没有人让主任着急，他也变得无所事事了。他叫我抽空去看看李龙大，看他的嘴好点了没有。主任说，我去，他会觉得我们在笑话他，你和他不熟，他不会想太多的。主任还说，要是他的嘴真的正不过来了，他也许就办病退了，这样，我们就很难见到他了，我们在一起也有些年头了，毕竟都是工友嘛。

去李龙大家我准备了一些“礼物”，其实也是车间里大家一起凑的，是心意。有寻医的，说天雷巷有个针灸医生，扎歪嘴最灵，扎几针就好；有问药的，说教场头有个草药摊子，撮几付煎了喝几天，就有感觉的；还有人抄来偏方，用新鲜的鸡屎睡前敷脸，说不定醒来嘴就收拢了。当然，我带的不是实物，带的是“知识产权”。李龙大看上去萎缩了许多，人是最怕精神打击的。我还差点认不出他来，因为他脸上已涂满了鸡屎，像画了“曹操”的脸谱妆，看来我的“礼物”用不上了。尽管这样，对于我的到来，他仍然很吃惊很感动。他望着我，情不自禁地忘了招呼，愣了半天，才含糊不清地说了句费解的话：全厂，我最佩服你！

古历年底的时候，车间里又发生了两件事，一件是欢喜的事，一件是悲伤和痛心的事。欢喜的事和李龙大有关，他女儿提前考上一中了。一中是省里的重点中学，也是市里最好的中学，不仅设施好，关键是教学质量好。一中上一本的比率是百分之六十,二本也有百分之四十，等于是全部上。所以大家说，考上了一中，等于一只脚已跨进大学的校门了。不仅如此，李龙大女儿考上的还是数理班，这个班只招四十人，考上数理班有些什么好呢？明年六月的中考就可以免了。一中本来就叫数学家的摇篮，出了很多有名的数学家，像苏步青、姜立夫、谷超豪，都是一中出来的，那么，数理班就是摇篮的摇篮，前途无量。考上数理班还有一个好，有机会参加全国竞赛，要是得了奖，大学直接就收走了。即便不是马上走，也都是做了记号，等大学考完了，优先让你挑。那些天，车间里都在议论这件事，都说李龙大的狗皮癣还长得真是正，当然，主要是说他女儿好，真好真好，真真好。

悲伤痛心的事其实也和李龙大有关。年底了，市里下了工资，人人有资格评，四个人一级。这是好事，车间里立即成立了领导小组，做了方案，抓阄摸份分组，背靠背评议淘汰。这时候，李龙大已过来上班，他的面瘫经过针灸、吃草药、涂鸡屎，稍微好了一点，但一直没有全好，嘴角耷拉着，好像无时不刻都在不满和生气，在和人过不去。车间的工友本来就和他有些距离，现在看他就更不顺眼了。按理说，李龙大这次的工资是没有资格评的，工友们扳着指头数落他的“罪状”，他擅自离开车间，他擅自去了牧场，他请了这么长歪嘴的病假，证据至今还确凿哪。大家的意见是要剔除他，在这关键的时刻，少一个好一个。但这种意见就像阴沟里的流水，一直响在暗处，就没有反映到明的地方来。这样的意见，谁有胆量去和李龙大说呢？主任没胆，厂长也没胆。不仅是这次工资他照样参评，他还不讲道理地要拿走半级。他说，凭我家里的条件，我拿一级也不过分，我现在拿半级已经是客气和贡献了。大家都忍气吞声，不敢怒也不敢言，只暗暗嘱咐自己，晚上不行房事，白天少吃不拉，别让不净的手摸到和李龙大一组。

这次的工资，我也有资格评，但我母亲叫我让了，说我刚上班不久，没做多少事情，来日方长；还说，她是行政十九级，退了休还有七十三块，家里不缺钱用。其实，母亲就是不说，我也准备让，我想表现得好一点；再说，我还有额外收入，我虽然不在西山了，但西山是我打下的地盘，埠头的保护费我还坐着一份，他们会定期地给我送来。可惜，我不在李龙大那一组，让也白让，没起到什么作用。

和李龙大一组的是三个女工，他拿走了半级，这组的形势就陡然严峻起来，等于三个人要争另外半级，于是，这半级工资就越发显得像性命一样，谁都苦大仇深了。经过几个钟头的奋力搏杀，其他小组都陆陆续续交上了名单，就是这一组原封不动，死水一样。主任也神情怏怏地过来看过，见三个人都把自己坐成了雕塑，一句话不说，不说好也不说坏，好像不是在评工资，而是在举行什么耐力比赛，比赛中还夹杂着一股危险的情绪。后来熬到下半夜，一个擦起眼睛打起了哈欠，一个索性叫老公拿了被裹在身上，一个绞着脚实在憋不住了，飞奔至厕所撒了一泡尿。这泡尿其实也只是刚撒了一半，就拼命往回跑，但情况骤变，格局已定，半级工资已被另外两位“选手”握手言和了，她们各分了四分之一级。撒尿的那位当场晕到。

第二天，撒尿的那位在水处理车间吊死了，这里管子多，有的是系绳的地方。可怜这位女工，她的眼光也太短浅了，心房也太小了。我想，她其实不完全是因为钱，她是因为那泡尿，半级工资就毁在一泡尿上，自己想想都觉得窝囊，回家更没法交代。说来说去，也怪她自己准备不充分。据事后另外两位讲，一个早三天就不喝水了；另一个提前还洗了肠，并且都准备了饼干和糖果，以防自己在对峙中体力不支。这是塌了天的大事，最后当然由厂部处理，这里就不再啰嗦了。

这一次，听间的人被激怒了，大家同仇敌忾。但李龙大好像看不出有多少内疚，照样心安理得地吊儿郎当。在他看来，那女工是自己要死，和他没有因果关系，什么叫自寻短见？就是因为短见，而且是自己寻的。如果真要怪，也只能怪那两个一起瓜分的家伙。也许，他觉得自己有盟兄弟撑腰，对于大家的情绪，根本值不得放在心里。

有人再一次找到我，又提起教训的话题。那个被李龙大掐过脖子的仓库员还自告奋勇地说，我就是一个鸡蛋，也要和他这块石头碰一碰。大家都用期待的眼光看着我，希望我能拿出个像“点穴”一样有力的主意。我还是那个意思，打不是办法，打必定结怨，冤怨相报何时了，而且我知道，江湖上，没有一个人是被打服的。再想想李龙大，他还是有些分寸的，看什么人开什么门，站什么山头唱什么歌，他对我就没有惹麻烦，相反的，他还主动提出过向我母亲道歉，还忍受着让我搭来搭去，挺给面子的。反正我是不会揍他的，江湖上称这个是“留一个尺寸地”。

我问大家，李龙大有没有什么精神上的弱点？比如丑闻、劣迹，什么事最能让他蒙羞，让他没有脸面？我们就用这个来制服他。有人说，他偷过厂里的白糖。我问，什么时候？他父亲退休他顶替不久的时候。别人知道吗？怎么不知道？全厂人都知道。白糖装在尼龙袋里，用帽子戴在头上，想带出去，结果走到传达室门口，白糖从帽子里“漏”了出来，被保卫科的人当场捉贼捉赃。我想了想，说，这事稍稍老了点，翻旧账没什么意思，只能试试看，看这个贼字能不能把他打倒，他如果爱面子，也许就打倒了。即便打不倒，能让他收敛一点也是好的。这样，任务就布置了下来，叫大家有事没事常议“白糖”，把那个贼字强调起来，甚至可以故意让他听见，让他觉得有人还惦记着白糖的事，让他觉得丑事传千里，起到敲山震虎的作用。

好像李龙大也在揣摩着这件事情。有一天他跟我说，他们好像在说我的过去。他还说，白糖是偷，牛奶也是偷，我现在知道了，我不带回家，就不是偷。这就叫“躺在草地上让蛇咬”，换了今天的话叫“我是流氓我怕谁”，他不以为耻，我们就一点办法也没有。

大家又动脑筋。有人说，我们不等他觉悟，我们主动羞辱他怎样？我们给他起外号，叫他歪嘴。说这些话的是以仓库员为代表的那些小青年。这些小儿科的做法，年纪大的工友不赞成，但小青年们坚持要做。他们说，我们触及不了他的灵魂，搞搞他难过也好。还说，就是气不死他，我们也自己出出气。小青年毕竟是胆小的，正面较量他们还不敢，他们决定躲在背地里叫，就像放冷箭。于是，那些天，“歪嘴歪嘴”的叫声，像狗吠一样在各种场合各个时间里冷不丁地响起，有时候在厕所里刹锣一样响一句，有时候在车间外鞭炮一样炸那么两下。叫声一起，大家就会下意识地朝李龙大脸上看，即使不看，也会意味深长地嘿嘿一笑。叫声一响，李龙大就会警觉地耸起头来，判断是谁的声音，判断声音从哪里发出来。更多的时候，李龙大的骂声也同时响起，然后拔脚赶出来，想追住那个叫声，当然这都是徒劳的。这样的时候，大家更是屏着气笑，笑得肩膀都索索地抖动。这事只能说达到了骚扰的效果，骚扰和征服还是有很大距离的。李龙大的嘴巴，也因此被气得更歪了、更狰狞了，看上去更吓人了。

一般人认为，江湖一定是一塌糊涂的，其实江湖也并存着策略和计谋。工厂也是一个社会，是社会就会有社会现象。我在西山退去的威风，在厂里又重新抖了起来，身边也跟起了一些喽啰，说话吆喝也有人捧场和响应了。我后来出了一个主意，我说，我们为李龙大女儿开个庆功会怎样？庆贺她考上一中，再发她一些奖金，以示鼓励。我的想法得到了我们主任的支持，他说，看不出来，你小子还会逆向思维呢！不过，他对奖金提出了质疑，担心没有人集资。我说，大家尽力凑吧，凑多少算多少，不够的我出。主任说，如果这事也流产了，花出的钱打了水漂漂，我和你一起分摊。有主任的支持，我操作起来就有信心了。当然，为了稳妥起见，集资的理由我稍稍做了掩护，说，买药除四害用。食品企业本来四害就多，这理由还说得过去，漏洞不是很大。当然也有人怀疑，说除四害怎么叫我们掏钱，应该是厂里统筹安排的。也有人明知故问，什么四害啊？苍蝇还是老鼠？开玩笑的话，马上有人胡诌，臭虫臭虫！总之，有主任在一旁兜着，集资的事还算顺利。我们车间一共有三十二人，有出一块的，出五毛的也不少，总共集了二十四块，我再出一点，凑足了三十块作为奖金。我另外还买了个双肩包，是当时比较奢侈的东西，花了五块六吧。

庆功会在车间里举行，准备不是难事，到工会要了张红纸包了奖金，书包也先藏起来，到紧要关头搞个意外的效果，主题等最后再写到抄产量的黑板上，都不能事先公开，公开了也许就做不成了。难就难在怎么跟工友们说，许多人不理解，说给李龙大开会啊？我们都还想咬他一块肉呢！最难的是去请李龙大的女儿，派谁去？怎么说？怎么说了她才会来？这是重中之重，要做到万无一失，她不来，再好的会也没有主角，开起来没意思。说到给李龙大女儿开会，大家心里还是愿意的，就争先去做工作。大家是由衷地觉得这个女儿好、优秀、难得、不简单。

庆功会的气氛我一下子也表述不好，反正是又热闹又有点怪怪的。大家用掌声把李龙大女儿请上来，由主任把包了红纸的奖金颁给她，又变戏法一样让她打开面前的工具箱，一个双肩背书包！她一把抱在怀里，眼泪就掉了下来。

她在会上也说了几句话，很乖巧的样子，说话也很得体。她说，感谢大家的厚爱，我不会辜负大家的。感谢我的父母，他们在艰难的条件下为我吃了不少苦，为我付出了很多。说到这里，她抬头想看看她的父亲，找了一下没找到，她就接着说，我今天非常高兴，但我要说一句抱歉的话，我知道我父亲在厂里表现不好，做了一些对不起大家的事，大家还能这么包容他，我真的很感激，我替我父亲向大家鞠个躬，谢谢大家。

后面这段话大家没有想到，一下子都愣在了那里，掌也忘了鼓了。

李龙大那天和我坐在最后，他也没想到有这么一个会，会是在非常保密的情况下临时开的，我也是临时搭了他的肩过来，有那么点控制他“发飙”的意思。起先只想借这个会缓和一下大家的关系，会开成这样，开出了这么层意思，我也没有料到。李龙大自始至终低着头，手指在地上划来划去，像一个非常木讷老实的人，有一下他还用手捂住了脸，我想他一定是鼻子酸了。

接下来的事大家肯定都猜到了，李龙大像重新投了一次胎，换了一个人。值得一提的是，他持续很长时间不正不歪的嘴巴，突然的好了。许多人都说这件事和我有关，其实不是和我有关，是和江湖有关。有些事，放在规章和措施上，都是解决不好的，一旦染上了江湖的色彩，就不一样了，就有了另外一套程序，简单起来非常简单。

我母亲会经常地问起李龙大，这个人怎么样？你少给我和他来往啊！

我说，我不和他接触，我看见他敬而远之。

过了一段时间，母亲又会问起他，这人有四十边上了吧？在厂里还那么冲？

我说，他现在好多了，也许真的是年纪大了吧。

我母亲说，人其实也是老实人，是屋底大，窝里横，本质还是好的。

最后母亲还忘不了向我督促几句，你呢？你最近表现得怎么样？

我看了看母亲的白头发，中规中矩地回答，您放心，我懂得“猪肚吃多了会吃出屎来”的道理。

至于那些盟兄弟，就不用说了吧，有句话叫“擒什么什么王的”？所以，泥鳅根本就翻不起大浪。

［原载《收获》杂志 2006 年第 4 期］

# 大事记

## 前言

我们家有个很好的习惯——记录。记任何东西，不光是大事记。这好习惯是由我父亲发起的，然后，影响到了我们这些子女。我有记忆的时候就知道父亲没有工作，我开始以为他是因为生病而不能工作的，后来才知道，父亲是原来旧政府的职员，还是盐业局的，他虽然是个会计，但大家对他还是讳莫如深，都说盐业局是有盐兵的，还有盐枪，好像我父亲会冷不丁地摸出一把枪来似的，其实他只会拿一支笔。我们平时见他的时候不多，见到了都是这样一副景象：他坐在靠窗的桌前，光线画出了他的侧面剪影，他的头发像白丝线一样团着，鼻梁上是一条毛绒绒的镶边，他的肩部以下都掩藏在黑暗里，他的手也是在黑暗里，我们知道，他的手指上其实是夹着笔的，拨弄着算盘，接下来一定是记一下簿子。如果说，我们要给父亲画一张速写，这一定是他最好的角度、最典型的样子。

旧政府的人，解放后一般都没有了工作。我母亲是本来就没有工作的，旧时的女子，那真的叫作相夫教子，做好家务，然后把连珠炮一样的儿女一个个带大。即便这样，清淡的日子还是可以过来的。在政府的政策下，家里经租了一间房子，每月有八块钱收入。可是后来，日子就不那么好过了，父亲的"帽子"改了一个名称，叫伪政府职员，立马，一片让人窒息的阴影笼罩了我们这个家庭。这之后，父亲就不能待在家里了。他的身体也出现了状况，佝偻着背，话也没了，要说也说得很轻，像生了痨病那样子。每天一早，他就自觉地站在院子门口，接受群众的监督；下午，他端了一张小凳，到居委会里自省。而我母亲，也不敢再穿那些简易的旗袍了，改穿了斜襟的土布短衣，她本来连自己家里的活都干不完，现在会主动招呼那个"经租"在我们家里的住户，说谁的妈，我正好洗衣服呢，你要有洗的东西，拿来我一起洗掉吧。若是没有人接应，她也会把人家放在屋外的鞋子拿来刷了刷，呵呵。我们家还因此被抄查过。那个时候，我们兄妹几个都集中在楼上住，楼下除了经租的那间，就只有灶房和柴仓，还有就是我父亲的卧室。有一天，父亲卧室的地板被人挖开了，据他们说，下面应该会有"变天账"什么的，但他们只在下面找到了一些木屑、垃圾、废纸和零星的几个铜板。木屑是防潮用的，垃圾和废纸是老鼠拖进来的，而铜板，听老人们讲，是起大屋时候的风俗，会在看不见的地方丢几个铜板，好像有那么点蓄暗财的寓意。

其实，我们发现父亲打算盘并且记账，就是从这时候开始的，因为我们家的日子显得越来越艰难了，有一个笑话就是说我们家里的，说我们家尽管拮据，但旧格还是要打的，吃饭时还是四菜一汤，"咸菜炒豆瓣，豆瓣蒸咸菜，单单咸菜，单单豆瓣，再一个豆瓣咸菜汤”。真是这样，就那么几个钱，要养着爆米花似的一大家子，所以，我父亲必须盘算着每一分钱的用途并清楚地记录在账。在我们的想象里，父亲的账簿就是我们全家的秘密，它记录了我们家里的各种状况、历史变迁、像地脉一样绵延的经济，以及怎样的眷顾着我们，滋润着我们。

这么说起来，是不是我们家的生活很沉闷、很无趣，不是的，光是父亲的算盘，带给我们的乐趣就够我们享受的了。其实我们早听人传说过，说父亲的算盘怎么的打得出神入化，也有说三四张算盘也打不过他的一张，那都是一些概念化的赞词，没有具体的形象。于是，在非常好的时候，比如端午或者中秋，尤其在晚上，按理说我们家的餐桌上应该有比较丰富的菜肴，但我们没有，这样的时候，父亲就会拿出算盘，他的手一晃，算盘珠子就整齐地排到两边，然后他说，最近让你们吃苦了，打一个算盘给你们补补身子。我们都没有觉得父亲这是在苦中作乐，反而我们都觉得这是额外的恩赐，我们都很高兴，好像父亲真的端上了一盆香喷喷的炖鸡……于是，父亲表演了左右开弓、蒙眼打、头顶花。头顶花是父亲坐着，我们站在他身边围观，他把算盘架在头顶上，一只手轻轻地抚住，一只手在算盘上翩翩起舞。我们根本看不出哪个手指是主哪个手指是辅，感觉都是主，又都是辅，像菊花一样肆意地绽放，像弹琴一样把算盘打出了音韵。父亲还有绝活，就是我们报数，报加减乘除，他背口诀，算盘珠子一个没动，最后摆出一个完成数，一点也不会错。我大哥说，这有点像盲目棋和车轮战，每一手都得铭记在心，是心无杂念的最高境界。我在想，这也许就是后来被人们叫作“珠心算”的东西。反正我们是大大地饱“餐”了一顿。

我们的情绪已完全离开了饭桌，心里由佩服演变为敬重，因此，当父亲向我们提出“要做生活记录”的时候，我们一点也没有犹豫和为难，都答应了。我们觉得这是个非常好的习惯，父亲就是我们的榜样，他每天打算盘做记录，把生活中的经济记下来，同时也通过记录，保存和再现了我们的生活面目。我们知道，这个时候的家景其实是没有什么好记的，但父亲还是一点一滴地记，细枝末节地记，以最小的数字来观照生活的背景、生活的进程。这也给了我们一个印象，算盘和记录是连在一起的，是一件事。我们虽然都不会算盘，但我们做记录也是一样的，我们记经济，也记经济观照下的生活，一个没有经济的生活肯定是相对比较简单的，但再简单的生活也一定和经济密切相关。可以想象，我们记录了五年、十年、三十年、五十年，当我们都老去的时候，这又是多么可观的一座宝藏啊。也因此，我们对父亲的记录就越发地觉得好奇和感兴趣了，他都记录了这么久了，我们的生活是怎样过来的？我们一个个又是怎样的一副面孔？我们相信，我们在父亲的账簿里都是非常清楚的。

我们家是个大家庭，我前面有三个哥哥，后面有一个妹妹，从这个阵势看，我们家在最初的那几年该是多么的富足和殷实，我闭着眼睛都可以想见，我父亲那时是多么的怡然自得，踌躇满志，疲态和衰败那是后来才有的事情。在我们参加工作前，父亲对我们的记录是欢喜的，任劳任怨的，他满足地看着我们的成长，没有半点要回报的意思。我们成人后就不一样了，他要求我们做记录，实际上是要我们懂得生活的馈赠，懂得自己在家庭中的义务，让我们关注家庭，进而去关爱家庭，这有点检验我们的意思。这才是父亲的出发点，他撒了一张长长的网，在河道上，在水草中，他知道下面有鱼，他要看看有几条鱼会钻进他的网里，来告慰他的辛苦。这话也可以反过来说，因为我们家兄弟姐妹众多，我们的记录才有意义，我们的记录就像是在过秤一样，表现着我们的重量。但我们也明白，我们的记录也是有差异的，最亲密的同胞，也会在私下里计较着经济，因为经济即是利益，也是态度，如果我们兄妹之间出现了别扭，那肯定是由最小的经济而引发的，这似乎是肯定的，概莫能外。

我不知道他们的记录是怎样完成的，是详记，还是略记？我们曾经约定，详记自己，略记家庭。我们甚至说好，到一定的时候要拿出来晒一晒，看谁的记录最公正客观。这当然是在我们两小无猜的时候，不是后来。长大后，我们的心思都会复杂起来，尤其是有了家庭之后，都会出于各自的目的，把一些东西隐藏起来，或用一些假象来装扮自己。我在想，大哥会记些什么呢？他在医院的药房工作，他会记自己每天过手的药片吗？二哥是跑运输的，他会记跑过的地名和沿途的标志吗？三哥是饭店的厨子，他会记过往的客人和他们的嗜好吗？妹妹在街办企业做装搭，她会记装搭的难度和完成的数量吗？而我，在一个鞋厂的门市部工作，我也不会记我们的营业额和多少退货。也许，这都是我们要记的内容，但我觉得，我们应该记一些“大事”，只有大事，才能看出我们家庭的变化和我们人生的轨迹。这应该是一个较好的发展时期，大政方针已定，秩序在逐渐地恢复，社会平和，生活有了生机，人心也是空前的解放，我们家庭的阴影也越来越淡化了，我们不用再为生计发愁了。

应该说，我的记录还是比较科学的，我不是散记，我是以记人的方式来提炼家庭的大事。我选取的年份是在 1980 年之后，这个时候，我们兄妹都慢慢地出息了，我的记录也有了实质性的内容，这也使得记录更具挑战性，可以这么说，我的记录是底层的、芜杂的、琐碎的、通俗的，但确确实实是真实的。

## 有关大哥

我大哥的工作是我父亲感动来的。那时候工作不像现在这么难找，也没有学历要求，大哥到了应该参加工作的年龄，父亲就开始跑起来。我看见他不止一次地拎着一个六斤塑料壶，里面装了黄灿灿的生啤，这可是当年最奢侈的东西。他拎着这东西跑了不少人家，最后在街道主任那里得到了回应，就把我大哥安排到三医的药房去了。

我大哥在药房里当搬运工，搬那些各种各样的药材。每天一早，大哥先去药库里领了药，再运到病区的药房，运到门诊的药房，有时候还要运到中药房。三医的药房不大，我去过，就是很小的小间，四个窗口，三面是药架，中间是一张配药台，台上是大大小小的药瓶子。那时候不像现在，药还是散配的，针几支，药几粒。那些药剂师拿了方，站在配药台前配药，台上是几张小纸片，他们一手拿药瓶，一手拿勺子，把药一粒粒分在纸片上，然后折成五角形的小包。我说这些的意思是，即便是三医这样的小药房，每天的工作量也是很大的，每天进进出出的药也是很多的。

大哥是我们家第一个参加工作的人，他每天回来都会说一些药房的事情，他说的较多的是一个女药剂师，说她手巧，掏药特别麻利，一只手拿瓶，那只拿勺子的手拧下瓶盖就藏在手窝里，配好药紧接着盖回去，又顺手包起药，都没有另外放手换手，一气呵成，比别人快很多。大哥还会说，他们药库里有七八百种药，这些药剂师真有本事，都能记住药名，不仅能记住“商品名”，也都能记住“化学名”，比如“果导”就是酚肽片，强力宁就是“甘草酸单胺”。我们听着这些，为药房的难度感叹、唏嘘。

大哥不愧为父亲的儿子，他心里具备了小心和细碎的基因，别看他每天只是送送药，从药库到药房，从药库到病房，除了卖力，他还特别地卖心。他也偷偷地记药，记药名，记药数，还偷偷地补习药剂师的课程，当二哥三哥对生活都茫然没数的时候，大哥已经在计划他的“前程”了。他通过送药摸出了药房的出药规律，掌握了存药的上限下限，到了下限就备药，不能让药出现空缺，到了上限就停送，没有让药堆积过剩。这项本来由药库做的工作，大哥早已经在做了。这时候，他的药剂师补习也一门门过了关，他本来只是高中肄业，但这项工作激励了他，他钻了进去。当有一天药库主任要退休，医院要找一个接班人时，早有准备的大哥就被选中了。

那时候，大哥也会拿工资回家，这是规矩，虽然父亲没要求要拿多少，但拿是一种态度，是子女的义务，是对家庭的契约。后来，大哥说自己要买块表，要买辆车，父亲知道，那都是工作的需要，是儿子步入社会的样子，父亲说，你自己留着点，家里没事。表是当时的“宝石花”，四十块钱一只，车是永久 12 型，一百多一点，那也是需要耐心和时间去积攒的。这样的时候，大哥也很懂事，他会从药房悄悄地捎些药回来，来填补他少交工资的“差额”。

大哥经常拿回家的药是四环素和土霉素，还有食母生。那段时间，这成了我们家里必备的药品，有什么炎症都拿出来吃几粒。我知道大哥的药是匀出来的，以他的精明和计算，他才不会去买呢。有一次他曾经说漏了嘴，说这些药都是大瓶装的，四环素和土霉素是一千粒一瓶，食母生还是五千粒一袋，大装的一般都有余地，再利用报耗，什么破粒啊，什么掉地上了啊，余地则更大。而食母生，微甜，香喷喷的，我们都是拿来当零食吃的，那是当时助消化的首选药，我们越吃越饿。父亲曾开玩笑说，怪不得近来粮食都算不住了。这本来也是无可厚非的事，只是大哥要以药入账，以药顶工资，这我们就有点微词了。

大哥真正抠门起来是在谈恋爱之后，对象就是大哥说的那个心灵手巧的药剂师。她不知是怎么看上我大哥的，是欣赏大哥的小心和细碎？在我的印象里，药房的人都是锱铢必较的，都是小气鬼，他们两个在一起，那真是小气的平方了。她其实是看不起大哥的，老取笑他的"学历"，说那是冒牌货，好像自己的药剂师很了不起似的。她第一次来我们家就流露出趾高气扬的样子，她穿了双坡跟护士鞋，那是当时最流行的时髦鞋，因为穿了这鞋，她觉得自己的身材也好看了，屁股很翘，胸脯也很挺，其实我知道，她那胸脯其实是海绵乳罩戴的，那种圆鼓鼓的东西一直绵延到腋下，不假才怪呢。她那天还发了大脾气，第一天来我家就沉不住气，可见是多么的不圆通。说起来很可笑，根本就不是什么大事，甚至都不是什么小事。隔壁一小孩在院子里玩纸飞机，就是那种纸折的小玩艺，小孩把纸飞机飞呀飞，笑声伴随着它在半空的飞翔，有一下，它兜了半圈突然转了过来，正好撞在那个海绵乳罩上。这一撞会很重吗？不会，会很痛吗？不可能，甚至都不好说有没有感觉。但那天我大哥的女朋友很在意她的胸脯，她觉得小孩是故意的，她觉得自己被小孩猥亵了，她骂小孩小流氓，骂他有娘生无娘教，她歇斯底里的表现当场把那个小孩吓哭了，把我们也弄得非常费解。我父亲曾私下里对大哥说，这个人一般，没有爱心。但大哥那时候滚烫滚烫的，听不进去。

大哥对工作更加得心应手了，他也有了一点点小权力。药库当时是一个主任，三个副手，一个管采购，一个管制剂，一个管配方。管配方实际上就是管药房；管制剂就是管生产，当时医院也自己做一些简单的药，搽皮肤的、滴鼻子的、洗屁股的；管采购的就是去外面进药，我大哥就干这个。可想而知，有交易就会有猫腻，就会有收益，大哥的生活等于是灌进了一股活水，滋润自不必说。那时候，靠二级站一点点往下拨药的“坚冰”已有点破了，市场也有了一点点松动，医院可以尝试着接触一些药厂，医院有砍价的主动权了。听大哥说，最早来我们这里打市场的是福建的一个厂家，每次过来都会请大哥吃上一顿，就是吃顿饭也是开放，大哥也很高兴。后来慢慢发展到塞钱，塞一百两百，开始也是惊魂未定，因为是新鲜事物，都没有碰过，慢慢地也接得顺手了，坦然了。再后来，福建的厂家邀请大哥去那边参观，大哥回来说，这是他第一次出门，其实也很辛苦，路上就走了七天，很多地方还没有正规的公路，像开垦一样劈荆斩棘，吐得一塌糊涂。回来带了许多福建特产，木耳和蘑菇，先是偷偷拿两包给那个药剂师，然后再拿回家，当然也不会忘了叫父亲记上一笔。

那时候，厂家推销药品也动了不少脑筋，抓住了物质缺乏的特点，药品不再是瓶装的袋装的，而改为“百货装”。有玻璃杯装的，有热水瓶装的，有饼干盒装的，还有小皮箱装的，都是可重新利用的日用品。我开长途的二哥放在驾驶室上面的皮箱，就是我大哥给的。但大哥喜欢装愣，明明是药里拆出来的，却说是向朋友讨的，明明可以做一个顺水人情的，却流露出恩赐一样的心迹。我们都觉得大哥以前不是这样的，自从到了药房就变得计较了，有了女朋友之后就更是这样了。

大哥把这些东西积攒起来，作为笼络人心的一种手段。那时候物资匮乏，所以大哥的这点小恩小惠也是很有用的。拿个饼干盒给人家，说，给你家放票证。那时候票证多啊，这东西非常实用。送个带盖的玻璃杯，说，保温的。保温可是个时髦的档次，一般人没有享用过。当然，他也会拿个热水瓶放在家里，家里的热水瓶实在是太旧了，都快散架了，母亲念叨了很久了，就是舍不得买。那时候医院里有一句话，叫“要茶杯问大哥”，其实不仅仅是茶杯，还包括其他，这说明大哥在医院里是多么吃香，求的人很多。院长对这件事是开只眼闭只眼，只说，药不要给我断了就可。也就是说，小便宜，无伤大雅，也无伤大局。

有了这些铺垫，到了大哥临时工转正的时候，就起作用了，基本上就是异口同声，说他心细，说他门把得牢，做药房就需要这样的素质。这是大哥的大事。当然，我知道，大哥的大事成功，得益于院长交付的两件事。一件是院长的一个亲戚得了肺痨，捱着捱着又成结核了，需要大量的链霉素。那时候，抗生素奇缺，奇缺有两个原因，一是靠粮食做的，粮食紧，吃都不够，做药就缓一缓了；二是上级站下来的药本来就少，到了我们这里才五百件，大医院分到两件，小医院半件也分不到，这些药要用上一年，不紧才怪呢。院长问大哥有没有办法，你是搞药的，去外面调剂一下。大哥说，那我跑上海中央站试试。院长马上就同意了，还答应派救护车专送。

到上海站搞药，看似简单的一句话，实际上要花些心思。要准备很多东西，送站上的人，还要送库里的人。上海人不是什么东西都可以送的，他们有自己固有的最爱，黄灿灿的柑橘、过滤嘴箭牌香烟和香喷喷的菜籽油。这是个盛夏时节，柑橘才乒乓那么大，其他两样东西还可以试试。菜籽油要去三牌坊，那里有许多油店，那时候菜油凭票，大哥没有票，就只能一家家一点点地凑过来。箭牌烟要去洋头下，那是个地下烟市，但箭牌烟是走私烟，更加稀罕了，也没有整条整卖的，也要一包包凑起来。搞到了油和烟，大哥坐上医院的救护车出发了，他们走的是青田那边的道，那是我们通往外界的唯一一条路，要在山上转上一天，那是真正的盘山路，山头一个接着一个，每个山头都像“蚊香”一样。到了上海，先要找下澡堂，那是晚上睡觉的地方，时间紧任务重，临时到上海的都是这样草草对付，不可能去北京路那边排队登记。直到后来和上海站的头头弄熟了，事先打好招呼，他们会在九江路附近的遵义旅馆给你挂上号，才稍稍的安生一点。

那天的上海之行还算顺利，链霉素如愿拿到，上海人对菜籽油和箭牌烟还是青睐的，买账的。只是回来的时候，他们的救护车在青田山上抛了锚，从下午到晚上，他们左等右等才等到一辆大货把他们拖了下来。回来后，大哥的脸上都是肿的，眼睛都差点被封住了。父亲诧异地问，你出去和人打架了？大哥说，不，是在山上被蚊子叮的。

第二件事是院长的儿子结婚，想在洞房里搞一台彩电，当时还没有彩电，连黑白的也不是太普及，这个奢侈的想法也只有院长这样的高官才会提。他对大哥说，听说霞关那边的避风港有走私彩电，你能不能去走一趟？大哥心领神会。他联系了福建的药厂，让他们帮忙试试，他们锁定的彩电叫“奥丽安”。当时，索尼、松下、东芝都还没有听到，奥丽安也是散装的，算是很好了。后来日本有部电影叫《阿西们的街》，那条街就有居民在搭彩电，里面就有奥丽安。

我完全可以想象大哥跑到霞关是什么样的情形，他和福建的朋友在半道上会合，匆忙直奔霞关避风港。他们在一艘艘走私船上穿梭，这里有苍南船也有台湾船，那些船里有歌带、自动伞、乔其纱、三狮手表、8080 录音机，这些他们都不要，他们只要奥丽安。他们的裤脚被海水泡湿了，他们的身上都是鱼腥味，功夫不负有心人，他们搞到的奥丽安有变电柜那么大，嘎嘎。

彩电弄到了，运回来是个问题，因为是走私货，路上查得很严，一旦查到就百分之百没收。这些大哥都想到了，他事先在福建药厂进了货，奥丽安掩埋在车上，一车的药作为伪装，一路蒙混过关。霞关到我们这里，最大的关卡是飞云渡口，滔滔江水漫漫路，头上的太阳明晃晃，江边，汽车已排起了长蛇阵，但渡轮仍旧没有脾气似的慢悠悠的。大哥硬着头皮上去交涉，说医院等着用药，说什么什么药不能暴晒，还真的给他说通了，奥丽安也安全准时地运了回来。

这两件事，都有点战争年代过封锁线似的惊险，但最后都被大哥化险为夷了，深得院长的赞赏。

前面说过，大哥是真正继承了父亲的衣钵，心细，会计算，尤其是讨了药剂师老婆后，似乎把调控药品剂量的能力发挥到了极致，发挥到生活里来了。他常说，他是家里的老大，要支撑起这个家，但我们并不这样觉得，都说他说得好听。

## 有关我

我开始的时候是在洪殿的一个小厂上班，大名叫竹制品厂，是为了外出接业务用的，平时我们都叫它竹筷，因为它就是削筷子的。

厂很远，离家有五公里，五公里现在车子一滑就到了，但那时候要靠脚硬走，要走一个多小时。从家里出来路上还算轻松，因为路边都是景致，一个菜市场，一个公园，一条护城河，河边有许多摆摊的，卖跌打膏的，卖冬虫夏草的，补缸补脸盆的，一路看过去，路很快就退到身后了。过了护城河，是一条城永公路，这就难走了，因为已走入了郊区，两边都是农田，还有些不知名的零星小厂，路上也极其冷清，除了去下面上班的人，还有箭一样一闪而过的狗。城永公路也是有公交车的，是9路车，到底的地方是永强，但不是正常的有，有时候等我走到厂里了，也没见着一辆车过来；有时候走到一半，车来了，接下来还有路的人就拼命地跑起来，追上车跳上乘几站，省一点点脚力。因为这个情况，路上就应运而生了另外一种交通工具——手扶拖拉机。手扶拖拉车都是农民开的，原先可能在田里耕作，运东西，农闲的时候，就窜到公路上运人赚钱。远远地听见轰隆隆的山响，一团浓烟滚滚而来，近了才看清是手扶拖拉机。我没有乘过手扶拖拉机，因为这东西太冲了，感觉上不稳当，常常会想，这东西要是开着开着突然散了架，轮子车头到处乱飞，那会是怎样的一幅场景呢？

乘手扶拖拉机的人，大多是乡下的农民，去城里办事的，或从城里办完事回家的。偶尔也会有附近厂里上班的工人，他们都是扒车的，像过去铁道游击队的老洪他们，因为手扶拖拉机没有沿途停靠的任务。扒车很有技术，跳车就更有技术，我曾经目睹过一个人跳车时技术不当摔了个嘴啃泥的惨状。当然，扒车的大都是胆大的，而胆大的一般也都是灵巧的，见拖拉机过来，开始助跑，跑得比拖拉机还要快，然后抓住车，然后快速地跟跑，然后用力地一收缩，身体就随着车子上去了。下车也是这样，不能简单地往下跳，也是抓住车伸着腿快跑，然后慢慢地松手，身子才能稳稳地踏到地上，不至于被强大的惯性带倒。

我一般都是走路，从来也没有想过有什么办法能比走路更轻松一点，除非是正好候上了公交车。七点半上班，我六点一刻就出来了，路上很充分。但是有一天，情况发生了变化，我在走路的时候，听见有个人叫着我，他叫的是我的全名，不像很熟的人那样只叫名没叫姓。我不由地回头观望，看见了身后一辆拖拉机正向我靠近，然后停在了我的身边，从上面跳下来一个人，是我们厂的光华佬，这是个通俗又民间的叫法，不知道他真名叫什么，但我们厂的人都叫他光华佬。他走到我面前，叫我也上拖拉机。拖拉机后面的斗里已站了许多人，驾驶座上已有司机和另外一个人，光华佬叫另外那个人到后面去，那个人不愿意，光华佬就做出要揍他的意思，挥了一下拳，那个人就跳下车乖乖地到后面去了。我说我走走很快的哪。他说有车就顺便坐一下嘛。我说，这种车我有点不敢坐。他说，没关系，我叫他开慢点就是。我被时间催促着，实在也是没有什么理由再拒绝，就在众目睽睽之下上来了。

我坐在车头的右边，手拼命地抓住车身，中间是司机，左边是光华佬，我们在浓烟和震耳欲聋的声音中前行，身子被震得像失去了知觉。偶尔，我也会斜眼看看身边的司机，他紧张得一动不动，全神贯注，好像生怕把车子开翻了似的。他的脸被烟熏得墨黑墨黑，鼻孔下还黑得发亮，他的头发被风吹得很杂乱，像一堆茅草。

我们到了厂门口，手扶拖拉机慢慢地停下，停得很轻很稳，我知道这都是因为我在车上的缘故，都是光华佬特地交待的，要是只有他们，拖拉机就只用稍慢一点，滑行依旧，等他们都骨碌碌地跳下车，吆喝一声走了，拖拉机又会顺势地加快起来。

这一天的坐车经历让我有意注意了一下光华佬，平时在厂里也听说过这个人，知道他像半个头头，知道小青年都怕他，因为他看似很有蛮力的样子。后来还知道，他在这条路上有些名气，他上班几乎不用走路，那些汽车也好，拖拉机也好，见了他都会停下来捎他一段。他要是去下面的农民院子里听词，中间会有人站起来给他让座，边上会有人给他甩烟。

再后来，也不知怎么的，我被分到了他的手下干活。也许是他授意的，坚持的，我当然也没有理由反对。我们成了一个组，算是一对搭档。我们不是削筷子吗，他先把竹爿切成筷子长度，再把竹爿开成筷子的粗胚，再由我把它削成筷子模样。说实话，我没有想过我会和他发生什么关系，不就是上班吗？这太正常不过了。我也没仔细想过这个人，无论他有什么故事，都和我无关。但他显然是有想法的，他会专挑老的干的竹爿切，目的就是为了让我下一步削起来轻松一点。还有，我发现，这条路上的手扶拖拉机准时了，以前好像是没有规律的，现在似乎是有了那么点规律，总是在那个时间点上，在我踏入了这条公路的一会儿，或在锁厂的位置或在水泥厂的位置，总会有一辆手扶拖拉机轰隆隆地赶了上来，忽然就看见了车头上坐着的光华佬，然后我就被他邀上车，载走了。

我当时的工种叫“新招工”，工资二十六块，外加二块五米贴。我家里那时候仍旧拮据，拮据体现在家里为我准备的中餐上，两把米放在饭盒里，一个鸡蛋放在茶杯上，中饭就是半盒饭加一杯水蛋。因此，我每月会把二十六块交给父亲，那二块五的米贴则留给自己真正饿肚子的时候吃点心用。在我们这个厂上面两百米的地方就是所谓的洪殿，此时洪殿早不复存在，取而代之的是一个供销社，买各种各样的日用品，供销社门口则有一个三个妇女一起经营的面摊，有时候，我会到这个摊上吃碗面，一般都是在下班之前的这段时间。这种给家里交工资的规矩我坚持了好久，只是在后来，临近我结婚的时候，我才和父亲说，我想要自己留点钱，办点嫁妆，我交一半工资行不行？我父亲说，工资你留着，你把米贴给家里吧。

对于光华佬有意地安排我乘车，开始的时候我没有多想，我把它当作工友间的帮助。后来我想过这问题了，这时候，我和他已经是一个工种了，我心里也是坦然的，我就想，我抽空也帮他干点事，不就扯平了吗？干些什么事呢？其实我也没有什么可干的，也只是中午蒸饭的时候帮他洗洗米，饭后，洗洗他的饭盒，仅此而已。

我们工厂的后面是一条小河，正对着工厂的是一个埠头，除了洗米，我们洗其他东西也都在这条河里，洗衣、洗碗、洗脸、洗手，包括有些工友游泳。后来有人告诉我，说我洗碗的时候，有个男工都会过来游泳，在我面前游来游去，游自由泳，游狗爬式，有时候还扎猛子摸螺蛳给我看，甚至到埠头的高处跳水，跳的是“燕子飞”，落水时却故意落成了“板门”，就是为了逗我一笑。工友中很快就传起了闲话，说这个人喜欢我，其实我连他是谁都不知道。再后来，听说光华佬把那个人按在墙角里教训了一顿。之后，这种故意在我面前表现的事情就没有了。

我在竹筷只待了一年，第二年，大概我父亲感觉我辛苦，就给我换了一份工作，我就这样离开了洪殿。竹筷，我确实也没有什么可留恋的，那只是我的第一份工作，我没有想过这会是我永远的工作，所以也没有什么可惜的。我也没在意光华佬，他也只是我碰到的无数人当中的又一个，他如果为我做了什么，我想别人要是有条件的，也一定会去做的。

我后来的工作跟竹筷一点也不搭界，是做皮鞋的，我在厂里做保管，保管做鞋的一切东西，浆糊、胶水、鞋钉、鞋带，说白了就是鞋杂，大的材料还有另外的仓库。我每天和这些打交道，熟悉这些东西，做它的明细账目，几乎“足不出户”。

可是，我却在后来的一年里，两次碰到了光华佬，每一次都是非常地偶然。一次是我们市里开公判大会，地点在人民广场，为了制造声势和效果，市里要求每个局都要带队伍去，局里又把名额派到了下面单位，我也就去了。我们这个厂隶属于“一轻局”，一轻局下面还有很多单位，纺织的、酿造的等等。那天的人民广场人也特别多，简直就是人山人海，公判的人也很多，枪毙了好几个，我们听着这些审判是既兴奋又疲倦。有一下，我要上厕所，就从队伍里往后挤。厕所在后面墙角的位置，估计也是人满为患。我挤着挤着，大概是挤到了“二轻”的方阵，突然感觉到有人碰了一下我的手，我定神一看，原来是光华佬。这个太意外了，我一点也没有想到会在这里碰到他。我原来上班的竹筷在市区的东边，我现在的鞋厂在市区的西边，如果不是刻意地守候，我们碰上的概率是很小很小的，但我们却在一次公判大会上碰到了。我不知说什么好，他却快速地说了句什么话，好像是说你怎么不说一声就走了呢，你去哪里了？你为什么要这样啊？我看了他一眼，他也被自己的话弄得极不自然。我没去接话，这样热闹的场合，以及我们模糊的关系，站下来说话都是不合时宜的，我慌忙地就离开了。

还有一次，我们工友一拨人相约了去茶院寺玩，茶院寺不是什么有名的风景点，就是一个小寺院，主要是有一个工友住在那里隔壁，地点在近郊的丽田。当时大家都没有远足或郊游的习惯，要不是那工友相邀去她家玩，谁会想到去茶院寺那边啊。我们的日程很简单，早上八点出发，走山前街南塘河边的小路，步行两小时，先到茶院寺玩一下，然后去工友家“凑份吃”，为什么要去她家凑份吃呢，是因为她老公每天都会去钓鲫鱼，我们去她家吃他老公的葱烧鲫鱼，就是这样。但在去茶院寺的路上，居然也碰到了光华佬。他骑了个自行车，大概是早就看见我了，车咕的一声刹在我身边，吓了我一跳。他问我到哪里去，要不要载几步。我说，我们一拨人去工友家玩。他噢了一下，说，我去丽田钓鱼。我这才注意到他一身的钓鱼“装扮”，拖鞋、短裤、长袖衬衫、草帽，草帽还是定做的，边上围了一圈毛巾，是防止太阳晒了脖子。我还看见他车前挂了一个鱼篓，是自己做的半是铁筒半是丝网的那种。因为有工友在场，我们就这么说了一下，走了。

我后来想，我们怎么会如此偶然地碰到啊？像南塘这条路，如果不是去工友家吃鲫鱼，也许我一辈子都不会去的，难道这里面有什么暗示？也就这么一想，后来就没有再想了。但光华佬肯定是有想的，也许他一直在想，只是那时候找不到理由，无从下手。

后来他告诉我，他一直在打听我的下落，都没有音信。后来有人跟他说，那个女的，在康乐坊一带的门市部工作，他就马上去找了。他找我的情景我记得非常清楚，那时候，我已经从仓库调到了门市部，领导说我的脑子清，对钱敏感，原来那营业员老是出错，就让我把她替换了。有一天，我在门市部，我和另外一个营业员正在做盘存，我们不是月末盘存，盘存是为了及时调整鞋样和码数。那个营业员突然悄悄地告诉我，说门口有个人走来走去走来走去已经很久了。门市部看似对外开放，其实我们都是不看外面的，我们的注意力就在自己的小空间里，看外面会把眼睛看花的。她这么一说，我就看了看外面，就看见了光华佬。我感觉自己的脸“腾”地一下就烫了。我犹豫了一下，觉得这样犹豫着也不是办法，就出去了。我们就在路边讲了几句话，我说，你不要到这里来，让人看见了不好。他说，噢，知道了，我就来看看你。

被他知道了我的地方，我就逃不掉了。我知道这个人，他会做出很多事情来。开始的时候，他总往店里给我写信，也没有写什么内容，就是问个好，或说见个面怎么样。我基本上都是不理他，我觉得还没到必须要回复他的程度。有时候甚至就是一封空信，和我有关的就是这个地址和我的名字，似乎他寄信就是为了告诉我，他在时刻地盯着我。他的信一般是一周一封，好像是为了让我记住，他都选择在星期一，因为星期一我一般都在店里，我能够在第一时间收到信。这样的话，他的信就非常地花功夫，不仅花写的功夫，还要花寄的功夫，他要在星期六下午四点之前把信投进邮筒，星期天邮局分拣，星期一上午送出。这件事一旦成了规律，无形中也成了我的期待了，到了后来，我也似乎在等他的信息了，他在这个城市的信息，他在做什么的信息。

对于我和光华佬的接触，我家里并不很赞成，父亲就说他没有正式工作，说在竹筷这样的工厂根本当不了饭吃。这个我倒是没想过，我对一些事物的发展一直就没有想到很远，比如我和他在一起的结果，我们会生活得怎么样。但对于他的能力，我从来也没有怀疑过，他是那种在任何恶劣的条件下都能够从容活着的人，他如果有决心做什么，就一定能做得很好很好。我父亲不以为然，说，话不要说得太早。我当然也没想马上说服父亲，我讲了一个细节给他听，想听听他的判断。我告诉父亲光华佬寄信这件事：他不是每个星期六要写信寄信吗？有时候他被事情给缠住了，星期六来不及了，他只好自己送。他会把这封信设计一番，贴上用过的邮票，再画一个假邮戳，捱到星期一，他就装扮成邮递员的样子，骑着车，飞快地从我店门口经过，喊一声信，就把信丢进了我的柜台。我对父亲说，这是我后来偶然知道的，知道后我就找出前面的那些信看，还真有几封是这样的，画得虽不怎么精细，但不注意看还真看不出来。父亲沉凝片刻，说，莽人要是细起来，不得了。

后来，还发生了一件事，更加速和巩固了我对他的看法。有一天他找到我，说有东西要给我看。我以为他有什么东西要送给我。他要我转过身，闭上眼。那是深秋，还没到冬天的时候，我听到了几下窸窸窣窣的声音，我就转过身来。我看见他正在脱衣服的一只袖子，显得很艰难的样子，然后就露出了他的胳膊。我马上看见了他手臂上的一团血红。他告诉我，这是你的名字，我把它刻在了手臂上。我仔细看了看那处血红，的确是我的名字，虽然不很清晰，但还是能看得出来，红肿还没有退尽，刀痕已开始结痂，看出来他刻得很深，一笔一画都刻得有力。他又说，我现在才知道人的皮也是很厚的，起码有一毫米厚，一刀刻不进去，要好几刀才能够刻透。我赶紧打断他的话，他的话听起来有点不洁，叫人毛骨悚然。我说，你为什么要这样呀？我感觉自己的话里都有哭腔了。他又说，我就是要你答应我，你如果还需要我做什么，我就会做给你看。我说，我不知道不知道。这事有点荒唐，但我得承认，它似乎有点力量。这年冬天，我们就结婚了。

我们结婚的时候，正好在移风易俗，限制婚宴，最多只允许摆三桌，不让摆也好，省得我们开销。我前面说过，我给家里的钱不多，都是意思意思的，对家里没有什么贡献。因此，当父母说，酒席尽力而为量力而行时，我一点也没有意见，我觉得心里挺虚的。

酒席在家里的院子里办，院子里一桌，其余两桌摆在隔壁的邻居家。那天的院子里搭了雨棚，燃了大炉，桌椅盘碗都是厨师带来的。本来，有钱赚厨师应该是高兴才对，但厨师一直在絮絮叨叨，欠多还少的样子，原因很简单，我父母采购的原料太差了，太省了，简直就是浙江省，浙江就是他最省，这妨碍了厨师的手艺，也影响了菜肴的品相。比如冷盘中有一样“炸羊尾”，本来是用上好的三层肉，切成条，调了味，用淀粉一裹，轻炸捞起。但母亲舍不得买肉，说冷盘没有人在意，做做样子即可。厨师是亲戚，也没办法，便使了偷梁换柱的办法，用冬瓜切成条，淀粉一滚，炸硬后再裹上白糖，样子像“羊尾”，但其实是冬瓜，档次差一大截。还有皮蛋批花，好的皮蛋能批出漂亮硬挺的花，但好皮蛋价高，母亲就买了差的顶替，差的皮蛋都是腌坏了的“云黄胎”，里面容易流黄，挺不住。厨师也是想了办法，先放锅子里蒸熟，想把蛋黄凝固住了再批。记得当时我也在看厨师批花，蒸了的皮蛋还是不成形，厨师边批边怨，说一世人就这么一次，要省也不能在这里省。母亲则说，是不是你没有蒸熟啊，所以凝不住。厨师说，废话，皮蛋本来就不是蒸的，好的皮蛋不蒸也是铁硬的。想想也是，我们听了都很不好意思。

结婚的晚上，闹了洞房之后，就我和光华佬坐着。我们不知道怎么做好，谁应该主动表示。后来还是光华佬先开了口，说，你想的我好苦啊，你以前都到哪里去了，你为什么不早点出现啊。我没有想到光华佬会说出这样的话，粗人说软话，会让人特别的心酸，我的身子一下子就不行了，就被他抱住了。

我们婚后的生活很好，光华佬从竹筷出来了，做竹筷有多少利润呢，前途一眼就能明白，迟早会散的。光华佬不怕没工作，就怕没自由。他开始跑上海，那时去上海只有一条海船，三天一班。他去上海“一百”排队买香烟，去华侨商店排脸盆、玻璃杯、热水瓶，去手表厂门口排石英表，去豫园城皇庙挤针织尼龙，这些东西带回来再加价卖给别人，比工资好几十倍。他还去上海带过公事桌上的玻璃板，是一个朋友结婚用的，我都可以想象把一块玻璃板从上海背到家里是怎样的辛苦，也只有光华佬能够做这样的事，要做这样的事。光华佬从浦东厂里买来玻璃板，先乘公交车回到旅馆，再把玻璃板背到回家的船上，一天一夜，他寸步不离地守着玻璃板，直至运到。别的东西摔坏了还可以用用，就是玻璃板碎了“颗粒无收”。因此，背到家里的玻璃板，价格就都由他说了算了。

现在我要说说我的大事了。我原来就有便秘的毛病，后来就更加困难了，到上海一查，已经是肠癌晚期了。我不知道我为什么都没有想到这个字，其实我前面也试过很多偏方的，洋葱泡酒、冷水拌蜂蜜、每天吃两个苹果等等，我以为这样搞搞大便就会通起来，通起来就没事了，哪里会想到会出现那么大的事情。

在上海人民医院，医生要我马上做手术。我们出来前，家里人都送了钱，在医院的大哥两百，开饭店的三哥二百二十，在内蒙的二哥打来电话，说他现在暂时还回不来，但你记上我的一千块，我很快会寄过来的。父母没有钱，他们只有担心和无奈。光华佬说没事的，你不用惦记钱，我们该用的钱一分也不会少。他把手头的事全部撂下来，说钱还赚得完的，但人只有一个。这话是他说的，他是会说出这样的话的，乍一听不吉利，却是句大实话。他也去凑了一些钱，他去了木杓巷一带，那边有许多小店，卖烟的、卖墙纸的、卖拉手的、割不锈钢的，都是他的朋友，他就挨家挨户凑钱，说我老婆到上海做手术了，大家支持一下，算你们送的人情。那些朋友都没有二话，连问也没有问，拉开桌子的抽屉说，你自己拿，大的拿去，小的留给我当找钱就行。光华佬就自己看着拿，八百的拿六百，两千的拿一千，像收租一样，一下子就凑到了五六千块。

人民医院是个老医院，好像在很偏的五角场那边，我们从十六铺这里坐车过去，越开人越少，越开越冷清，听人说，卷烟厂、自来水厂、传染病院都在那里，都是些又吵又忌讳的单位。我们住在住院部的六楼，这好像是专门为外地人准备的，楼道上撞来撞去的都是些忙乱而焦急的外地人，都是来做手术的，都是非做不可才到这里来的。因为都是外地人，这里的情形就很乱，楼上也没有管理，病房里的东西都摆到了外边，过道上乱七八糟的，像个贫民窟。光华佬都在医院里陪着我，没事也陪着我，他好像知道我日子不多似的，还在病房里摆了个煤油炉，给我烧东西吃，其实我已经吃不下了。因为是全麻，我做了手术后又昏睡了两天，他一眼都没眨，都守着我，看着我打针，来回叫医生护士。这是他的性格，他是那种一旦摊上了就很认命的人，有了这种心理，他做起事来就比较踏实。他还做了长期的打算，在医院附近旅馆开了间房，偶尔在那边睡一下，洗个澡。离开医院的时候装了一包东西回去，都是些要洗的衣裤。从旅馆回来也提了一大包东西，都是些草纸啊毛巾啊。他出现在走廊上时，看见的人都会说，像电影里演的那样。我知道他们说的什么意思，是说不是在生活中常见的，又生活又艺术。我旁边床铺上的病人也和我年龄相仿，也是一样的手术。他老公很会问，医生护士一走动他就问，我老婆肠子怎么样？她的肠子会好吗？看似问得焦急，实际上心里多有不愿、不甘、嫌烦、嫌累。光华佬这点很好，就像毛主席说的，即来之则安之，一副打持久战的样子，让人觉得特别安心。谁愿意病啊，病是多么的无奈啊。我很感激光华佬的说话，每次医生护士来，他也是很急切地问，我们的肠子好点了吗？我们的肠子接下来怎样啊？我们的肠子以后没问题吧？每一次他都是说“我们的肠子”“我们的肠子”，这让病床上的我既难受又甜蜜。肠子是我的肠子，肠子长在我肚子里，但肠子又连接着他，现在成了我们俩人的肠子，我们都在为肠子做艰苦卓绝的斗争。

但我的大事没有结局，我顶不过这个手术，我们打不过厉害的肠子。我在死之前和光华佬说，我没有为他生一个孩子是个遗憾。光华佬说现在不说这个。我又说，我有个事想求你帮忙，你能答应吗？他说，你说。我说，我家景不好，父母辛苦了一辈子，你能不能帮我付十年的工资，算我报答他们的养育之恩。光华佬说，闲话一句，我会付二十年。

## 有关二哥

二哥的血型是AB型，他和我们一般人不一样。我后来听人说，AB型的人，有可能有蒙古人的基因，这不是废话吗？怎么可能呢！也有人说，AB型的人，性格里有乖张乖戾的一面，这个我就不知道了。不过，二哥的性格有点内向倒是真的，假如内向到了极至，做出颠覆性的事情来，也许就是乖张乖戾了。

我还是从他参加工作那时说起吧。他的工作以及他后来的职业确实有点传奇。他先是在居委会里当搬运工，据说街道里其他工作都有人抢，就是这个工作没人要。但二哥有力气，两百斤一袋的大米，他可以一下抡在肩上，抬起脚就走，所以，这也是后来大家说他像蒙古人的原因，南方人一般小巧、柔弱，但二哥和其他兄弟不一样，生得粗大、孔武。他在街道的运输社里拉单吨车，就是那种大轮的板车，这种车一般都是拉重载东西的，要么机器，要么石块，就是拉水果也要四边加了板，满载了才过瘾。那时候，大家都叫他驾驶员，虽然有戏谑的成分，但在那个年代，有辆板车拉拉，能顺便帮家里大旱时运运水，过年时运运煤，确实也有点驾驶员的意思。有一段时间，二哥被借用到了酒厂扛大米，酒厂有很多大米仓库，翻仓是经常要做的事情，不翻仓，下面的大米容易发潮，不翻仓，陈米容易落在角落里，这件事最适合二哥去干。二哥有一句听起来很傻很傻的话——力气，就像是井底的暗泉，你不叫它来，它自己也会来的。还有一句——就是力气不用本钱，睡一觉它就来了。所以，酒厂的领导很喜欢他，半年后，其他借去的搬运工都吃不消了，被陆续辞退了，就是二哥还留在那里。二哥不怕用力，也喜欢用力，也喜欢吃那里的米饭。酒厂有的是米，酒厂的米都是最好的米。我们在家里都是吃最便宜的早白米，搭番薯丝，搭玉米粉，二哥在酒厂吃的都是“龙香”和“血糯”，一种透明的长条大米，且都是没有下水的，用蒸气直接把它吹熟，晶莹饱满，放了酒糟直接可以做酒，难怪二哥说吃了不饿。

后来有一次刮台风，厂区靠河边的仓库有进水的危险，正好那天是二哥当班，厂长说，一仓库的米，把它架高一下，算两班工资，干不干？二哥说，干。那天晚上，在台风到来之前，二哥一个人把仓库加高了垛，把三百袋的大米重新垒了一遍。二哥那时候工资也算比较高的，三十六块一月，经常还有类似的加班费，加上他在酒厂吃得饱，吃得好，以他的性格，他都是把工资如数交给父亲的。父亲一般都会还给他六块钱，说，你下午是需要接力的。还会说，你放心，钱我替你攒着，到时候给你做家私。父亲说的接力，是指中饭和晚饭之间的点心；家私就是家具，在当时，似乎有了家私，成家就有了先决条件。我知道二哥是不怎么吃接力的，但他喜欢喝点生啤。他告诉我，他喜欢生啤滚下喉咙时的那种奔腾的感觉，那真是一种欢快的唱歌一样的感觉。每天下午，要是二哥拉着单吨车经过酒家门口，他一定会停下来，会毫不犹豫地走向大堂，这个时候，酒家大堂里的第一桶生啤也刚刚运到，一米大的木桶，盛着满满的翻着白花泡沫的生啤，气还很足，旁边的方桌上是一摞的粗碗，二哥径直来到桶边，丢两毛钱在方桌上，服务员就取了大碗满满地舀了一碗，二哥仰脖子咕咙咙地就灌了下去。他不是用这种爽快来削减自己的疲劳，而是喜欢这种简洁、刺激的劲道。

在酒厂的借用居然还带出了一件好事情。酒厂要买一辆汽车来运大米，当时酒厂还买不起新车，只是想改善厂里的运输条件，就到长运公司回了一辆二手车，是那种老式的两吨半的跃进牌，看起来有点像本地的一种鱼——大头子梅。从厂长的角度讲，他要选一个既有力气搬运又有头脑开车的人作为司机，关键还要积极肯干，这样二哥就被选上了。这是我们家非常大非常大的大事。以前我们都戏谑二哥是驾驶员，他虽然拉的是板车，但也是驾驭着运输工具啊。现在二哥是正儿八经的驾驶员了，我们都为他高兴。父亲就更不用说了，他从经济学的角度去理解，说我们家终于有了个吃香的职业，但他的高兴没有溢于言表，他只是沉稳着说，本地有句土话叫，第一华侨人，第二四个轮，就是说开车只比华侨次一点点，我们家就等着你发财了。

二哥的驾驶技术是在消防队学的。当时没有现在所谓的驾校，当时的驾驶概念是职业技术，现在的驾驶只能算是生活技能，所以，那个时候，学驾驶的途径只有两个，一是上职业技术学校，那是针对学生的，培养出来的主要是汽车维修人员。二就是部队，部队有运输兵，部队自己教起来给自己用。本地没有部队，因此，一些需要培训驾驶员的厂家，就把人送到了消防队。消防队在人民广场边上，人民广场地大，人民广场里面有一座四层高的假楼，这是本地当时最高的建筑，消防队在那里练爬高、练跑带、练接带、练插水枪，现在，二哥就在那里学开车，这可是一个无障碍场地。

二哥学好了驾驶就跳槽了，他跳到了“长运”车队。对于二哥的跳槽，家里人都觉得他没有良心，说酒厂的厂长培养了你，你应该老老实实地待在厂里，起码也要给酒厂做牛做马，开上几年。二哥犟着头说，第一华侨人第二四个轮是你们说的吧，我要是待在厂里，那这句话就是一句废话。还说，四个轮只有在外面跑起来才是活络的。父亲肺都被他气出了血，很长时间不和他说话。我对二哥还是理解的，我以为，这就是二哥的血型在作祟，AB型的人，一般都有个反骨，说变就变，就像三国里的魏延。

二哥加盟了长运车队，其实也没有赚到钱，根本的原因还是没有自己的车，自己有车那是很迟很迟的事情了，后来不仅自己有了车，自己也可以成立车队，可以成立托运部，可以垄断运输线路。但眼下要想赚到钱，就是要多跑、跑快，跑好跑的地方，跑有油水的地方，但二哥是个新手，这些好事一时半会儿还轮不到他。

长运车队有两百多辆车，好的是东风，那是劳模和十万公里无事故的老司机开的，新手就只能开开解放牌的旧车。当时地方上有几支车队是很有名的，长运、外贸、粮食、冷冻，但僧多粥少，竞争就很厉害，也就是说，对于一个地处偏僻相对比较落后的地方来说，要摊到些东西跑跑也是很不容易的。跑长途，拍单最要紧。开始的时候，二哥不知道拍单的奥妙，很长时间没有在意拍单，所以，一直以来拿到的都不是什么好单。他跑的都是些山头地，最多的是龙泉、青田、江西，车都在山上转，运的都是石头、瓷砖。运这些东西，一是重，在山上难开；二都是穷乡僻壤，根本就没有油水。有一次在江西乐坪，汽车抛锚，二哥在路边撒尿，边上就嗖的围上来许多人。二哥说，那一个个眼睛都像狼一样发出蓝光，他们连石头都要抢。这些路都要经过“天下第一难”的梅岙渡口，二哥坐在驾驶室里，眼睁睁地望着前面的渡口，身边是乡下人在提篮叫卖，鸭蛋芝麻饼，鸭蛋芝麻饼，有时候，鸭蛋芝麻饼都吃了，等上一天还未必能上得了渡轮。后来，二哥变聪明了，他请调度吃酒，他带当地的烟给调度，调度尝到了甜头，就把金华的单拍给二哥。去金华走的是省内的一条老路，虽然也是在绵延的山道上，但路况还马马虎虎。二哥把本地的瓷砖放出去，又跑到金华江山装水泥，十吨的车，二哥装了十三吨，这多出来的三吨就是二哥的“副业”。当时我们这里水泥奇缺，私人又喜欢自己盖房子，因此，二哥的外快就可想而知了，真有点“第二四个轮”的味道了。

有人说，走车的人都会在路上找点花事。这指的是两种情况：一是喜欢让女人搭车，在路上蹭点便宜，摸胳膊掐腿的；二是喜欢在路店里宿夜，路店一般都有女人伺候，跑长途疲惫，几杯酒下肚，身心一松，很容易就放浪形骸了。家人最担心的也是这个，说赚多赚少无所谓，但不要出事，说人生在世，节气名声很要紧。对于家人的担心，二哥一般都是一笑了之。

二哥说，路上的女人他也带过，他那是用来调剂精神的，他怕自己在路上犯困，是用来说话解闷的。他在路上跑，也知道路店的三等六样，什么店是屋后磨刀的，什么店是会使蒙汗药的。他说，他一般都把车停在路边，表明他是歇歇脚就走，他不喜欢把车停在路边的空坦上，停在空坦上其实就已经泄露了心迹了，是想在这里睡一觉再走的。二哥说，开车是有美誉度荣誉感的，要表明自己的车开得好，开得快，才能接到下一个好单子，比方说，跑上海来回四天，你梦游一样磨了六天，谁还会把好单留给你呢？二哥说，队里的两百多辆车跑在外面，就像在外面长了200多双眼睛，你要是在路店长时间一停，说不定哪个经过的车就看到了，如果队里问，什么车怎么还没到啊？接话的说，还早呢，看见他了，在某某路店里睡觉呢。臭名立马就传扬开了。二哥说，开车的只有自己把自己约束好，才会来钱，才会有安全可言。车开得好，开得准时，开得规矩，调度才会放心地把好单放到你手里。

二哥跑得最远的路是在内蒙古，他是第一次跑，也是最后一次。他奔驰在辽阔的草原上，心里老涌现出远走高飞的志向。他跑的是满都宝力格，从锡盟进入。那是那年的7月，锡盟的大地上刚刚下了一场雨，他的车走在看不到尽头的公路上，两边是绵延起伏的绿色，那都是半天一天的路程，也就是说，半天一天他都见不到一处房子，他似乎被这广阔和大气牵引着，心情像放飞在半空的鹞子。他从来没有见过这么蓝这么无边的天空，这么深这么滋润的草原，这么白这么厚重的云朵，这么密这么大群的绵羊。他跑在当地人称之为腰带路的车道上，那是只允许一辆车经过的地方，他车上的重载明显的是在和车道较劲，他都可以听到车道破碎的声音，他跑了三个小时，当地人说，再走一百公里，就走出这条路了，他感觉他的车部件都在吱吱叫，都在往外散，车子好像时刻会停下来。有一次，他看见左边的山坡上滚过来黑油油的一片，他知道那是一大群骏马，在向他右边的草场跑来。它们肆意地跑过车道，跑到他面前，他完全傻掉了，不由得停下车来。一个骑手在他面前揪住马，问他要到哪里去，他说要经过满都宝力格，终点是阿尔山。骑手扔给他一手袋奶酪，说，还早呢，那还要穿过一片森林和边境，不管你吃得惯吃不惯这东西，肚子饿了你就将就着吃一口。

还有一次，他被一片羊群吸引住了。他停下车，坐在驾驶室里傻看，羊群一律地低头吃草，被羊啃过的草地似乎在慢慢地变黄，羊的肚子也在慢慢地鼓胀。远处，羊倌躺在一个坡地上，双手枕在脑后，帽子遮在额上，二哥可以想象，羊倌只要一闭上眼睛，就会想到自己成仙的景象。羊倌其实也早看见他了，他远远地起身招呼，羊倌说，远方的朋友，下来坐坐吧。二哥像被施了魔法一样，真的就从车上走下来，他也走入了羊群，也装模作样地躺在草地上作享受状。羊倌说，今天一个上午你是我看见的第一个人，我憋死了，你陪我说说话吧。羊倌说，我看见车子从这里经过，还是在半年以前，一辆部队的三速窄轮吉普车，开着开着就散架了，就趴在这里了。羊倌说，看你的样子，你似乎生性对草原有好感，你要是留下来，一定会感觉很舒服的。二哥说，那你说说你的感觉吧，你喜欢你的工作吗？羊倌说，我当然享受啦，我这样看着羊群，中午赶它们回家，吃了饭睡到三点，然后挤奶，你看看我的手。二哥看见羊倌伸过来的手，母指的关节上有两粒隆起的老茧，那是在羊的奶子上摩擦后生长的，二哥觉得这只宽大的、指头都是老茧的、在羊肚子底下摸爬滚打的手一定都是故事。羊倌又说，我给你唱个曲子吧，羊倌说着就呜呜地唱起来——妹妹啊，你馒头胸馒头胸，妹妹啊，你水桶腰水桶腰，你乌黑的眼睛啊，会咬人会咬人。二哥马上被羊倌拖入了迷茫，南方的姑娘都是平胸细腰的，都是单眼皮小眼睛的，这简单的几句词，就像一枪击中了二哥的要害，他马上就猝然了。羊倌又说，我再给你唱一曲，羊倌唱的什么二哥不知道，但他听着听着就流泪了——美丽的青格尔啊今天要出嫁了，我不知道啊你将会落脚何方，茫茫的草原啊犹如深深的海洋，两条鱼永远不会啊迎头相撞，我也再不可能啊见到姑娘……歌词是二哥后来知道的，当时二哥是听出了苍凉和心酸。

后来二哥就把车开到了满都宝力格，这是内蒙最北边的一个小镇，二哥只看到了三处有瓦片的房子，一处是边防派出所，一处是勒勒车修理铺，一处是小卖店。前面的情绪已经像毒药一样在二哥的心里发酵，那两首歌也一直在二哥的脑子里萦绕，他再也不想走了，他把车停在那里，在边防站给车队打了个电话，说车子抛锚了，这里找不到修车的，你们派车来修吧。那时候没有修车铺，车抛锚在路上，都是通知队里派人来修的，但二哥的锚抛得也太远了。队里说，我们怎么找到你啊？二哥说，我能够跑到，你们也一定能够找到。队里说，少废话，说怎么走，在什么位置？二哥说，这里没有标志，不好说，荒无人烟的，也没人指路，你们从锡盟进来，一条路走到黑，到了三百七十六公里处，右拐沿腰带路一直走，见一池塘，有水无鸟的不是；见一敖包，边上有井的，你喝口水再走；见一大湖，草高一米，水面有雾，有野鸟出没，有暴雨无常，那就快到了。队里说，这狗生的，一定是疯了。

我知道二哥不是疯了，AB 型的人，要么平庸，要么出挑，二哥就是这样。他不管不顾，把车子一停，家也不要了，就待在内蒙了。我后来在大哥的医院里打通了二哥的电话，那可能是边防站的电话，他们叫电话就叫了半小时，我可以想象叫唤声一层层传递下去，也许还有人骑马去叫，才把二哥从某个蒙古包里叫了出来。我说，二哥二哥你怎么啦？我听到了二哥的声音，他无所谓的声音像是刚从睡梦里苏醒过来。二哥说，没有啊，我在睡觉呢。我说二哥，你觉得很有意思吗？你连个招呼都不打，你不知道家里在为你担心吗？二哥说，担心什么呀，我在这挺好的，我现在忙死了，没工夫和你说闲话。我说二哥，你忙什么呀，你是不是疯了？二哥说，我才没疯呢，我女朋友还在家呢。我说，你连家都不要了，你还要女朋友干什么？二哥顺着自己的意思说，我就是为她留下的，她父母身体不好，她哥哥都住出去了，我等会儿还要去很远的地方打水，我们的木桶很大，可以装一吨半水，他们谁也拉不动，只有我可以拉。昨天有两只小羊走丢了，我找了半夜，它们趴在草丛里断断续续地叫，你听了你也会觉得心酸。我们的羊倌说了，这几天会有好多母羊要下崽了，赶上了一天能下几十个，有的忙的，我要回去休息好，晚上也许要通宵呢。我不知道说什么好，我是气的，我说二哥，你知不知道家里还靠你赚钱呢，你不是学了四个轮了吗？二哥说，我会带钱回家的，队里还欠我半年工资呢，你去帮我领过来，交给父母。一边的大哥抢过电话，说：说句不孝的话，你都把父母气死了，你这些钱给他们吃药都不够。

这一年，我二哥就这样稀里糊涂地没有了。

## 有关五妹

有件事我一直很不理解，我父亲也算得上一个识字的人，一辈子和账簿打交道，我们的家教也不错，但我们兄妹几个就是读不出书来。五妹，算是我们中最会读书的一个人，但也是千辛万苦的才考了个“电大”。这个结果也让五妹产生了一个错觉，以为很了不得，这个错觉也支配在她的择偶标准里，坚持非大学生不嫁。当时大学生的择偶标准是机关人员、学校老师，起码也要是国营厂工人，但五妹什么也不是，她只是街办工厂的一个装搭工，在绝缘器材厂扎线圈。

五妹好不容易找了个大学生，近郊中学的一位乡下老师。他们可以说是各图所需，乡下老师非要娶一个城里人，而五妹非要找一个大学生。任何有条件的婚姻，感情一般都是被忽略的。我相信他们的婚姻只是在还愿，只是个形式，我甚至相信，五妹连高潮都没有体验过，因为在她所有的交谈里，从来就没有涉及她的老公，也没有间接地对他有任何评价。有句话说得好，不是好就是坏，什么都不说的就是腐败。这里说的腐败，就是腐烂，就是完了。

婚姻是一回事，结果又是另一回事。相比于我，五妹还算是幸运的，她有了一个小孩，在许多无聊的日子里，她心里还是有热闹的。如果就这么过一辈子，心平的人、没有太多追求的人，也是可以过来的，因为在当时来说，五妹还是有几处逃避的去所的，比如在光华佬出差的日子里，她可以长时间地待在我家，或者我这里不方便时，她还可以赖在三哥的饭店里，等等，这也少了他们夫妻间的许多尴尬。

但有一点五妹没有想到，乡下老师尽管对她不好，有个规矩却让我们全家感到意外。五妹的街办小厂效益不怎么好，她没有多少钱拿回家，就这一点，她那个乡下老师却没有含糊，在乡下人眼里，岳父最大，岳母更大，虽然乡下老师的收入也是清汤寡水，但孝敬老人的钱他一点也没有少过。

五妹真的叫作祸不单行，她一向不错的身体，突然生了一个怪病。她还是先于我生病的，生得细水长流，而我是暴病，一经发现就来不及了。这一点，我到死还是耿耿于怀的。我父母一生含辛茹苦，他们真的都是老实人；我们也没有做什么坏事，没有损人利己，没有心怀鬼胎，怎么会有那么多的病呢？

五妹的病，开始一点也不经意，就是有时候口腔溃疡，我大哥也觉得这没什么，就从药房里弄了一些药，什么核黄素、维生素 B2，后来还有一种叫西地碘的，都吃，但都没见好，溃疡不仅越来越大，还像打游击一样，东蹿西蹿。开始还可以吃吃海鲜，后来连蔬菜也吃不了了。再后来，五妹还出现了一个隐疾，外阴也莫名其妙地溃疡。这事让她不堪承受。不仅对别人不好说，连自己老公也不好说。不仅要忍着难受，还得忍着房事。房事本来就不情愿，现在更要夹杂着痛苦。这件事后来还是被乡下老师知道了，怀疑是性病，说话就不那么好听了，说要找人偷情也找个干净一点的嘛。还有更挖人心肝的话，比如五妹想去看看妇科，看是什么问题，有没有什么药水可以洗洗。乡下老师就说，努，就是贱，自己看看还不够，还要送给别人去看，那医生一定是男的吧。话不投机半句多，床不舒服夜难眠。五妹和乡下老师的关系就是这样，说矛盾也没什么太大的矛盾，都是自愿的婚姻，但心里有芥蒂了，就会影响到生活的方方面面。他们的吵架相恶似乎一直在一个燃点上，经常地没有来由地就爆发起来。有一次在家里，五妹裙子里面穿了条打底裤，当时的打底裤还不像现在这么时髦，就是相当于裤连袜。乡下老师看了不舒服，就说，拉屁脱裤，既穿了裙子，里面还打什么底！裙子里面穿裤和“美丽冻人”一词都是我们这里的人发明的，穿裙子是为了好看，打底是为了保暖，有时候也不光是为了保暖，就是一种时髦，大家风靡。但话有恶意了，五妹也就没了好气，说，又不穿给你看，和你有什么关系。这一说乡下老师也来劲了，就偏偏说有关系，就跳起来把五妹摁倒，把打底裤撕了个粉碎，还强行把五妹做了一次。说，你现在知道有关系了吧，它碍着我了！这就是乡下老师的羞辱方式。可见，芥蒂一旦生了根了，都是坚如磐石的。

这样的时候，五妹就会逃避到我们家去。五妹虽然有了一个退身之地，但她的病却丝毫没有退去的意思。口腔好好烂烂，外阴还算安静，但眼睛又不听话地痒了起来，弄得五妹身上“风声鹤唳”的。去医院看也看不出什么名堂，是啊，像这种情况，看什么呢？眼科？妇科？还是口腔科？说不出原因和诱因，也就没有结论和药物。有一天，一个年轻的医生告诉她，你这个可能是“白塞氏”。五妹说，这是什么病啊？这么怪的名字。医生说，是免疫类疾病。五妹说，免疫类的病又是什么样的病呢？医生说，就是身体里摸不着看不见的东西坏了，失去工作能力了，身体自己就慢慢地败下去了。这让五妹大吃一惊。那些天，五妹惶惶不可终日，她老是在照镜子，生怕脸上又长出什么溃疡来。她也经常的试着拿拿东西，一会儿拿拿碗，一会儿拿拿盘子，看自己的力气有没有衰退，神经病一样。她最多的时候是待在图书馆里查资料，这个白塞氏，她原来以为只是个人名（其实也算是人名），怎么查着查着就成了病了呢？而且还是个怪病——白塞氏综合征（Behcet syndrome），以血管炎为主要病理基础的慢性多系统疾病，临床以口腔溃疡、生殖器溃疡、眼炎和皮肤损伤为突出表现，又称口、眼、外阴综合征，该病常累及神经系统、消化道、肺、肾以及睾丸等器官，病情呈反复发作和缓解的交替状。五妹看到这一词条后，坐在图书馆的凳子上就起不来了，后来图书馆关门了，她又在门口的台阶上坐了很久。

这一年，五妹的大事是找到了病的根源，但也是和病魔做斗争的开始。一般以为，知道了什么病，就会有什么药，殊不知，真病是没有真药的，这个白塞氏，不仅一般人没听过，就连很多医生也一问三不知，药根本就还没研究出来。五妹在医院的境遇就是这样。

五妹的气一点点泄了，身体也一点点地垮了。有时候在我家，基本上都是躺着，我烧好了饭，她才起来吃一口。我想，她这一口也是味同嚼蜡，是求生的本能使然。那段时间，光华佬都在上海跑，跑的码头多了，也就打听到一位医生，是瑞金医院的，据说能治这个病，我和五妹就去了。去了才知道那是个皮肤科教授，这人胆子大，想试试这个病，口眼外阴，要分析起来也相当于皮肤，虽有点无厘头，但道理也不是全无。我们当然也非常高兴，比起在家里的走投无路，在上海总算是抓住了一根稻草。医生开了一瓶雷公藤，一小瓶药，我们像宝贝一样揣在身上抱回来。

雷公藤也不是完全不靠谱，它也是一种调节免疫的药，只不过力量小了一点，方向偏了一点。吃了雷公藤的五妹稍稍的有所好转，她的溃疡少了，间隔的时间也长了，不那么层出不穷和前赴后继了。但这真的只是短暂的，很快，白塞氏又发起了新一轮的冲锋，凶猛地反扑过来。那是身体深处的疾病，就像机器的机芯坏了，表面上油漆一下是没有用的；就像大海深处潜藏着暗流，暂时的海面平静都是假象，一旦给了它外部条件，它汹涌起来也是肆无忌惮的。

五妹的情况越来越糟，糟到什么程度呢？比如她要来我们家，到了一楼就是上不来，其实我们家就在二楼。这个白塞氏啊，看似不动声色，却像抽丝一样在抽她的元气。那时候，我也已经很坏了，三天两头地往医院里跑，东西已经很少吃了，吃进去一点，就像在肚子里消失了，其实窍已经被闭住了。后来我就死在上海医院了。现在想来，光华佬还是很有情义的，按理，我死后，我们家的事已经和他没有关系了，他完全可以置之不理，但他没有，他仍旧惦记着五妹的事情。

光华佬当时在宁波跑。在上海时他跑商品，后来打一枪换一个地方，就换到了宁波。在宁波他主要跑合同，跑阀门的合同。宁波是全国阀门的集散地，宁波是油港，有四通八达的输油管，他们自己也用阀门。我们这里也有很多小阀门厂，我们有做车工和磨工的特长，喜欢做阀门这类精密度高的东西。光华佬的袋子里装着一只阀门样品，他的黑皮包里是满满的合同，他在那些油厂跑进跑出，订下了合同就带回来卖给生产厂家，这比起在上海的投机倒把阶段已经大大的上了一个台阶。

有一天，光华佬在宁波找到了仁济医院，那是交大的一个附属医院，那里有一个真正的专家，他有自己的研究所、实验室，也研发自己的药品。医生名叫崔子梵，是国内首屈一指的类风湿专家，我原来以为类风湿是一种关节疾病，接触了之后才知道类风湿的根源就是免疫力衰退。而这个崔医生，他的研究已到了世界的前沿水平。据说，什么红斑狼疮已被他攻克，曾经有一次，世界免疫大会，就是以他的名义发起召开的，在杭州。光华佬得到这个消息后打电话到大哥的单位，说五妹有救了。大哥后来说，光华佬是真的高兴，他在电话里的声音完全的就是瑟瑟发抖。

光华佬要带五妹去宁波看病，他先来征求我父母的意见，我母亲只是哭只是哭，我父亲没有话，只是重重地拍了一下光华佬，好像千言万语都在这一拍里。光华佬又找了五妹的老公，那个乡下老师，光华佬说，她有这个病你知道吗？乡下老师说，她都不在我身边，我怎么知道？光华佬说，我们明人不做暗事，我现在要带她去看病你同意吧？你不同意也没关系，你自己带。乡下老师说，我今天还有课呢，恐怕请不出假。光华佬真想一个耳光扇过去。光华佬知道乡下老师不会去，他只是打一个倒针，免得人日后心生龌龊。我们这里有一句暧昧的话——小姨有一半姐夫的份，光华佬和五妹当然没关系，他只是为五妹着想，不想给恶劣的人留下口实。

去宁波只能走水路，他们乘工农兵5号轮，买八块钱一张的三等舱，一天一夜。到了宁波，光华佬先带五妹去教授家，多年的江湖跑下来，光华佬有自来熟的特点，也有捕捉要素的本领。他看出教授家是师母做主，就偷偷把红包塞了过去。师母的态度是以泡茶为信号的，师母泡上了茶，教授就心领神会地看病了，过程又简单又顺畅。教授说，你明天到我实验室去，找我助手，她会帮你的。光华佬还发现教授家的一项爱好，教授喜欢集石头，也没有偏类，各种各样的石头都集。后来再去宁波，光华佬就给教授背去了一块奇石。奇石是光华佬从朋友那里拿的，一块五彩石，就是石头上镶嵌了五颜六色的晶体。朋友开始舍不得，光华佬就说，救命要紧还是你这块石头要紧？这一说，朋友就眼一闭牙一咬，奉献了。二十几斤的奇石，乍一提不重，但要从我们这里背到宁波，那就像下雨天担稻草，越担越重。

第二天去医院，找到教授的助手，光华佬再施红包计，助手就满医院为五妹跑路了，跑挂号，跑看病，跑验血。教授的药是到外面买的，在仁济医院的后面，那里有一个小药房，有教授的专柜，教授研制的药就在这里销售。五妹的药叫“耐普生”，看这药名，五妹就有救了，耐是耐力的耐，普是普渡的普，生就是生命的生。五妹乘宁波轮回来的时候，她连轮船的舷梯也下不了，她以前是往上走没力气，现在往下走也没有力气，是光华佬把她背了下来。

如今，在我记着这些的时候，五妹的病也在开始慢慢地好转，她的免疫力似乎有了被激活的迹象，她的口腔溃疡好久没出现了，那个白塞氏啊，噢，人是不能诅咒疾病的，我们不知道说它什么好。

## 有关三哥

三哥是我们家里唯一当过农民的人。他初中毕业的时候正好碰上要去浙江兵团，也就是“上山下乡”的一种，只不过不是去北大荒，是去相对比较近的农村。学校的锣鼓在我们家门口接连敲了好几天，把我们的头都敲胀了，我父母顶不住这种气势，就逼着我三哥去当农民了。一般一个家庭总要去一个的，我三哥去了，我们家其他人就安宁了。我三哥去的是嘉兴长兴，这地方现在听起来还可以概括，就是浙西嘛，那时候可不能，地域非常的茫然。那时候没有全国的概念，连浙江的概念也很小，听人说，那可是浙江最远的地方，再过去就是外省了，而外省的感觉就和国外差不多，反正是个远。我三哥待的地方叫中国人民解放军南京军区浙江生产建设兵团，听起来像部队，其实只有连长和指导员是现役军人，其余的都是学生。我曾经被父母差遣去看过三哥，因为三哥每次来信都说吃不饱，没东西吃。也是，三哥正是长身体的年龄，会吃，饿得快，干的又是重活，父母说，一定是肚子里糙了，胃表面就像砂纸，越糙越会吃，越糙越饿得快。于是，父母就烧了一瓶菜干肉，叫我送去。父母说，顺便你看看三哥他们吃的是什么。

三哥的农场主要种水稻、茶叶，长兴虽然在南方的最北，但也只能种种这些东西。水稻和茶叶都是不能留给自己的，到一定的时候，农场里就会开来许多卡车，把稻谷和茶叶收购走。三哥说，最苦的是早春二月种秧板，那时候，到处都还是板结着，脚踏在地上，好像马上就变成冰柱了。田里就不用说了，镜似的水里，实际上已是一层冰，我们要破冰下水，把秧床抹平，把种子撒下去。闲月是4到7月，那时候只用耘耘田，担担栏，做些田间管理。最忙的是抢收抢种，那真是连轴转，要在立秋之前收上稻谷，也要在立秋之前种下水稻。

说是农场，又不完全是农场，连长和指导员总想把学生们搞得像部队一样，他们要把部队的那一套推广到农场里，好像不这样折腾就体现不出他们的威严。每个星期，总有一天，不定是哪天，夜里哨声大作，紧急集合，学生们在黑暗中打起背包，急行军到十公里之外的一座野山，听连长一通“帝国主义亡我之心不死”的训话。每次训话的最后，连长还会讲一句他的经典句子——不要像二八月的狗一样，五分钟就连起来了。连长指的是有些同学在谈恋爱。三哥说，我们同学之间有谈恋爱的，但我们没事情，那是一种情怀，我们都是斯斯文文的，就是递个条子，顶多约到屋子外面说个话。他说的二八月的狗，其实是连长自己的生动写照，因为他老婆每隔半个月就会来一次农场，那天晚上，连长准会弄一个木桶拿到宿舍里，而他的宿舍一定会传出像狼嚎一样的叫声。

三哥吃的是什么呢，当然是粮食，不是他们自己种的粮食，而是不知从哪里调过来的粳米，他们有一句戏言，我们吃的是翻仓米，就是从仓库底下翻出来的陈米。陈米无油，三哥们本来就不够吃，他们每月的定量是二十八斤，他们大部分人一顿都可以吃一斤，加之陈米糙，吃进肚子里像石子一样，咬得更厉害了，他们就更会吃了。三哥说，他们这里最高纪录是一顿吃下二十七个馒头，但这个人后来去讨饭了，因为只有讨饭才随时可以找到吃的。三哥饿了的时候去偷吃三级粉，那是一种饲料粉，用麦麸皮做的，是给猪吃的，他们把偷来的三级粉兑了水，放了油和咸菜，有时候也放些葱和虾皮，在铁锅里做煎饼。那是三哥们深夜里的节日，那时候，连长和指导员都已熟睡，他们像游击队一样出没在农场里，活跃在农场里，为了把这个来之不易的节日过得更好更欢，有人去农民田里偷球菜花菜，有人去捉田鸡钓鳝鱼，就像演唱后面的伴舞，只有在那时候，他们才是真正自由的，欢愉的。

三哥说，农场也不是一潭死水，也很复杂。复杂的不光是学生们，还有一些老职工，这些老职工几乎每人都有一个“头衔”，有地富反坏右的，也有判国投敌的，因些，连长还经常要“私设公堂”，要审讯和教育。到连长那里的事，连长基本上都能够审结，因为大家都怕连长，或者说那都是一些小事，无所谓，真碰上较真的事情，连长的态度即便再凶，也无可奈何。农场有三件事很蹊跷，一直是个谜。一是曾经出现了一个现行反革命，说是把印有毛主席三个字的报纸拿去揩屁股了，当时什么报纸没有这三个字呢？所以说，揩屁股也要多一个心眼，要先擦亮眼睛，关键是报纸丢进万丈深渊似的毛坑里，是谁守候着这个倒霉蛋？又是谁把这张报纸从粪坑里捞起来……二是农场里曾经发生过一起强奸案。农场的地域很大，有水田一万多亩，山那边是一片茶园，山上还有林场，虽然不是什么自然保护区，但也有相当的规模。因此，农场里每天都要派出一些人在那些边边角角的地方巡逻，因为那些人迹到不了的地方，经常会有些盲目的农民光临，或砍些柴去，或拔些菜去。一次，一个巡逻逮住了一个偷菜的农妇，农妇比较理亏，拼命地哀求，但农妇穿得简单，她的身体蓬勃，这也成了农妇讨价还价的资本，因此，她的哀求就跟巡逻站得很近，她的稻谷一样的气息喷到了巡逻的脸上，马上激发起了巡逻的欲望。这是夏天的黄昏，暮色即将下来，喧嚣都已停止，牲畜和人们都在忙于进食，但巡逻把农妇推倒了，这件事就这么简单地在田坎上发生了。整个过程，他们都没有照面，农妇知道自己错了，巡逻也占着自己的优势，就肆意地让事情发生了。发了也就发了，但站起身来的瞬间，巡逻突然意识到，他们马上会照面了，一种潜在的危险似乎就在眼前，他想，他不能让这次照面发生，就顺势捡起身边的石头把还在忙于收拾的农妇拍晕了过去……三是农场里有一个推荐上大学的指标，推荐的是我的三哥，因为我三哥在农场里表现好，但最后定下的却是另一位表现平平、长相也平平、出身更平平的女知青……这三件事都经过了连长私设的公堂，但都没有结果。那个反革命是个较真的人，他坚持要弄清楚毛坑里的报纸是怎么弄上来的，是谁弄上来的。那个农妇只所以告上门来是因为气不过。她说，做了也就做了，干吗还打人呢，什么意思嘛。那个即将上大学的姑娘一脸坏笑，对于连长的质疑，她说，我怎么知道啊，你去问你的上司好了。三哥说，连长的公堂是他作威作福的产物，看似很有震慑力，其实大家都没把它当回事。

那个时候，三哥对家庭的贡献也是挺大的，他在农场有粮食吃，他也偷三级粉吃，他还钓鳝鱼捉田鸡，他把省下的粮票都换成了全国粮票，这在部队建制的农场里是有条件的。在农场没有工资，只有几块钱的补贴，补贴留着买生活用品，但三哥有意在攒全国粮票，一个月四斤五斤，半年就是二三十斤，寄回家，每一次都会让母亲眼睛一亮。粮票是不能倒卖的，但教场头三脚门外的弄堂里，有自由市场可以转手，一斤全国的相当于四斤普通的，也可以当作礼品，一些经常出差的供销员，身边带着全国粮票，走在异乡的土地上，好像身上带了件武器一样。这些，父亲都会精打细算地经营好。

三哥是1979年返城的，他在农场里待了五年。返城的风是一点点刮起来的，最早动起来的是“边疆的迁到了老家附近的农村”，后来是“独子优先”，再后来，就是“知青大返城”，三哥也就回来了。那时候，我们这个城里经常会出现这样一些人，骑着自行车，头发理得崭新，衣服比较“洋气”，要么上衣口袋里插了只口琴，要么肩上斜挎了一把吉他，这些都是知青，他们是这个城里的人，但又要装得自己与众不同，特别是要体现自己经过世面的意思，他们还经常打架，放肆得有点像前线回来的一样。三哥那时候就是这样，整天荡进荡出，他人是回来了，但心没有着落。这些政府很快就看到了，我们这个地方一下子拿出了五百个国有企业招工的名额，这消息多么鼓舞人心啊，不仅鼓舞了像我三哥那样的年轻人，同时也鼓舞了像我父母那样的焦急的家长，半天时间就报名了四千五百人。说起来大家可能不信，考试两门，语文和数学，因为招得突然，定的分数也是出奇的低，两门加一起，女的到七十九分就上榜，男的到六十九分就过关，结果更离谱，男的到三十六就中标了，女的有四十二也录取了。三哥也考上了，进了机关事务管理局的市府招待所。这是个市府部门的小饭店，有几十张床铺，有一个小食堂，开始的时候不是对外的，都是招待那些到市里办事的乡下人。在这些乡下人中，洞头海岛来的人最多，码头一上来，直走十来分钟，就到了这里。这也给饭店埋下了祸根，以为是洞头人开的客栈，海岛上来的人，人们稍一想就会联想到盐潮和腥味。据说，后来生意的冷淡就和这个有关。

三哥在招待所里做大厨，他没有学过厨师，但在农场的历练帮助了他，他进来的时候有过一次露手的机会，他拿出了农场的“绝活”，他用三级粉做“麦塌糊”能做得满农场飘香，何况现在用的是“富强粉”；在农场炒鳝丝只能放芹菜，芹菜硬鳝丝软，其实并不搭配，现在他可以放洋葱，放彩色的椒丝；田鸡也一样，在农场都是清煮，顶多放点酱油，现在他可以炖茭白，炖芋艿。效果可想而知。那段时间，也是我们家最最欢愉的时光，我们的餐桌上不仅多了油水，样式也丰富了不少，三哥时不时地会带些小菜回家，有时候一块卤肉，有时候一爿熏鱼，最差也是花菜烧豆腐泡之类，我们知道，那都是饭店里的菜脚，或者说从顾客的份头上抠下来的，但接济总会让父母宽心，让我们欢呼雀跃。那个时候，大哥已结婚搬出去了，二哥刚到长运车队不久，正卖力地在路上跑，家里只有我和五妹，所以那时候，三哥是家里的“顶梁柱”。到了月底，三哥还会分过来许多日杂用品，酱油老酒醋，味精红糖盐，都是食堂从烧菜中省下来的。食堂算是国有的，烧多少东西都有定额，这就给了三哥们可乘之机，老酒放与不放你闻得出来吗？味精多一点少一点你能辨别吗？不能。所以，那些年，家里的这类东西都是三哥捎来的，算起来也非常可观。有一次我就对父亲说，有人药片纱布都要你记下来，你不能偏心，三哥的东西虽然都吃到肚子里了，但你也要记下来。父亲说，当然当然，我记的是谁有没有心思，不计份量质量。

三哥虽然有了份实惠的工作，但也有让父母为之操心的地方，就是他对女性没有什么兴趣，没想着要谈恋爱。一般这个年纪的人，都会有些这方面的迹象，或讲究打扮了，或留意姑娘了，或待在家里少了，突然地忙了起来。三哥没有，三哥却是另外的迹象，这也是慢慢显露出来的，开始是蓄起了胡子，他的胡子本来就多，每天刮还马马虎虎，现在追求蓄了，很快就成恩格斯了，过一段时间又是马克思了。这种样子其实已经是一个信号，透露的信息应该是严峻的——三哥的身体出现问题了。后来，三哥还蓄起了头发，不是类似于艺术家的那种，而是类似于狮子的那种，芜杂，蓬乱。对于这个现象，母亲想得比较简单，她觉得一定是长期找不到对象的缘故，邋遢了，没有别的。而父亲则想到了另一个问题：性取向和染色体。不过父亲没说，他怕说了有伤三哥的自尊，怕扩散开来不好听。因为这个话题在当时来说是耸人听闻的。

这些事发生的时候，我已经不在了，没有人告诉我，我也无从知晓，我只是从一个家庭的走向去揣摩，据说，任何事都是能从最初的“雏形”去判断的，我们这个家庭，也许辉煌得过于早了，它的力量分配得不均衡，那么，它的衰败也是必然的。父亲的精打细算只能让家庭的滑翔稍微地平缓一些，而没有办法让它提升。换句话说生命说命运，也是一样。

如果我还在，我不会像父母那样去想三哥的事情，那都是正常的想法。他们都忽略了一个人离开家庭后所产生的影响，这种影响有时候就是“化学式”的，比如二哥，他就回不来了。我会想到三哥在农场的情形，在农场形成的后果。那个农场我去过，人在那里面是非常非常渺小的，在无边的田野，在深幽的老林，你感受到的不是要升华，而是化为尘土和烂叶。有些人是一直要在一个包容里的，放到这样的地方，他的形就散掉了，魂就销迹了。在我们把三哥送到农场之前我们深想过这个人吗？他脑子里在想什么？他蓬勃的荷尔蒙会向哪里去？他能不能承受强大的劳动？他会不会受限于某件事情的刺激？我会想到农场那件蹊跷的“奸事”，假设那个拍砖的人就是三哥，那么我们是不是可以这么想，那个农妇强大的身体把年轻的三哥吓住了，俗话说，吃伤了胃只用一口，农妇把三哥给吃伤了，所以，三哥才会鬼使神差地拍了砖，而这一砖又引来了农妇的追溯，三哥后怕了，“道德”在日夜纠结着他，从此他的心里埋下了悔恨，他决定惩罚自己，惩罚的方式就是相当于自虐和自宫……

## 尾声

以上文字，似乎都是围绕着家庭的琐事展开的。子女对于家庭，对于父母，有时候一个孝字即可代替，有时候竭尽全力也未必能完成一件小事。对于我们这样一个家庭来说，能帮助父亲，把这一大家子维持下来，平安稳妥地延续，就是最大的大事。体现在细微之处的，就是你有没有在经济上尽过微薄之力。在父亲的教导和榜样下，我们兄妹也一直是这么想的，我们一直在为荣誉而战，以贡献为荣。这在大家的记录里应该是会有所体现。假如只有一个人，他记给谁看呢？他监督或激励谁呢？正因为我们有五个兄妹，我们才会有这样的情结，哪怕是死了的，也不想马虎和落后。那么，我们在自己的记录里会记些什么呢，肯定都是辉煌的，因为我们都在乎自己的表现，但在父亲的账簿里，我们也许就“原形毕露”了，谁好谁坏，谁多谁少，我们都在乎父亲的结论。

按照父亲的设想，我们都应该在成人之后而有所表现的，因为都工作了，因为都有了主见，我们对家庭的义务应该是没有问题的。但如我所记，偏偏每个人的表现都是参差不齐的。关键是个人自己又不这么认为，有认为自己是优秀的，有认为自己是良好的，有认为自己是及格的，如果都这么客观地认为，那也没事，而偏偏及格的要冒充良好的，良好的要替代优秀的，而优秀的又唯恐遭人算计，所以，大家才会在乎父亲的记录，因为只有父亲的记录才是历史的，而历史的不仅要载入史册，且不容篡改！

现在说说我父亲的大事，他一生最大的事情，就是在极其艰难的情况下运筹帷幄地安度家庭，使儿女成长。我要是记这些大事，那我就是记上一生一世也记不完。我现在要记的是他的死，他已经走入了他的暮路。他本来都是好好的，不会是一下子的事情，他是属于“破漏的船儿经得起划”的那种，生命力应该是很强的。那个时候，光华佬经常地会去看看他，有一天，他发现父亲的脸很红，父亲本来脸是灰的，像那种抽烟的人，突然那天红了，而且在昏暗的房间里都能够看出来，光华佬就很吃惊。他问他哪里不舒服吗？他说呼吸有点重。他说是不畅还是重？他说是重也是吃力。光华佬又在那里待了一会儿。那时候，父母身边其实是没有人的。一个家庭有时候就是这样无奈，说起来有很多子女，到要紧时却一个也不在身边。光华佬说，我先回一趟家，安排好了再来，你有什么情况就直接打我电话。

光华佬刚回到家里，我母亲就打电话来了，说父亲现在气喘得很厉害，肯定不对了。又说，隔壁乳品厂那厂医也来看过了，说这个要正式的医生看。光华佬放下电话，和他的父母说了句什么，就又回来了。这是1996年，私人家里装电话还是很少的，主要是初装费太贵，要五千块，还要外加一条“中华”做安装费，没办法，我父母单独在家不安全，我们兄妹几个就凑了凑钱把它装了。这时候，兄妹五人都在往家里赶。大哥是先到的，大嫂没有来，这个我们都料到了，原因是大哥把父亲说她不好的话传给她听了，她就在心里记上了。二哥是冥冥之中得到召唤的，他已于前天从内蒙动身，他要从满都宝力格到锡盟，从锡盟到呼市，再从呼市到上海，他估计明天傍晚能赶到家。三哥倒是一直在家里，他就守在父亲身边，一动不动地看着，他长着大胡子看上去像父亲的父亲，有时候会莫名其妙地笑一下，谁也猜不透他想到了什么。五妹和乡下老师也在往家里赶，在公共场合，他们的步调非常一致，像事先商量好的一样，一看就觉得假。我只能委托光华佬去，我虽然已经死了，但我知道他会去的，我喜欢他说的一句话，一丈都过去了，还差这一尺吗。他这人就是这样。

都到了父亲家，大哥已经叫了医院的救护车。在等车的过程里，大家无能为力地看着父亲，心照不宣地说着话，暗地里想着自己的心事，想什么心事呢，现在不好说，还为时过早，早得不合时宜也不近人情。后来救护车来了，大哥因为是医院的，他当帮手比我们得心应手，他就先随救护车跟父亲去了。

大家赶到医院，一时找不到父亲，也没有手机和大哥联系，主要是大家不知道父亲的状况属于什么，是应该看心，还是应该看肺，还是应该看急诊，后来受了别人的指点，说这种情况就是看急救，我们就哗啦啦的直奔急救室去了。我们看到了这样一幅情景：一个雪白的身体躺在台子上，有医生挽着袖子在做人工呼吸，不是嘴对嘴的那种，而是反复按压胸部的那种。我们站在急救室门口傻看，我们没看清躺在那里的那个人是谁，只觉得那个人太无助了，任由医生在按来按去，他的身体是那样的白，甚至到惨白，我们不知道这样的惨白是什么意思。后来，也是路过的人指点，说这样惨白还有救的啊？我们这才回过神来，觉得那就是自己的父亲，早已是没有血色没有生命的一具躯壳。

父亲就这样死了。我们在他的房间里摆了个灵堂，不管是白天还是晚上都点着烛光。母亲好像突然地神志不清了，她不知是不会了悲哀还是不会了表达，她只是长时间地在床上躺着，甚至也不知道吃饭了。那时候，我们几个兄妹都已聚到了一起，大家名义上是守灵，实际上是什么心思就不知道了，也许在等什么东西，也许都想到了父亲的遗产。这么多年，我们都看到了父亲的能耐，他是在完全没有经济来源的情况下，让一个家庭得以延续的，这无疑是个奇迹。他是不是有什么暗财？他以前在旧政府难道都没有积蓄？难道都吃光用光了？不信，父亲可是个会打算的人。那么，他的暗财是什么呢？是什么地方还有房产？是参股了什么私人企业？或许什么也没有，仅仅是某种手段、精神……这使得我们马上想到了父亲的账簿，他嘀嗒嘀嗒拨出的算珠声，他一笔一画记出来的数字，他是以最小的物质达到了最大的可能，他是个运筹帷幄的高手。那么，父亲会怎样地记录我们呢？我们为这个家庭做了多少呢？这是我们都极为关心的。

其实我们都明白，我们虽然有些许的付出，那都是远远不够的，对于家庭，团结也好，建设也好，我们都是忐忑的，根本是不敢直面的。我们以为自己做得很好，但底气不足；想揭别人的短，又不敢硬碰硬；想看看父亲的评价，又怕经不起监察。主要是虚荣心在作怪，想蒙混过关。假如这时有谁站出来，说对这个家庭我是最没有出力的，也许这才是最真实的，但可惜没有谁这么想，大家都觉得自己功劳卓著。现在，我们的眼睛都不约而同地投向了父亲的桌子，我们知道，那个窗台下面，父亲常年佝偻坐着的桌子，右手边的那个抽屉里，有关我们的秘密就在那里面。与此同时，我们几个，还对父亲的账簿发表了意见建议，在保存和销毁父亲帐簿的问题上，我们还无记名地投了票，我们最终都心虚地选择了销毁。但我们会冠冕堂皇地说，我们保留父亲的精神就可以了，让那些寒酸的记录成为历史吧，不再提起。

我们不约而同地站起身，走向父亲的桌子。大哥、二哥、三哥、光华佬、五妹和乡下老师，我们几乎是同时围住了桌子，我们拉开抽屉，真的有一本账簿，边上已经发毛，呈现出长久翻合的迹象。我们都屏住了呼吸。还是大哥先拿起了账簿，他沉思片刻。我们都在心里喊，打开！别看！封存！销毁！我们心里其实是不一致的，都有小心思小心眼。但大哥还是习惯性地打开了账簿，乍一下没看到什么数字，他又翻了一下，还翻得哗哗响，这会儿我们都诧异了，居然账簿是空白的，没有一个数字，也没有一个文字！我们面面相觑，父亲什么也没有记，原来他算算记记的只是个样子，是在展现不慌不乱的定力，是一种不动声色的鞭策。这让我们有些意外，甚至有些沮丧，我们在猜揣父亲，他这是什么意思？抑或有什么用意？我们又马上想到，这是不是一本假账簿？是不是还有什么真账簿？他是在放烟幕弹，真的其实早转移走了！或藏在什么地方？或在母亲的手里？这是老谋深算父亲的“尾声”，就像我们这里的一句老话：给自己留点什么，不怕子女会对你不好……

[原载《作家》杂志 2013 年第 1 期]

# 双莲桥

## 1

现在的双莲桥，变化是非常的大了。

从府前街下来，就是双莲桥，右边是巴黎春天、甜蜜蜜、在水一方、云里人间，左边是玉指轩、六六茗、中华清池、一杯小酒店，即使是白天，这里也是一派灯红酒绿的好景象。过去很有特色的双莲桥被填平了，连影也没有了。桥名成了路名，车流一闪而过。最最空落的是，桥下的那条小河也消失了。本来，它从温瑞塘河那边蜒过来，成了城里一条著名的支杈，沿途有许多大大小小的埠头，双莲桥，像凿出来一样跨在上面……

那年夏天，我开始在这条路上走来走去。这里俗称小南门外，虽然没有具象的门，但门的感觉却非常浓厚。在城里体会不出，出了外好像突然地变了颜色，变得黄灰暗旧，车也破了，房子也矮了，灰尘也多了起来。路的右边是缸店、白铁店、畚扫堆店和一个像驿站一样的邮局；左边是碗店、花圈店、煤球店、南货杂店，连一个干净一点的去处都没有。再下来就是双莲桥。双莲桥好像是这条路上的一个界限，一条河从桥下钻过来，就像划了一条线，犹豫了人们的脚步。城里人送丧，也到此为止，把讣告撕成纸末，往河里一撒，算是自己尽心了，对死者有交代了。再接下去一段叫烊头下，听名字就觉得是郊区了。

我去的地方还要往下，要拐个弯，进入水心，那其实就是乡下。路上有狗，有鸡鸭，有大堆的牛粪，我的厂就在这里。如果我要抄近路，得走几百米的田岸。我的工作是父母通过关系搞来的，他们觉得来之不易，所以，每天早早地就逼我出门，他们说，年轻人多做点事不是为别人做。他们巴不得我没事也去厂里加班。而事实上，我的厂里僧多粥少，我只是做半天班，中午十二点开始。这样，我差不多要一个上午待在小南门一带游荡，一会儿看敲白铁，一会儿看捣煤球，一会儿看画花圈，无聊啊，当然，双莲桥是我停留最久的地方。

这里有一个小小的埠头，不是起卸货物的埠头，是清洗的埠头，好像还分了阶段，早上一阵洗马桶，中午前洗菜，下午有路人过来洗手洗脚。大部分时间，我就坐在埠头的台阶上，看河水流进桥洞，看桥边盛开的莲花。这条河向内通向温州城里，九曲十八弯，风情万种；向外可以乘小驳轮抵达瑞安、鳌江、平阳。但莲花只有这座桥下独有，还都是并蒂莲，姿色都不一样。后来，我在一部科教片里看到对并蒂莲的解释，说如何如何的稀罕，十万支才出现一支，简直是无稽之谈，双莲桥下面长的都是并蒂莲。

我毫无表情地看河上的景致，纯粹是在捱时间，看吱呀吱呀划过的小船，一般都是些缸船，是城里运到乡下卖的；还有就是瓜船，是乡下送上来收购的。我坐着最多的是看莲花，数数它们是不是比昨天少了，数数哪个位子上又长出一个蒂来，数乱了，补上一遍，又乱了，就重头再来。然后就是看莲花的样子，和人一样，有娇情的，浓烈的，羞涩的，拘谨的，随随便便的，邋里邋遢的。然后，慢慢把酸了的脚拔起来，把屁股拍了拍，往厂里走去。

这条路很偏僻，过了中午，就像发了一个危险的信号，人就突地少了下来。到了下班的时候，路也整个地黑了。我们都是瞄着很远的灯光走路，如同受航标指引，如果没有灯，我们简直是在黑暗里摸索。这条路上有两个奇怪的现象——打劫和展示身体。打劫还好理解，月黑风高夜，不打劫才怪呢，当然，打劫者一般是很少有什么收获。他们在黑暗里叫我们站住，叫我们举起手，我们非常坦然，因为我们身上没有钱，我们一个月工资才二十六块，像命一样，谁还会把它带在身边呢？不要命啦？我们一般只会带几两粮票，几角毛钱，是留着万一肚饿时吃点心用的。于是，他们就骂骂咧咧，装作自己手气很晦的样子，顺便把女工的乳房摸一下去。也许这才是他们打劫的真正目的。展示身体就有点另类了。这条路上有几个“露阳癖”，他们每天晚上都会像田螺一样现出来，依在路边的角落里，表面看他们像是身披大衣，其实里面都光着身子，而且积蓄着歹念。等下班的女工一点点走近，他们会突然打开大衣，像蝙蝠展翅一样，把自己的身体裸露出来，动作热烈，景象可观，吓得女工们抱头鼠窜。所以，我们下了班都要等起来一起走。我们厂男工不多，身体好的男工则更少，我算比较好的，因此，我在晚上下班的时候就特别骄傲，许多女工都会刻意地巴结我，我也会无偿地吃到她们省出来给我的东西，两块香糕或者半个芝麻饼。

我愿意充当这样的角色，护送女工做夜班回家，每次平安，我都有一种顺利通过封锁线一样的快感。

应该说，我是幸福的。因为我有工作，有一个每天按时、固定的去处，许多年龄和我相仿的人都在游荡，他们故意穿着工作服，回力鞋，时刻准备着，目的就是为了去斗殴。社会很混乱，经常看到一大队人马哗啦啦跑过去，又稀稀拉拉地跑回来，我知道，那个方向的某户人家又要遭殃了，玻璃被砸啦，灶台被扒啦，来不及逃走的人被一刀捅死啦。人死了就像狗死了一样，没有人会想到报警，从来没听说过什么事要通过派出所解决的。没有派出所，就有许多人站出来充当派出所的角色。有黄京吧、龙海生、唐一刀、笑一笑，这些名字听起来就气象很大，被人请来请去，也确实能解决一些实际问题。

我知道这些名字是怎么起来的，到了人人景仰或闻风丧胆的地步。我想，他们开始也一定是打架起家的。打架光凭力气是打不出什么局面的，肯定有什么杀手锏。我也根据自己对打架的理解做了一件武器。关公为什么使刀？吕布为什么使戟？马超为什么使枪？每个人理解不同，都觉得自己使的武器是最科学的。我也做了一把带柄的、可以握在手心的、有短锥从指缝间钻出的器物，我叫它“钉拳”，握在手里藏而不露，打出去没准就是雷霆万钧。

有了这件器物带在身上，我的胆子就大了许多，碰上贴身肉搏，说不定还能迎合一下。当然，碰到砍刀、鱼叉、火药枪之类，那就是另外一回事了。

## 2

我生活的精彩内容都发生在上午，我一点也没有想到，我每天在双莲桥台阶上的傻坐，会最终成就一番事业。这事业开始还不是“钉拳”打开的，“钉拳”只是巩固了一下。它当时还静静地躺在我的裤兜里，把我的裤子磨得发白，工友们都以为我兜里塞着一串钥匙什么的，我父母也这样问过我，我说就是钥匙，我们家钥匙太多了，只有我自己知道那是一件什么东西，一把武器，不过是没开荤而已。其实，我也是不愿意它开荤的，开荤有什么好呢？开荤就意味着伤人，伤人这还得了？辱骂、动粗、伤人这类事，和我的家教格格不入。我父母说，那都是流氓二流子干的。是啊是啊。只是社会太混乱了，我带一件武器给自己壮壮胆，防防身，未尝不可吧。我是懦弱的，这从我做的“钉拳”就可以看出来，“钉拳”是隔靴搔痒，一般不会要人性命，顶多是伤及皮肉，我要是不怕死人，要是张扬，我就会做一把匕首，带血槽的匕首，白刀子进红刀子出。我要真是这样的人，我父母会被我活活气死，他们会觉得很倒霉，无法向自己交代，也无法向别人交代。他们觉得我是非常本分的，每天上班下班，至于打架的事，他们觉得，我会不会捏拳头都是个问题。

温州的夏天是清爽的，没有骄阳，也不会酷热，桥边尤其阴凉，还有沁人心脾的莲花的芬芳，这也使得我的坐看能持续下去。一天上午，就在我看莲花看得眼睛发直的时候，一条小船朝我划了过来。一般经过的小船都是吱呀吱呀地直线过去，这条小船的方向已斜了过来，它肯定在这一带犹豫很久了。这是一条满载了田瓜的小船，一筐筐生津得非常诱人。船上有两个老大。一个轻轻地梢着桨，一个护着声音隔远地问我，老司，这埠头能上来吗？埠头怎么不能上来呢？我随口应道，可以啊。他又支唔着问，上了没关系吧？上了有什么关系呢？你上就是了。我的干脆让他们产生了怀疑，他又不放心地问，你不会骗我们吧？我说，废话，上个船有什么好骗的。我的话是诚恳的，真的没有陷阱，他们又仔细看了看我，也许有一些因素让他们感到踏实，比如我的身材，有点偏粗，乍一看像蓄着力气；还有我的口气，三块板两条缝，不容置疑，像能够担当的样子。他们就偷偷交换了一下眼色，心里藏着暗喜，把船轻轻地靠了过来。

这一带有几个这样的埠头，都是让小船卸货的。土产公司门口有一个，内河客运站门口有一个，还有就是三角城头那边有一个，都是在河的开阔地带，河与河交会的关头，船要是梢着桨退出来，掉头就可以划到县里去。那几个埠头位置好，上岸就有正经的路，因此，送瓜和接瓜的都喜欢堵在那里。但那几个埠头有埠霸，什么瓜都得经他们验一验，雁过拔毛，说一不二。你若不肯，你若有异议，你若觉得吃亏，马上把你的船凿漏凿沉。但经过埠霸那么一拔也有一好，就是他签的单算数，城里那些南货店、果行、摊点是认账的，他说这筐瓜一百斤，接受的下家就不敢说九十九斤。当然，麻烦也是有的，就是那几个埠头太挤，船像水荷一样泊着，密密轧轧，等一个个把瓜清了，眼见着日头就暗了下来，再把船拼命地打回家，已是半夜了。

我开始是不知道这些的，后来别人总结我，也是这样说的。显然，我当时是被错当成埠霸了。凡事都有个开头，我的开头就是这么简单。他们的瓜要从双莲桥的埠头上，我正好又坐在双莲桥的埠头。他们把一筐筐的田瓜搬上来，我也帮他们在岸上接接手。我这样做纯粹是一种劳动的习惯，一种家教养成的本能，他们在用力，我是空闲的，我肯定要帮他们一把，而且，有人递有人接，也是一幅很美的劳动景象。但对于他们来说就不是这么回事了，他们简直是受宠若惊。他们赶紧停下活把我劝住，老司啊，你是什么人我们是什么人啊，怎么能叫你动手呢？我说，我站着也是站着，动一动又用不了多少力，有什么关系呢？他们说，你一点也不用动，你只用站着，你站着就是招牌，站着我们就踏实。你一定要动也可以，你只用动动你的眼，把我们的田瓜看一看，你看好了，给我们一句话，我们就有了保障了。他们这样说，我也不知道是什么意思，也许是生分，也许是怕我掺和，我只好懵懵懂懂地端起架子，耸起肩袖手旁观。

他们的瓜都是一百斤一百斤称好的。埠头上也站起了接瓜的人。大概是我前面做得比较亲和吧，他们就斗了胆和我"讨价还价"，要我少压一点，说一百斤当九十斤行不行？他愿意短斤缺两，和我有什么关系，我当即就同意了。那些接瓜的也不失时机地纠缠，问我每百斤收一毛钱可以吗？行啊，多少都是你自己给的，又不是我逼的，要挟的！双方就这样成交得很顺利，就拼命给我敬烟。我不会抽，我忸怩着他们也不肯，他们就把烟放在台阶上，有的则塞在边上的石缝里，好像这里的每一寸地方都是我的，放在这里就像放在我的仓库里。

后来我知道，这些送瓜的乡下人都要受到埠霸的拔毛，就像收租院里大斗进小斗出，心狠手辣，克扣得很厉害。他们克扣了送家，反过来肯定要讹诈一下接家，埠霸是坐吃两头的。我现在都由他们自己说，他说九没有掉到八的，他们自然就很高兴。都说我心平，说心平能做大事业。我当时以为是给他们当一下中间人，作一个见证。这事没什么难的，我就做了。

事情完了之后他们又要我签单，意思是说这批货已经我认可了。我说我签有什么用，我的字狗屁不值，签了也是白签。他们坚持说你的字就是钱，你签了，我们才能算数，你签了别人才不会争议，就会照你的意思走。我还想推三阻四，说自己没带笔。他们就到处找笔。我又说自己没有纸。他们就撕了烟壳，用了好几个烟壳，有飞马，也有红金，裁成一条条的，一筐一条。我说烟壳怎么行？不三不四的。他们说烟壳就烟壳，不在乎什么纸，关键是你的字。我想想这其实也无所谓，签就签吧。我读书到高中肄业，字肯定比他们好，我就郑重其事地写下“双莲桥埠头乌钢”几个字。我的名字叫乌钢。他们一边看着我写，一边就不停地感慨，啊乌钢，啊乌钢。说这个名字好，听起来入耳。听他们的意思，我这名字也很有气象，像个埠霸的名字。

我就这样做了埠霸。埠霸不用哪一级政府批准，他们觉得我是，我也就是了。

## 3

我的双莲桥埠头生意一般，原因是人家吃不准我的底细，他们那些埠头都有些年头了，在社会上已有了名号，我的埠头没什么历史，有些人怕得不到保证。还有就是远了点，偏了点，船要一直划到里面来，上货的路也不好走，就是原先知道的几只船过来，但每天也有几千斤瓜果的交易，也有两三块钱的收入，一个月就是七八十块，比我当干部的父母强多了。我在厂里的工资都如数交给家里，我父母很高兴，说我孝顺，懂事，没有白养，是他们教育的结果。为了麻痹他们，我也会向他们要回一些点心钱，一般以一天一毛计。我父母觉得这是非常合理的要求，人是铁饭是钢，特别是点心，有时候比饭还要紧。他们就会返还我几块钱，一般还会多给些余地，四块或者五块。

父母对我的工作是非常关心的，我当然也很争气，没有辜负他们的期望，也没有给他们丢脸。

我工作的单位叫竹筷合作社，顾名思义就是削筷子的。我的具体工种就是切竹爿，把竹爿切成筷子一般长短，而削则是女工的任务。我的工种没什么技术含量，就是挑挑竹子的长度，竹子是不是直，歪的竹子是不能做筷子的，只能做一些饭蒸、水勺、衣架，或者当柴烧。尽管这样，我也会挑一些话题让父母高兴。我跟他们说，你们知道我最近在做什么吗？他们说，我们也不指望你能做出什么惊天动地的大事来，你就把你的竹爿切切好，我们已经欢天喜地了。我说，你们怎么要求这么低啊，你们就满足我这样简单地切切竹爿？我告诉他们，竹爿是当然要切好的，但也要有进取心，我最近就在为厂里设计一种新产品。我母亲脑子比较简单，一下子就相信了。我父亲则将信将疑，他说，你不要吹牛了，我还不知道你是什么料？你切切竹爿倒也绰绰有余，搞什么新产品，你痴心妄想，你又不是技术员。我也不跟他们争辩，我告诉他们我发现和设计新产品的过程。食堂里那台烧饭的鼓风机坏了，厂长叫我给它检查一下，是马达的接触不好，还是里面的线圈烧了？我读过高中，在学校里学过一些奇形古怪的课，什么工业、农业、军体，工业课里就说到电机，所以，全厂也只有我敢于拆开这个小马达。其他工人，由于没多少文化，马达对他们来说，不是石头，就是泥巴。我拆开马达，毛病没发现，倒发现了线圈旁边插着的槽楔，竹的，半圆的，长短大概根据马达的意思，这使我心里为之一振。我把这些槽楔拿给厂长看，厂长立刻把马达的毛病丢在了脑后，像发现新大陆一样对槽楔产生了兴趣。在厂长的放手支持下，厂里成立了以我为核心的槽楔攻关小组，主要是解决槽楔的绝缘问题。我平时在家里喜欢炒菜，油锅经常会发生炸锅现象，油锅为什么会炸？就是因为锅里有水，等油把水炸光了，油也就平静了。我就是根据这个原理把槽楔放在油里煎，煎走了槽楔上的水分，达到了绝缘的效果。后来，厂里的供销拿了我试制的槽楔，在福建等一些电机基地接到了不少槽楔业务，大大充实了厂里的生产。在我的叙述下，我哪里只是一名竹爿切手，简直就是一个科研工作者，而我所做的试验，也不仅仅只是什么油锅炸水，简直就是一场工业革命，把我们厂的生产筷子一下子提升到为重工业配套的层次。我父母听我说着，牙齿也慢慢咧开了，露出了粉红的牙龈，他们都笑得合不拢嘴了。

这些事都是真的，但我并不用心，是无意而为。我用心的还是双莲桥埠头，这是我的副业，收入也不错，我得好好地培养它。我在埠头的声音越来越响了，每天固定有瓜果从这里上来，那些瓜船吱呀吱呀地划过来，我可以想象，前面土产公司埠头的那些人，盯着这些船是多么的眼红，肺都气炸了。本来他们是最后一关，他们要把河里的这些船一网打尽，现在后面还有我在收网，他们心里肯定像生了虱子一样，奇痒得不行。

## 4

我清楚地记得，这是1975年9月18日，那天上午，有两个人从上面的埠头向我走来，他们和我差不多年纪，但比我清瘦，双手插在裤兜里，装作一副无所谓的样子。我知道他们为争埠头的地盘而来，但我也知道他们只是喽啰，是来吓唬吓唬的，解决不了什么问题。喽啰有什么好怕的？喽啰离声名鹊起还远着呢，离如雷贯耳就更不用说了。尽管这样，我也并不想和他们起争端。我在家一向中规中矩，从来没有和邻居红过脸，我父母和同事介绍时，都说我是个老实人。况且，这埠头又不是天生是我的，也不是我拼了老命打下来的，我只是每天在这里坐一坐，至于司司秤，那是鼻涕流从嘴里过，顺路，也不是非做不可的。我还有正式工作，自从油煎槽楔之后，厂长就把我当人才了，准备提拔重用。这样，埠头守不守，我真是无所谓，我何必为一件无所谓的事情与人结怨呢？这是我真实的想法，我真想告诉那两个喽啰，我正做得不耐烦呢，你们要你们就拿去吧。但我身体里好像不是这个意思，好像有另一种声音在挣扎，在呐喊，这声音来自我不错的身体，来自我血气方刚的年龄，来自我兜里的武器——“钉拳”，它们迅速交织在一起，在心里不断地叱责我：你要是就这样退出来你就太窝囊了！我当然不能窝囊，于是，冲出我口中的话，就完全是另外一种意思了。我说，埠头又不是你们的，你们好占，我也好占，你们占你们的埠头，我占我的埠头，我碍你什么了吗？我说，那些船又不是我叫来的，是他们自己要来的，他们把瓜送到我这里来，我有什么办法，你有本事你把他叫去好了。我还说，你有你的名号，我也有我的名号，你的名号别人认，我的名号别人也认，别人要是不认我，我一个屁也不敢放，我再大的本事也守不住这个摊。我还说，有钱大家分点赚赚嘛，你一定要赚我这份钱，你也把道理甩过来看看。我说的大致就是这些意思，但当时说得肯定是杂乱无章的，也许声音很高，也许样子很凶，也许还夹杂着很多粗口，总之气势很大，那两个喽啰根本接不上嘴。他们站在离我几米远的地方，勾着头斜眼看我，一边还猛烈地抽烟，烟从他们的嘴里不断地喷出来，看得出他们气愤难平。他们最后相互看了一眼，用拇指和食指撮着摘掉烟，扔到地上，这像是一个暗号，一般都会有什么剧烈动作，我也以为他们会突然冲过来，会合力把我放倒。我不由得后退一步，右手紧张地伸进裤兜，拼命握紧我的"钉拳"。我从来没打过架，我也不会打架，都说想打还捏不及拳头？我就是怕捏不及拳头，所以我得提前准备。但是，他们却耷着肩掉头走了。

事情到了这一步已经不可收拾了。我知道我把话说大了，我等于是下了一道挑战书。他们不是理屈，也不是词穷，不是被我的慷慨陈词所震慑，他们是去搬救兵去了。很快，那边又来了两个人，加上跟在屁股后的两个喽啰，一共是四个。这两个可能是"中层干部"，来势也比喽啰汹汹，他们的手不是插在裤兜里，而是做出膨胀的样子夸张地撑在身体旁，像一些动物着急时的示威，有点解决问题的派头。他们径直走到我身边。我其实早就准备好了，我只是装作懵懂而已。我虽然没有打过架，但我读过书，知道出其不意的效果。别看我眼睛望着别处，武器已紧握手中。我的武器本来就很隐蔽，不像其他武器那么惹眼，它虽然握在我的手心里，但锋芒已在我指间虎视眈眈。那两个"中层干部"当然也是小看我了，他们也许学过散打，也许还记着师傅的提醒，师傅说，看一个人出手主要先看他的肩膀，手动肩膀首先要动，没有一个人手动而肩膀不动的，也没有一个人手比肩膀动得还要快的。他们错了，他们太拘泥于师傅的教导了，我就是一个手动而肩膀不动的人，我就要破掉这个规矩。我倒是一直盯着他们的肩膀，我不声不响，头不移位，目不侧视，等他们的肩膀稍微地一动，我就给他一下，像毒蛇攻击一样迅猛。我使的是"钉拳"，拳在明处，钉在暗里，不出血，不伤内，但结结实实落在肋骨上，那个人一下子就弯下了身。他闭着气，有点怀疑这种疼痛，他撩起衣服查看，一看却更加疑惑。另一个同伴不相信他会这么不堪一击，想上来帮忙，但他的肩膀动得太厉害了，也许他只是想拿好架势，但我的钉拳早打了出去，这一次，我打的是他的脸颊，他连声音都没有出，就捂着脸蹲了下去。另外两个喽罗喊一声“皇天”，撒腿就跑。

这事到此为止，没有继续发挥下去。一是真的被我的“钉拳”吓着了，以为我身怀什么绝技，谁也不想再以身试拳。还有一种可能是，土产公司埠头的埠霸，也和我差不多，是只外强中干的纸老虎。有一点可以肯定，埠霸都不是真正的大拿。大拿有大拿的做法，大拿才看不上埠头的这些瓜果，大拿要做就做大事情，摆赌庄，办采砂场，开运输线路。埠头称瓜的都是些小拿，小拿我就没什么必要太怕的。

## 5

埠头上开始传扬起我的名声，人们惊叹我的功夫，见到我就指指点点，说“钉拳钉拳”，甚至把我解决那两个“中层干部”的过程说得神乎其神，说就像做四则运算一样，先乘除后加减，干净利落。还有人说我以前杀过人。这种说法连我自己都吓了一跳，我什么时候杀过人了？但他们传得像真的一样，像看见了一样，连细节都有。这些传说对我在埠头上工作很有好处，无形中帮了我的大忙，使我在埠头的地位更加牢固，杀人最能体现胆量，反正也没有人去细究，我也就不去否认它。后来听说，制造我杀人传说的是双莲桥边上的一户人家，他们家有个女儿叫吴茉莉，我也不知道他们说这个是什么动机。

许多人也因此说我是黑社会。这个名字我觉得还比较好听。他们不说我是流氓，流氓好像专指偷鸡摸狗之类，我比这类人要阳刚许多。黑社会就是另一个社会，这个社会有另外一套秩序，另外一套做法，但我对自己不这么看。我对自己的评价还是客观的，我很畏惧父母，遵循家教，每天正常上班下班，在厂里表现也不错。埠头的事，我一般也是以维护秩序为主，我不敲别人竹杠，不轻易杀斤两，也不漫天要价，一般都是尊重他们自己的意思，自愿自给。我其实起着一种维护利益和保障供给的作用，如果没有我，埠头就会乱套，斤两就会存在欺诈，价格就会乱砍，没个准则。没有规矩就不能成方圆，要流通到市面上就更糟。现在，我们几个埠头之间都相安无事。有了我，整个埠头的吞吐量大了，集散快了，也繁荣了，一派平和安宁的好气象。

天气渐渐凉了，石头也一点点变冷了，桥边的石头就显得更冷更硬，坐在埠头上，一会儿就觉得冰到了骨头，一会儿就觉得石头硌人。但我又没有别的地方好去，去厂里太早，埠头又有事情，我只得在桥边逛来逛去，有时候在栏杆上靠一靠，有时候就想，要是有张椅子坐坐就好了。这样想的时候，桥边的那户人家，他们的女儿吴茉莉就送过来一张椅子，还是张竹椅，虽然已经旧得发红，许多伤裂的地方还扎了布条，但坐起来还是有一点埠霸的味道。吴茉莉还给我端来了茶水，一次一大缸，放在埠头的台阶上，足足够我喝一个上午。我平时不抽烟，尽管那些送瓜的人都及时向我递烟，我的台阶上、石缝里随便伸一伸手都可以摸出一根烟来，但我不抽，我觉得抽烟不好看，我父母也这么说，他们不说抽烟有害健康，他们说抽烟像坏人，他们会举出一些电影里坏人抽烟的例子，有地主、特务、狗腿子，确实抽得都很难看，我就对抽烟很恨之入骨。我问吴茉莉家里有没有人抽烟。她说她爸爸抽烟，但抽得很差，八分钱一包的雄狮。她说你这些都是好烟啊，我父亲一辈子都没有抽过。我就把这些烟收拾起来给她，作为和她端椅子泡茶的交换。

吴茉莉是个和我差不多年纪的姑娘，黑黑的，油光油光，胸脯特别高，比一般人要高，我从来没见过这么高的胸脯，从脖子上下来就没有过渡，直接就耸了起来。她看上去很健康，尤其是嘴唇和头发，很有力量，我总觉得她像印度美人。她有个特点，身上容易长疮，一会儿脖子上一个圈，一会儿手背上一个圈，我原来以为这是蓬勃的关系，身体蓬勃了，总会有一些东西长出来，后来才知道，她可能是不太卫生的缘故。我对吴茉莉和我的接触没有觉得异样，她住在桥边，我也每天待在这里，一来二往，我们就熟了，熟了就随便了。她后来还叫我中饭在她家吃，我也就吃了。我也没觉得什么不妥，反而觉得这样挺好，挺方便。我本来中午要赶到厂里吃，挺突兀的，常常被工友取笑，因为我做的是下午班。现在好了，我可以稳稳当当地吃了饭，候准了时间再去上班。当然，我也不会白吃他们家的饭，我会给他们捎上一些瓜果，都是那些运瓜的农民伺奉我的，是最大最好的，比如田瓜，是那种长得均匀漂亮的，颜色瓷白玉质的，小屁股紧凑的，瓜蒂下打着黄圈圈的，都是上品。

吴茉莉的母亲是个家庭妇女，我总觉得她身体有病，但又看不出她到底什么病，嘴唇黑黑的，她对我的到来表示出极大的热情，每次我带什么东西去，她都会马上洗了切好摆在桌上，叫我吃吃吃。她自己并没有什么东西招待我，她只是用语言招待我，用客气招待我。对于我上她家吃饭，她说得也很到位——客来多双箸。我很少看到吴茉莉的父亲，吴茉莉说，他在一个仓库里守门。有一次在她家看到他，他正好伏在桌子上吃饭，挺不错的一个人嘛，但站起来才知道，一边肩膀上的一只手是挂着晃的，像棚架上的丝瓜，没用。吴茉莉说，是叫机器轧的。

## 6

吴茉莉家的条件一般，这从她家的吃菜就可以看出来，尽管每一顿都摆了四盘，但很少有荤的，花样倒是很多的，比如咸菜豆瓣，单单咸菜，单单豆瓣，还有咸菜豆瓣汤。这是开玩笑，反正就这个意思。不过，有一点比我们家好，马桶没有放在房间里，是放在房间外的天井里，用破木板隔着，用一块发黄的布遮着，人要是进出马桶间，就像进出于舞台，要用手撩一下那布，那一撩，老叫人有一种哼两句的欲望。

有一天我从马桶间出来，看见天井里蹲了一个男人，在伺弄屋檐下的花草，我以为是吴茉莉的父亲，仔细一看，拿剪刀剪花的手又好又有力，正在纳闷间，吴茉莉母亲无声地把我招了进去。我进了他们家卧室，吴茉莉也站在那里严阵以待，她们掩了门向我告诉这个男人：他住在隔壁院子，窗户却开在我们家天井里，这个人强横得很，说屋檐下的滴水地是他家的，就把自己的花摆进了我们的天井里。吴茉莉母亲说，单是摆个花我们也无所谓，我们的天井白白的多了几盆花也不是不可以，但摆了花就要种，就要梳理，就要浇水，他就要翻身到我们的天井里，比到他自己家还随便，这就不舒服。吴茉莉也说，我一看他翻窗过来的样子我就烦，好像翻自己家的墙头一样，好像在自己家的天井里。她母亲说，他看自己身体好，看我们家老公身体残疾，欺负我们女人。我说，他做什么的？吴茉莉说，好像是大学毕业，有什么了不起！她母亲说，也不知道在什么单位工作，力气倒是挺大的，每天在家里练吊环，还有拿一张长凳，上面下面地爬着打滚，看样子也是用力的，一般人爬不起来。吴茉莉说，他就是看自己有力才这样老三老四。她母亲说，我老公身手不好，我自己心脏也不好，你看我嘴唇都是乌黑的，我又只有一个女儿，眼看着别人蹲进了我们家天井，也拿他没办法。吴茉莉这时候靠过来，拉了拉我的手，有点忸怩地说，乌大哥，你都是埠霸了，你一拳打过去，一个差一点躺倒，一拳打过去，另一个一屁股蹲下，别的埠头的人都不敢惹你，你一定本事很大。她母亲说，听说你还杀过人。我拼命辩解，我什么时候杀过人，你们不要乱说。吴茉莉说，你没有杀过人也没关系，你的“钉拳”比杀过人更可怕，你能帮我唬唬他吗？我这时候知道什么叫“吃人家嘴软”了。我在学校时很少吃人家的，对这句话不很明白，现在突然明白了。想想这母女也挺有计谋的，她们是在攀趴我，目的是为她们家送瘟神。特别是吴茉莉，手那么一拉，大哥那么一叫，我心里咯噔一下，就推不掉了。我说，我只能试试看。

我硬着头皮走出她们家卧室，我觉得自己的身体慢慢地膨胀起来。我已经被她们母女俩鼓动得豪情万丈，什么埠霸，什么“钉拳”，什么杀过人，我突然觉得自己像一个打手了；我摇头晃脑，像一个无事生非的流氓；我脸上的肉都横了开来，像一个无恶不作的恶人。但我心里非常明白，我不是一个恶人，我也不是真强大，我不能像那些无赖一样无缘无故地打人，我家里也不是这样教我的。我只能装装看。我坐在吴茉莉家的饭桌前，对面就是天井里的那个男人，男人还兴致勃勃地在摆弄他的花草，好像真是在自己的院子里，这点我也不舒服了。我说，喂喂喂，弄花的！男人慢慢地站起身，转过头来。我说，你站的是什么地方你知道吗？他说，天井啊。我说，是你家的天井？他说，那不是，我家在窗里边。我说，那你怎么站在窗外边了？你还本事不小。他说，你是谁？这和你有关系吗？我觉得这男人有点“横”，还真以为自己练了吊环，爬了长凳，这样的男人要先给点颜色看看。我就装作漫不经心地踱出来，手已经在裤兜里握紧了“钉拳”，我到了他面前晃了晃拳头，我明里是拳，暗里却藏着“钉”，我把“钉拳”狠狠地打在一处墙壁上，年老的墙壁哗啦啦就散下一些砖来。我这样一打男人就惊了一惊，毕竟能把墙壁打得哗啦响的也是不多的，他的脚头也不自觉地动了一动，嘴巴僵一僵，精神好像已退缩到窗边了。我说，当然有关系，我是吴茉莉的表哥，我行不改姓坐不改名我叫乌钢，你若不知道我再告诉你，我在双莲桥埠头司秤定价。那可是一个社会职称啊，男人也应该知道怎么去尊重它。我就乘胜追击，你要为这件事打一场，我奉陪到底，你要不想它出人命，你就识相点。这个男人被我唬住了，他跨栏一样唰地一下，身体从窗口越了回去。我最后说，你这就叫作神不清，上了凳还要上桌，上了桌还想上灶台角！我当然也是说说，我知道牛有多少力马也有多少力的道理，他天天练吊环，爬长凳，真要是动起手来，我也许根本就不是他的对手，说不定被他三下五除二了都有可能。但世上英雄很少有真刀真枪拼出来的，大部分都是瞎起哄，人抬人，就像《水浒》里的宋江。

后来，听吴茉莉说，隔壁的男人把原来的大花盆都搬回去了，换了三盆小的，都缩在滴水地里面。我说，这就好了嘛。吴茉莉说，三盆好像都是茉莉花，挺好养的，不用怎么护理，他再也没有翻窗过来。我说，这不就达到目的了？茉莉花在你家天井里还可以白白香你。吴茉莉笑了一下，说，还有件事更好笑，你猜他现在怎么浇花？他拿个针筒，像打吊针一样，站在窗里面吱一下吱一下。我说，他是怕弄湿了你的天井。我又说，这就行啦，得饶人处且饶人。这句话吴茉莉没听懂，她程度有限。

## 7

帮吴茉莉家解决了一件事情，我在她家的待遇就更高了，原来还只是吃顿饭，现在还可以躺在她家床上休息一下。我说过，我是下午上班，太早去厂里也没意思。这样躺一躺不仅可以捱时间，还多了一项内容，和吴茉莉玩。吴茉莉家显然是很困难的，床上连枕头也没有，我在心里想，没有枕头怎么睡啊？不是把眼睛都睡肿了？吴茉莉说，没有枕头睡了不会头晕。她这是精神胜利法，是苦了说甜话。没有枕头，我躺着就很难受，侧着仰着都不是。吴茉莉说，你躺着难受就枕我的大腿吧。她就真的坐过来，把大腿给我当枕头，我也就不客气地躺了上去。也许她是想讨好我，她没有其他什么奉献给我，只有大腿。也许我这是居功自傲，觉得对她家有功，就可以心安理得地受点禄。

吴茉莉的身体真是蓬勃啊。她的大腿就很粗，我枕着她的大腿，就好像枕在大磅的米袋上。我还能感受到她的胸大，她的胸，像两座山峰尽力突出在我的头顶，让我有躲在岩石下安全的感觉。这样一对诱人的胸脯，我真想伸手摸她一下，我想，她也肯定会让我摸的。但我知道，这是个雷区，不能摸。摸一摸就不好交代了，就得把她娶过来。我不是地痞流氓，摸了就摸了，摸了就不要了。我要是摸了又不要了，谁还会要她呢？再说了，她家的条件和文明程度跟我家也不好比，门不当户不对，我要是把这样的姑娘娶回来，我父母就会当场晕倒，我能让父母难过吗？不会。所以，我不用动其他心思，就装作心如止水地睡一觉，休息好了去上班。

埠头上的事，一切照旧，而且越做越有秩序。比如签单，就是瓜筐上那张证明斤两的字条，现在就固定下来用烟壳纸，有什么用什么，有时候是飞马，有时候是红金，烟壳纸发出的货，就是双莲桥埠头的，就是有信用的。还有那个签名，原来是写“双莲桥埠头乌钢”，那么多字，多么麻烦啊，随着名气的增大，现在只用写一个“乌”字，或者写一个“钢”，就像钢印盖出来一样确凿。后来嫌“钢”字笔画多，就只剩一个“乌”了。有时候，那些没脑的人会把烟壳纸弄丢了，提着裤子尿紧一样跑过来补签，我都会马上满足他，只是写得潦草，写的“乌”有点像“5”，或看上去像“8”，但都像我们厂长签在工资表上的字，有用！我父母说了，与人方便是我们的快乐。换了其他埠头，肯定还会向他们收钱，再拔一次毛。

就是司秤的形式也和别的埠头不一样，我由着他们自己称，哪一方带秤都可以，或干脆称好了过来。我这是人性化管理，靠大家自觉。我不可能像其他埠头那样在现场摆张磅秤，称一筐，吆喝一筐，称的喊一百斤，吆喝的接八十斤，当场就扣掉二十斤，搞得像真的埠霸一样，这样心太狠。都是自己的兄弟姐妹，都是劳动人民的血汗呐！况且，我还要赶去上班呢，难道我把这张秤每天这样扛来扛去？从家里扛出来，再扛到厂里去？不可能。

在厂里，我又有了一个发挥的机会。我们厂那个供销像得了宝贝一样接到了一批梯形槽楔的订单，回到厂里被厂长骂了一顿，说，你是抢荒鬼啊，好像我们厂马上要饿死一样。还说，圆刀削削我们的技术还吃得消，你弄来一个梯形的，对我们来说就是原子弹嘛，哭也哭不起来。供销被厂长骂了像吃错了药一样难受，好几天都头虚眉低，见人一闪而过。后来厂长又想到了我，把我叫到办公室，把自己的位子腾出来给我坐，还给我泡了茶，说，你要是把这个搞出来，给你加半级工资。半级工资三块钱，但也像在我屁股上抽了一鞭，激励了我。我看了看实物，说，明天我去买个量角器来，把角度量出来再说。量角器厂长听都没听说过，张了张嘴，半天还傻在那里。我们这个厂是合作社，是近郊一带的竹篾小组打拢的，人员不是文盲，就是低小，个别城里加盟的工人，也都是蒸笼里发不起来的黄馒头，我算是厂里最大的知识分子了。第二天我用三分钱买了一片塑料的量角器，用一块钱剪了一段中碳钢，到隔壁厂里借了一支什锦锉，量出角度，画出样子，锉出模胚。在这个过程中，厂长的眼睛一直像探照灯一样亮着，一眨也没眨，口水也咽得咕咕响。我把做好的模胚往台钳上一夹，前面竹子敲进去，后面把它拉出来，一根梯形槽楔就这样诞生了。厂长奔走相告，全厂欢欣鼓舞，都对我佩服得不得了。当时市场上有胶木压铸的绝缘槽楔，但成本要比竹槽楔高七八倍，所以，我们厂的前景是相当灿烂的。

这是我的喜事。我父母很快也知道了，逢人便说。在他们溢于言表的得意里，好像我已经成了把理论和实践结合得最好的“华罗庚第二”。为表彰我的贡献，厂里真的给我加了工资，叫新招工一级半，每月二十九块，外加两块半米贴。

不久，吴茉莉家也传来了一件喜讯，她告诉我，隔壁那个男人把那几株茉莉花也拿走了，吴茉莉说，现在的天井里真舒服。她母亲说，就跟烫了虱子一样。

## 8

这真是一段非常气魄、非常充实、非常富足、非常美好的好时光，可惜好景不长。据说，从外地调过来的一个新领导，强势得不得了。在我们生活的局部，在我们个体身上，我们都觉得很好，很自由，很舒服，但在很多人眼里，这个社会很糟糕，没有秩序，没有公道，没有安全感。那个领导向市民许下诺言，第一件事就是要把四毛钱一斤的咸菜降下来，减至两毛；第二件事就是让每人每月半斤肉的计划得以兑现，确实能吃到油星。第三件事就是刮“台风”。温州地处东南沿海，平时台风频繁，有时候风夹雨，有时候海水倒灌，我们都习以为常了。但现在刮的是“政治台风”，确切点说，是打击刑事犯罪的“台风”。这条路上的那几个露阴癖被抓起来了，说是流氓，被判了刑；有一个抢劫犯刺了女人一刀，被毙了，叫“专刺女人大腿”，大腿有时候也泛指下身，专刺那还得了，就是死有余辜。那些唐一刀、笑一笑、黄京吧、龙海生之类，也都被枪毙了，他们的名气太大了，从来不出门的人都知道，那还不死定了，他们的罪行叫“地下公安局”，就是说公安局不能处理的事情他们都能处理，这多么招人。他们都毙在我们厂附近，枪声我们都听到了，有一次也去看了。这地方原来叫三脚门外，老人们都叫“棺材坦”。

杀鸡教猴子，我一听到风声就不做埠霸了，做埠霸本来也只是业余爱好，又不是任命的，非做不可。至于那个“钉拳”，早被我用力扔到河里了，挖泥船就是把河床挖了个底朝天，也不一定能挖出它半点影子来。“钉拳”虽然算不上凶器，但这个时候带着，等于找死。

我还是老老实实地上班去。

中午，我仍旧在吴茉莉家里吃，我已经吃惯了。但她母亲渐渐流露出一些不耐烦来，这我都知道，她把碗放得重了，她炒菜老是叮叮铛铛地敲，吃饭的时候，她会说自己有事，不和我一起吃，想冷落我，给我难堪。当初她们家力邀我吃饭，是想借我的名头赶走隔壁的男人，现在大功告成了，就不要我了，就觉得我是个累赘，甚至觉得我揩油。我就是揩油怎么啦？我在她家，没有功劳也有苦劳，没有苦劳也有疲劳，她怎么能过河拆桥呢？吃水忘了掘井人呢？她说自己心脏不好，我看她的"脏"好得很，就是"心"有点问题。她既然把我召之即来，我就要让她挥之不去，我偏偏吃，反正我也不看她眼色，反正吴茉莉喜欢我。

其他埠头的那些人，听说也抓的抓了，判的判了。他们以为"台风"一阵刮过，马上就天青气朗，他们以为自己是鼓楼下的鸟儿，都吓出经验来了，所以，他们只在家里草草地伏了几天，像蚂蝗一样蹦出来了，一把被政府逮了个正着。这叫不会看风头。这段时间的"台风"是刮给中央看的，是新来的领导治理地方的排头炮。排头炮一定得轰得山崩地裂，一定要达到震慑和摧毁的作用，接下来还要冲锋。他们就是没脑，埠霸什么的，那都是旧社会的丑恶现象，新社会怎么会让这些东西沉渣泛起？所以，他们被抓进去，被判了刑，有些民愤大的被枪毙了，都是必然的。风头霉头两隔壁嘛。

不爱惜生活、不要命的人是没有的，他们如果有机会想一想，就会觉得生活是多么美好，生命比什么都重要。他们没有想到这一点，为所欲为，最终被剥夺自由，被终结生命，就没有什么好可惜的了。因为他们的生命还没有注入内容和思想，而没有内容和思想的生命，当然就是行尸走肉。从这一角度看，我还是很感谢我父母的，他们的家教，他们的叮嘱，他们浅显的道理和要求，多少会让我掂量，使我时刻小心、犹豫、思前想后，适可而止，这才使我有了今天。

我听说，公安局也曾经暗暗地调查过我。公安先到机关里找到我父母，问他们我的情况。我父母说他很好啊，很听话，每天按时上班，还都去得特别早，为厂里做了不少好事。公安又问他们，知道双莲桥埠头吗？我父母说知道啊，好像都是些流氓恶势力在那里欺行霸市。公安说，你儿子很可能是他们其中的一员。我父母脸色立刻就白了，冷汗马上就布满了额头，好像看到了我被押赴刑场的情景。我父母语无伦次地说，不会，不会，这些事他哪里学来的呢？这些事你叫他吃，他也不敢夹。父母都以为自己对儿女了如指掌，其实，他们仅知道自己设想的一点点，蒙在鼓里的就是他们。公安没有跟他们废话。公安是对的。而我，既然是“钉拳”，我就会把自己隐藏好。

公安当然也去了双莲桥埠头走访。找了一些送瓜和接瓜的人，大家几乎异口同声，说我是无为而治，只是做个见证，根本没有欺压行为。再接触了一些诸如吴茉莉此类的居民，更是有口皆碑。说因为有了乌钢，邻里之间的龃龉少了，许多矛盾都及时化解在萌芽之中。在他们的叙述里，我俨然一个“人民调解员”。

公安最后还去了我们厂。在厂里，他们继续听到了对我的赞美，我怎么遵守纪律，怎么埋头苦干，怎么搞技术革新，怎么苦干加巧干。另外还说到，在晚上恶劣的条件下，自告奋勇送女工回家的都是我。单位原先还想提拔我，要我当什么技术攻关组长，假如我们厂是个公司或集团，那我这个职位就是部长或主任，我谦虚地把这些都推掉了。组织的意见非常要紧，组织的意见就是权威，组织说好，那才真的叫作好。组织可以把一个人打进监狱，也可以把一个人捧上天。

我最终没事。我想，这样的事在当时肯定是很多的，记也记不过来，说老实话，也没人记。时间一久，也就不了了之了。

## 9

没有我，双莲桥埠头也就不复存在的。那些瓜船，吱呀吱呀地摇过来，歇不是，上也不是，都吃不准，像没有人指引方向一样，没有了着落。那些接瓜的下家，他们到底接不接？接过来会不会受到质疑？心里一点也没有底。于是，埠头很快就萧条了，冷清了，人影也没有了。有一天在路上碰到一个往日送瓜的，手上扎了绷带，夹了木版，弯曲着吊在颈上。我问他现在瓜送到哪里了？他开了一句粗口，把母亲骂了一句，说，现在还种瓜呀？早就不种了，种了也没用。自己吃，吃多了肚荒。送上来，又没有人收。主要是斤两价格说不下，没有人说了算。他说，没有秩序和规则，怎么做生意呢？天天像论战！你看，还为这事打了起来，手也打断了，像《红灯记》里的王连举，已经三个月了。他口口声声怀念我当埠霸的那些日子，说我心平，公道，信誉硬码[1]。其他人，人打倒了不说，还再咬一口睾丸去，心狠。

这样过去了几年。小南门外还是依旧灰黄的样子，那些老店也依旧没有什么起色，双莲桥下的并蒂莲到了季节也依旧开放不止，

① 方言，过硬的意思。

我也依旧在这条路上走来走去。去，就是到下面的厂里去上班，工作着是美丽的；来，就是下班回家，还时不时地给父母带一点高兴的话题。父母正当英年，还轮不到我去孝顺，好的话题，让他们高兴的话题，就是孝顺，就是敬重。

年轻的时候，大家都没有工作，我有这么一个工作，算有出息了。几年过去，还待在这个厂里，就奇怪了。这样的厂，作为走向社会的跳板，过渡一下，锻炼锻炼是可以的。把前途光阴都耗在这里，肯定是有问题的。父母开始动用他们的关系为我跑工作，在他们心里，有点机械性质的工厂，才是好工厂，像冶金、渔械、拖拉机等等，即使重工不行，一轻二轻也是最起码的。竹筷合作社算什么呢？充其量是个手工作坊。父母对别人说，我儿子是一个很正式的人啊，勤劳，肯动脑子，会搞技术，更新了厂里不少产品。别人也拼命应答，好好好，嗯嗯嗯，现在的社会，这样的后生已经很少见了。说归说，就是没见动作要我。

为了外出接业务方便，我们厂也因势利导地改了名字，改为“竹制品厂”，产品也扩大了许多，工业用的有各类电机槽楔，民用的有竹椅、竹茶几、竹床板，竹筷倒是没做了，太小，看不上眼。但不管大小，我还是原来的我，原地踏步。

这段时间，和我年龄相仿的同学、邻居都陆续结婚了，有的还生了儿女，眼见着自己飞速地走向大龄，心里也慌了起来。我曾经也说过几个，公园也玩过，电影也看过，自己也觉得没什么不得体的地方，但糊里糊涂地就停了。我想起吴茉莉。后来虽因其他原因不在她家吃饭了，但有了前面的事情，神情应该不会断吧。她现在一定长得愈发盎然了吧？她比我小那么一二岁，也有二十三四了吧？我想，她家的条件，一下子也发不起来，我就找她吧。过去是我看不上她，送到嘴边的肉，我都不屑去吃，现在我降了一个等级，她应该欢天喜地了。我就去了吴茉莉家。她对我还是挺客气的，但我能感觉出来，这种客气有拘谨的成分，也有敬而远之的味道。过去她说“你睡觉就枕着我的大腿吧”，现在我做梦都不用想了。这样的基础在于迎合，她现在根本就不设计这样的机会。我坐在床边，她就远退到对面的凳上。说话也有了狡猾的技巧，说我妈到隔壁借东西去了，说我爸今天休息在买菜，言下之意是——他们等会儿就会破门而入，你老实点，或是你快走吧！我出来的时候，她会迅速地把门打开，先把自己站到门口，门口，大庭广众，我能做什么呢？动一个手指头都不可能。我只能君子地微笑一下，点头离去。

我父母好像知道了个中的缘由，他们想起那次公安的询问。他们是过来人，经历过“三反五反”“社教四清”，又在险恶丛生的机关里工作，深知有些东西的可怕。他们想到了“调查”和“档案”，文章都作在深处和背后，他们一下子就老了。

我前面说过，组织就是“捏命”的，组织专门在暗处使力。在我的问题上，我们厂是一级组织，这个组织曾经袒护了我。但公安局就是一个大组织，还有更大的一个组织，那就是社会。这些大的组织好像在背后签发了一个神秘的文件，文件里写着我的名字，名字上打了一个大大的问号，我就被这么一个问号挂了起来。经过组织多年的工作，这个文件已散发得又深又广，越是深入人心，我就越像个潜伏的危险分子。只要一提起我，谁都会立刻想起我的斑斑劣迹来……

现在的双莲桥，比过去当然是热闹多了。

现在有多少人知道过去呢？要问，谁都会说自己不知道，没听说。其实，他们全知道，而且清楚得很。有句话叫“就怕谁惦记”，他们都惦记着呢！在他们看来，那个双莲桥埠头的乌钢就是傻，非常的傻。他应该隐蔽，隐蔽了，也许什么事也没有。因为真正的经营者是不会抛头露面的。如果说，双莲桥下面还是一条河，一条生意的河，一条繁荣的河，那有些人就是二层河，是暗流，极其迅猛和凶险。就说路边那些招牌吧，不用进去看，就知道是什么地方，酒店，茶室，足穴，美体，咖啡吧，桑拿浴，生意不得了。明白的人都知道，这些店要开得牢，要红火，都是有相当背景的，都得有人撑腰，力挽狂澜，不是政府就是公安。否则，连一天也开不下去，光是各种各样的检查，就可以把你查死。

[原载《人民文学》杂志 2005 年第 5 期]

# 工厂开进了吉普车

中尉怒气冲冲地走出军营大门。他喝了一些酒，这是在上午，上午一般不喝酒，但他喝了，说明他今天心里不舒服。他的眼睛是一片惺忪，眼角挤着眼屎，嘴边也残留着白花花的涎霜，这些眼屎、涎霜，还有惺忪，证明他昨晚到现在还没有睡觉，他是喝酒喝到天亮的。他扬言要把乳品厂闹得个底朝天。他对门口的哨兵说，职工出了事是不是领导的责任？哨兵莫名其妙。中尉当然也没有要求士兵回答，他是正好在气头上，就控制不住自己，就这么问了。至于怎么去追究领导的责任，他想，这完全取决于领导的态度。

中尉走到军营门口，他踢了踢地上的尘土，门前这条笔直的柏油路，一眼望不到头，这使他对自己接下去要走的路产生了犹豫。他端了端裤腰的皮带，转身往回走。哨兵疑惑地问，谁惹你生气啦？是职工还是领导？中尉没有停下来跟哨兵解释，他旁若无人地往里面走。迎面过来几个士兵，他们乐呵呵地傻笑着，他们走到中尉跟前才突然发现了他的神色，唰地收了笑避了开去。有胆大的说，头儿，怎么啦？要不要我们帮忙？中尉走得更加赳赳英武了，宽宽的肩膀近乎在摇晃。他同样也没有答理士兵，他摇晃着身体继续往前走，他要是停一下，就会显得婆婆妈妈，不那么干脆硬码。他就这样一直走到了车库，身体趄一下就不见了，然后士兵们就听到很响的关门声，咆啸的引擎声，一股黑烟从车库里弥漫出来，然后就看见中尉驾着车，像一匹蒙着眼睛的瘟马，斜撇着冲了出来。

中尉也觉得这匹“马”跑得不那么爽快，有点磕磕碰碰，他知道是油还没有上来的缘故。这辆敞篷的吉普，停在那里已经好几天了，要想开得猛，就需要加几脚空油。他把车嘎的刹在车道上，他轰轰地踩着油门，排气管打嗝一样呕出了一串串黑烟，不一会儿，就把中尉和车笼罩了起来。哨兵跳下哨卡，几个士兵也拍马过来，他们都觉得中尉是一定需要他们帮忙的，他们的情绪激昂着，他们跑得有点凌乱。待他们跑近了中尉，车的气也顺得差不多了，他轻轻地一挂挡，车子从黑烟里冲了出来，车尾的黑烟像石头一样甩在哨兵士兵的脸上，他们像受到袭击一样情不自禁地弯腰躲闪，还有意识地举手抵挡了一下。

现在，中尉驾着车跑在这条柏油路上，他的车速和车尾渲染起来的烟，告诉人们他今天情绪很坏，人们很自觉地在路边注目着，小心翼翼地看着他过去。中尉不用看眼前的路，不用看岔口的红绿灯，他只要听着引擎上发出的欢快的响声，只用想着他要去的方向，他的车就开得畅通无阻。有几次，路上的警察看见了他，就指了指，警察的动作一直都是轻描淡写的，但一直也都有四两拨千斤的作用，好像在说“怎么开的”？“路是你家的”？要么你早就吓破了胆，灰溜溜地停了下来，要么你是被吓疯了，调转车头抱头鼠窜。可是，中尉今天没看见警察，今天的路，属于这辆吉普车，吉普像蒙上了眼睛，吉普像拆掉了刹车，吉普的油哗哗地注入了引擎，像一面旗帜啦啦作响，像台风来临一样横扫路面。它还有中尉坐在上面，中尉激昂又通红的脸色，中尉冲动又坚决的神态，前面就是一条河，他也注定要飞过去。那个警察，他当然也是个训练有素的人，他知道中尉放在油门上的脚抬都没抬，也听见了车子的声音一点也没有减弱，他甚至感觉到中尉的眼睛根本就没有看他，甚至都没有看路，最后他才看到了吉普的牌照，他就在心里暗暗地嘲笑了一下自己，今天真是“警察碰上兵了”，然后他知趣地把那只不知好歹的手收了起来。

宋海娜这时候坐在乳品厂包装车间里做生活，她做的是擦奶的生活，把罐边挂出的奶擦干净了，接下来就可以包装了。擦奶是一个非常轻松的生活，但也非常地耗时间，她们坐在流水线的两边，等待着从上面缓缓出来的罐头，就像在酒店里吃宴席，上一个菜就吃一吃，一边吃还可以一边说说话。与宋海娜一起的工友叫阿灿，阿灿比宋海娜不知要漂亮多少倍，她的眼睛、鼻子、嘴巴、胸脯、屁股，甚至脚趾头，都是父母下功夫精制的。宋海娜的父母就有点不负责任了，他们装搭得漫不经心，把一个宋海娜拼凑得叫人难过，还好，宋海娜还有些后天的自豪。阿灿可以在路上目中无人地走路，但她愿意去聆听宋海娜说话，因为宋海娜的老公是海军中尉。

她们今天的话题就是有关部队的、生活的和实惠的。宋海娜说，光衣服的钱就省下了不少。内衣外衣大衣，短裤长裤衬裤，还有皮鞋和袜子，一年四季都不一样。但是，我还是喜欢他穿短袖的样子。阿灿疑惑地问，怎么呢？宋海娜说，我们平时在外面见不到这种装束，它的颜色不同于一般的军装，要黄一点点，就像草黄了的那种颜色。他穿这种衣服时里面都不穿内衣的。阿灿又亮起眼问，为什么？宋海娜忸怩了一下，说，这样我手伸过去一摸，就摸到了他的身体，如果我们亲热，我就觉得我们是一对社会青年，他不是军人，我也不是军属，感觉好一点。阿灿听不出宋海娜话里的意思，她想到了另一个问题，说，那他的内衣呢？宋海娜说，我弟弟就穿他的内衣，他们这种内衣不知是什么做的，特别牢固。阿灿说，不会有金属的成分吧，那样穿着也不舒服啊。宋海娜不屑去解释这些问题，说，他的裤子以前对我们没什么用，我们的裤裆在旁边，他们的裤裆在前面，现在好了，现在我们的裤裆也在前面了。宋海娜说着撩起了自己的衣服，亮出了自己的裤子，她穿了条男式部队军裤，又新款又好看。又说，部队的裤子又牢又轻很好洗，做工作裤最好。

宋海娜说到裤子的时候，感觉到了自己的尿意，她叫阿灿等一等，她先要去一趟厕所。她放下手中的生活，缩着肩小跑出去，回来的时候，带来了一阵厕所的味道。宋海娜继续说，旧城改造的时候，我们要搬家，和我们一起的邻居搬得真辛苦啊，他们用小四轮，用板车，他们要搬好几天。阿灿说，你们呢？宋海娜说，我们只用半天，他叫部队开来了三个卡车。他穿得端端正正，站在那里指手划脚，说这个搬了那个搬了。他的兵就都搬到车上去了，一下子就拉走了。阿灿有一处不明白，说，卡车在市区是不能通行的啊。宋海娜啧了一声，说，那要看什么车，我们是军车好不好，什么地方不是畅通无阻的？阿灿觉得自己太没有见识了，就一下子老实了，还把宋海娜面前的罐头揽过来，让自己多擦一些，好像是对自己的一种惩罚。宋海娜也不客气，今天她是主讲，阿灿是听客。

宋海娜又说，我们本来可以住在部队的，那样更省了许多东西，水电煤，床铺柜子桌子，都可以省，但我喜欢住在外面，住在部队里太远了，进进出出也很麻烦，那些哨兵老是跟我们敬礼，很不好意思的。阿灿的嘴张了一下，半天说，那你们现在住哪里呢？宋海娜得意地说，部队给我们租了公寓。阿灿说，有多少平方啊？宋海娜说，有一百多吧。阿灿突然就不响了，她可能想起自己鸡窝一样的宿舍，心里的难受像药一样苦满了嘴巴，但她又好奇，又想知道这一百多平方有多么舒服，阿灿说，那一定很好过吧？像人民大会堂一样。宋海娜酸溜溜起来，说，大哪里好呀，空落落的，打扫起来也是个问题，我们刚搬去的时候，理也理不过来，正好是过年，要掸新，要洗刷，我们就把部队的士兵叫过来弄了两天，要是老屋，这样擦擦洗洗的，不知要弄到猴年马月了。

阿灿说，我们的布也要洗一洗了。的确，她们只顾说话，说得津津有味，她们忘记了洗布，她们手上的布已经积了许多奶垢，已经擦不干净了。阿灿对宋海娜说，你去洗吧，顺便休息一下，我再擦几个。宋海娜当仁不让地站起来，她去身后的水池里洗了一块布，抛过来，阿灿再把手中的脏布抛过去，这样几个来回，她们手里的布变得干净了，她们又坐下来继续擦奶，继续说话。

宋海娜递了一个话头，说，我前面说到哪里啦？阿灿说，说到过年掸新。宋海娜马上接了过去，噢，就说过年。过年要晒许多腊货呀，酱肉、鳗鲞，早些年还有猪头肉，我看邻居他们起码要做一个月，每天搬进搬出，挂在屋檐外晒。我们从来也没有晒过，部队里有的是地方，食堂里有的是人，他们早早就准备起来，晒了好多好多。我们那个部队叫水警区，还有码头，靠海边。阿灿说，地大、风大，加上太阳好，腊起来的东西就特别好吃。这句话宋海娜接都没接，她只是看了一眼阿灿，好像在说，这还用说吗？说这些话就是水平低。宋海娜错开了话题，又说起了过年慰问，说，过年了，部队的慰问多么热闹啊，不光是部队慰问，地方上也配合慰问，现在慰问可不像过去那样送一个镜框啊，读一读致敬信啊，现在的慰问就是送东西，吃的穿的用的都送，去年还送了一个微波炉。阿灿忍不住咽了一下口水，说，有送钱的吗？宋海娜明显有点骄傲起来，说，当然有。阿灿说，拿钱可以吗？宋海娜说，你要想想我们为什么可以拿，我们是部队，最早是保家卫国，后来是支援社会主义建设，现在是巩固改革开放成果，哪一步离得开部队的支持？你以为这些话都是随便说说的？这就是政策！这样啊，阿灿感慨得没有话了。阿灿把嘴巴翘起来，只顾叽咕叽咕地擦奶。阿灿想，人和人怎么这么不一样啊。宋海娜显然没有注意到阿灿的情绪，她还以为阿灿在洗耳恭听呢。

宋海娜最后露出了疲倦的神色，她觉得部队的好处就是再有几天也说不完，还不如到此为止。她总结说，主要是自由。平时在家里多么麻烦啊，每天回家要做这做那，老公在部队，我们就没有这么多麻烦，我们想在哪里吃就在哪里吃，想怎么玩就怎么玩，回家迟点就迟点，就是不回家也没有关系。

这个时候，中尉的吉普车已冲到了乳品厂门口。门口有一个红白相间的栏杆横着，传达室的门卫以为这吉普是在这里调头的，所以，他仍旧低着头热衷于今天刚到的报纸。中尉有点怒不可遏，他叭叭叭地按响了喇叭，而且，车玻璃后的眼睛也直刺了出来，好像要刺住门卫的咽喉。这是第一辆到厂里来的部队吉普，看门的门卫有点惊慌失措，提着裤子跑了出来，升起了栏杆。中尉的吉普像马一样嘶鸣了起来，车轮好像有一个细微的后挫动作，就像马蹄在地上刨了几下，然后吃住劲箭一样地冲进厂区。

中尉气冲冲地走上三楼，走进厂长办公室。他的脸上和身上都呈现出轰轰烈烈的酒气。他礼节性地在椅子上坐了一下，又按捺不住地站了起来。中尉把手指做成枪状，戳着厂长，他的唾沫像子弹一样在厂长眼前乱飞。他说，你厂里的职工你是不是要负责的？厂长说，是啊，这还用说吗？但要看是什么事情。中尉说，我们军人的后顾之忧你是不是要绝对保障？厂长说，是啊，这也不用说的，我们没保障吗？中尉不理会厂长的辩解，他身上的酒劲在鼓动着他，他在强调了两个是不是之后，就进入了叙述和回忆的状态：他已经有一个月没有回家了，他昨晚正好在市里执行任务，他想，于情于理他都太应该回家一次了，他把这次回家想象得很富有诗意。他不打电话回家，也不想敲门，他甚至想越迟越好，他摸索着进去，在老婆熟睡的身边坐了下来。他希望老婆这天晚上正好梦见他，她在喃喃的呼唤他，与他在梦的角落里相拥爱抚，而事实上他此刻就在旁边抚摸着她。他会把握着他们的节奏，他清楚她在高潮前的每一个细微的动作，他要把这个意境控制得恰到好处，让她在不能自已中失声呻吟，在半梦半醒之间羞愧得惊起，然后她发现了坐在床前的真实的他。一切的铺垫都可以省略，他们直接就进入了具体议程，他积蓄了一个多月的激情要倾洒在她的身上，让她感受到渴望的美妙和突然降临的力量。他想，他一腔的热血不能白白地储存着，他要把它宣泄掉，心里的准备要这样演绎起来才有意思。但是，但是，他沮丧地发现，老婆并不在家，中尉心里美美的准备突然地失重了，像一脚踏空栽了个大跟头。中尉稍作清醒，准备等个究竟，他想看看老婆到底什么时候能够回来，她会编个什么借口？他开始洗澡，看电视，吃点心，他这时候的心情还是稳定的，后来他就不得不吸烟了，踱步了，心里起火了。到了天亮，他还是没有等回老婆的归来，就开始喝酒了……

现在，中尉坐在厂长对面，他的全身因为酒每一个部位都是咄咄逼人的。他说，我老婆让我非常失望。厂长说，你老婆怎么让你失望啦？中尉说，我老婆昨晚没有回家。厂长说，没回家怎么啦，没回家总是有事情嘛。中尉说，没在家就不行，一个女人，老公不在家，她就应该自觉地安分守己。厂长说，这你就有点封建了。中尉马上止住了厂长的言论，说，你给我闭嘴，你错了，你放纵了职工是一个错，你这样的认识是第二个错，别人的老婆可以自由地出去，我的老婆就不行，因为我们是军人。厂长也马上露出不以为然的神色。厂长说，军人怎么啦，军人也是人呐。中尉说，军人就不是一般的人，军人在外面保家卫国，他们对家里却一点也没有底，他们的家里不安全了，他们在外面还会安心吗？他们不安心，他们有了难处，你说他们该找谁？中尉最后指着厂长的鼻子，下结论说，我就是找你！

这时候，有关中尉来厂长室争吵的消息像长了脚一样在厂里跑开了，在各个角落东走西走，它走进了车间，走进了食堂，走进了医务室，甚至走进了厕所，甚至还在煤场上游荡。工友们兴致勃勃地聚集到了厂长室对面的走廊上，他们凭栏而倚，一个挨着一个，像空中电线上的一排鸟儿。他们的眼力也特别的好，越过窗玻璃全落在厂长室里。还有的则站在厂长室垂直的楼下，他们仰着头，不断地咽着口水，盼望着厂长室说话的内容像食物一样从窗户内抛出来，好让他们稳稳地接住，在嘴里咀嚼品抿。

厂长也感觉到了中尉的“酒”，面对这样酒，他往往无能为力，他只能露出苦口婆心的样子，他对中尉说，你觉得老婆不在家会是什么原因呢？中尉说，那肯定是在别人家睡了。厂长说，那我们分析一下，她会在谁家里睡呢？她父母家？你为什么不去她父母家看看呢？中尉很不耐烦地回答这句话，不可能，她父母家房子小。厂长说，那么她外面有男朋友？中尉拼命地摇摇头，这个他想都不敢想。厂长松了一口气，那么她就是在女朋友家了。厂长也发挥了一下自己的想象，女朋友的老公出差了？她凑巧碰到你老婆？她们很高兴？很想在一起说说话？她们又都有条件在一起？她们就在一起过夜了？对于这种假设，中尉也粗鲁地否定了，他说，这样也不行！厂长便狐疑起来，说，她和她不都是女人吗？中尉说，但她朋友有老公！厂长奇怪起来，老公出差了呀！中尉斩钉截铁地说，但那床她老公睡过！厂长抬杠说，谁家的床上不睡人呢？中尉这时候挥起了拳头，说，你知道男人的气味吗？每张床上都有不同的男人的气味，她睡在那张床上，这些气味就会刺激她，她就会想起别的男人，她就可能有很多想法，她是一个老公经常不在家的女人，这个问题很严重！厂长怪异地看着中尉，他觉得中尉的思维有点不可思议。接着，中尉又提出了一个十分荒谬的要求，他走到厂长的桌前，拿过桌上的纸和笔，他要厂长把他的老婆叫过来，给他写一份类似于循规蹈矩的保证。

这是你们自己的事情。厂长说。

这也是你们的事情。中尉说。

我们才不管你们这些事情呢。

那你说谁来管我们这些事情？

我怎么知道你们到底是什么事情。

我说来说去就是这样的事情。

厂长不再说话，他觉得这样事情事情地说来说去没个尽头，没有意思。没有人跟中尉说话，中尉就觉得很难受，他在自检，他想，是不是自己酒后口齿不清？表达有些含糊？他把情绪缓了缓，做出一副要探讨的样子，他说，反正，她不在家睡觉就是对不起我的。厂长说，我觉得她没有对不起你。中尉说，还有，你也对不起我。厂长轻蔑地晃了一下头。中尉不理睬厂长这个动作，他继续说，她在外面睡觉，睡在别人的床上，闻过床上别的男人的气味，她肯定会有想法的，她要把这件事说说清楚。厂长说，你真是岂有此理！中尉说，我怎么没有道理？我的道理强得很。我们在外面保家卫国，我们的家庭要绝对的稳定，要没有后顾之忧，要有安全感，现在我们对自己的家庭心里没底，我们偶尔回家，家里空洞洞的，老婆去哪里了不知道，在做什么也不知道，什么都一无所知，我们在外面怎么安心呢？怎么做贡献？中尉在重复了一大堆他说过的道理之后，激动地拍了一下厂长的桌子。厂长说，你拍桌子没用，你如果没有道理，摔脸盆摔杯子也没有用。这最后一句话好像是递给中尉的一个提示，他恼怒地走到窗子前，猛地推开窗子，窗子打在外面的墙壁上，一个很响的声音炸了开来，像冷不丁地放了一枪。倚在对面走廊的人被吓了一跳，如鸟儿一样惊慌缩头；而楼下仰头观望的人也一样，好像被楼上拨了一把灰，一个个摸头擦眼，四下逃散。

这是发生在厂长室里的一次争吵，吵得有点凶，他们争吵的内容像石头一样甩来甩去，他们不用回避，他们完全不同的身份，使他们犹如穿上了盔甲；他们也丝毫不顾忌争吵的后果，因为他们的职业不是互负责任的关系；他们更不用担心被处分或承担责任，这种没有后果的争吵也延长了他们相峙的时间。好几次，他们想把争吵支开去，但又没有办法把它停下来。停顿，使他们都感到了身处下风的劣势，他们当然不能接受这种现实；这样，他们又只能把争吵捡起来，再推波助澜地让它继续。他们的这种争吵使围观的人们也非常为难，有些人因为难以等到结局的到来而纷纷地离去，而另一些不明真相的人，则因为兴致勃勃又接替了上去，在中途又加入了进来。

中午将至，有关中尉和厂长争吵的消息，也通过各种渠道传到了宋海娜的车间，这种消息像一只受伤的鸟儿，扑楞楞地盘旋在宋海娜的头顶，残缺的羽毛纷乱地落下，弄得她身上痒痒的，很不舒服。但她又没有办法到厂长室去，她是工人，她离不开岗位，从流水线上出来的罐头前赴后继地向她们涌来，她们只有拼命地擦奶才跟得上机器的速度。有时候，那些关心和幸灾乐祸的问询像身后的手掌，不断地拍打着她的背脊——宋海娜你们家昨晚怎么啦？宋海娜你老公喝了酒怎么这样呀？宋海娜你快去和厂长解释一下吧！宋海娜你把你老公领回家吧！宋海娜这样对你的影响很不好啊！宋海娜不得不把头转来转去，转得头颈和肩膀都酸了。到了确实很难受的时候，宋海娜也只能站起来，借助去厕所小解的机会，去稍稍躲一躲接踵而至的难堪。

很快到了吃饭的时间，铃声响起，宋海娜的起身几乎与流水线停机同步，于是，人们看见肢体夸张的宋海娜脸色苍白地朝厂长室飞奔过去。

这一下，厂长室里真正是鸦雀无声了。厂长室不太明亮的光线使外面进来的宋海娜眯起了眼睛，而宋海娜的出现好像突然地有了光线的反差，也使厂长和中尉也眯起了眼。厂长眯起眼是想隐藏起自己意味深长的笑，工厂太大了，他不认识宋海娜，他起先想，宋海娜一定是一位美若天仙的女人，中尉才会有如此固执的在乎。在得出了一个反差很大的答案之后，厂长就有点忍俊不禁了。中尉的眯起眼其实是在躲闪，他一直歇斯底里说着的宋海娜突然地出现了，反而使他觉得有点不自在了。他本来想搞清楚的一些问题，随着宋海娜的到场变得多余和不合时宜，这样，他只能立即打住。宋海娜眯起眼睛是不想表露出自己的情绪。对于厂长，她心里都是满满的歉疚，一两句话怎么说得清，还是不说的好。对于老公，她心里想到的是古戏里的一句词“你这个冤家啊”，一个冤家，多少情愫尽在其中，她又能拿他怎么样呢？一切的争吵都起因于宋海娜，现在宋海娜来了，追究已显得毫无意义，那些振振有词的道理，一下子变得猥琐而龌龊。争吵，顿时就像刹了大钹的曲子，戛然而止，不了了之。宋海娜接下去的任务是怎样把中尉领回去，她是维护面子的行家里手，她来到中尉身边，轻轻地说，你喝酒了？中尉一下子变得像个老实的小孩，他点了点头。宋海娜又说，我知道你很难过，但你可以和我说啊。中尉的眼睛里出现了一丝泪花，他张了几下嘴，但没有发出声。宋海娜说，看你穿着军装，到厂里来，多不合适。中尉说，那我把军装脱掉。这样，中尉里面就露出了宋海娜所说的那身好看的短袖军衣，中尉马上像一个社会青年了。宋海娜说，这样就更不能随便到厂里来了，还吵架，你看影响多不好。中尉难过得低下了头。

现在，中尉的酒气已完全散尽，他跟在宋海娜身后，像一只受了伤的狗熊叭嗒叭嗒地走向那辆吉普。中尉坐上车，发动了引擎，车子内立刻就有了蓬蓬的抖动。中尉有点茫然，他不知道接下去他将何去何从。他想，宋海娜应该会甩起脾气了，她会说，你把我的霉倒尽了，不仅倒到了部队，还倒到了工厂。她会愤愤地拔去车钥匙，扬手就把它扔到车外。她会说，酒后开车，你不要命啦，你不要命我还要命呢！但是，但是，宋海娜都没有那样做，她依在中尉的身旁，眼睛里妩媚起来，她说，你觉得我昨晚会怎么样呢？中尉拼命地摇了摇头。宋海娜叹了一口长气，说，我也寂寞啊，也很难受啊。说着，宋海娜伸过手抚住了中尉的胳膊，好像从昨晚开始他们并没有发生过什么。他们这样坐了一会儿，他们的眼睛从挡风玻璃上望出去，他们清楚地看见厂里的各个角落，好像还有人在看着他们，用手在指点他们。宋海娜说，我们回家吧，我们去飞翔。中尉诧异地看看她，说，飞翔？宋海娜说，嗯，飞翔。飞翔是他们之间的秘密说法，是亲热，是做爱，是高潮，他们对这事还有个说法叫跳楼，自已都控制不住地跳楼。他们有很多生活中的秘密说法，他们有时候当着众人的面也这么说，晚上我们跳楼好吗？他们就这么说，非常刺激，别人一个个都莫名其妙，他们却早已经心领神会，他们觉得非常有趣。现在，他们已经好久没有在一起飞翔和跳楼了，起码也有一个多月了，一切的过错都是时间造成的，都是没有见面造成的，现在他们碰到了，他们要快快地赶回家。

可是，中尉并没有惊喜，他突然伸手关了电门，他好像忘了身边有宋海娜的存在，莫名的难过汹涌上来，他顾自趴在方向盘上呜呜地哭起来。

［原载《山花》杂志 2000 年第 8 期］

# 惩　罚

具体的说，李红旗这个名字是有来由的，不是什么人都可以叫李红旗的，这和小城的一个独特现象有关。小城有许多喜欢打架的人，打得好的，或者是某一方面的头头，大家就把他叫作红旗。

当时李红旗还在南郊一带做散工，做的是竹器行当，比如竹椅、竹床、竹篮、竹饭蒸、竹水勺等。工场租在农民的房子里。南郊一带的农民房子有个特色，像一个凹字，三面是房子，那凹进去的便是道坛，也有叫天井的。

工场前面的道坛是个习武的场所，三三五五地摆着水泥浇铸的哑铃。南郊的农民喜欢扳手力，所以也偏爱练二头肌，觉得扳手力和二头肌有关，一个个练得两臂威猛，像青蟹的钳子。李红旗当时算是有臂力的，也喜欢哑铃，有事没事也在道坛里舞弄，不过他知道协调，练二头肌，也练三角肌，也练胸大肌，也练背阔肌，也硬拉和深蹲。还琢磨出一些技巧，比如怎样运用二头肌、三角肌、胸大肌的力一起扳手，比如怎样在力量悬殊的扳手时“金蝉脱壳”，不至于被人抓住扳死。

有一次，工场的房东出了一个意外，在洪殿集市摆地摊时和别人起了口角，他说他先，对方说自己先，他说他先放了一块石头，对方说那个破竹篮就是他放的，双方互不相让。但房东这边占了地近人多，稍稍的有点优势。对方就只好吃了眼前亏，硬是把怒气咽了下来，但也放出话来，说，现在生意做了先，晚上在家里等着，不冲过去狗生。这话房东这边也不要听，也接住话说，等就等，怕你是狗生。

那天晚上，发誓的对方真的攻了过来。这边也早有准备，战场摆在前面的马路上，马上就对峙起来。小城的打架有许多规矩，比如攻的一方可优先挑一种过招形式，这规矩似乎有一定的道理，像古时候战场上的单挑，意在提倡硬码，不是乱来。对方挑了扳手形式，也许对方那地段也流行这个。房东这边稍稍地有点迟疑，因为光是准备了乱打，刀枪棍棒的，没想到还真有讲究套路的，想自己左右有谁扳手好的呢？有人暗地里提示，说，工场的李红旗可以应对。于是，就拼命派了人去请了。

李红旗不知道发生了什么事，他一直把扳手当个娱乐，当会会朋友，就懵懂着去了。原来是要决定一场已经蓄谋的争斗啊。战场上，一张小方桌已摆了起来，方桌后早已立了一人，手大脖子粗，一看就是个有力的家伙。李红旗没有了退身的余地，只好上前应对，抱了拳，象征性地拱了拱，像电影里演的那样，然后蹲了马步，握好桌角，把手掌张了张，和对手就捉住了。

两只手握来握去，好像一直都握不好，不是两只手不匹配，就是嫌谁的手太油，这时候对方甩开了手，做无趣状，说，这手怎么扳啊，不扳了不扳了。对方的伙计也觉得奇怪，一个个张了嘴，好像在问，为什么为什么？那人说，我扳过这么多手，从没有碰到过这种手的，那是化骨为绵的手啊，这样的手怎么扳啊？深不可测的。都说男人绵手是很有名堂的，是内功深厚的表现。李红旗后来说，我有什么内功呢？笑话，会见势缩手倒是真的。这是李红旗的谦虚，玄处不外传，只说，扳手有时候不是靠蛮力的，也靠巧劲。

这场剑拔弩张的过招后来演变成一场对扳手技艺的探讨，怨怼自然是不了了之，也好。不赘叙。李红旗就是那个时候叫起来的。

其实李红旗不是一个打架的人，他的家教很严，严到什么程度呢？比如不管李红旗在外面怎么辛苦，回家是一定要习字的，还不是一般的练练笔，是临习颜真卿的《自书告身帖》。这个帖一般人不知道，后来人们看到的华国锋的字，觉得不好看，又嫩又别扭，其实就是这帖里学出来的。可见李红旗的家教不但严，还有点“刁难”和“苛刻”。

所以，当李红旗在南郊声名鹊起时，他父亲就及时地修理了他，说，我知道打架是情有可原的，是年轻人立足社会的姿态和方式，但活动活动是可以的，真打还是不行的。父亲的警钟敲得很有水平。怕李红旗涉世不深，吃不透扳手过招的精神，父亲又把这件事过滤后做了总结，说，一、自知之明的放弃，不算塌神气，只会赢得对手的尊重；二，打架不一定都要打出输赢，达到切磋的目的，留一手，是内心宽阔的表现；三、和平地解决争端也是解决的方法之一，而且是最可取的方法之一。父亲的话有点哲学的意味，但原则上还是在弘扬人类的向上品质。这些，李红旗都一一记住了。

以至于后来，小城举行扳手力比赛，血气方刚的李红旗都没有参加。他觉得这些意思不大。当时有很多人找到南郊，专挑李红旗扳手，说李红旗，都说你手劲很好，我们过过招怎么样？这些人不知是在试探李红旗的实力，还是想通过扳手来树立自己的信心。李红旗经常在上班时被人叫出来，去应付这件事。他一般不会回绝对方，尽量答应他们的“挑战”，这是他的姿态，但一般他会给对方一个成绩——平手。他控制着对方，不随便扳倒他，当然，也争取不被对方扳倒。遇到强劲的对手，他会把自己的手油起来，收缩自如，他有化骨为绵的技巧，不让对方锁死。为此，喜欢扳手的房东和工友们对他很有意见，觉得不过瘾，觉得李红旗过分地谦让。他们对李红旗说，你这是在砸南郊的牌子你知道吗？别人会说我们南郊没有人，会说你李红旗不过如此，你应该拿出百分之二百的力气，把他们“嘀嗒”。他们说的“嘀嗒”，就是一秒钟的意思，就是摧枯拉朽置对方于死地的意思。当然，他们是好心，是着急，他们喜爱李红旗，喜欢看到他大获全胜的样子。李红旗只是笑笑，他觉得他们说得对，但他觉得自己受的教育不一样，和他们的境界也会不一样。

事实上，自从李红旗在南郊扳手之后，他的麻烦也接踵而至。那些找他认真扳手的人，还算是文明的，但是极其少数的。大部分还都是打上门来的，一定要见个高低的。他们说扳手力是小儿科，他们的目的是寻衅闹事，他们要么背着大刀问李红旗怕不怕？要么用火药枪指着他，问他是要脸还是要眼珠子？李红旗非常清楚事情的结果，他要是意气用事，维护自己的名声，不管是铁蛋石头都要碰一碰，也不是不可以，但李红旗不想这样，他想做一个他父亲要求的心胸宽阔的人，做一个谦谦君子，于是，他选择了回避。

回避得多了，工场的头头就有意见了，他找到李红旗，说，你每天这样东躲西藏的算什么事啊，这里的生产还做不做呀？又说，就算你自己不想赚钱，你也不要影响别人嘛。李红旗自知理亏，但又没有办法兼顾这些事，他觉得自己应该走，换一个不知道他是李红旗的地方，也许麻烦就没有了。

李红旗后来去了西山。西山也是近郊，和南郊差不多，就是方向不一样。西山这条路是很有特色的，一路上有许多陶瓷残片。这些陶瓷残片是从垃圾车上抖下来的，掉到路上，太阳一晒，柏油路一软，加上被人一踩，被汽车一压，就嵌在路上了，因此，西山路像是画了指引标志一样，认起来很方便。从城里到近郊，陶瓷残片由疏到密，等到路上的陶瓷残片密密麻麻了，西山也就到了，因为西山有个陶瓷厂，做西山牌面砖，嵌厕所和厨房都可以。李红旗现在上班的厂就在陶瓷厂后面。

李红旗是应聘到这个厂的，应的是车间管理，名义叫"新招工"，月工资二十六元，比李红旗原来做的工作正式一点。李红旗读书到高中，这是1974年，已经算不错了。在厂长室，厂长问李红旗有什么本事。当时的应聘没有报名条件，不像现在有文凭和职称要求，问本事实际上就是问手艺。比如钳工，锉刀推得怎样？会不会做模？比如设计，鸭嘴笔打得匀不匀？图纸画得干不干净？车间管理有什么要求，李红旗心里没有数，他总不能说自己会管理吧？这样的话一听就觉得假大空，这种话又没有秤称斗量，等于和没说一个样，所以，他犹豫了一下，说自己会写字。他想，就是写字自己还不会太心虚，如果厂长一定要他试一试，他还是可以拿得出手的。厂长皱了皱眉头，说，写字？写什么字？李红旗说，我写的是大字，是颜字，是《自书告身帖》。我可以写通知，也可以写标语。厂长摇摇头，继续着自己的思路，问，你还有什么本事？不要一般的本事，要出挑一点的。李红旗实在想不出自己还有什么本事，就胡乱说，我身体好。他想，他可以早上班晚下班，他不怕辛苦，他有的是体力。这也是管理要具备的身体素质。这时候，办公室外面一阵喧哗，有几个工人在追逐打闹。李红旗走到窗边看了看，那是些比他年龄还要小的工人，都是像他这样不读书出来做"童工"的，他们还是孩子，童心未泯，心还是野的，不知道纪律和定额为何物，把他们圈在厂里上班实在也是在为难他们。厂长笑了笑，说，厂里有百分之六十是这样的工人，都是父母想让他们早点赚钱，通过各种关系送过来的，我找的是能治住他们的管理。厂长接着问，你会打架吗？你有势力吗？看你的样子好像在社会上混过，我要的是这样的人。厂长说的条件其实李红旗都符合，但厂长要他露一手看看，他怎么展示呢？强行逮住谁扳手？无缘无故地摁住谁暴打一顿？那像什么话。李红旗对厂长说，如果一定要考察我的本事，那就到西山路上去走一趟吧。

西山的这条路是没有公共汽车的，要说有车也可以，是开往乡下的8路车，实际上是经过西山，并不是停靠在西山，对上班的人来说没有用，上班的人全靠两条腿硬走。但西山这条路有许多手扶拖拉机，运货，顺便也运人，只要你不怕尘土，不怕颠簸，不怕危险，它也是对外开放的。李红旗刚来西山的时候也是走路的，有一天走着走着突然有人叫他，李红旗，你怎么来到西山啦？你不是在南郊的吗？你怎么也走路啊？叫那些拖拉机送送你吧？这句话被路人听到了，就奔走相告，于是大家都知道了，这个人叫李红旗，是有故事的，现在落户在了西山。这些话又很快传到了那些拖拉机手那里，拖拉机手们就知道，这个人是有身份的，是要照顾的，要用拖拉机送送他。

现在，李红旗和厂长走在嵌满陶瓷残片的西山路上，他们像散步一样慢慢往城里的方向走去。厂长莫名其妙，说，你不是要证明自己有本事吗？走路能证明什么呀？李红旗模棱两可地应着，心里却在感受着身后的动静。他的身后，已经有隆隆的声音隐约传来，他脚下的路，也开始有点微微颤动。李红旗想，等有大团大团的黑烟滚滚而来时，手扶拖拉机也就到了，他要证明的东西也出现了。

厂长也好像感受到了身后的异样，正疑惑着要回头看个明白，一辆手扶拖拉机像鸟儿一样落在了他们身边。厂长惊讶，厂长不解，再看李红旗，他在微笑，他在得意。这时候，那个拖拉机手开口了，说李红旗，你到城里去吗？我捎你一段路怎样？李红旗就客气地把厂长让上了拖拉机，自己也当仁不让地坐了上去。他们双双坐在车头两侧的“雅座”上，别看这是手扶拖拉机，在当时也是莫大的待遇，相当于有专车接送。他们迎着风，迎着尘土，迎着拖拉机喷出来的浓浓黑烟，威风凛凛地朝城里开去。

到了城乡结合部，厂长和李红旗下了车。他们不是真的到城里去，厂长是在检验，而李红旗则是在展示。他们还要回到厂里去。还是坐手扶拖拉机。这一回，坐在车头的李红旗翘起了腿，做出了一副享受的样子。他还把眼睛眯起来。他眯起眼不是因为有风有尘土，不是因为拖拉机的黑烟喷在他脸上。他眯起眼是在感受厂长，他感受到厂长也眯起了眼，厂长在眯眼的同时也在斜视着他，他在心里猜测着李红旗的内涵，或许，他在酝酿着自己怎样使用李红旗。

后来厂长问李红旗，他们怎么都叫你李红旗？李红旗不好意思地笑笑。厂长说，他们每天都送你来上班？李红旗轻描淡写地说，碰上就坐一坐，坐车总比走路快。厂长又问，他们凭什么对你毕恭毕敬的啊？李红旗说，这我哪里知道啊，以讹传讹吧。

李红旗这年十八岁，长得牛高马大，他母亲说他是奶妈的奶吃的。奶妈是海边人，奶水有力。他父亲说他是南人北相，这说法有点玄，好像深层次方面有什么名堂。李红旗觉得自己是练的，正是长身体的时候，他喜欢上了哑铃，练得昏天黑地，喝田七泡的酒，吞吃生鸡蛋，就像俗话里说的“庄稼灌了浆”“马吃了夜草”，身体就一节一节地上去了。

李红旗被厂长留下来了，他的考察“业绩”非常好，厂长说，我挑的就是你这样的人。

厂长要李红旗管生产，具体就是管那些“童工”。厂长说，你了解他们，你和他们有共同语言，你管他们正好。厂长又说，这些人骨头痒得很，要经常地修理修理，不然治不了他们。李红旗知道这些人，都和他一样是一些不愿读书的家伙，实际上都没到做事的年龄，没有三思，调皮捣蛋，点一点拜一拜，像放牛一样。他和他们，形式上是差不多的，但本质上还是有点区别，他们没有经过社会的历练，从内心到外面还是嫩的。

那些童工做的都是重活脏活。比如这个厂是做铁皮玩具的，那些童工做的就是铁皮抛光，就是把铁皮表面的污垢用布砂轮打干净。他们的车间里马达轰鸣，布砂轮打得棉尘飞舞，他们一个个灰头土脸的，眼睛和鼻孔都墨黑墨黑，比西山路上的拖拉机手还要黑。李红旗的管理就是盯着他们干活，不让他们开小差，把生产搞上去。为此，李红旗经常地要到车间里转一转，督促他们。他不用多说话，他的名声就是话，他的块头就是话，他的脚步声就是话，他的眼光就像鞭挞。李红旗不在的时候，车间里也许是嘻嘻哈哈的，松松垮垮的，打打闹闹的，总之，是自由散漫的。李红旗一来，车间里就鸦雀无声了，只听见马达的轰鸣，只见得棉尘飞舞。

因为限电，李红旗管的这个车间都是做夜班。每天晚上，厂长也会到车间里来听听李红旗的汇报。厂长要听的汇报不是产量，也不是质量，厂长会问，今天有谁骨头痒了没有？被你修理了没有？李红旗嘿嘿笑着，说他们都很好，很听话，很守纪律，干活很卖力气。李红旗不是说得好听，不是替他们打掩护，事情确实也是这样。在李红旗心里，他怎么会修理他们呢？他其实和他们是一样的，即便是待遇上不一样，精神上也是一样的。他非常懂得唇亡齿寒的道理，非常懂得皮之不存毛将焉附的道理，所以，李红旗和他们混得像亲兄弟一样。他的业绩也是依附在他们的劳动里，他们好好地干活，等于他在厂长面前顺利地交差。当然，他也会利用自己的权力给他们一点点实惠。

李红旗的权力是向厂长争取的。厂长说，你要什么样的权力呢？开请假单的权力？还是发劳保用品的权力？李红旗说，这两个权力都太大了，我不要，我生受不起，我只要签签夜餐费的权力。一份夜餐费折合人民币两毛钱，不折合可以到食堂里吃一碗盖了咸菜的光面。厂里所有的经济都是厂长一支笔的，虽然李红旗的要求涉嫌到“谋权篡位”，但对生产有利，而李红旗从事的又是一种特殊管理，厂长还是答应了。

有了签夜餐费的权力，李红旗就有了“一人之下万人之上”的感觉，有了签夜餐费的权力，李红旗就把它创造性地发挥。他会在中班快要结束的时候到车间里转一转，鼓励他们再坚持一会儿，争取熬过十二点。李红旗不说自己的意图，这个题他不点破，点破了他就有点“吃里扒外”了。其实，他的“机制”就在这里。开始的时候，童工们不理解，觉得李红旗苛刻，比厂长还过分，像《半夜鸡叫》里的周扒皮，生产都做得严丝密缝了，气都透不出来了，还要人家顶一顶熬一熬，有点不近人情。但到了签夜餐费的时候，他们的嘴巴都咧开了，笑容拉到了耳朵后。中班十二点之前的算一班夜餐，超过一点点，李红旗就开只眼闭只眼，算他们突破了班次，宽容地签给他们两班夜餐费。这还不实惠吗？对他们来说是一个莫大的激励。他们高喊，李红旗乌拉，乌拉李红旗。而李红旗，也因此把车间管理得有声有色。

李红旗成了厂长的大红人。厂长有什么事都找他，生产的事找他，不是生产的事也找他，比如写通知写标语。李红旗习字的本事也用上了。李红旗习的是颜字，写通知最好，又稳重又清楚，写标语就稍稍显得正了点，标语讲究气势，讲究龙飞凤舞。但大字稀罕啊，所以，尽管标语写得不尽如人意，但涉及字的事还是非李红旗莫属。大家都觉得厂长对李红旗太宠了，具体表现在，李红旗的工资已调到三十一元了，比一般的新招工多出了五元，这个不得了。对于别人的眼红，厂长第一句话是，你们也试试？见别人哑口无言，厂长又说，李红旗是多面手嘛，这有什么办法，能者多劳嘛。这不，厂长又给李红旗派了个新任务。

厂长这次要李红旗再担负起冲床车间的管理。

冲床车间就是把铁皮冲成玩具胚子，一半的金鱼，一半的公鸡，一半的蛤蟆。这是个细活，又是个韧活，容不得出错，出错了就是废品，就没有用了。所以，冲床车间都是女工。李红旗觉得奇怪，问，女工也不自觉？厂长说，现在的女工都不愿意做夜班了，都想提前回家，拦也拦不住。李红旗说，你拦不住，我还拦得住的？我又不是三头六臂的门神。又说，男工不听话，我还可以动动武，揍他们一顿。女工要回家，我有什么办法，我要伸手拦她，她“非礼啊”这么一叫，我还有人做的啊？厂长说，她们的问题其实就是个安全问题，她们怕的是走夜路，这条路，你又不是不知道，而你，正好夜路怕你。李红旗想想自己在厂里的角色，不禁也笑了。在抛光车间，他是修理他们的“打手”，在冲床车间，他马上又变为护送她们的“保镖”了，都和名气有关，也都和力气有关。但李红旗心里还是挺舒服的，因为这里面透着厂长对他的器重和欣赏，甚至还有厚爱。

西山这条路李红旗是知道的，白天还热闹非凡，到了晚上就“危机四伏”了。一是没有路灯，天暗路也暗；二是路上有人打劫，名义上是打劫，实际主要是搜身，口袋摸摸，顺便把胸脯也摸一把去；三是路上经常有露阴癖者躲在角落里，待女工走近，冷不丁地跳出来展示一下自己的身体。这三样任何一样都和女工过不去，都好像是专门对付女工的，都吓得她们胆战心惊。

在抛光车间，李红旗利用夜餐费管理童工。在冲床车间，李红旗因地制宜用这些来管理女工。他会对女工说，你们好好干啊，抓紧干啊，不然，我等会儿还有事啊，夜里你们自己回去啊。这句话和夜餐费一样有效，又是制约又是激励，女工们一个个都乖乖的。下了班，收拾好，她们都等在传达室里。等什么？等人多势众，等聚集起来的胆，但主要还是等李红旗，因为在这条西山路上，李红旗这个名字还是有点用的。大家顶着夜色，靠着李红旗的一路招呼，一路呵斥，像通过封锁线一样，噼哩啪啦地往城里去。

但很快，李红旗发现，女工们的“早溜”不光是安全问题，而是有另外的去处。

冲床车间的冲床一溜儿排开，冲床开起来的时候，像一个庞大的乐队在演奏，仔细听，节奏还很不错。李红旗置身在冲床车间，深感到生产的意义，生产的快乐。但是，他也发现一溜儿排开的冲床上，经常地会像掉牙一样缺人，有时候缺戴妮娜，有时候缺巫媚香。李红旗问她们去哪儿了。有的说天热，换衣服去了；有的说尿急，舒畅去了。都是些男人不可去查看的内容。后来老等她们不来，李红旗才知道，她们是跑到外面信耶稣去了。没有什么好玩的东西，没有什么好去的地方，能去信耶稣，李红旗觉得她们也和自己一样，也算是比较自律的，已经不错了。但她们已经影响生产了。

工厂对面的弄堂里，有一个小小的聚会点，李红旗去看过，那实在是一个有意思的聚会点，二十平方的农民小屋，挤了三十来个人，他们在那里老实地聆听来自天国的福音。

前面说过，李红旗的家教很严，与其家教相配套的还有，他祖母信奉耶稣，这就更强调了家里的文明气氛。一般信耶稣的信徒追求的仅仅是心里相信口里承认，做做普通文章，但李红旗的祖母不是，她的信奉是有程度的，有质量的，除每日坚持的三祈五祷外，她还一直沿袭着站着读《圣经》的优雅习惯。李红旗清楚地记得自己小时候跟祖母去做礼拜的情形，那些神奇的地方，都是些响当当的去处——城东的柯医生家，那是个老式的花园别墅，在他家聚会做祷告别有一番情趣；还有府前的银林牧师家，他像个《圣经》里的人物，家里不仅养羊，还有一处施洗池，每个月都要进行一次洗礼仪式。耳濡目染，长期以往，李红旗对耶稣也是耳熟能详的。

现在，李红旗等于是为了工作把耶稣又重新拾了起来。他想去参加那些女工的聚会，想和她们打成一片，这样他才能去影响她们，最终把她们争取过来，他没有去想这是意识形态方面的争夺，他只知道自己这样做是为了工作，不能因为他的管理不善而让生产停顿起来，让厂里蒙受损失。于是，他跟那个聚会点说，我可以给他们讲讲道！这里的聚会点本来就是比较简单的，没有“等级”和“规格”，水也很浅，也没见过严格意义上的讲道，属自发性质的相互勉励相互安慰，所以，听说有人要过来讲道，就很高兴。

这可不是开玩笑，像打战立下了军令状，只许成功，不许失败，为此，李红旗做了充分的思想准备和材料准备。李红旗的家里有许多“培灵”讲道的书，都是他祖母像宝贝一样收藏的，他就选取了其中的一篇，是多年以前一位本地牧师高建国讲的，叫《好管家》，他像备课一样把这篇东西重温起来，深入浅出，又觉得和自己的身份有点联系。

李红旗没想到自己在聚会点里也是那样镇定自若，这得益于他曾经在社会上的历练，和扳手过招相比，这样的场合实在是太“和风细雨”了，根本值不得一提。他拉开架势，先带领大家唱一首赞美诗：想主在十字架鲜血淋淋，满身受了伤痕刺痛我心，主爱长阔高深，引我归向父神，主啊祢替我死，我蒙主恩……赞美诗是这类歌曲的总称，不一定都歌功颂德，像这一首就唱得唏唏落落，委婉凄凉。接着李红旗就开始讲道，他引用了《新约》路加福音十二章 42 — 43 节的一段话作为开篇：主耶稣在这里说：“谁是那忠心有见识的管家，主人派他管理家里的人，按时分粮给他们，主人来到，看见仆人这样行，那仆人就有福了”。主的这几句话，是要勉励我们如何做一个神的忠心的仆人和殷勤的儿女。祂希望我们在主未来的日子里能警醒等候，用爱心行事，谨慎自守，忠心竭力，踏踏实实地做一个好管家。做一个好管家是主耶稣对我们的最大期望。怎么样做一个好管家呢？刚才《圣经》里就明确提出了四个条件：一是有忠心，二是有见识，三是会管家，四是会分粮。假如具备了这四个条件，谁还会说你不是个好管家呢？在“新旧约”中，我们可以看到，有不少神所喜爱的仆人是具有这四个条件的好管家：亚伯拉罕、约瑟、摩西、约书亚、大卫、但以理、彼得、约翰和保罗等，都是神的好管家。在这些最突出最符合这四个基本条件的人中，约瑟的事迹实在给了我们不少的启发。我们今天就先讲“有忠心”——

大家都听得如痴如醉。最后，他还为这个聚会点做了一段祷告，大意是，愿十字架永远驻守在这个小屋，愿宝血在这里得胜……一切都是按照城里的要求和规格做的。在西山这个地方，什么时候听过这么正规的讲道呢？心悦诚服的同时，那些女工也跟着李红旗叭嗒叭嗒地回来了。

这件事的结果可想而知，那些冲床车间的女工再也不脱岗乱跑了，她们非常听话和守时，努力勤勉地生产。她们要听道信耶稣，李红旗就给她们讲一课，讲接下去的“有见识”、“会管家”、“会分粮”……李红旗把这个作为收买和征服女工的手段。当然，他不会把车间变成聚会点，他是车间的管理，这个度，他还是能够把握的。

西山这个厂李红旗待了三年，根基很牢固。厂长对他很信任，因为他忠实地执行着厂长的指令，维护着厂长的威严，既稳定了生产，又发展了生产。工人们对他也很拥护，因为他能在细微之处体恤他们，有精神的，也有物质的。总之，工厂前景很好，工人们很有奔头。

1978 年，上级局准备给厂里的工人转正。大家都是临时工，即使名义上是新招工，其实也是临时的，只是在两块五的粮补上稍稍地有点区别。现在大家要转正了，大家都很高兴，用奔走相告来形容这件事，一点也不为过，好像这一辈子吃饭的事情就这样落实了。

但仅仅过了一天，大家灿若桃花的脸颊又苦丧了起来，苦丧的原因是转正的文件里有这么一个精神，这个精神对大家很不利，弄不好会把大家的前途断送了。精神说，如发现有“假农民工”现象，转正一律停止。这可如何是好？

这个厂在建厂之初征了西山的一亩地，搭了两个农民工。农民工在厂里很吃香很优惠，像老爷一样作威作福，他们若不来上班，工资还不能扣，他们若想来上班，工种先让他们挑，主要还不是这些，是他们的工资高，高到什么程度呢？五十六元！相当于大学毕业的国家干部！那么“假农民工”又是怎么回事呢？是厂长做的手脚，他把自己的亲戚安置到厂里来，拿农民工的工资，享受农民工的待遇！这和李红旗比起来，也已经有很大差别了，和那些临时工们比，悬殊就更大了。要是在平常，工资多一点少一点也就算了，但现在，这件事威胁到了大家的转正！

抛光车间的童工们情绪明显低落了，又自由散漫了；冲床车间的女工们又像掉牙一样脱岗了，不知跑哪里去了。大家把自己的担心反映到李红旗那里，要李红旗出来主持公道，说李红旗，你是厂长的红人，厂长会听你的，你去和厂长说说吧。又说，李红旗，你是有影响的人物，是硬码的人，你说话有力，你会替我们说话的。李红旗虽然比较“社会”，也有所谓的“势力”，但心还是比较纯的，他觉得大家这么看得起他，他就应该仗义执言。而这时，家教也像发酵一样起了作用，家教的精髓是诚实和正直，他觉得厂长在这件事上就是不诚实和不正直，做人要硬码，要敢于承担，为了大局的利益，把做错了的事先搁一搁又怎么样！这样想着，他就觉得自己应该和厂长好好地谈一谈。

他找到厂长，他说大家都熬到现在了，大家都很不容易，现在有这么个转正的机会，就先委屈一下你的亲戚，那些假农民工就算了吧。厂长说，这事我心里有数，你别管。李红旗坚持说，你好事做到底，这事要是一露馅，大家的事就泡汤了。这两句话都有点一针见血的味道，厂长不爽了，说，这事还轮不到你来说，你这么积极干什么？李红旗也一头楞到底，说，那我也就要说了，你要是这样自私，那也不要怪有人把这件事捅出去。厂长也不要听了，粗口开起来，说，你算老几，说我自私？我自私还会有这个厂吗？我他妈是无私知道吧我！厂长和李红旗，两个人都上了情绪，都杠上了，都在面子上不肯下来，就僵住了。

李红旗后来想，也许他低估了厂长的能力？也许厂长和局里的关系非常铁？也许文件只是空话和形式？也许“假农民工”的现象很普遍？也许这根本就算不上什么问题？这些事他们在兜兜里在酒桌上就可以含糊掉？李红旗又站在厂长的角度想了想，想想自己是不是有点飘飘然了？是不是有点“功高盖主”了？是不是立场站错了？是不是应该处处维护着厂长的利益？想了半天，李红旗还是觉得自己这样做是对的。

但，李红旗的处境一天天地困难起来。

先是厂长晚上不来厂里了，好像做夜班的两个车间是李红旗分裂出来的山头，厂长有意要孤立它。接着，李红旗被厂长“视而不见”了，他就是在白天碰到厂长，厂长也一个招呼也没有，是不是心腹就更不用说了，连一句话也没有，还是什么心腹。李红旗遭遇了冷暴力，弄得他像油煎饼一样，翻来覆去地难受。

难受的事还在后头。就是工人那件转正的事，慢慢地动起来了。

以前工人进厂时都是“白身”的，因为都是临时工，没有档案可言，只知道一个名字，阿猫阿狗，其他一律的都是空白。现在要改变身份了，变正式了，要填表格，要建立档案，这事正儿八经的，工作量很大。但厂里的工人大多都认不好字，就是那些辍学的童工，也没几个字好的，字也写得螃蟹爬一样，要读懂它比猜谜考古还要难，所以，要有个字写得漂亮的人、话能够问清楚的人担当起这个重任，把工人的情况问清楚，再统一抄写在表格上，报到局里也好看一点，存档起来也像那么回事。

要是往常，这差事肯定就是李红旗了，非他莫属了。他是正规习过字的人，写通知写标语不说，后来厂里的报告和总结也都是他大笔一挥，誊写得眉清目秀的，人人都说好。但这次，厂长封锁了这件事，甚至封锁了抄写表格的消息，根本没叫他！

非但不叫他，还故意让一个手有残疾的女工来做这件事情。这个女工李红旗是知道的，是在传达室看门的。叫她看门有两个原因：一是照顾她的残疾，她的右手不好，不看门她做什么？没什么好做；二是她的手残疾得厉害，一般人的手像一个双截棍，但她的手却像三截棍，人见人怕，这也是看门的优势，相当于自身带了件厉害的武器，远远地看见这样一只手，望而生畏，就自觉地想回避，不敢靠近了。以前，李红旗做夜班最后离厂的时候，都会和她叮嘱几句，我们走了啊，厂里就交给你了啊。这个女工也自信很足，每次都响亮地回答，走好啊你们，放心啦你们。好像自己真的是身怀绝技一样。

这个女工的自信还在于她真的把表格档案的事接下来了，在做了。那天晚上，李红旗还在上夜班，但他的心已经不关心生产了，他对生产的感觉已渐渐地离去，对秩序和业绩的热情也已渐渐地消失。厂长对他的态度让他心灰意冷，甚至有点心慌意乱。他发现自己惦记起传达室来了，惦记着那个手有残疾的女工，和她所做的问询的事业抄写的事业。他站在黑暗里，窥视着传达室里的灯光，窥视里面的一切。他想象着白天这个女工在做问询，现在，他看见这个女工在吃力地抄写，因为残疾，她的身体扭曲在桌子上，她其实是很费劲的。她抄得很慢，她的笔和纸都是歪的，她哪里是在抄写啊，简直是在刻字，是在铸字，是在捉虫！李红旗这时才真正地看清楚，女工一截一截的手根本就吃不住劲，她就是放着不动也是没劲的，她写字，笔不会听她的，字也不会听她的。她有时候也换了另一只手来写，左手不是她的顺势手，样子一看就别扭，好像不是她在指挥着笔，而是笔在钳制着她，字怎么样也就无从谈起了。她其实也是无辜的，无奈的，不是她要和李红旗过不去，而是厂长借助她传达着自己的态度，你以为就你会写字吗，我让她把字写给你看！李红旗站在黑暗里，心里早已是“潸然泪下”，他还有什么意思呢？

第二天，李红旗离开了西山这个厂。

后来，他又去过东廓和朔门，都是近郊的一些地带，他像游击队员一样在那些地方活动，以他的形象和能力，找份事情做做还是容易的，也很得人赏识。但到了关键的时刻，他总是处理不好，最后都是铩羽而归。这也是他一直以来纳闷和无奈的地方。

至于前面说到的西山厂的“转正”，放心好了，一切照常。条件好的和不好的、年龄大的还是小的、识字的和不识字的，都转了。“假农民工”就更不用说了。

［原载《当代》杂志 2007 年第 5 期］

# 火药枪

## 1

王勃在小城实验中学的一个教室里上课，他坐在最后面的一张桌子上。这是个南面朝向的阁楼教室，上课的人很少，干巴巴的风从窗户外面赶进来，赶得屋顶的泥灰哗啦啦地下来，盖在那些没人坐的空位置上，白蒙蒙的。这一年，王勃十八岁，蹿得牛高马大，他已经没心思在教室里上课了。我要去做活！王勃对自己说。王勃说这话的时候，脚趾头不安地在地上踢来踢去，硕大的喉结在脖颈里滑动，双手相互捏着指关节，咯嘣咯嘣咯嘣。

这时候，王勃的许多同学已离开了学校，走一个少一个，他们去做工，做裁缝，做装搭工，做营业员，做皮鞋佬，做剃头老司，美好的消息频频传来，像鸽子一样在王勃头上盘旋。王勃一想起这些，胸口就火辣辣地痒，他隔着汗衫抓，都抓出了血。王勃想，要是不抓，胸口就会一直痒下去。

我要去做活！王勃回家对母亲说。

你会做什么呢？母亲说。

反正书是不读了！王勃说。

王勃站在屋里的灯下，他宽大的身体晃来晃去，灯光在墙壁上一忽儿亮一忽儿暗。母亲叫王勃站住别动，母亲觉得这样亮亮暗暗的很别扭，好像有什么东西在脸上扇一下扇一下。

母亲说，要不去找找表舅看？

几天后，母亲请表舅到家里来。表舅是一个建筑队的工头，就是拎个黑色的人造革小包在工地上指指点点的人。母亲陪表舅坐下喝酒。母亲打了四斤老酒，是西山酒厂出的状元红，三毛五一斤，比一般的酒贵六分。母亲要王勃站在表舅身后端着酒壶等着，表舅杯里的酒浅了就给他满上。母亲说，做活的事，就听表舅一句话了。

王勃起先觉得这样倒满酒很有意思的，他满得很勤快，表舅的酒杯老是满满的。他看着表舅的筷子在盘里夹来夹去多自在啊，他看着表舅喝酒多痛快啊，多潇洒啊，咕一杯咕一杯，连脖子都不用仰，就像喝他自己的酒。后来，王勃就觉得这样站着倒满酒不好受，有些奴相，他看着表舅的脸红了，鼻子都渗出了汗，一条肮脏的手帕不停地擦来擦去。再后来，王勃就想把手里的酒壶捏掉，把拳头砸在表舅的鼻子上，表舅只顾喝酒就是不提做活的事。可他没有砸，也没有捏酒壶，他只是这样想。

表舅酒足饭饱后说，王勃行。表舅又说，隔天来报个到，先打下手，搬砖、打水、挈砺灰。王勃咧了一下嘴，快活起来。王勃做不来他同学的那些细活，他的手指像石头里凿出来的，端碗都会把碗边端个缺口。王勃说，还是做这个痛快。

表舅走后，王勃就把抽屉里、床铺底、马桶间的书和簿子找出来，散的塞在母亲的煤炉旁边，整本的就送进了废旧商店，收购。

## 2

王勃去建筑队报到。王勃套上了一条劳动布背带裤，披上了次白的帆布工作服。王勃不喜欢把衣服穿起来，他觉得衣服穿起来特别窝囊，一点也不精神，衣服披在肩上多么有味啊，走路的时候，敞开的衣角一飘一飘的很威风。王勃找到建筑队，建筑队其实就是工地。报到就是去领导面前站一站，说，来了。表舅就是领导，领导就是建筑队，建筑队就是表舅手里的人造革小包。表舅说，来了？来了就做活吧。

王勃第一次做活很兴奋。搬砖打水挈砺灰，王勃觉得很轻松，用不了多少力气。王勃想，力放着也是白放着，放着胀在身上难受，还不如用了的好。这样想着，王勃就又去做别的活了，拉车、扛木、抬石头。力不知从哪里来的，想来也就来了，很多很多，用也用不完，就像地井里的水，源源不断。

傍晚的时候，王勃从工地上回来。王勃的衣服染上了黑的土，黄的泥，白的灰。

做活用力吗？母亲说。

用什么力呀。王勃说。

做重活要当心腰，母亲说，腰是男人的半条命。

王勃看了母亲一眼，他觉得母亲的话太没意思了。什么腰呀命呀，他还没尝过什么叫重活呢！王勃说，我肚子饿了，吃饭吧。

王勃就坐下来，身体像山一样压在桌上。王勃吃饭的时候，母亲就站在桌边，王勃吃一碗，母亲就赶紧接过去添一碗，母亲的动作很快，好像稍迟一点王勃就会支持不住倒下去。王勃一般要吃四碗饭，呼啦呼啦呼啦，风卷残云，有他喜欢的菜，他就吃五碗。

吃了饭，王勃就躲进屋里练哑铃，王勃每天都要这样暗练几下。王勃有的是力，王勃的力要是不用掉，骨头肌肉都会痒起来，就会熬不住找人打架。王勃有强烈的充当英雄好汉的欲望。王勃把门闩死，把窗帘拉上，把浸过三七的药酒抹在皮肤上，顿时，火辣辣的感觉胀满全身。他又把两只生鸡蛋吞进肚子，王波觉得这样才有点修炼的样子。生鸡蛋很难过口，有一股腥味。生鸡蛋经过喉咙的时候，他差点呕出来。滑溜溜的像一口别人的痰。王勃想。

王勃练手臂，练背，练胸。王勃的哑铃是自己用水泥和石子浇的，样子笨重难看，但个大，练起来过瘾，轰隆轰隆轰隆。现在，母亲还在厨房里收拾，母亲一见王勃闩了门就知道他在练哑铃了，母亲忍不住心疼起来。母亲说，王勃你这样会练出病来的！母亲的话像烟一样绕进屋里来。王勃本不想理会母亲，但母亲的声音很顽固，在他心头绕来绕去，绕得他晃晃荡荡地憋不住气，他就没了力，就练不动哑铃了。王勃拉开门大吼一声，别吵！又马上将门关上。王勃在屋里说，你想要我的命吗！王勃又说，你这样一说，我就憋不住气，气一漏就容易内伤。母亲不响了。王勃就听见母亲继续在厨房里收拾，碗盘叮咚的。

一小时后，王勃从屋里出来。他站在院子里冲澡，哗一桶哗一桶，从头顶浇下来。然后，他换上细条带子的举重背心、老蓝的田径裤，去荡马路了。

在不宽的马路边，乘凉的人们懒洋洋地散在那里，棕榈扇在黑暗的角落里一动一动，王勃像一辆坦克从他们身旁轰隆压过。他把自己的胸脯挺起来，胸中那条沟又黑又深，他又把自己的背肌张开来，呈现出一个倒三角，像一只展开来的蝴蝶，他的粗壮的手臂被背肌撑着，架着放不直了。王勃觉得自己太强大了，浑身充满力量，他老想把拳头砸在路边的那些人头上。一定是很好看的，王勃对自己说，这些人的头就会像西瓜一样裂开来。

半夜前后，王勃荡回到家里，这会儿，王勃才感到有点累，也不是累，是困，他吱呀吱呀地上了床，人还没和床板贴稳，呼噜就从床上跌荡起来。

## 3

表舅的工地移到了近郊，这是个大工程，盖一个三层楼的厂房，算小城最高的建筑了，这也证明表舅的建筑队有实力。从王勃的家到工地，要经过臭烘烘的护城河，经过满是灰尘和尿味的长途汽车站，再要走四五里的郊区黑油油的柏油路。现在，王勃就行进在这条路上，太阳照得他身上火烫火烫，他走得赳赳英武，披在肩上的衣服被风吹得啦啦作响，拍打着他的两臂，使他兴奋。

王勃这天上工地早，是要找米猪头扳手力。这家伙也太狂妄了！王勃在心里说。米猪头是建筑队里拉单吨车的，三十岁，力气大，他不把王勃放在眼里。王勃做活的时候，米猪头和一些人就聚在一起说他，他们把手交叉在胸前，刁在嘴里的香烟不断地喷出来，王勃看见他们往他这边看，笑一阵，说一阵，说一阵，又笑一阵。一定在说我！王勃想，但是他们说什么呢？王勃想不出他们说什么，心里就横着，不好受。一个叫圣时的伙计对王勃说，他们说你是空架子，没有力，力在结了婚的男人身上。王勃的心里就难过起来，好像有什么东西在里面咬，不是干干脆脆的咬，而是撕咬，拉一下扯一下，牵肠挂心的。王勃熬不住了，强烈的争强好斗的心理在一阵一阵地怂恿着他。

王勃找到米猪头，有许多人在场，表舅也在。表舅喜欢别人打架推马，但自己从来不交手，表舅没力，那个瘦啊，他在夏天连衬衣都不敢脱。表舅说，两个端端看。端端看就是比力。

端什么？米猪头说。

扳手力。王勃说。

扳一包飞马。米猪头说。

飞马就飞马。王勃说。

他们就在工地堆放的水泥板上捉住了手。这家伙要塌神气了。王勃在心里说。他们握紧了手，指头跟指头绞在一起。开始的时候，米猪头略占上风，米猪头差不多把整个身子都压在王勃的手上，米猪头还要看着王勃笑。王勃的手腕被米猪头扭在那里，他感到剧烈地疼痛，像骨头要一块一块地脱落下来，咯噌咯噌咯噌的。他又感到骨头和肉分了开来，就像撕旧报纸一样，骨头和肉都吃不住劲了。力真的在结过婚的男人身上吗？真有这种说法吗？王勃不相信。王勃极力想找出一个有利于自己的念头，他想力应该在自己身上，他没有力谁还会有力？他这样想着，就真的有了力。他歇斯底里地喊了一声，呀——，是发力的喊声，声音很好听，共鸣很大，好像是从肚旮旯里震出来，经过心脏，拌着血液，一直震到手上。米猪头开始挣扎了，嘴歪到了一边。后来米猪头的手就碰到了水泥板，关节还碰出了血。

王勃把衣服披上肩，又拿下来，拿下来，又披上肩，他想他的手怎么没地方放了，老在动衣服。他看着米猪头，米猪头的手也没地方放，米猪头在翻来覆去看自己的手，好像这只手不是他的，而是殡仪馆里换过来的。

飞马不要了。王勃说。说这话的时候，王勃觉得自己神气极了，底气很足，王勃看见那个叫圣时的伙计跑过来，帮他拿衣服，王勃把衣服漫不经心地掼给圣时，王勃觉得，应该有个人替他拿拿衣服什么的。他看看圣时，想跟圣时说什么，他想了想，咂了咂嘴。王勃说，你跟我是不会吃亏的。

## 4

这阵子，小城正暗地里风行打架，各路英雄都按捺不住激动，杀将出来，显现本色。每天都有各种打架的消息在小城的角隅被人奔走相告，东门班把南门的小店扫荡了，西角外的好手在半小时之内踏平了北门，等等等等。这些消息像几年前的语录一样激励着王勃，他觉得眼下已经是他这种人的市面了，他巴望着有这样一个机会出头露面，来结结实实地演示一回。

王勃和圣时坐在工地角落的石块上，从田园远处吹来的、夹着牛粪香的风在他汗津津的腋下绕来绕去，他们相互说着这些事，心潮澎湃。这段时间，王勃逢人就说打架的话题，这些话题现在比热气腾腾的饭菜还要香，说着这些话题，王勃觉得自己浑身上下的肌肉都在膨胀，除此之外的一切话题，王勃一律视为娘娘腔，还不如不说，还不如把舌头咬断在嘴巴里。

圣时说，你听说过“四面红旗”吗？

王勃说，那当然。像我们这号人，不晓得“四面红旗”还在市面上混什么！王勃在心里想。

他们把头钻在一起，天上地下地说着，他们被自己的话题激励得瑟瑟发抖。“四面红旗”是社会上私下公认的四路英雄，他们分别代表着小城的四股势力。谁谁为窗台下一堆撵不走的垃圾，谁谁为裤腿上溅上的几滴污水，谁谁为不经意无意识地瞧上一眼，谁谁为瓦檐下一寸滴水的位置，这都不是小事，无论有理或无理，故意或过失，这口气是绝对不能咽下的，于是吵得面红耳赤，于是就选择了打。打是多么气派，多么痛快，多么硬码啊。即便打输了，也不失为一条好汉。这样双方就约定了时间，汇上人马，在护城河旁边那块空地上摆开了场面。刀光剑影，血雨腥风，正打得热气腾腾，滋滋有味，不分上下，不想罢休，有侠肝义胆的“红旗”被人请到。“红旗”有力的手拨开人群，人群就落潮一样哗啦啦退去，“红旗”站在前面铮铮讲话，叱咤风云，众人就掏了耳孔俯首恭听，“红旗”不用演示什么武艺来震慑人心，“红旗”就是“红旗”，他的威名早就广为传扬，“红旗”不管是哪一方请到，他的立场始终不偏不倚，该吃的吃，该赔的赔，“红旗”就是正义和信用的象征。其实双方都是极不愿意打的，打牵扯了多少精力，带来了多少麻烦，造成了多少损失啊，都是因为那口气！现在，“红旗”把楼梯架到了双方的脚下，谁不愿意体面地下来呢？

“红旗”的头上始终罩着一层神秘的光圈。

王勃心里想，自己哪一天也能成为这样一位英雄多好啊。他把自己的指关节捏起来，咯嘣咯嘣咯嘣。

圣时说，你晓得你表舅是“红旗”吗？

王勃说，根本不可能！他的身体跟鸡壳差不多。

这叫龙形身体。圣时说。

这么说他也会打龙拳？王勃说着嘻嘻的笑起来。

圣时说，你别笑，你熊腰虎背，你会打虎拳还是熊拳？

王勃说，不会。

圣时说，那不就是了。他在家里还摆拳坛呢，教齐眉棒和板凳花，这些名字你听过吗？

王勃真是难为情啊，他怎么没听说过这些东西呢？圣时还在不停地说，圣时的唾沫星子不断地飞溅，像针一样刺着他的脸。王勃没有摸脸，他想他要是一摸脸，圣时就会不说了，那么，这么好听的话就会断了。

圣时说，到了“红旗”这个地步，他就会把自己藏起来，这是保护自己的本事，出头露面多了，就有人找他端端看了。

这话王勃不爱听。王勃说，那还叫什么“红旗”呢？我要是“红旗”，我就行不改名坐不改姓。

这天傍晚下班，王勃没有从大路赶回家，他悄然地踏上工地后面的田园，这是一条通往表舅家的田坎近路，他跟在表舅身后，他想看看这个藏而不露的家伙究竟是怎么一回事！表舅的身影在暮色苍茫下不断地晃动，像一粒黑点。王勃努力地睁大眼睛，好像他随意地一眨眼，那个黑点就会消失得无影无踪。我怎么有点像电影里的特务啊。王勃在心里说。

## 5

王勃在吃晚饭。母亲在王勃面前走来走去，母亲有话想对王勃说，但母亲不敢说。白炽灯明晃晃地亮着，点在母亲的身后，母亲的身体和脸部都逆着光，看上去毛茸茸的。母亲看王勃吃完四碗饭，母亲熬不住了。母亲想，要是不说，王勃晓得了会被他吵死的。

母亲说，刚才天录来过了。

天录有事吗？王勃说。

有人晚上要踏平他的家了。母亲说。

那我要去一下。王勃说。

去不得，会打死人的。母亲说。

你不懂，你别吵。王勃说。

王勃重新披上衣服，叉着脚走了出去。王勃听到母亲在厨房间喊他。母亲说，要打起来就退后点！王勃头也没回，王勃在心里说，母亲真烦。天录是王勃小学时的同学，他们小时候经常在一起看电影，天录的事就是他的事，他能不管吗？

王勃到了天录家，那里已热闹非凡，好多的人在准备打架的工具，棍棒、铁尺、撑篙，有些人在撕白布条，分给各人，扎在手臂上，以便在夜战中分清敌我。在这个打架的人群中，王勃的身体是鹤立鸡群的。打架前的气氛使王勃情绪激昂，他觉得自己的肌肉膨胀了起来，力量聚集了起来，随便弄个什么东西捏捏，都能捏得一塌糊涂的。天录不晓得在什么地方，也许在策划，也许紧张起来去撒尿了。没经历过打架的人都这样，一开打就有尿，尿也特别多，是紧张过头的表示，其实根本就撒不出。王勃也有点想撒尿，但他不做这样的表示，忍着。王勃晓得，这个时候，要是一撒尿，就是嫩头儿，就把自己的形象给撒没了。他要做出一副身经百战的样子。

天录的父母拼命地拉住王勃说话，他们反反复复讲述着事情的起因。他们去上坟，回来时与人为争一只船吵起了嘴，天录打了对方一拳。虽然当时的吵架被两家的大人极力地劝阻了，但祸根已经埋下。天录还逞能地把自己的地址报给对方，说，有本事晚上再到家里来会会。对方也不忍这口气，说，晚上不去狗生，你不等也是狗生的。天录父母说，天录这厮儿就是犟，要是忍一忍，少一句话，就没有这等事了。王勃笑了笑，心里却在说，要是我，我也不会忍。

天录父母说，晚上就靠你了，只有你见过这样的场面。王勃其实也没有见过这样的场面，但王勃有信心去迎接它，王勃觉得自己有点像“红旗”了，这么快。王勃说，不就是打一场架吗？放心，我去会会他们就是。

晚上七点半，是约定要打的时间，王勃和一些前来助战的朋友一起涌到巷口。他们已经认识，他们是为了一个共同的打架目标走到一起来的，他们靠在墙壁上凑在一起吸烟，黑暗中，烟头一亮一亮。还没有到开战时候，大家很无聊，王勃就和他们海阔天空地说开来，说谁把谁家的炉灶给扒了，谁用炸药包炸飞了谁家的屋角，好像都是自己经历过的一样。他们有滋有味地说了一会儿，就听见远处传来了混杂的脚步声和非常刺耳的铁器刮过地面的清冽的响声。王勃说，来了。王勃又说，不扎到底狗生。王勃说这话的同时对方的大队人马也到了巷口，他们头戴藤帽，手持撑篙，在一位穿黑色短褂矮脚狗一样的后生统领下，一字儿排开。

现在，王勃被那些己方的朋友真心实意地拥簇了出来，他要与那个黑短褂捉对厮杀。这是小城传统的较量方式。王勃想，他终于有机会露一手了！他把自己的双手握在一起，他捏捏指关节，咯嘣咯嘣咯嘣。

黑短褂也走上前来，拱手道名之后，呼地扎下马步。他的腰间插着两把寒光耀眼的匕首，他抽出一把扔在王勃面前，他攻到了这里，得由他选择决斗的方式。匕首朝王勃滚了过来，匕首掷地的咣当声使眼前的气氛顿时凝固。王勃没有了退路，他要把匕首捡起来，才有资格与对方决斗。王勃要在黑短褂还未拔出腰间的另一把匕首之前占上上风。也许，黑短褂不是等闲之辈，他们的匕首将同时在半空中相遇，交接在一起，舞得火花四溅。也许，黑短褂的技艺更胜一筹，王勃刚刚才握住匕首，咽喉已被黑短褂用匕首封住，那么，王勃往日要做一个英雄的设想就鸡飞蛋打了。王勃极力不去想这些后果。王勃吐了一口唾沫在手心上，擦了擦，他在工地上端石头的时候都这样，吐一口唾沫在手上，石头也好像变轻了，说声起，就端了起来。王勃想，匕首算什么？匕首怎能和石头比！这样想着，王勃就威风凛凛起来。王勃开始围着匕首打转，像是跟匕首在玩什么游戏，他瞅准黑短褂一个思想稍稍游离的机会，把腰一弯，这把该死的匕首就握在他手里了。这家伙要皮肉受苦了。王勃的脸上闪过一丝冷笑。

就是这个时候，王勃料想不到的事情发生了。黑短褂把头仰在背脊上，哈哈笑起来。黑短褂说，有胆量！你捡起了匕首就是有胆量！我看，大家都是场面上的人，这架就不用打了。

为什么？王勃紧紧地握着匕首意犹未尽，他叉开腿，马步半蹲，匕首指向前方，在空中刺了一下，做准备决斗状。王勃说，来吧，随便哪一手！

黑短褂又笑了一下，很大方地拔出腰间的匕首扔在地上。黑短褂说，兄弟不想交个朋友？说不定哪一天你也会踏进我的地盘，我们留个面子难道不好？

神秘的壮观的轰轰烈烈的打架场面顷刻平静了下来，王勃全身弥漫开一种遗精一样的感觉，他把匕首扔开去，全身的肌肉好像在萎缩。

现在我们来圆了这件事吧。黑短褂说。

圆就圆吧。王勃说。王勃无精打采，他觉得太便宜了这小子了。

天录的父母不晓得从哪里钻了出来，他们显然很满意这样的结局，他们抢着给王勃和黑短褂分烟点火，把他们让进屋子，茶和点心很快就端了上来。王勃喝着茶吃着点心，觉得没有味道。王勃想，所谓的对阵大概就应该是这样的结局吧？只不过在以往的交战中，很少有人敢捡起地上的匕首，这就有了英雄和狗熊之分。狗熊是没什么好怜悯的，要把他杀得屁滚尿流，而英雄和英雄本应该成为朋友的。这也许是个秘密，是英雄们相互达成的默契。

赳赳英武的英雄变成了阴森森的先生，他们开始坐下来圆场，根据事情的实质，讨价还价，最后商定四六开，天录错多占六，对方四，一场斗殴就这样化干戈为玉帛了。

第二天晚上，用四六开出的三十元钱请了一个瑞安的词师，唱词的地点就摆在天录家那个栽有一棵枇杷的天井里，唱的是全本《薛仁贵征西》。王勃被安排在前面正中的位置上就坐，他是平息这场斗殴的英雄。设想，没有王勃，该有多少人头破血流，没有王勃，不知还要花多少钱。王勃兴奋得脸色绯红，拱手抱拳频频地与周围的人致意，一副当仁不让的派头。黑短褂和其他双方主要人员坐在王勃的两旁，这是大家由衷的心意。众人坐定，结婚酒席上才能见到的大前门香烟也摆了上来，一阵窸窸窣窣，淡蓝的烟雾便在王勃他们头上弥漫起来。唱词老司开始击鼓敲琴，他装成瞎子状，唱得悠悠扬扬，薛仁贵扬鞭催马很是辛苦啊……但王勃没有心思听唱词，他的心里只顾激动，他尝到了受人爱戴和尊敬的滋味，他想他已经是一位英雄了。

# 6

王勃被人起了个绰号。现在王勃晓得了，大凡在社会上混的人，有名的人，都有一个绰号。王勃的绰号叫眼镜蛇。开始的时候，王勃不怎么喜欢这个绰号，后来他晓得表舅也有一个绰号，表舅的绰号叫金丝猴，叫金丝猴可能是比喻他瘦，相比起来，还是叫眼镜蛇好听。眼镜蛇到底是什么意思呢？王勃想，是不是凶狠、迅猛的意思？这样想来，王勃有点得意洋洋，他觉得这个绰号就和《水浒》中的黑旋风、赤发鬼、豹子头他们差不多。

王勃仍旧在工地做活，每天披着帆布工作服从这条路上上班下班。这段时间，有关王勃是“红旗”、“黄旗”或“绿旗”的故事在这条路上传扬，有关他怎样的一个人平息了一场斗殴的情节被人添油加醋地渲染。王勃走在路上，经常地会被人认出来，会有人在他身后悄声议论，扑喳扑喳扑喳，王勃王勃王勃。

王勃在工地上再也不怕有人远远地看他笑他了，再也不怕有人猜他有力没力了。王勃的想法很简单，有胆量的就上来试试，扳手也好，推马也好，散打也好。

圣时还是那样跟在王勃身边，抽烟时替他点火，吃饭后替他洗碗，替他拿拿衣服什么的。休息的时候，王勃就教圣时扎马步，教他擎板车轮。

冬天的一天，王勃正在工地上做活，圣时气喘吁吁地跑过来，说马路上有个人找他。

王勃说，什么人？认识的吗？

圣时说，不认识，是一个小子。

王勃说，走，去看看。王勃想，人出了名找的人就多。

圣时也跟在王勃后面走到马路上，他们看见了一个很不起眼的小个子，他穿着一件肥宽的军用大衣，他好像很冷，头颈缩在衣领里，双手插在大衣兜里。

你就是眼镜蛇王勃吗？小个子说。

你有什么事？我不认识你。王勃说。

这不要紧。小个子说，听说你很有几下子，我想找你端端看。

这家伙太不自量力了。自从那天会过那个黑短褂之后，王勃觉得什么人都不过如此，更何况这小个子！王勃说，你想比什么呢？扳手，还是推马，还是散打？王勃说着，慢慢地脱下帆布工作服，交给身后的圣时。

小个子说，这算什么游戏，我要玩就玩真的，你不是不怕匕首吗？我看你这个怕不怕？小个子突然从大衣口袋里抽出两把火药枪，硬梆梆地指在王勃脸上。

我的脸要成蜜蜂窝了！王勃想。他的脸冰冷冰冷，他晓得这东西，里面射出的可是火药和铁砂。

小个子又说，当然，我也不是铁板一块，铁板一块算我欺负你，我数三下，你要是能从我的枪口下逃出去，也算你运气。

王勃心里有点虚起来，匕首和棒棍，都不至于一下子没命，这东西是没有余地的，况且这些人总是说话算数的。说话不算数，也不会跑过来找他了。他根本就不等小个子数数，他的双脚本能地弹离地面，他要尽快地逃离现场。小个子见他一动，毫不犹豫地扣动了扳机，没响，这是一次哑枪，这种枪常常打不响。但小个子的第二枪随即就打响了，王勃本能地把头一低，他感到一团火光向他轰来，胸膛和嘴巴都充满了火药味，一部分头发已被火烧着，透出了呛人的焦气。这一枪没打准。这是个好机会。王勃撒开腿拼命地逃啊，逃啊，他逃得飞快，身旁的景物就像闪电一般闪闪过去，他像一只被人追杀的狗，仓皇而落魄。他足足逃了有十分钟，他意识到小个子没有追过来，意识到自己已脱离了危险，他的心这才定了下来。

天很冷，风很大。王勃无限疲惫地坐在路边龟裂的田埂上，回想刚才惊心动魄的场面，他真是懊悔啊！不是懊悔自己在小个子面前塌了神气，不是懊悔自己渐渐响起的名声突然失落，他是被这一枪击醒了，原来自己的意志是这么脆弱，自己的根基是这么的浅薄，自己仅仅凭着一身发达的肌肉，一股莽撞的脾性，怎么可能做得了一个英雄呢？就他的表现，也许永远也达不到英雄的境界！这样想来，那个脆弱浅薄的王勃，是应该把他消灭掉！

## 7

一年后，长途汽车站东面的这条马路上又出现了一个英雄，他的绰号叫独眼龙圣时。还记得王勃那次慌不择路的逃命吗？那个时候，圣时正好站在他的身后，当火药枪轰的响起，当火药只烧了王勃几根猪毛一样的头发，却准确无误地击瞎了正准备呐喊的圣时的一只眼睛。而圣时，经历了这次轰轰烈烈的火药枪的洗礼，他还有什么可惧怕的？没有！于是，圣时成了真正的英雄。

［原载《上海文学》杂志 1992 年第 12 期］

# 周黎黎一个人

周黎黎本来是两个人，她，和她的老公王宝乐。周黎黎平时没有叫老公王宝乐，一般都简单叫宝乐，她觉得夫妻间叫名字带了姓有点别扭，像工作同志。把姓放在一边，就好叫多了，不是吗？宝乐，两个字，王宝乐要三个字，舌头一个要动三动，一个只用动两动，当然动两动方便。周黎黎在乳品厂做牛奶，老公宝乐没有工作，周黎黎不止一次对宝乐说，你也找个事做做嘛。周黎黎不说老公游手好闲，但宝乐听了还是不舒服，说，好像我不会做事一样。宝乐就做了一件事给周黎黎看看。宝乐做的事是办窝儿，办窝儿不是办公司也不是办工厂，通俗的说法就是摆赌庄，摆一张桌，三五个凳，让别人来打扑克。无论谁赢，宝乐都要抽一点。宝乐就靠这抽一点过日子。这件事一般人干不了，因为没有背景，宝乐也没有背景，但宝乐有胆，这是办窝儿的基本条件。抽一点大多没有人愿意，但有些人好说一点，就当租一个凳坐了，不过是租金贵了点罢了。碰着硬性人，就不买这个账。比如宝乐要抽百分之十的头，那人不给，说，我赢十万你连个屁都不用放也拿一万？没有！宝乐就觉得塌神气了，觉得这个头要是抽不下来，脸上过不去，今后就说不响，就不用办窝儿了，就提了刀去把那人放倒，剁了脚。宝乐说，黄世仁逼不了杨白劳，医生还有治不了病人的？

宝乐剁了别人的脚，那人就要剁回宝乐的两只手，都说，马有多少力，牛也有多少力。人到了碰到命的时候都会怕起来，宝乐也一样，回家卷了几张钞票，像一只落荒而逃的狗，悲呜一声，拼命逃了出去。

半个月后，派出所来人找周黎黎，要周黎黎过去认一个人，看是不是宝乐，周黎黎第一个反应是头晕了一下，第二个反应是心里想了一想，要真是宝乐，怎么办？这个怎么办好像是个很复杂的问题，想也想不下去，想一半就断了，再想，中途又断了。这样断了几次，周黎黎就到了派出所，一眼便看见铐在楼梯下的宝乐，站不站，蹲不蹲，想站，上面到顶了，想蹲，手又被上面铐着，这个姿势非常难过，和用刑差不多。周黎黎说，宝乐你怎么被铐在这里啊？宝乐说，不铐在这里，你还想坐所长办公室里啊？周黎黎说，宝乐，你是什么罪，会判刑吗？宝乐说，废话，不判刑，难道还叫你过来当官啊？周黎黎说，那会判几年呢？宝乐说，说不定五年，也说不定十年。周黎黎说，我今年三十二，你判五年，我三十七，你判十年，我就四十二了。宝乐咬牙切齿地说，那我要判十五年呢，你有胆不等？不等，我出来就把你打个半死。周黎黎头点得一塌糊涂，说，等呐等呐等等等。

在乳品厂，周黎黎算一个漂亮的女人，但有人说，周黎黎其实不漂亮，只是会漂亮。“其实”指的是先天，“会”是后天。比如她的头发，是很一般的头发，但这样这样这样，弄得不一般了；她的眼睛，也是很普通的眼睛，但这样这样这样，弄得不普通了；她的胸更是平平的拿不出手，但这样这样这样，再把领口穿得低一点，性感就像春天雨后的野菇蓬勃出来。周黎黎还喜欢穿鱼尾裙，脚绞在裙里面走，一扭一扭，有一种游起来的感觉。这种裙别人也穿，但都没有周黎黎穿得好看，仔细分析，是因为周黎黎胯大，胯大好看，胯大的女子才穿裙。

乳品厂最漂亮的女人叫阿米，阿米的漂亮体现在胸上，工友们私下戏称，太行王屋二山。也有更绝的说，像马克思一样，五百年才出一个。胸好，站相就好，厂里拍广告，第一个就叫阿米。阿米换上白大褂，站在化验室白磁砖镶嵌的桌台前，手撮了试管摇来摇去。镜头从远到近，从上到下，像长了眼一样，都特别在阿米的胸上停了一下，这停一停，就是考验。对于这段广告，周黎黎有些微词，说，阿米是制听车间踏冲床的，她摇试管的手有点硬，一看就像是业余的。微词归微词，手是手，胸是胸。胸上的事，周黎黎还要找阿米。周黎黎说，你这个地方真好。阿米说，其实也不好，有小叶增生。这样，周黎黎心里又平衡一点了，暗想，原来是增生呀，那我宁愿小一点啦。

周黎黎一个人后，厂里的男人普遍都忙了起来，他们除了做工，有空就赶到周黎黎身边坐一坐，说说笑话。比如作谜猜：周黎黎，裤裆里放鞭炮什么意思啊？周黎黎来不及细想，他们已非常快活地公开了谜底——鸡飞蛋打。有时候人少，一些男人还会露出关心的样子。周黎黎啊，你一个人真是难过噢。这是含蓄的。周黎黎你一个人熬得住吗？这个表达的水平虽然浅白一些，倒还是实话实说。周黎黎一笑，周黎黎只能一笑，周黎黎要接应起来，就麻烦了，复杂了。这些男人中，有的也是动过一番脑筋的，像一个善于迷惑的棋手，做了许多套。周黎黎，你来一下，我家做皮鞋，有双新样子，给你套一套。周黎黎当然不会去套，前面埋了地雷，瞎子也会倍加小心的。皮鞋只好又送到周黎黎面前，套套看套套看。热情和面子都没法推却，周黎黎只好套套看。你觉得前面紧吗？不紧。那后面宽吗？废话。但脚腿已被趁火打劫一把捏了去。周黎黎心想，这些可怜的男人啊，怕是这双鞋也是背着家里人偷出来的。

夏天的时候，乳品厂就会没有办法地闲了下来，那些牛吃着草吃着黄豆好好的，突然奶就没有了。奶少，人就显得多，班里就开始调排，谁谁隔日做，谁谁百分几排休，周黎黎基本上都在排休之列。

往年，周黎黎轮着排休都要难过几天，宝乐关进去后，她不难过了，她想趁这机会去看看宝乐。去年，周黎黎带咸带鱼、带菜干肉、带金戒指，菜干肉咸带鱼给宝乐，金戒指给牢头。今年，周黎黎什么都不带，只带钞票。

牢头是个热心的人，他在牢门口开了个小卖部，其实是大卖部，专卖人参、茅台等等。周黎黎前一趟买了一根人参，三百元，这一趟这根人参又摆在那里。周黎黎想变变花样，她买了一对简装茅台，是裸体的，没有酒盅和盒子，六百元，比华侨商店的精装还要贵。周黎黎起先怀疑这酒是假的，这么偏僻的地方有真酒吗？端在手里看封口，闻香味，辨别印刷，后来一想，这和她有什么关系，这和那根摆回去的人参不是一样的吗？真假已经不重要了，即使是个空瓶，即使里面装的是敌敌畏，又有什么关系呢？于是手一指，买了下来，笑嘻嘻地拎到牢头家里。牢头的接待标准非常原则。你送一根人参，他会说，我把你带进去见一面，有什么吃的你自己交给他。这一次是茅台，牢头就说，你坐一坐，我去把人带过来，你们说说话。周黎黎想，这牢头人是贪的，但还能投桃报李，算是不错了。

现在，牢头从里面回来了，身后跟了萎缩了的宝乐，远看虚白虚白，样子格外老实。牢头说，你们有什么话就说吧，我过十分钟再来。牢头一走，宝乐就快活起来，一步跨过来，也不说话，一把就把周黎黎的胸脯抓在手里。周黎黎噢了一声，说，这是在别人家里呐，他人还在门口呐。宝乐理都不理，只管呼哧呼哧把周黎黎抱起来，直在牢头的床上。这时候，周黎黎知道宝乐要做什么了，她慌了起来，手脚拼命抵挡，声音也压抑着叫，但周黎黎的鱼尾裙给宝乐带来了信心和方便，看看犟不过，周黎黎便依从了，只说，快点。宝乐在跟牢头出来的路上，身上的热血早已沸腾冒烟，这些热血淤积得太多太久了，本来就收蓄不住，这会儿只一近便汹涌而出。周黎黎嘎嘎嘎抑着声笑，说，好好好，等会儿牢头进来就难为情了。宝乐懊丧地直起身，手仍旧忍不住抓了一把周黎黎的屁股，周黎黎缩了一下，动作极快地整理完毕。两人这才正襟危坐，一副诉说衷肠的样子。

厂里有人在你身边擦来擦去吗？

不会的呐。

你有没有想有人擦擦你啊？

你要这样说，我就不理你了。

好，不说不说。你以后也别穿鱼尾裙了。

为什么？不好看吗？

这种裙穿起来屁股特别翘，太性感。

周黎黎笑了起来，不轻不重地打了宝乐一下。

十分钟后，牢头准时进来把宝乐带了回去。

周黎黎觉得自己是不幸的，老公关在牢里，她只有一个人，闲月的时候，排休还轮着她，她想，厂里应该照顾照顾她，给她换换工作。周黎黎就去找阿米商量，什么工种最好，既细水长流，又旱涝保收。阿米说，打字最好，可以和领导接近，领导要喜欢你了，你就不吃亏了，就是领导会搭你的肩，咬你的耳朵说话，叫你这里改一改，那里重新打。周黎黎笑一笑，问，还有什么好？阿米说，档案也不错，上班不用换衣，凑巧溜出去，也方便，就是领导经常要查资料，你进去他也要跟进去，这时要当心。周黎黎又笑一笑，她觉得阿米有点神经过敏。周黎黎问，现在调工种问什么人？阿米说，副厂长良兴，你别看他是个副的，但捏实权，不过……周黎黎问，不过什么？阿米支吾着说，没不过什么。周黎黎觉得阿米的话明显缩了回去，这没有味道。好像吃着好吃的鱼，突然鱼骨鲠在喉咙里。

周黎黎去找副厂长良兴。良兴说，一个人不容易，你这是特殊情况，要照顾。又说，我们怎么都不知道呢？你没说。周黎黎想，良兴不是阿米说的那种人，没有咬着你的耳朵说话，眼睛也没有机枪一样扫在你脸上，没有捏你的手，也不会搭肩，没有说你的衣服好看布是哪里买的。

周黎黎这就去了食堂，民以食为天，就是食堂没有闲月。日班烧饭，夜班烧点心，有卖不掉的东西，白吃。到了月底，还可以分一些味精老酒来，这是他们齐心协力、开源节流的结果。具体的做法是，可以放三勺酒的，他们放两勺，放两勺味精的，他们就放一勺，这些东西溶在食品里，谁吃得出啊，谁还吃得出来里面有多少东西啊，效益就在不知不觉中产生了。什么打字呀档案呀，周黎黎觉得那都是阿米说得好听，其实是酸溜溜的。

这时候，周黎黎在做夜班，她烧了十二点钟的点心，准备睡觉，因为明早五点还要起来烧粥。睡觉的地方不是房间，是换衣室用木箱拼了张“床”而已。周黎黎准备脱衣的时候听见了几声敲门，她的手就非常自觉地停在了钮扣上。周黎黎问，谁？门口说，我，良兴。周黎黎觉得开门有些不便，但不开面子又过不去，只好把门打开。周黎黎说，你今天怎么在厂里啊？良兴说，今天我值夜班，各个地方都转一转，就转到你这里了。周黎黎说，我这里你也用转的？良兴说，当然，是厂房我都可以转的，怎么，不方便吗？周黎黎没有回答。没有回答就是默许，良兴就趁机进到里面。开始他们是站着，站着使他们都觉得了局促和不安，他们看了看床，好像说，要坐也只能坐这里了，就坐了下来。坐着总要说些话的，周黎黎不说，那只能良兴说了。他说了厂里说社会，说了朋友说亲眷，最后东说西说说到了自己的婚姻。起初，周黎黎是想良兴随便说几句就走的，说着说着，也可以听听，就听了下去，这个过程有点不知不觉。这些话连着接着，连接得很顺利，很自然，三传两递，就到了婚姻。周黎黎已经心陷其中了。应该承认，这个时候的周黎黎是想听一听良兴的婚姻的。这些事，无论对象是谁都是有吸引力的。

良兴说起自己去大兴安岭的事情，他的同学阿建来送他。那天的人民广场人山人海，良兴他们坐在汽车上直着眼睛唱歌，到农村去到边疆去，到祖国最需要的地方去……良兴的同学们在车下呼喊人的名字，先喊毛主席，后喊良兴，喊得喉咙像打破了的钹，还要喊。后来，汽车开动了，人群骚动起来，车上的人将远去不知名的地方，车下的人将失去一个亲人，他们将有很长一段时间不能见面，运气差的很可能今日就是永别。这是多么的怅然啊。汽车在广场里打了一个圈，人们跟着汽车跑，很快，有人跑散了，有人跑乱了，跑不动的就摔倒了，散不及的也摔倒了，摔倒的都是倒霉的，也怪不得那些踩踏的人，他们也没有办法啊，他们也身不由己啊，他们的脚踩不踏实，他们也会摔倒，他们为了不摔倒，只能踩踏别人。阿建就这样被踩死了。良兴坐在车上一路唱歌到了东北，他根本不知道阿建已经死了，不久，良兴被家里人捉了回来，良兴要还阿建的债，良兴只好娶了阿建的阿妹。阿建的阿妹人生得奇丑，像猪八戒阿姐孙悟空阿妹，是看着恶心想着伤心搁着放心的那种，良兴心里背着阿建的人情，阿建阿妹即使是只两个头的苍蝇，他也要捏着鼻子把她吞下去。

良兴说，她如果仅仅是面孔难看我也就算了，这是她父母装搭她时不小心，把零件搭错了，她有什么办法，又怪不得她，但她生活无味啊。我是个注重生活实质的人，生活的实质是理解和融洽，你发个信号，她那个频道不能够接收，晚上关了灯，你需要被一种美好包围起来，可她是条水泥的蛇，又冷又硬……

良兴说，从道义上说，我不能对她不好，她只有一个哥哥，也为我死了，这个债我要背着，我应该还。但我觉得这种还债的形式有些残酷，害了我，也害了她。其实，她要是不嫁给我，找个残疾人或踏三轮车的，双方平起平坐，没有心理负担，肯定比现在要幸福得多……

良兴说，我是个感情充沛的人，我渴望爱别人，也需要别人的爱，这种爱不一定有着本能的意味，是心爱。一个人一生一世没有爱或不知道爱是很悲哀的。许多人说，现在找女人不是很方便吗？这我知道，但那种用钞票都可以买得到的快活，不是我追求的，相反，我向往的爱，我一直觉得它存在着，好像在天边的某个角里，有一天它会驾云而来，我等待它降落在我心里……

周黎黎听着听着，她觉得良兴的声音梦幻起来，窸窸窣窣，像烟一样从她头上的瓦缝里弥漫下来，凄凉、哀怨，叫她心痛，同时也诱惑了她，把她诱惑进了亲近。她突然觉得自己就是良兴身边的人，即使还有一点点矜持，都是她虚荣的一个姿态，如果不是第一次，她也许早已支持不住，早已一塌糊涂了。

这个时候，周黎黎觉得良兴的手像蛇一样悄然爬上她的臂膀，爬上她的肩头，爬上她的脖子，她的呼吸全自动地急促起来，像风箱一样拉个不停，不一会儿工夫，身体就不能自制地倒了下来。周黎黎的眼睛糊了起来，她感觉到良兴像慢镜头一样俯下身来，他粗喘的气息喷扑在她的脸上，天音一样的话语又在她耳边响了起来：周黎黎啊周黎黎，你能爱我一次吗？只用一次，两次也不要，哪怕你是可怜我，做做样子，我也会放在心里品味再三。周黎黎说，你别这样说啊，你这样说起来我一点也受不了了，你把我的心说得又冷又痒。良兴说，你怕了吗，你紧张吗，你要紧张你要怕我就舍不得了。周黎黎很长时间没有听男人在耳边说话了，周黎黎觉得男人是不会说这种话的，男人说舍不得舍不得，这舍不得就像一种药滴在周黎黎的心里，把周黎黎整个人都化成了一滩水，细细纤纤地淌了开来。

周黎黎相信自己在乳品厂的日子会好起来的，理由当然是她和良兴有了那个晚上。那个晚上就像一块秤砣，秤砣压在周黎黎这边，周黎黎的份量就重了起来。但有关周黎黎和良兴的闲话，也像长了脚一样东走西走，去这家喝喝酒，进那家吃吃饭，然后又长出几只脚，东走西走。阿米来问周黎黎，良兴有对你那个吗？“那个”就是睡觉，就是男女关系，周黎黎也不做解释。周黎黎说，我以前以为自己的心早死了，我以为自己这一生没有男人会无所谓的，其实，人是离不开这种东西的，这些东西你没有机会接触，你回忆不起来，一旦来到你的身上，你就会怀念它原来的滋味，你就会忍不住捡起来品尝一下。阿米听得嘴都僵了，阿米说，周黎黎，你的胆真大啊。

周黎黎无所谓，她只有一个人，但良兴轻松不起来，他毕竟是厂长。良兴对周黎黎说，你去全尤鱼怎么样？周黎黎说，全尤鱼好吗？良兴说，不好我会叫你去吗？周黎黎说，怎么个好呢？良兴说，它是个体性质，工资我叫它高它就高。周黎黎说，有多少高呢？良兴说，起码有一半高。一半高是个非常难的数目。

周黎黎就去了全尤鱼。全尤鱼是乳品厂出租给私人的一个食用油小厂，不是生产食用油，其实是包装食用油，把大桶的油弄进来，再分装成小桶弄出去。为什么叫全尤鱼呢？这是私人老板的良苦用心，不是有个金龙鱼很有名吗？他们把金去掉两点，把龙去掉一撇，人有残疾人，鱼就没有残疾鱼吗？买油不是买电器，那些眼睛差的，那些字认不全的，那些本来就粗心不仔细的，就把全尤鱼当金龙鱼买了，而且卖得还相当好。

周黎黎在全尤鱼里当出纳，这也是老板的良苦用心，周黎黎当出纳，那些水费电费就可以打打折扣，租金什么的还可以讨价还价。

周黎黎在全尤鱼，良兴偶尔也会来转一转，看看安全，看看防火，好像公事公办。候着没有人的时候，迅速向周黎黎靠近，闪电一样拥贴一把。男女都一样，渴望都是在这拥一拥贴一贴中滋生出来。周黎黎当然不会推辞，周黎黎只是说，不要在这里啊，要，我们就到家里去。有第一次，就有第二次。有时候，周黎黎会想起自己的老公，她也觉得这样不好，她也想和良兴远一点，但她又不想给人有过桥拔桥板的感觉。她第一次都不抵挡了，第二次再忸怩起来，就故作姿态了。

在家里，她们像两条熟悉的蛇缠绕在一起，没有什么再阻碍着他们。如果说，食堂的那一晚是走过场，那么这一次就是蹲点考察了。食堂这样的条件必定压抑，这一次他们的积极性充分地调动了起来。良兴的手把周黎黎的胸脯整个控制了，一层一层，从外到里，呈包围之势。有一阵，良兴停住了手，像工兵碰见了地雷。良兴说，这次怎么和上次两样呢？周黎黎说，那是你心情两样。良兴说，真的两样呐，你看你看，这里这里，铁硬的一块。良兴捉到了什么东西。周黎黎有些难为情，说，这有什么好捉的，是煤气渣，别人也有的。周黎黎把良兴的手引领到了别的地方。良兴不肯，好像就是对这里感兴趣，一双手又固执地走了回来。良兴说，这不是煤气渣，煤气渣我知道，我老婆那才叫煤气渣，是吃奶后的奶淀。是软的，活动的，可以在里面走来走去，你这是死的，像石桩打在地下……

良兴的有关煤气渣的说法像一枚定时炸弹埋在周黎黎的心里，定时炸弹在，周黎黎就自在不起来。她总会在没人的时候，睡觉的时候，换衣的时候，工作的时候，自觉不自觉地摸一摸胸脯，她的胸脯本来不大，不是那种有很多内容的东西，一摸，是路是坎是山是水都一清二楚，那块石头一样的东西，周黎黎一摸，呼吸和手脚都慌乱起来。

周黎黎只好到肿瘤医院看看，想弄明白这定时炸弹到底定在几点几分。医院的女性特色科里只有两个医生，一个男的，一个女的，男医师面前有很多人，病历像折扇一样扇起来排队，女医生面前只有几个小姑娘，病历像几张扑克牌，随便丢着。周黎黎想，这种病和男医生很难说，男医生如果要摸摸看怎么办，那只陌生的手冒冒失失地伸进去，像捏橡皮泥一样捏来捏去怎么办？周黎黎想到这里，心里就像长了毛，奇痒难忍。但周黎黎不能不看胸脯啊，不能对定时炸弹一无所知，视而不见啊，她咬咬牙，还是把病历插在了那把折扇里。病历多证明男医生本事好。

快到中午的时候，周黎黎终于轮到了。医生问，有劳保没有？周黎黎说，过去有，现在没有。医生说，噢，是国营的吧，现在CT能报百分几？周黎黎说，我这样的工龄只能报一半。医生说，那就摸一摸吧，反正一样。周黎黎无奈地点点头，她觉得医生是聪明的，把自己猥琐的意图非常巧妙地端了出来，你还真没理由拒绝他。

周黎黎跟医生进了后面拦起的布帘内，她撩起衣，手在身后一溜，就松开了后面的搭扣。医生的手不失时机地伸了进去，周黎黎马上缩了身，嘎嘎嘎笑起来，医生窘了一下，严肃说，你看不看？周黎黎收了笑对医生说，你的手也太冰了。医生看了看自己的手，又放在自己的脸上试了试，说，冰吗，好像不冰。说着又伸了进去，这次，周黎黎只好忍住，但嘴里却咝咝作响，连外面等着的病人也都被她弄得发冷起来。医生摸了一阵说，里面是有一块。周黎黎说，是不是煤气渣？医生狐疑地看了看周黎黎，说，怎么你也说煤气渣？起先有一个也这么说，你们都是这种开玩笑的态度啊？不严重没关系，严重呢？周黎黎说，我严重吗？医生说，稳当点，做个小手术看看。

小手术就在门诊里做，周黎黎躺在门诊的手术台上，脑子里不得不想着胸脯今后的形象，这一刀要开在哪里呢？开在上面还是下面？是直着开还是横着开？开大了还是开小了？胸脯的问题虽然没别人知道，但开不好了自己就不舒服。女人什么地方都可以不好，就是胸脯不能不好。这样想着，医生已在她胸里取出一块东西，医生拿到周黎黎面前，说，你这是煤气渣吗？明明是算盘子嘛，掼在别人头上，轻者一个包，重者砸死。周黎黎说，算盘子现在怎么办呢？医生说，保险一点，切个片化验一下。周黎黎说，还验什么呢？医生说，现在倒要验一验是不是真的煤气渣了。周黎黎难为情地笑了一下。

一个星期后周黎黎到医院去拿化验单，被候在那里的医生劫了过去，医生说，那可是真煤气渣啊，一点火就炸，炸弹在胸里还会转移的，现在要找找导火线在哪里。医生的这个说法使周黎黎想起了那些身背行囊开山打洞的勘探者。周黎黎吱吱地饮泣起来，我这个身体要被探成蜜蜂窝了。周黎黎为自己的胸脯难过，她的胸脯本来就勉强，现在两座山要被端掉一座了，以后领口低的衣不能穿了，洗澡也不能看镜子了……医生说，留着青山在，还怕没柴烧？周黎黎说，我这是烂头山，还烧什么柴啊？

不用说，周黎黎失去了全尤鱼的工作，出纳谁不会当呢！

她被看病弄得焦头烂额了，这个时候，热爱生命在周黎黎身上体现得特别强烈。她上午做化疗，化疗的药水像果汁一样通过她的静脉流进了她的身体。下午她要做放疗，她的脸上和头颈被画了地图一样的条条框框，那些机器就根据这些地图给她放射，就像打枪一样。放射后会口喝，有一次周黎黎忘了带水，她熬不住到门口的小卖部里去卖水，她的大花脸叫小卖部那个阿婆大吃一惊，问，你这是信什么教？后来又自作聪明地说，噢，我知道了，你一定在练法轮功。周黎黎哭笑不得。

病情有些稳定的时候，周黎黎想回厂里上班。周黎黎还是找良兴，但良兴连食堂也不提了，好像周黎黎的胸脯癌会像苍蝇一样落到烧好的饭菜上。良兴也没有说这段时间没有周黎黎的难过，他的手再也不会像蛇一样爬上她的头顶，也没有悄然滑下她的颈脖，更没有闪电一样的拥贴，好像周黎黎割去的胸脯是一个乡下茅坑一样的陷阱。周黎黎觉得很难过，很悲凉。良兴说，你还是排休吧。周黎黎知道，良兴有点眼不见为净的味道了。

阿米来看周黎黎，说，放疗会掉头发的。周黎黎说，我的头发也会掉吗？阿米说，这是没有办法的。周黎黎说，我的胸脯已经不好了，我的头发要是再不好了，我可怎么办啊？阿米说，你先买个假发存起来，备而不用，用时不备。周黎黎说，假发戴起来会看出来的。阿米说，这有什么关系呢？现在戴假发是一种时髦。周黎黎说，那是有头发的人的时髦，没有头发，人都难过死了。阿米见周黎黎情绪坏了，就转了个话题说，良兴最近怎么样了？周黎黎说，我自己都千疮百孔的，现在再想这些，会被别人笑的。周黎黎这样说了，阿米就知道良兴把周黎黎给冷了。阿米就说，男人是一条养不熟的狗。男人想女人的时候，说好话都不用打草稿。男人要玩了女人，穿跑鞋还嫌逃得太慢。周黎黎说，我想去看看宝乐，我一个人，总算也快乐了一阵，他一个人，不知道好不好。

周黎黎就收拾好去金华看老公宝乐，但心情已没有前几次那样的激动。想起自己以前去都是好好的，这次却残缺不整，像全尤鱼，不禁心里酸了起来。宝乐假如要这要那，他要是发现她现在这个样子，他是怎样的一种感觉呢？他会傻掉？还是会惊叫？会鄙夷？还是会难过？这样想着，就到了金华。周黎黎仍旧先到那个牢头开的小卖部，她想看看牢头的茅台还在不在，还有没有更贵重的东西，要有，她还要买下来。牢头说，你酒也不用买了，好东西我也没有。周黎黎说，为什么？牢头说，为什么你问你老公去，当然，你也没有办法问，他在里面把人打死了，虽然是过失，但刑加了十年。我吃了你的东西，就会帮你的忙，现在我帮不了你，所以我就不会收你的东西，无功不受禄嘛。周黎黎一边听一边眼睛就黑了下来。回来的时候，她的全身像被高压锅压了，不成样子了。

在金华回来的车里，有一下她睡着了，头枕在手里，手靠在窗边，那些盘山路盘啊盘，那些石子路颠啊颠，她居然还睡着了，还睡得很沉，她也许是太虚弱了，甚至都睡出了口水，冰凉的口水滴落在她的腿上，滴醒了她，她像一条冬眠的虫一样苏醒过来，恍恍惚惚发现手上有一片黑色，一摸，是一缕头发。哪里来的头发呢？她起先还不明白，一愣，马上就回过神来，赶紧往头上一摸，又摸下一把头发来，这些头发像一团黑线装饰在她的头上，风一吹，打个喷嚏，都会弄下许多。周黎黎再也禁不住，呜呜地哭了起来。

周黎黎还有什么呢？女人的美丽、健康的身体、老公宝乐、厂长良兴，都离她而去，做人还有什么意思呢？周黎黎觉得要克服这许多的困难，就要煎熬，而煎熬是最可怕的，因此，周黎黎想到了死。做出死的决定是相当快的，但准备工作是极其缓慢的。首先，她要考虑好方式，割脉、摸电、上吊，这些都被她一一否定了，总之，是不能让人知道是她，不能让人在身后说她怎么怎么。那就去跳崖或溺水，这可能要走很多很多的路，她怕在这个过程中犹豫会毫不客气地挫败她的决心。那只好来个折中的办法，跳过境公路的立交桥，几十米的高桥，如果姿势准确是不用第二次的。这个地方又是城乡结合部，大量的民工在这里安家落户，每天出车祸的，被凶杀的，寻短见的，层出不穷，很容易混淆。这个地方好。接下去周黎黎要考虑的是形象问题，她想起从那座高桥上一跃而出的情景，别说像鹰一样，至少也会像路过车辆上滚落下来的货物一样，那么她的假发肯定在半空中就飘了起来，这不行。于是她精心地用双面胶贴在假发内，粘在自己的头上……其余的细节，她想得自己都烦了起来，就搁下不想了。

那天凌晨，周黎黎来到立交桥上。这时候，过境公路的车辆很少很少，偶尔有一辆疲惫的车摇摇晃晃而来，车一过去，整座桥又会陷入一片寂静。周黎黎登上护栏，看都没看左右，也没看上下，眼一闭，肩一耸，就掉了下来，像踏空了一只脚，其实非常非常简单。

人们发现周黎黎的时候，天还是暗的，据说，有人被她绊得够呛。后来，桥下就围起了许多人，再后来，人们就看清了周黎黎，周黎黎的身体不可理喻地扭曲在那里，她的姿势，人们怎么想也想不出会是这样……警察不失时机地介入进来，围观的人很自觉地退到了五米以外，张着嘴傻看。一个警察在拍照，一个在画白线，其中两个在议论：一个说，她的胸部当中怎么凸了起来？另一个说，难道她有三个胸脯？一把剪刀无情地剪开周黎黎的衣服，警察傻了一下，周黎黎只有一个胸脯。她在跳下去的时候，铁硬的、窝头一样的胸罩被摔歪了，一个窝头被挤到了腋下，另一个窝头则窜到了胸中央，这个细节周黎黎自己没有想到。但那一刻警察没有发现周黎黎的一头假发，从这点看，周黎黎前面的准备是成功的……

［原载《江南》杂志 2000 年第 6 期］

# 生逢七月十五

## 1

十八年前那个阴历的七月十五，我外甥在近郊乡下横空出世。也就是说，那日子挨家挨户在门口烧纸，把血红的香烛点满巷头，十分虔诚地向昼伏夜行的鬼表达自己的深情，就是这天，是我外甥的生日。外甥本来的预产期算来算去不是这天的，应该是早三天那个阳光温柔的日子。都是我大姐，她在做姑娘时热血汹涌地跟了一个乡下小木匠，于是，许许多多麻烦的事情便接踵而至。

那时，我家正筹划着如何把房顶的隔层翻成阁楼，我父亲喝了酒不知从哪里领来了一个乡下小木匠，他瘦小的个子，白净净的脸，头发一甩一甩的，看上去非常舒服。他在我家房顶上把那些木头锯出许多松脂香味，我大姐就在这舒心惬意的香气中给他递烟递茶，很短的工夫里，就递得自己迷迷糊糊了。有一天，我还看见大姐和小木匠在上面脖颈交结，如一对嬉戏的鸭子。那会儿，阁楼的天窗已经开好，淡淡的光线如一缕青烟照着一角，他们在朦胧中双手不停地捏来捏去，仿佛打什么哑语。我当时把这事告诉了父亲。我父亲牙齿咬得咯咯响吱呀吱呀爬上了竹梯。那时候，我大姐早已不能自持，见了父亲反倒铁了心一般。我大姐说，父亲，我要跟他走！我父亲一个巴掌就掴了过去，接着揪过我大姐往散着香气的柱子上撞啊撞啊，最后扯下我大姐一片秀美的头发。你给我滚！父亲痛苦地吼了一声，把那片头发奋力掼向旁边的小木匠。小木匠本来还得替我家做完一架楼梯，但我父亲坚决不肯。父亲说，我情愿用竹梯爬上爬下！我母亲当时就像演电影一般，她在我大姐和那个小木匠仓皇逃出的那会儿双膝跪地，一只手支撑着身体，一只手伸向前方作悲痛欲绝抢也抢不住状。就这样，我大姐凄凄惨惨落户了乡下，跟着那小木匠走南闯北风餐露宿去了。

后来，我大姐从乡下托人捎来口信，说她几月几日要生产了，说小木匠接了人家的活儿在外地不能回来，急急切切的情绪叫我母亲心酸起来，眼泪止也止不住，恨不得自己是只鸟儿快快飞到我大姐身边。我可怜的孩子啊！我母亲就这样整日整夜地唠叨着。

那个阵雨过后天边隐约响着雷声的下午，我母亲牵着我的手，冲破我父亲设置的重重阻碍，风呀火呀地赶到了乡下。阿妈！我大姐见到我们时只叫了这么一声，就什么话也没有了。她一年多垒得像山一样的情思，她生活的艰辛，都化作涓涓泪水下雨一般哗啦哗啦地流啊流啊。她的身子好像突然抽走了全部骨头，像一件皱巴巴的衣服弯弯扭扭地挂在我母亲身上。我母亲则像是抱着一团乱七八糟的东西，嘴里不停地胡言乱语，好久好久才恢复了常态。

到了我大姐预产期那天，我母亲又搂又抱把她弄进了乡下那间简陋的卫生所。那是间很像田头水泵房一样的房子，空荡荡的涌着一股腐烂的气味，墙壁上到处是紫黑的血迹，肥大的水虱在血迹上密密麻麻地一动不动。我们小心翼翼将大姐放在一张简易的木床上。我母亲要我把手伸过去让大姐捏紧。我母亲说，你就让她抠，你不能喊痛。我说，我不喊。那会儿，我突然觉得我大姐是应该躺在城里那漂亮清爽的医院里的，一切的不是都是我告密的罪过，现在是我赎罪的时候了。我大姐在床上拳打脚踢鬼哭狼嚎地把那个弄疼她的小木匠骂了三天，我也跟着在旁边喊了三天。到了那天晚上，我实在坚持不住了，睡着了。听我母亲说，我大姐那山包一样发亮的肚子被一个医生拿刀砍了开来，我猜想那情景一定是异常壮观的，鲜血涌出来的时候也涌出了我的外甥，就像一轮太阳通红通红。那天是阴历七月十五，这是个许多事情都说不清楚的日子，也是我外甥的生日。

我大姐无限疲惫的像一张纸一样贴在床上，我母亲走马灯似地奔跑于左右，直到卫生所的护士将我外甥从另外一个地方抱出来，我大姐才啊呀啊呀地如一条冬眠的蛇一样苏醒过来。那是四天以后，那会儿房间里突然光芒四射，阳光强烈而稠密，窗外鸟儿欢呼雀跃，农夫们直腰驻足停止了耕作。现在想来，当时的情景与耶路撒冷降下了基督耶稣没什么两样。我外甥的确气度非凡，他的哭声如军号嘹亮清脆，毛发稀疏的头颅硕大无比。我大姐激动不已，她紧紧地抱着我外甥吻来吻去吻来吻去，喜悦之情溢于眉梢。在这片欢乐的气氛中，唯独我是冷静的，我发现我外甥是一个独眼龙，他在哭与呼吸的间隙一只眼灵活轻巧地张启，而另一只眼皮却似沉重的石板一样纹丝不动。没有的事。我母亲在我屁股上狠狠地拧了一下。这怎么啦？这怎么会？我大姐语无伦次惊恐万分，呜呜咽咽的哭声像胡琴一般拉起。我母亲不愧是生了我大姐又生了我的人，她的许多古怪的想法让我觉得生活充满了乐趣。她镇静了一下，仔细询问我大姐，她在怀孕期间有没有封过补过贴过什么开口的东西，诸如衣裤的破洞、信封或者窗户纸等等等等。我母亲说，如果有，我们把它撕了，眼睛就没事了！我母亲认真和不容置疑的口气使我大姐心底那作为母亲的使命感油然而生，我大姐勇敢地止住了哭泣，十分细心地闭目回想，沧桑的生活如云一样在她眼前翻腾，浮现。阿妈，我贴过阳台上那爿门的板缝。我大姐把眼睛看在我母亲的脸上，一切的希望都在我母亲对这句话的反应上。这就可以了。我母亲兴奋得红光满面，她做了一个十分干脆彻底的安抚动作，把双手往下一按，我大姐就被她摁住了，身体不由地蜷曲起来，缩成一条虫一样蜷在床的中央。我母亲随即领着我风一般卷了出去。这时候，天气突变，从低矮铅色的天边追过来一阵大雨，雨点由远而近很有秩序，大雨把地上的热度卷起来，弥漫开一股呛人的火气，弄得人鼻子痒痒的。我们很快赶到了大姐家。我母亲奋勇得身手更加敏捷，她迅速登上二楼，稍稍环顾一下即扑向阳台。那爿门大概是小木匠自己做的，看上去非常结实，原先开裂的板缝已被我大姐用胶水和牛皮纸糊了好几层，糊得平平整整，好像一件工艺品。我母亲想用指甲在纸上剔开一角，再把它撕开，但很快就意识到自己的做法是徒劳的。去找把菜刀来！我母亲发布了第一道命令。我慌忙转动头颈，我看见屋里有许多木板、木块、木花屑，就是没看见刀或是其他一类铁器。该死的。我母亲很快又做出了新的决定，我想她大概是觉得时间不等人了，于是，她在门边满满地蓄了一口气，退了几步，然后耸起肩三步两步三步两步往前一撞，那门板就零零落落如碎纸一般破框而散飘飞开来。多年以后我还是惊讶我母亲当时的力气，不过，她的心情是可想而知的，面对那爿门板，即便是铜墙铁壁也是无所畏惧的，否则我外甥的脸上肯定会留下一洼肉坑一只残眼无疑。

我母亲似乎要验证她那辉煌的成就。我们拼命地往回赶。那会儿，阵雨已经停住，雨后的晴朗使人们看得很远，我们看到了那座熟悉的房子，瓦背好像刚刚涂上了墨色，湿漉漉的水迹在墙上画开许多美妙的图案，可以肆意地遐想。当我们接近那间房子时，我们听到了大姐杂乱无章的笑声。我母亲说，睁开了。她没有进屋就说睁开了。她的身上突然松弛开来，别别扭扭地倚斜着肩，脸上和手脚都释放出无限幸福的信息。

## 2

第二年夏天，我母亲又到了乡下，她执意不肯让我外甥也跟着我大姐及那个小木匠颠沛流离，她要把我外甥抱回来，受城市的良好教育。其实，只有我知道，我母亲有一种狭隘的报复心理，她要让那个小木匠也尝尝弄走一个骨肉的滋味，只是更苦了我大姐，她变得更加孤苦伶仃了。我母亲把我外甥抱回来时，正好碰上我父亲在屋里喝酒。那会儿，我外甥已结实了许多，头更加的奇大神气，眼睛也张得轰轰烈烈，并不丑恶。母亲非常自豪地把我外甥抱到父亲面前，她想从我父亲嘴里讨一句进门的吉利话。我父亲已红得模糊的眼睛笔直地勾住我外甥，仿佛我母亲抱回来的是只怪物。我父亲说，狗杂种！头大不灵，眼大不明！我母亲立即捶胸顿足，从此便打消了与我父亲说话的念头。我母亲认为，我外甥既然生逢七月十五，则一定是非凡卓越的。

那时，我正好初中毕业待在家里，整天胡思乱想，一会儿想当医生一会儿想当工程师，崇高的理想使自己在梦里都热泪盈眶。后来，当母亲双手郑重地将我外甥递到我怀里时，我的胸腔里又鼓荡着激情，仿佛接过了一支冲锋陷阵的钢枪，我又想起应该当保育院的阿姨，把我外甥培养成一代英豪才是。

屋外不断地有人走来走去，脚踩在石板路上发出木琴般好听的声音，斜对面的瓦背后照过来一朵玫瑰色的晚霞，涂在地上涂在门上涂在墙上。在这片玫瑰色的安谧和温馨里，我端出木盆给我外甥洗澡，木盆浓郁的金漆香被汤水泡了上来，在身旁缭绕。我用硫磺药皂在外甥的小东西上摩挲，我把那个小东西叫作小花生小雀子。我外甥最喜欢我这种轻轻呢喃下的摩挲了，他的身子在水里一挺一挺的，犹如一条欢快游动的鱼。

那几个夏天，这种游戏让我们快活，但游戏的结果是我料想不到的。瓦楞上几丛杂草在风中摇舞，两只与杂草颜色相近的麻雀在一旁翻动着羽毛，羽毛和草茎顺着墙壁散落下来，有些沾在墙上，有些被气流卷起来，飘在空中。小花生小花生！我外甥指着麻雀兴奋地叫起来，声音里充满了得意。我当时真想哭啊，眼前一片漆黑，硫磺药皂从我外甥的腿间滑落水中，洗澡使我外甥把花生和雀子弄混淆了，我父亲那句酒后的胡话无情地得到了验证。我不再给我外甥洗澡了，这时候，我对自己当什么当什么的辉煌设想已万念俱灰。

我外甥四岁的时候，我们张罗着要送他去幼儿园。我母亲用心良苦地又想出了一个新花招，她用买菜时克扣下来的钱买了一个五彩缤纷的书包，偷偷地压在我外甥睡觉的床铺底下。她做这件事时特地还洗了手，我母亲始终觉得这样做会给我外甥造成不可估量的影响。让他知道就不灵了。我母亲说。

我外甥上幼儿园那天母亲的神色也特别庄重。那会儿，阁楼天窗的蓝色窗帘与外界融为一体，阁楼里好像罩上了满满雾气，窗户紧闭使阁楼的松脂香又浓重起来，松脂香熏得我外甥醉了一般，他睡得很死，身体随随便便地扭在床上，如一截绳子。我母亲吱呀吱呀爬上竹梯，她坐在我外甥身边，从头到脚一遍遍地细看，口中念念有词，仿佛我外甥此去将在疆场厮杀，不再回来。

天亮的时候，我外甥嗷嗷地引颈叫起，他开始觉察出家里异常的气氛意图，于是对往日一惯钟情的早餐——清水泡饭，百般地挑剔，接着频繁地拉屎撒尿，尔后在地上打各种姿势的滚。我母亲意志有点薄弱快要给他跪下了，我父亲头脑倒是清醒，他把我们家所有的女性都口头侮辱了一遍，然后把那只感情深厚的酒瓶很响地掼在地上。我外甥看了看我父亲，他看到了一副类似京剧脸谱一般的面孔，这才稍稍地有所收敛，像一条老老实实的狗乖乖地滚了出去。

我外甥每次从幼儿园回来都精疲力尽的，如一堆棉花。我母亲还以为他在那新鲜的地方兴致奇高，跳舞跑圈累得过头了，便将好吃好补的不断供给。过了几天，我外甥仍旧继续疲软，并且已见消瘦迹象。之后，幼儿园的老师就告上门来，说我外甥是不是中了什么邪了，整天不断地哭啼，警报一样呜呀呜啊，叫人不得安宁。我母亲死活不相信，决定去暗地里查个究竟。

隔着几层瓦背我们可以看见幼儿园那棵华盖般茂密的榕树，树枝在瓦背上扑扑簌簌地舞弄，许多的鸟儿在树枝间撞来撞去。我母亲问，幼儿园在哪儿？我说，看见那棵榕树没有？就在下面！我看见母亲脸色突然地阴沉了下来，我想，我母亲又有什么名堂了。我们到了幼儿园，这其实是河边圈起来的一块空地。我们看见了那棵榕树。树上缠满了蛇一样的紫藤，褐色的根须从很高的地方一层层挂下，地上是悲惨的败叶，却照不到半点阳光，一阵风吹起来，榕树哗啦啦摇响，仿佛砸下了许多石头。问题就出在这榕树上。我母亲很神秘地说。她似乎找到了可供她发挥的题目了，浑身上下兴奋得发抖。她列举了许多例子证明榕树如何的灵性，隔壁阿九如何在榕树无关紧要的枝杈上打了一枚钉，如何就手脚不灵了，在床上已躺了三年。阿妈，这是迷信！我说，这和我外甥的哭有何相干呢？我母亲意犹未尽，嘴巴停也停不住。她越说越玄乎，说榕树就是鬼的屋，里面有床铺炉灶，人眼是无论如何也看不到的。母亲说，你外甥是七月十五生的，只有他会看得见，所以他不停地哭，是因为他看见了鬼！我无言以答，我觉得母亲正端着机枪向我猛烈地扫射，我整个人早已血肉模糊。直到现在，我仍然认为，我外甥无端的哭啼就是偷懒不想上幼儿园，我母亲则完全是无事生非。回到家里，我母亲庄严宣布：我外甥不再上幼儿园了！这就意味着我外甥将继续和我在一起，我心里十分痛苦。

那时，我们这个小城掀起了许多热潮，参军和做童工。参军是个伟大的选择，但我没想，因为我是个女的。那会儿征男兵都整车整船拉走，每每招女兵总是万里挑一。印象中女兵就是唱歌跳舞，娇贵得就像熊猫。我当不了熊猫。于是，那些天，我把身体扭来扭去，把手在身前身后甩来甩去，在我母亲面前吵着要做童工。我父亲是永远也不管家里的事的，好像一个很忙的大官。我母亲说他一生唯一做过的事情就是我大姐恋爱时他揪了她的头发。我母亲无奈只得又肩负起神圣的使命，像一只热锅上的蚂蚁到处奔跑，最后替我的一个远房表哥洗了一个月臭烘烘的袜子，才为我换回来一份精美的差事——刻纸。我本来是要去表哥那工厂上班的，我表哥说，你可以拿回家里搞，但时间要保证。后来我才知道，我表哥干的是皮包工厂的行当。我从表哥那儿把那些工具什么的带回家——一块蜡板、一盒6B中华铅笔、几沓彩色的毛边纸，还有一把薄薄的亮得刺眼的刻刀。我的心情隆重极了，犹如开誓师大会，面对我辛劳的母亲，面对我神仙一般的父亲和我外甥，一种“天降大任于斯人也”的感觉在我心底冉冉升起。

第二天，我在阁楼上开始了我的作业。我发现我外甥如一只猫一样守在我的身后。我说不出他有什么动机，不过他已被我的刻纸深深地吸引了。我用铅笔在涂印最初的图案时，我外甥梦呓般地啊啊地感叹，亮晶晶的口水飞挂嘴下。从我的刻刀在纸上划开第一道口子起，他的脸部就出现了极其复杂的兴奋现象，好像游历了一个罕见的梦境。随着我的刻刀在纸上逐渐地深入，他则完全变成了一个疯子，亦歌亦舞，又哭又笑。当我的一张刻纸完成，我把那红绿纸一张张分开，我的面前出现了有眉有目的图案时，我发现我外甥早已大汗淋漓。我突然明白过来，我那把耀眼夺目的刻刀已牵着他的灵魂，无论我刻花草还是刻鸟虫，都会像一阵风一样摇撼着他。刻刀是妖魔，是法宝，是阿里巴巴芝麻开门。他惊魂未定，死死地盯住我桌上的刻刀，双脚在不安地蹭动，呼吸粗细不匀，脸上一档档灰白如打了格子。他对我说，我要刀。我没有答应，我说小孩怎么能要刀呢。他又说，摸一下行吗？他顽固的古里古怪的念头叫我觉得讨厌，我说，摸吧。我的这句话犹如一个号令，我看见他奋不顾身地扑向那把刻刀，神情紧张地在上面摸来摸去，仿佛在捏一块新鲜的麦芽糖。

## 3

八岁时我外甥真的非上学不可了，这回我母亲不再含糊。她重新为我外甥买了书包，四年前压在他床铺底下的那个书包已遭淘汰，现在挂在墙角里装一些我母亲珍爱的针头线脑。

在我们居住的辖区内有一所学校，取名育英小学。多年以前我曾经在这里深造过，事实证明它的确徒有虚名，我除了眼下会几下刻纸的手艺外，其余的什么也不会。我母亲大概也对我至今还只是耍弄一些雕虫小技而耿耿于怀，她觉得现在我外甥是无论如何也应该上一所名牌小学了。诸如市中小学，这里曾经培育了数学家谷超豪以及巴西黄豆大王。不过上那个学校要考试是铁打的条件。对这事我母亲不以为然。我母亲说，考就考。听口气那几加几等于几什么的是难不倒我外甥的。

我们领着我外甥走向学校，我母亲一直紧紧地牵着他的手。那所名牌小学气氛很热烈，许多的孩子莫名其妙地跑进跑出。阳光明显地照出门廊内的一块阴影，一个老师在阴影里把身体别别扭扭地搁在桌子上。我外甥有点害怕。我母亲一边不停地捏他的手一边弯下腰对他鼓励，叫他不要慌不要慌。我母亲这样俯身走起来的样子看上去有点瘸。我们走近那老师，她的身体突然从桌上僵硬起来，如一条耸立的蛇，把我们大家都吓了一跳。

老师说，来考试的？

我们一起发疯一样点头。

好，小孩子站前，大人靠后，现在考三个题目。老师说，第一个题目，树上有三只鸟儿，有人拿枪打下一只，问，树上还剩下几只？

我外甥说，两只。

老师信心十足地纠正，不对，枪一响，鸟儿都飞了，树上是零只。第二个题目，你妈妈有几只眼睛？

我外甥说，两只。

老师说，你妈妈两只眼睛是对的，那么你爸爸是几只眼睛呢？我外甥回头看了看我母亲，我母亲站得太远了，他们没有呼应上，我外甥马上露出了想哭的样子。我外甥对我那小木匠姐夫没什么印象，他把握不准，犹豫了一下，他说，三只。

老师忍不住嘎嘎地笑起来，肩膀不停地抖来抖去，好像她等的就是我外甥这个伟大的回答。老师说，现在考第三个题目……

我母亲早已浮躁起来，没等老师说完，按捺不住愤怒就冲上前去，似乎要打架。她拉过我外甥，我母亲说，你这个老师也太刁钻了，第三个题目你是不是要问男人有三只脚，这个问题你回家考你老公去吧。

我外甥回到家里很快就躲进了阁楼。阁楼的松脂味这会儿被太阳蒸发出来，呛人心肺。那条蓝色的窗帘像沉重的铁板，使阁楼愈加灰暗，愈加闷热。我外甥又是鼻涕又是臭汗，他像一只被打败了的狗蜷缩在床上，看上去十分可怜。我爬上竹梯，十分亲密地偎在他旁边。我说，那个学校没什么好的。我觉得我应该安慰他。我外甥说，我长大了会拉板车吗？我说不会，我说他会读书，一直读下去。我接着把我为他买的铅笔橡皮簿子拿给他。这时候，我外甥呜呜地哭起来，奇特的大头摇得一塌糊涂。他说，我要刀！我要刀！他固执的口气使我明白了什么。我把那些彩色纸叠了很厚的一片，我用那把雪亮的刻刀刻了许多刀状的东西，有像菜刀的也有像水果刀的，甚至有像斧头的。我说，你如果要真的刀，就得好好读书，就得考一百分来换，现在你只能拿这些纸刀。我外甥很容易地就高兴了起来，他接过那些纸刀时动作谨慎，仿佛那刀会突然割破他的手指。他把那些纸刀分夹在我送给他的那些簿子里，一页一片，一页一片，夹了好多层。

辖区小学其实是一个还未改造彻底的小殿。当我们踏上这里的石板台阶时，心里就滋生出一种走进阴暗地窖的感觉。漆黑的屋檐压得很低，灰色的冷气在栋梁间盘旋，到处散落着年代已久的石灰，丰富多彩的无名菌菇遍布墙角，还有几根丑陋的葡萄藤像蛇一样的扭进屋顶，但见不到一片绿叶。现在，我外甥就要在这里读书了。

事实上，当我外甥一跨进这所小学，我过去对我大姐的那种犯罪感又在我心底油然萌生，我似乎已闻到了我外甥身上腥臭的潮气，听见了他关节在弯曲时的咯嘣脆响。我跟我母亲商量，是不是给我外甥转个学校。我母亲说，不用，他没事的。她对我外甥的看法始终没变。我外甥上了学之后的确没反映出什么不安的情绪，相反的，他似乎很乐意在这阴暗的环境里生存，如鱼得水，上学放学精神很好。这又使我想起他那个生日，那个该死的七月十五，难道我外甥身上真的附有什么异乎寻常的鬼气与这阴森可怖的小学有着某种共同之处？反正，我外甥有点不正常。他没有在家里提及学校的一丁点事情，课程作业、老师姓氏、同学住址等等，我们犹如失去了知觉，只感觉到他在这家里晃进晃出，吃饭睡觉，吱吱呀呀地上楼下楼。有一段时间，我脑子里甚至出现过一个荒唐的猜想，我外甥不是在读书，而是加入了什么地下组织，这个组织需要他对自己的精神加以约束，他的精神和行为一定受着一种神秘力量的操纵。

随着岁月的流逝，我外甥顺当地读完了小学，但我们对他在学校的表现仍一无所知。这期间，曾经有三次学校的老师前来家访，她是一位姓郑的女老师，她矮矮胖胖，声音一直好像非常干燥，她从一年级起携扶着我外甥直至毕业，她也没说我外甥的学习怎样，那是肯定没有话说的。她的三次来访似乎只有一个目的，要告诉我三件我外甥怪诞不经的事情。她的神情十分严肃，使人想起了解放前开秘密会议的地下党员。

第一件事：我外甥在教室里凄凉地站着，他的面前是一墙学习园地，他的名字就写在园地的最前面。名字下几面招人喜爱的纸红旗在努力招展。这是一个冷清的放学以后的下午，隐隐暮霭已罩临校园，漆黑的瓦椽更加模糊，校门单薄得紧紧张张，不时噼啪作响。这时候，我外甥突然走近那片园地，十分准确地把自己名下的那些红旗尽数撕去，坚定的动作好像是在除灭一个坏人。然后他摸出一些刀状红纸，然后虔诚地贴在自己的名下。老师说，他们搞这个园地意在激励学生学习，学生每当插上红旗，都会有好几天持续的亢奋状态，唯独我外甥对此没有反应，心静如水。老师说，你知道这是为什么吗？我摇摇头，我很难说清楚我到底知道些什么，而这又是为什么。

第二件事：有人发现，我外甥行踪有点诡秘。在我外甥的行迹里，城中心那座灰色的烟囱似的钟楼是他来去匆匆的一个主要内容。他每天上学前后都要去那里走上一趟，他走到钟楼门口，停下来，左右环顾，然后迅速钻了进去。老师说，他在外面有什么不三不四的朋友吗？我毛骨悚然。我决定弄清楚这件事，试想，我外甥真要是像我母亲所笃信的那样，是一只不同于人类的东西，那是非常可怕的。这天黄昏，我走出家门，在经过广场的时候，我看见了那座钟楼。风雨侵蚀显现出它裸筋露骨的惨状，顶端无力地转动着一个风标，底部墙壁上贴满了寻人寻物治狐臭酒糟鼻之类的土黄纸片，旁边的铁门被各种质量的小便浇出了零乱的疮孔，门里是一张旋式铁梯，拾级而上，铁梯仿佛发出一阵湿漉漉流水一般的声响。我爬到顶层，我看见似乎长满铁锈的墙壁，看见亮晶晶的蚂蝗在纵横驰骋，看见了散发着酸气的层层鸟粪，我还发现，鸟粪中躺着一把锈迹斑斑的小刀，就是文具店里五分钱一把的那种！这是一种什么现象呢？我也不知道。

第三件事，学校里布置同学写作文，命题是《我的愿望》，在两节课的时间里，我外甥第一个交上了簿子。我外甥写得很简单，但老师看出了文中一种潜在的危险，令全校惊恐。我外甥写了自己被一种愿望所折磨的痛苦，写自己如何的在为这个愿望努力，过程如何艰辛，如何充实，如何有意义。作文的最后，我外甥发出了一种近乎病态的心声——我的最大的愿望就是我小姨的死，她有一把神奇的小刀，她死了，这把小刀就是我的了。

这时候，我慢慢清楚起来，小刀已经失去了它的本来价值，它已经奇迹化了，甚至已经不仅仅只是一个什么象征，它会有它的使命的。

## 4

1984 年 9 月，我外甥被最有名的市实验中学跨辖区相中，他的毕业成绩是这年全市小学毕业班的头名，他得了五个九十九分，他没能考取一百分，不知道我外甥是在故意捉弄自己，还是就达不到那个境界。我外甥所在的小学的老师都为他欢欣鼓舞，仿佛自己也有了出头之日。学校也得到了一些实惠，出了一个人才，上级拨款将全校凡是墙壁的地方都粉刷了一新，还种了几十株臭哄哄的夹竹桃，校园里开始看得见粉红的花和翠绿的叶了。现在，我对我外甥的看法已渐渐地和我母亲接近。

我外甥上初中的时候，我决定送一件贵重的东西给他。我还私下里决定，这东西一定要带有两种感情色彩，一是祝贺，二是要表示我内心的歉意，因为我不该对他失去信心。但不知为什么，我在仔细思想之后，觉得还是送一把小刀给他为好。这时候，我已嫁人，我在家庭里的位置及我做童工以来漫长的工龄，使我有相当强大的实力买一把我和外甥都满意的小刀。我特地跑到江西瑞安，那是个离我们这个城市一百多公里的县城，那儿的造刀历史已近千年。我在遍地各式各样的小刀摊里转悠，最后选了一把满是华贵气息的跳刀。刀上镶有玛瑙饰物，一边是阳光灿烂下的飞凤，一边是澎湃大海上的腾龙，刀柄上有一处明显凸点，轻轻一按，刀头呼啸而出。我外甥接过这把跳刀时，嘴里不断地念念有词，不明白什么意思，然后把它放在整整齐齐的铅笔盒里，与他的钢笔圆规三角板为伴。

这样大约又过了五年。有一天，我外甥突然心血来潮要考大学了。当时我正回娘家，我母亲那阵子身手已不灵便，她像是在搞一个很复杂的工程，把煤炉子弄得乌烟瘴气，浓烟整块整块地往上翻滚，我的眼泪和咳嗽交叉在一起，分也分不清。这时候我听见我外甥在阁楼里叫我，声音好像是在相当困难的情况下发出的，激动得模糊不清。我应了他一声，但没有马上上去。我外甥就走近楼梯口，往下挪了两级竹梯又停住了，他的意思是非让我立刻上去不可。我爬上阁楼，我看见这样一幅情景：阁楼的窗子没有打开，蓝色的窗帘严密地低垂，松脂味和浓烟在一起胀得满满的，仿佛要爆炸。地上是一张草席，草席上分放着两堆书本，最上面的分别是语文和物理，中间是那把我送给他的龙凤跳刀。我外甥的脸色接近灰绿，他席地而坐，双腿团盘，犹如一个准备剖腹成仁的武士。我外甥说，我要考大学。我觉得他有点不切实际，他还在读书。我说，是不是要和你父母商量一下？我外甥说，不用。我说，你有把握吗？我外甥说，我来做个试验，我把刀子一抛，如是龙面，我就复习文科，如是凤面，我就复习理科。我没有来得及再表示什么，我已被一种神秘的宗教气氛弄得窒息。我外甥这时候高高地抛起了小刀，小刀轻巧地在空中扶摇直上如一只鸟儿在飞，小鸟飞到极限又翻滚下来，然后很响地掉在楼板上，刀面是龙饰的。

三个月后，我外甥接到了来自北京大学法律系的入学通知。他没有多少激动，仿佛这张纸老早就是他的了，是命中注定的。我外甥说，给母亲发个电报，她在云南的澜沧江边做家具，我等她半个月，她不来，我就走了。过了半个月，我们家的门槛光亮了许多，我们送往迎来了许多道喜的朋友，但我们家没有来自云南边陲的客人。我外甥也不着急。就这样，我和母亲把我外甥连同他的行李送上了去上海的轮船。

那天的天气真好，蓝天下的太阳把轮船照得通体透明，五彩缤纷的万国旗像是刚洗涤过一样，鲜艳无比。我和母亲挤在栏栅门前面，看轮船缓缓地轰隆隆地退离。我们一遍又一遍呼喊着我外甥的名字，急切的喊声仿佛要把我外甥拉回来。这时候，我外甥出现在前甲板上，他旁若无人的大头高高昂起，威风凛凛，他将手举过头顶使劲地挥舞，他的手上握着那把精美的跳刀，刀头已高高翘出，在阳光的照耀下，一闪一闪，与那些万国旗遥相辉映。

两天以后的黄昏，我外甥登上了去北京的列车。那天晚饭他没有吃，他第一次出门在外，他觉得这顿饭应该吃得富有情趣。他买了些自己喜欢吃的东西，一斤花生和半只西瓜。车厢里满满的都是北上的学生，人人兴奋异常，两腮绯红。不认识的很快就认识了，认识的早已经扭在了一块儿。有人吹牛，有人打扑克，有人微闭双眼做起白日梦，有人掏出女同学临别赠像让别人看，有人捧着口琴摇头晃脑地吹奏，反复是那支《乔治参军去》，吹得嘭嘭响。我外甥则专心致志地在玩跳刀，啪跳出，啪跳出。

午夜时分，前车厢一阵骚动，接着有几个人跨过这个车厢，来人个个用三角巾蒙住面孔，手里拿着刀子，晃来晃去，一路高喊，想上大学的每人五块，不想上的立马滚蛋。不少人瑟瑟发抖乖乖地掏钱，我外甥有点紧张，他从来没见过这样的场面，他把刀慌忙放回兜里。我外甥紧张起来特别的想屙尿，于是，伴着重重的心跳他站了起来，向车厢接连处的厕所走去。由于紧张他走路的姿势完全变了，身体犹如失去了平衡滑稽地前倾，肩部也奇怪地弯向了一边。这更加引起了别人的注意。我外甥其实屙不出尿，他就是紧张，他本能地把手伸进了兜里。蒙面人斜靠在车厢门上，抛弄着手上的小刀，显得漫不经心。蒙面人说，兜里是什么？我外甥说，没什么。蒙面人说，没什么？没什么就把手伸出来瞧瞧！我外甥那只手早已汗水淋淋，他伸出手的时候还冒出一片热气，他摊摊手，空的。然而，鬼知道他兜里的跳刀是怎么跟出来的，跳刀啪地掉在了地上，刀面是一只张牙舞爪的龙！蒙面人慌忙正过身来，做出一个要格斗的样子。蒙面人说，好啊你小子，想放血啊！蒙面人没等我外甥弯腰拾刀，他手里的刀已轻轻巧巧地捅进了我外甥的肚子里。

几十分钟后，一个真正上厕所的女孩发现了蜷缩在厕所里的我外甥，她凄厉的叫声使整个车厢的人都冷了起来，大家很快围了上来。厕所里，我外甥身上和地上的血已经凝固，像片片加了胭脂的豆腐脑。不过我外甥没死，他的胃被扎出三个小窟窿，还没消化的花生和西瓜争先恐后地流了出来，弄了他一身。

［原载《福建文学》杂志 1990 年第 11 期］

出 品 人：许　永
责任编辑：许宗华
特邀编辑：雷　彬
装帧设计：海　云
印制总监：蒋　波
发行总监：田峰峥

投稿信箱：cmsdbj@163.com
发　　行：北京创美汇品图书有限公司
发行热线：010-59799930

创美工厂
官方微博

创美工厂
微信公众号